KB271459

마녀의
정원을
훔쳐보다

마녀의 정원을 훔쳐보다

초판 1쇄 찍은 날 § 2006년 6월 13일
초판 1쇄 펴낸 날 § 2006년 6월 23일

지은이 § 이현숙
펴낸이 § 서경석

편집장 § 문혜영
편집책임 § 이종민
편집 § 한지윤

펴낸곳 § 도서출판 청어람
등록번호 § 제1081-1-89호
등록일자 § 1999. 5. 31
어람번호 § 제5-0096호

주소 § 경기도 부천시 원미구 심곡1동 350-1 남성B/D 3F (우) 420-011
전화 § 032-656-4452 팩스 § 032-656-4453
http://www.chungeoram.com
E-mail § eoram99@chollian.net

ISBN 89-251-0165-3 03810

마녀의
정원을
훔쳐보다
이현숙 지음
도서출판
청어람

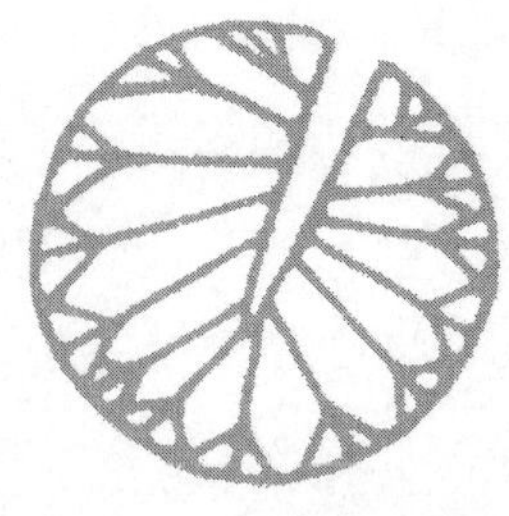

CONTENTS

아침 6시 30분이다.

"안녕하십니까? 좋은 아침입니다. 아나운서 지연우입니다."

세상의 아침을 통해 지연우라는 이름이 처음 방송을 탄 것은 육 개월 전이었다. 그런데 놀랍게도 단 육 개월 새 지연우라는 이름 석 자에는 '아침을 여는 여자' 라는 닉네임이 붙으면서, 사람들의 의식 속에 신선함과 단아함의 아름다운 조화로 기억되고 있었다.

지.연.우. 그녀는 MBS 아침 정보프로그램 '세상의 아침' 에서 모닝 이슈를 전하는 새내기 아나운서였다. 그녀가 세상의 아침에 출연한 뒤부터 그 프로의 시청률은 계절이 바뀌어갈수록 상승세를 기록하였고, 딱 180일이 되는 오늘 아침 세상의 아침 역사상 처음으로 20%라는 신기록을 남겼다. 그리 특별한 뉴스가 보도된 것도 아니고, 특집일도 아닌데 말이다. 단지 지연우가 나온다는 이유로 말이다.

'아침을 여는 여자' 라는 닉네임에 프리미엄이라도 붙여야 되는 날이었다.

KBC의 보도국 기동취재부 소속 마태후 기자는 같은 방송국의 모닝와이드 담당 오 PD로부터 꽤 입맛이 당기는 식사 초대를 받았다. 그리고 어처구니없는 말도 덤으로 들었다.

"자네가 모닝와이드에서 세상만사 코너를 맡아준다면 대박일 거야."

"이유는요?"

마태후는 무조건 안 된다고 하는 법이 없었다. 우선은 이유를 듣는다. 그 말이 아무리 황당해도 말이다. 절대로 오만 원짜리 공짜 뷔페 때문이 아니다.

"들어봐. 아침 프로의 주 시청자 층은 주부들이라고. 그러니까 그 주부들의 관심을 휩쓸면 아침 프로는 대박이라는 소리야. 지연우가 왜 사랑받는데? 장래 며느릿감 1위라서 아냐? 하지만 자네라면 지연우의 인기는 그냥 뛰어넘을 수 있을 거야. 왜냐? 자네는 아줌마들의 마음을 설레게 하는 파릇파릇 농염한 총각 아닌가?"

마태후가 내린 결론은 오 PD는 있는 돈으로 마태후에게 일 인분에 오만 원이나 하는 공짜 뷔페를 사줄 게 아니라, 지금 당장 정신과 치료를 받는 게 더 유익한 쓰임이라는 것이다. 세상의 아침에 칼도 한 번 제대로 못 뽑아보고 참패해서 시청률이 바닥이라더니, 아주 제정신이 아니다. 마귀발 마태후보고 상쾌한 아침에 명랑하게 웃으며 아줌마들을 향해 재롱을 떨라고?

제대로 지랄을 떤다.

"뭐 하는 거냐?"

KBC 방송국 보도편집실이다. 기동취재부 카메라 기자 성동금은 KBC 방송국에서 MBS 방송을 떳떳이 보고 있는 동료를 보며 물었다. 태후는 MBS의 '세상의 아침'을 보면서 열심히 노트북 자판을 두드리고 있었다.

"밥값 하는 중."

"밥값?"

"그래, 어떤 치사한 놈이 공짜 밥 먹여놓고는 밥값 하라고 앙탈을 부리잖아. 불쌍해서 해주고 있다."

태후는 세상의 아침을 모니터하며 열심히 오만 원어치의 기획서를 쓰고 있었다. 장황하게 세상의 아침에 성공 포인트와 집중 공략해야 될 부분들을 A4 세 장을 꽉꽉 채우며 쓰고 있지만, 이 기획서를 요약해서 한 줄로 쓰면 대략 이런 내용이다.

'그대의 끈질김으로 육 개월만 버티세요.'

마태후는 세상의 아침에 뜬 해님이 육 개월 뒤에는 다시 서쪽으로 질 것이라고 예견하고 있었다. 세상의 아침이 그전에 비해 시청률이 눈에 띄게 상승하긴 했지만, 프로그램 기획이나 구성이 바뀐 건 거의 없었다. 단지 새 패널로 지연우라는 새로운 인물이 나타났다는 것뿐이었다. 그러니까 지연우에 대한 사람들의 관심이 식으면 세상의 아침 인기는 저절로 사그라질 것이라는 말이었다. 한 인기인에 의존하여 인기를 얻은 프로그램이 그 인기를 길게 끌고 가기란 어려운 일이었다. 마태후는 그 기간을 단지 육 개월로 보고 있었다. 그만큼 지연우라는 인물은 그저 외모지상주의 시대에 잠시 그 꽃다운 외모로 눈길을 끈 시한부 꽃이라는 말이었다.

“사람들이 지연우를 좋아하는 건 고운 미모 때문만은 아냐!”

자신의 기획서에 스스로 만족하며 쓰고 있던 마태후는 동금의 말에 자판을 두드리던 손가락의 움직임을 뚝 멈추고는 불만스런 눈으로 동금을 노려보았다.

“뭐라고? 지금 내 기획서를 오백 원짜리 취급하는 거냐?”

이 기획서는 더도 덜도 말고 딱 오만 원어치의 값어치를 해야 했다.

“넌 지연우를 제대로 보지 않았어. 다시 똑바로 봐!”

동금이 꾸짖듯 건넨 말에 태후는 내키지 않는다는 표정으로 다시 화면에 시선을 집중하였다. 동금도 태후와 같이 지연우의 모닝 이슈를 보면서 차근차근 설명을 해주었다.

“사람을 참 편하게 해주는 미소 아니냐? 가식적이지 않아. 그저 맑아. 저 여자랑 눈을 마주치고 삼 분만 이야기하고 있으면 누구든 지연우를 좋아하게 될 거야. 그게 바로 지연우의 힘이야.”

성동금의 마음에서 우러나오는 찬탄에도 마태후는 콧방귀를 뀌며 말했다.

"그게 뭐? 걔는 아나운서라고! 지연우가 방송 한 번에 원고를 몇 번이나 보는 줄 알아? 그리고 말실수는 어떻고? 능력 면에서 뛰어난 건 아무것도 없어! 그저 보통이라고."

"아나운서의 능력은 시간이 지나고 경력이 쌓이면 자연스럽게 늘어! 처음부터 잘하는 사람은 아무도 없어! 하지만 저렇게 사람의 마음에 감동을 주는 미소는 아무나 지을 수 없는 거야! 너, 지연우처럼 웃을 수 있어?"

이 정도로 몰아붙이면 네 말이 맞다며 겉으로라도 맞장구를 쳐 줄 만한데, 마태후는 척 보기에도 가식적인 미소를 지으며 오히려 동금에게 되물었다.

"훗! 지금 감히 나의 미소와 지연우의 미소를 비교하는 거냐?"

동금은 천사 같은 지연우의 옆에서 마귀발같이 웃고 있는 태후를 쳐다보며 알 수 없는 불안한 기분을 느꼈다. 생각보다 마태후와 지연우가 잘 어울려 보였기 때문이다.

아침 9시, MBS 방송국 비상계단이다. 몇 층인지는 일급비밀이었다.

"후아아아아아암!"

아침 6시, 그건 연우에게 지옥의 시간이었다. 아무리 적응하려고 해도 바람둥이 남자를 사랑하는 일보다도 힘이 든 일. 그게 지연우의 아침이었다. 지금 연우가 가장 바라는 소원이 있다면, 그건……

"아침 해 따위 영원히 뜨지 말란 말이야."

　아침을 여는 여자는 오늘도 어김없이 떠오른 해를 원망하며, 아
무도 다니지 않는 방송국 비상계단에 쪼그려 앉아 꾸벅꾸벅 졸기
시작했다.

제 1 장

"여보세요? 네! 아나운서 지연우네 집 맞아요."

일요일 아침, 연우의 어머니 김 여사는 언제나처럼 우아하게 전화를 받고 있었다.

"네, 제 딸 좋아해 주셔서 고마워요. 하지만 이렇게 집으로 전화를 주시면 곤란해요. 다음부터는 편지나 팬 카페에 글을 남겨주세요. 제 애 팬 카페 주소 아시죠? 네? 모르신다고요? 세상에! 팬이라면서 그걸 모르시면 어떻게 해요!"

어머니가 연우의 팬에게 친절하게 팬 카페의 주소를 가르쳐 주고 있을 때, 아침을 여는 여자 지연우는 살금살금 고양이 걸음으로 김 여사의 뒤를 지나 현관으로 가고 있었다. 필사의 탈출이었다. 들키는 날에는 꼼짝없이 잡혀서 마사지며 뷰티 샵에 끌려 다녀야 하는 것이다. 하지만 오늘은 그것보다도 더 중요한 일이 있었다.

멈칫! 연우는 현관에 버티고 있는 복병을 보고 멈추어서야 했다. 동생인 신우였다. 신우는 말없이 연우에게 손을 내밀었다. 곱게 나가고 싶으면 통행세를 내라는 것이었다. 연우는 손가락 두 개를 들어올렸다. 이만 원이었다. 하지만 신우는 그에 만족하지 않고 자그마치 손가락 다섯 개를 들어올렸다.

"호호호호호호호호! 우리 애는 어릴 때부터 그렇게 예뻤어요. 밖에 나가면 다른 집 어머니들이 우리 애를 얼마나 예뻐했는지……."

어머니의 햇살 자랑은 끝이 없고, 언제나 햇살인 지연우는 동생을 향해 그 해맑은 미소를 보여주더니 그대로 현관으로 뛰었다. 비굴하게 협상할 바에는 당당하게 도망가겠다는 의지였다.

퍽!

하지만 바로 신우의 손아귀에 잡혀 버렸다. 그 어린놈이 언제 이렇게 컸는지, 힘이 장난이 아니었다. 연우는 최대한 불쌍한 표정을 하면서 손가락 세 개를 올렸다. 삼만 원! 이것도 많았다. 그런데도 신우는 신념의 사나이답게 굽혀져 있는 연우의 손가락 두 개를 힘주어 펴주었다. 오만 원! 타협은 없었다.

나쁜 자식! 내가 아침마다 허벅지 찔러가며 번 돈을 이렇게 날강도같이 뺏어가냐? 넌 동생도 아냐!

동생에게 피 같은 돈 오만 원을 뺏기면서까지 지연우가 달려간 곳은 강남에 있는 '모나리자'라는 카페였다. 이곳에서 맞선을 보면 그 커플은 꼭 이루어진다는 소문 때문에 잡지에까지 소개되었던 카페였다. 잡지의 소개대로라면 그곳엔 사랑의 속삭임만 넘쳐나야 했지만, 지금 구석에서 메뉴판으로 얼굴의 거의 대부분을 가린 채 눈만 내밀고 있는 두 여인들은 속닥속닥 작은 소리로 말하며 누군가를 은밀하게 염탐하고 있었다.

두 여인 중 한 명은 3분이면 어떤 사람이든 자신의 매력으로 끌어들인다는 모닝레이디, 지연우였다. 하지만 카페에 있는 그 누구도 그녀를 알아보지 못하고 있었다. 일종의 눈속임 변장을 했기 때문이다. 럭셔리한 체크무늬 버버리 보자기를 머리에 뒤집어쓰고, 옷차림은 잠복할 때 주로 애용된다는 범상치 않은 바바리코트를 입고 있었다. 그녀가 아름다움을 숨기기 위해 선택한 변장은 수상함이었다. 수상한 냄새가 풀풀 풍기는 여자를 상큼한 모닝레이디라고 감히 주장할 수 있는 사람이 과연 있을까?

그리고 그녀의 옆에 같이 수상한 자세를 취하고 있는 여자는 연우의 오랜 친구 진이였다. 고등학교 체육교사를 맡고 있는 여자답게 몸의 골격이 완벽하게 잡혔고, 눈매도 예사롭지 않게 날카로웠다.

지금 두 여자는 어떤 남자를 염탐 중이었다. 정확히 말하면 다른 여자와 맞선을 보고 있는 그녀들의 친구에 애인을 째려보고 있었다.

"세상에! 세상에! 강지남 웃는 거 봐! 아주 좋아 죽네."

마치 자신의 애인이 바람피우는 걸 목격하는 여자처럼 연우는 분해 죽겠다는 듯이 눈에 칼을 들었다.

"그래서 우리 어머니가 하신 말씀이 있지. 남자들은 다 지랄짐 승이라고. 강지남도 별수없는 남자였던 거야. 결국 이 한 번의 실수로 십 년 동안 고이 지켜온 정조를 휴지 조각으로 만든 거잖아. 바보 같은 자식!"

지남이 여자에게 다섯 번째로 웃어주었을 때, 진이는 더 이상 보고 있을 수만은 없다는 듯 벌떡 일어났다.

"지연우, 가자!"

진이가 작전 지시를 내리자 연우가 거울을 꺼내 다시 복장을 점검하였다.

"나 진짜 지연우 안 같지? 그치?"

"그래, 이 가시나야! 누가 보자기 뒤집어쓴 촌년을 지연우라고 생각하겠냐! 그리고 그 입술 옆에 검은 건 또 뭐야? 김 붙었냐?"

"점 그린 거야. 점 있으니까 더 지연우 안 같지 않아? 안 그래?"

"그래, 지연우 안 같고 점순이 같다. 일어나! 가자!"

"자, 잠깐만 선글라스도 쓰고."

"너 오늘 컨셉이 미친 점순이냐? 이 밝은 데서 웬 선글라스?"

진이가 갈구든 말든 연우는 선글라스까지 써서 자신의 얼굴을 꼭꼭 숨긴 후 강지남의 맞선 자리로 앞장서서 걸어갔다. 진이는 바바리코트에 보자기를 뒤집어쓴 연우의 뒷모습을 보며 헛웃음을 지었다.

"완전히 껌 파는 처녀네."

'저 여자가 아나운서 지연우랍니다' 라고 소리치고 싶은 욕망을 꼭꼭 누르며, 진이도 연우의 뒤를 따라서 강지남에게 걸어갔다.

두둥! 이제 응징과 깨달음의 시간이 다가온 것이다.

강지남! 네 이놈! 너의 천년 배필은 어디 던져 두고, 감히 한눈을 파는고!

"책 읽는 걸 좋아하시는군요. 그럼 요즘에 재미있게 읽은 책 있으신가요?"

참 뻔하디뻔한 질문들을 하며 평탄하게 선을 보고 있던 지남은 갑자기 자신의 옆구리 사이로 파고들어 오는 정체불명의 두 팔 때문에 허거덕 놀라 버렸다. 진이와 연우가 각각 한쪽씩 지남의 팔을 낚아채서 잡은 것이었다. 마치 죄인을 잡아가듯이 말이다.

"아가씨! 지금 이 순간 이후로 이 남자 이름이랑 직업, 나이, 그딴 거 다 잊어버려요! 기억하면 큰일나! 알았어요?"

진이가 겁을 주듯이 말하자, 진이의 드센 기에 밀린 맞선녀는 '왜 그러세요?' 라고 묻지도 못하고 겁을 먹은 눈을 부들부들 떨며 작게 고개를 끄덕였다.

지남은 갑자기 나타나 선 자리를 깽판 놓는 두 여자의 등장에 놀라서 외쳤다.

"황진이! 지연우! 니들이 어떻게 알고 온 거야?"

여기서 짚고 넘어가는 소소한 사실 하나, 진이의 성씨는 '황' 이었다.

태후는 지연우라는 이름에 신문에서 눈을 떼고 고개를 들었다. 기획서를 쓰면서 너무 쳐다보았더니 그녀는 꿈자리에까지 나왔다. 확실히 지연우의 얼굴은 중독성이 있었다. 쉽게 잊혀지지가

않았다. 하지만 카페 안을 아무리 둘러봐도, 지연우를 닮은 여자
는 보이지 않았다.

'잘못 들었나?'

라고 생각하고 다시 신문을 읽으려는데 그의 눈을 잡아끄는 인
물들이 있었으니, 한 남자를 죄인 끌고 가듯 질질 끌고 가는 두 여
자였다. 그들은 꽤 시끄러운 퍼포먼스를 보이며 퇴장 중이었다.
태후는 두 여자 중 보자기를 뒤집어쓰고 선글라스를 쓴 수상한 여
인네가 자꾸 눈에 밟혔다.

'설마, 아니겠지…….'

확신을 할 수 없는데도 태후의 눈은 두 여자가 남자를 끌고 카
페에서 완전히 사라질 때까지 보자기 여인네에게서 떨어질 줄을
몰랐다. 어느새 기자 마태후의 손에는 소형 디지털 카메라가 들려
있었다. 마태후가 의문점을 가진 순간 지금 보자기 여인의 모습은
증거 사진이었던 것이다.

찰칵!

지연우가 꼭꼭 숨기고 싶었던 모습이 영원히 기록으로 남겨지
는 소리였다. 태후는 자신이 찍은 사진을 기자의 눈으로 날카롭게
바라보았다.

대한민국의 아침을 여는 여자 지연우와 보자기 여인네가 동일
인물일 확률은 얼마일까?

"니들이 어떻게 알고 여기까지 온 거야?"

지남은 자신이 한 잘못을 반성하기보다 그 잘못을 들켜 버렸다

는 사실에 혼비백산하고 있었다. 연우가 화를 참지 못하고 소리쳤다.

"그럼 이 세상에 완전범죄가 가능하다고 생각했단 말이야? 너 어떻게 춘희가 열심히 환자들 보고 있을 시간에 선을 볼 생각을 하냐? 인간 맞아? 그냥 춘희랑 끝내고 싶은 거야?"

"아니야! 그런 거 아니야! 난 춘희랑 결혼하고 싶어서 선본 거란 말이야!"

"너 미쳤냐? 어떤 놈이 결혼하고 싶다고 하면서 다른 여자랑 선을 봐?"

진이가 기가 막힌다는 듯이 옆에 있는 큰 깡통을 발로 차버리며 소리쳤다. 꼭 품새가 여자 두 명이 불쌍한 남자 한 명한테 삥 뜯는 모습이었다. 지남은 정말 열심히 자신의 처지에 대해서 변호했다.

"내가 춘희랑 결혼하고 싶다고 하니까 우리 어머니가 한 여자만 만나보고 결혼 생각을 굳히는 건 성급하다시면서, 승낙을 안 해주시잖아. 그래서 조건을 붙였단 말이야. 만약 다른 여자랑 선을 보고서도 그 생각이 변함없다면 결혼 허락한다고. 그래서 그런 거야! 정말 다른 뜻 없었어. 어머니가 너무 완고하셔서 어쩔 수 없었다고."

"네가 끝까지 춘희밖에 없다고 밀고 나갔어야지. 결국 네 어머니 욕심 채워 드리려고 춘희를 기만한 거잖아. 너희 어머니 뭐야? 춘희가 너한테 부족하다고 생각하시는 거니? 그런 거지? 나도 춘희 무시하는 부모님 있는 남자한테 우리 춘희 시집 못 보내!"

연우는 마치 자신이 춘희의 엄마인 것처럼 눈물까지 보이며 화를 냈다. 그건 진이도 마찬가지였다.

"나도 마찬가지다. 너 좋게 봤는데, 이제 보니 부도수표였네. 어머니가 더 좋은 여자 만나보란다고 선을 봐? 그냥 그 여자랑 결혼해!"

"난 춘희도 사랑하지만 우리 부모님도 사랑해! 지연우! 넌 왜 그럼 어머니 말이면 무조건 다 듣는 건데? 네가 정말 아나운서 되고 싶어서 된 거야? 너희 어머니가 하라고 하니까 한 거 아니야?"

"여기서 우리 엄마 이야기가 왜 나와? 내가 다른 남자랑 선봤어? 난 애인도 없다고!"

"내가 하고 싶은 말은, 이건 단지 우리 어머니의 작은 욕심이었을 뿐이라고. 자기 아들이 더 좋은 여자를 만나서 결혼했으면 하는. 연우 너희 부모님도 갖고 계시는 욕심이고, 진이 너희 부모님도 갖고 계시는 욕심이야."

"그래, 그리고 그런 욕심을 가지셨을지도 모르는 춘희 부모님들은 이미 돌아가시고 안 계시지."

현실이 주는 씁쓸함에 진이는 그 어느 때보다도 쓰게 웃었다. 지남의 어머님이 나쁘다고 생각하지는 않았다. 그래도 춘희를 생각하면, 참 야속하신 분이었다. 혼자서 얼마나 열심히 살아온 아이인데 모자라다고 생각하시다니, 너무하시다. 정말 너무하시다.

"난 선을 봤고, 그래도 여전히 춘희야! 그러니까 더 이상 어머니도 고집 피우시지 않을 거야. 춘희를 자기 며느리로 보시려고 노력하실 거라고. 내가 우리 어머니를 뻔히 알아. 그렇게 욕심 크신 분 아냐. 너희들도 알잖아. 안 그래?"

“너희 어머니의 잘못과 네 잘못을 춘희한테 용서받고 싶어?”

연우의 말에—춘희는 이 사실을 알지 못하지만—지남은 그렇다고 고개를 끄덕였다.

“그럼 오늘 춘희한테 프러포즈해!”

오늘 지남이 자신이 저지른 잘못을 씻기 위해 치러야 하는 벌은 프러포즈였다. 로맨틱한 형벌이다.

그리고 연우는 진이와 지남을 이끌고 쥬얼리 매장을 찾아 나섰다.

“이거! 이거 보여주세요.”

연우는 아이스크림을 기다리는 꼬마의 표정을 지으며, 점원이 꺼내는 반지가 자신의 손에 들어오기를 기다렸다. 드디어 아름다운 보석반지가 연우의 손에 들어왔을 때, 연우는 생각할 것도 없이 냉큼 자신의 손가락에 끼어보았다. 골든 듀 매장에 들어왔을 때부터 눈에 띄었던 반지였다. 백조의 우아한 라인을 따서 링을 만들고, 영롱하고 신비로운 빛을 발하는 그린 다이아가 백조의 머리에 해당하는 부분에 박혀 있었다. 디자인도 맘에 들지만 그 무엇보다 다이아의 신비로운 그린 빛이 너무 맘에 드는 반지였다.

“진이야! 이거 봐! 정말 예쁘지?”

옆에서 역시나 반지를 고르고 있던 진이가 연우의 질문에 고개를 들었다.

“어라? 초록색 다이아몬드네.”

다이아의 영롱한 그린 빛이 신기해 진이가 연우에게 가까이 다가와 구경하였다. 반지를 꺼내주었던 점원이 웃으면서 두 여자에게 반지에 대해 설명을 해주었다.

"안목이 있으시네요. 지금 손님이 끼고 계신 그린 다이아 반지는 저희 매장에 하나밖에 없는 귀한 보석입니다. 프라하의 연인에게 남자 주인공이 여자 주인공한테 한 선물이 그린 다이아 펜던트였는데, 거기서 남자 주인공이 이런 말을 하잖아요. '그린 다이아몬드의 뜻은 세상의 시간이 다 지워져도 나는 당신을 사랑합니다'라는 뜻이라고. 아름다운 보석인만큼 정말 아름다운 뜻을 담고 있지 않나요?"

점원의 설명을 들은 연우는 더욱 맘에 든다는 눈으로 반지를 바라보았다. 그건 진이도 그랬다. 두 사람 다 만약 자신들의 절친한 친구의 손에 이 반지가 끼워진다면 정말 행복할 것이라고 생각하였다. 연우가 고개를 돌려 오늘 반지를 살 지남에게 물었다.

"지남아! 넌 어때? 예쁘지?"

지남은 점원에게 반지의 가격을 물어보고 있었다. 생각보다 비쌌는지 지남의 표정이 허거덕 하는 게 바로 눈에 띄었다. 지남이 연우를 쳐다보며 고개를 저었다.

"아니, 안 예뻐! 다른 거 고르자."

"지금 비싸다고 안 예쁘다는 거지? 춘희에 대한 네 사랑은 겨우 그 정도야?"

지남의 말에 연우는 바로 화를 내었고, 진이는 점원에게 다이아 반지의 가격을 확인하였다. 진이도 역시나 헉 소리를 내며 뒤로 물러났다.

"야! 내 월급이 얼마라고 생각하는 거야? 우리 집은 부자도 아니라고."

"내 애인이 포로포즈 반지를 고르면서 너처럼 돈부터 따진다면 난 절대 허락하지 않을 거야!"

"다행이다. 내가 결혼할 사람은 네가 아니라 춘희거든."

연우는 더 이상 지남과 실랑이를 하고 싶지 않았기에, 점원을 향해 반지가 껴진 손을 쳐들며 지갑에서 카드를 꺼내 내밀었다.

"이 반지 얼마든 상관없으니까, 이 카드로 계산해 주세요."

지남이 기가 막힌다는 듯이 외쳤다.

"야! 오늘 반지가 필요한 사람은 나야! 그런데 왜 네가 사는 거야!"

"왜냐하면 오늘 춘희의 손에는 무슨 일이 있어도 이 반지가 끼워져야 하니까."

"그래서 뭐야? 네가 춘희한테 프러포즈하겠다는 거야?"

"그래, 반지는 내가 끼워줄 테니까 넌 결혼하자는 말만 해!"

그리고 연우는 자신의 손가락에 그린 다이아 반지를 낀 채 우아하게 골든 듀 매장을 퇴장하였다. 지남이 도움을 청하는 눈길로 진이를 쳐다보았다.

"솔직히 춘희가 결혼은 너랑 해도 춘희의 손에는 연우가 산 반지가 끼워졌으면 좋겠다."

하지만 야속하게도 진이도 지남을 도와주지 않았다.

"너무 비쌌단 말이야! 프러포즈를 위해 빚까지 내라고?"

"하! 슬프고도 처절하게도 아름다움과 돈은 비례하지."

지남이 지갑을 꺼내 들며 진열대로 걸어갔다.

"난 내 수준에 맞는 반지를 살 거야."

"그래서 연우의 그린 다이아와 겨루겠다고? 너무 초라할 것 같지 않냐?"

지남은 억울하다는 표정을 지었다.

"그럼 나보고 어쩌라고?"

"어쩌긴, 연우의 손가락에 끼워진 그린 다이아 반지를 뺏어야지."

진이도 연우의 뒤를 따라 퇴장하면서 마지막 말을 비장하게 남겼다.

"사랑하는 너의 춘희를 위해서."

오늘은 강지남 심판의 날이었다. 끝없는 고난의 연속이었다.

진이와 연우는 오늘 두 번째 염탐 중이었다. 첫 번째 염탐이 '죄와 벌'이었다면 두 번째 염탐의 테마는 '큐피드 드디어 한 건 하다'였다.

연우는 춘희를 기다리고 있는 지남을 보며 행복한 표정을 지었다.

"아! 우리 중에 춘희가 가장 먼저 시집가는구나."

"결혼한다고 다 해결될 문제냐. 지남이 어머님 생각하면 과연 이 결혼 시켜도 되는 건지 잘 모르겠다."

"괜찮아! 춘희의 뒤에는 우리가 있잖아. 지남이 어머니는 혼자지만 우린 둘이야!"

"이게 피구인 줄 알아, 많이 있는 쪽이 유리하게? 하여튼 생각하는 게 초등학교를 못 벗어났어.”

“내가 뭐! 내가 뭐! 내가 뭐어?”

“바로 그런 점! 꼭 화나면 여러 번 묻지. 그거 진짜 유아틱하거든. 방송국에서 그러지 마라. 바로 사표 쓰라고 한다.”

“아! 춘희 왔다.”

열심히 다투던 진이와 연우는 레스토랑으로 춘희가 들어서는 걸 발견하고 바로 말을 멈추고 메뉴판으로 얼굴을 숨겼다. 춘희는 병원에서 바로 왔는지 간편한 블랙 정장 차림이었다. 그 사실이 못내 아쉬운 듯 연우가 한숨을 터뜨렸다.

“아! 내 그린 다이아 반지에는 순백의 원피스가 어울릴 텐데.”

“그게 왜 네 거야? 이제 춘희 손가락에 끼워질 거잖아.”

“지남이가 반지 값 지불하기 전까지는 내 거야!”

“어? 반지 내민다.”

지남이 드디어 춘희에게 반지를 내밀며 결혼에 대해 이야기를 하는 것 같았다. 연우와 진이는 자신들이 프러포즈를 받는 사람처럼 숨을 죽였다. 이제 춘희가 반지를 꺼내 보면 된다. 그러면 되는데, 춘희는 반지를 꺼내 보지 않았다. 그저 케이스 채 다시 지남에게 돌려주고는 자리에서 일어났다. 춘희가 레스토랑에서 나가 버린 건 순간이었다.

예상치 못한 춘희의 행동에 놀란 연우와 진이가 혼자 남은 지남에게 달려갔다.

“야! 왜 춘희가 그냥 나가?”

지남은 넋이 빠진 사람처럼 멍하니 앉아 있을 뿐이었다. 답답하다는 듯 진이가 지남의 어깨를 흔들며 물었다.

"강지남! 춘희가 네 프러포즈에 뭐라고 했어?"

지남은 나쁜 공기를 뱉어내듯 힘들게 말을 뱉어냈다.

"싫대."

"얘가, 얘가! 도대체 왜 이렇게 안 들어오는 거야? 그리고 왜 전화는 다 꺼져 있어! 내가 정말 못살겠어! 하여튼 그 애들이랑 어울리기만 하면 자기 맘대로 한다니까. 맘에 안 들어! 정말 맘에 안 들어!"

연우의 어머니 김 여사는 연우를 기다리느라 속이 다 타 들어가고 있었다. 전화는 이미 수십 통을 해본 뒤였지만, 단 한 통도 연결되지 않았다. 그래서 더 애가 타고 있었다.

"들어오겠지. 너무 걱정 말아요."

연우의 아버지인 지 교수는 느긋한 목소리로 말했지만, 그에게 돌아오는 건 김 여사의 앙칼진 목소리였다.

"걱정을 안 하게 생겼어요! 벌써 10시라고요! 새벽 4시면 챙겨서 나가야 되는데, 잠은 언제 자냔 말이에요. 연우는 피부가 약한 탓에 잠 못 자면 금방 트러블 생겨서 화면에 못생기게 나온다고요!"

연우의 스타일리스트이자 매니저답게 연우는 지금 생각도 하지 않고 있는 방송을 먼저 챙기는 어머니였다. 과연 아침을 여는 여자를 만들어낸 일등 공로자답다.

띠리리리 띠리리리.

"안 받는데."

바람처럼 레스토랑을 나가 버린 춘희는 집에도 없고, 전화도 받지 않고 있었다.

연우가 믿을 수 없다는 듯이 중얼거렸다.

"난 설마 춘희가 지남이의 프러포즈를 거절할 거라고는 생각도 못했어."

분명 춘희는 지남의 선에 대해서 몰랐을 것이다. 그런데도 지남의 프러포즈를 거절했다. 정말 중요한 문제는 강지남의 맞선이 아니었던 것이다. 좀 더 현실적이고 복잡한 문제에 직면한 순간 진이도, 연우도 뾰족한 대책을 내놓을 수 없었다. 지금 할 수 있는 건 그저 춘희가 돌아올 때까지 그녀의 집 앞에서 하염없이 기다리는 일밖에 없었다.

"춘희 지금 어디 있는 걸까?"

"그 보자기하고 선글라스나 벗고 이야기하지 그러냐? 누가 보면 간첩인 줄 알고 신고하겠다."

"춥단 말이야."

"선글라스가 보온 기능까지 있냐? 어디 줘봐라! 내 언 눈도 좀 녹여보게!"

"아! 빼지 마! 내 거야!"

연우와 진이는 춘희네 집 앞에 쪼그려 앉아 또 토닥거리고 있었다. 어떻게 해서든 오늘 내로 춘희를 만나고 갈 생각이었다. 하지만 내일 방송이 있는 연우에게는 무리가 있는 시간이었다. 밤 11시, 이미 통금 시간이 두 시간이나 넘어가고 있었다. 연우가 시계의 시간을 보고 한숨을 쉬었다.

"집에 들어가면 엄마한테 죽었다."

"가라, 이 가시나야! 안 붙잡았다."

"그럼 너는?"

"나는 춘희 그 기집애 만나기 전에는 못 움직인다. 여기서 뿌리를 박을 거다! 친구한테 무슨 일이 생겼는데 어찌 집에 가서 발 뻗고 잠을 자나?"

"너만 춘희 친구니? 나도 춘희 친구야! 춘희는 내가 먼저 알았어!"

"그래, 알지! 너무 잘 알지! 춘희가 나랑 친해지니까 네가 나한테 와서 울면서 그랬잖아! 춘희는 자기 친구니까 같이 놀지 말라고! 어찌나 유치한지 사흘 밤낮을 웃었다."

"웃지 마! 확실히 말해두는데, 지금도 춘희는 나랑 더 친해!"

"너는 아나운서씩이나 되어서도 어찌 변한 게 하나도 없냐? 저리 좀 떨어져 앉아라! 유치도 가까이 있으면 옮는다더라!"

진이와 연우는 언제나 이런 식이었다. 전혀 닮은 구석이 없는 두 사람이 친해지게 된 이유도 바로 이런 경쟁의식 때문이었다. 그리고 그 경쟁의식 사이에는 언제나 춘희가 있었다. 그렇게 두 여자의 사랑을 듬뿍 받고 있는 춘희는 밤이 깊어도 돌아올 줄을 몰랐다.

"미치겠네! 얘 왜 이렇게 안 오는 거야!"

‘세상의 아침’은 지금 비상사태였다. 천지가 개벽해도 아침은 열려야 되는데, 아침을 여는 여자가 아직까지 나타나지 않고 있었다. 앞으로 5분 후면 지연우가 나가는 모닝 이슈가 시작될 시간이었다.

“분명 제시간에는 올 거예요. 걱정하지 마세요, 김 PD님!”

연우의 어머니는 방송국 스튜디오에 나와 있었다. 연우가 어젯밤 결국 집에 들어오지 않았기 때문에, 걱정이 되어서 이곳까지 나온 것이었다. PD에게는 연우가 꼭 온다고 말하고 있었지만, 솔직히 지금 김 여사의 속도 바짝바짝 타 들어가고 있었다.

방송 시작 삼 분 전, 핸드폰은 여전히 불통이고 지연우는 나타나지 않고 있었다.

“안 되겠어! 다른 아나운서 준비시켜! 빨리!”

결국 PD의 입에서 대타 투입이 결정되고 연우의 어머니, 김 여사는 안타깝고 화나는 마음에 입술을 깨물었다. 어떻게 올라온 자리인데. 그 빛나는 자리에 흠집이 생기는 것 같아 마음이 쓰리기만 한 어머니였다.

방송 시작 1분 전. 결국 연우의 대타로 그녀와 같은 동기인 유민주 아나운서가 들어가게 되었다. 분명 방송이 시작되자마자 항의 전화가 빗발칠 것이었다. 연우를 보기 위해 세상의 아침을 보는 사람들이 많으니까 말이다. 그래도 할 수 없었다. 본인이 안 나타나는데. 방송을 펑크 낼 수는 없었다.

방송 30초 전. 연우가 빠진 것 빼고는 모든 게 스탠바이 된 상황이었다. 연우의 대타인 유민주는 급하게 받은 대본을 읽고 또 읽었다. 연우에게는 치명적인 마이너스가 될 일이 그녀에게는 플러스가 되는 일이었다.

방송 20초 전.

탕!

스튜디오의 문이 부서져라 열렸다.

"죄송합니다! 늦었어요!"

연우였다. 숨이 턱에 차서 헐떡거리는 연우를 보고 김 여사도 놀라서 외쳤다.

"연우예요! 연우가 왔어요!"

대본을 볼 시간도 없고, 메이크업도 대충이고, 의상도 그 이상한 바바리코트 차림이었지만…….

"유민주 빠지고, 지연우 당장 들어가! 방송 10초 전!"

PD는 바로 유민주를 밀어내고 연우를 카메라 앞으로 떠밀었다. 우선은 얼굴만 비추면 된다는 본능으로 말이다. 생각 따위 할 시간도 없었다. 이제 방송 시작이었다.

5. 4. 3. 2. 1. On air!

"안녕하십니까? 좋은 아침입니다. 아나운서 지연우입니다."

그럭저럭 웃으면서 언제나처럼 인사를 한 연우였다. 입술 옆에 먹다 만 김이 붙은 것처럼 점 같은 게 찍혀 있고, 옷차림이 조금 수상쩍었지만 그래도 아주 최악은 아니었다. 어찌 됐든 오늘도 대한민국의 아침은 열린 것이었다.

"푸하하하하하하하하하하하하하하하—!"

세상의 아침 모닝 이슈가 시작된 시간, 마태후는 아침을 먹다 말고 폭소를 터뜨렸다.

"하하하하하하하하하하하하! 점까지 똑같아!"

똑같은 옷차림, 거기다가 입 옆에 점까지. 보이는 그대로 카메라 앞에서 '그 보자기 여인네가 바로 접니다'라고 광고를 하고 있는 연우였다. 이렇게 딱 마태후한테 걸릴 거였다면, 그냥 방송 펑크 한 번 내는 게 골백번 낫지 않았을까?

"푸하하하하하하하하하하!"

끝도 없이 이어지는 마태후의 웃음소리에 마(魔)의 기운이 깊게 서려 있는 듯하다. 이거 심상치 않다.

아침을 여는 보자기 여인네는 그렇게 마씨 성을 가진 남자의 시선 안으로 들어섰다. 웃기게, 쇼킹하게, 호기심을 가득 담고…….

제 2 장

동금은 아침 일찍 방송국 로비를 달려서 들어왔다. 아직 지각을 할 시간은 아니었지만, 편집회의가 시작되기 전에 데스크에 보여야 할 기사를 아직 완성하지 못했다. 그러나 급하게 뛰던 동금은 엘리베이터 앞에 있는 여자를 보고 주춤 멈춰 서고 말았다. 윤해수였다. KBC 6시 뉴스의 앵커이자 파워인터뷰의 MC, 순수한 이미지로 뜨고 있는 지연우와 달리 카리스마로 유명한 아나운서, 그녀가 혼자 엘리베이터 앞에 서 있었다.

동금은 머뭇거리며 해수의 옆에 가서 섰다. '안녕하세요' 라고 인사할까? 동금은 옆에 서 있는 해수를 힐끔 쳐다보았다. 그녀는 아침부터 방송이 있는지 무언가를 열심히 읽고 있었다. '오늘은 무슨 방송에 나가죠?' 라고 물어볼까? 하지만 무난한 건 역시나

‘안녕하세요’였다. 동금이 막 ‘안’이라는 발음을 하며 입을 크게 벌렸을 때 띵, 엘리베이터의 문이 열렸다. 윤해수는 자신에게 인사를 하려는 남자가 있다는 걸 미처 깨닫지 못한 채 먼저 엘리베이터에 탔지만, 동금은 그저 밖에 서 있을 뿐이었다. 그제야 해수가 대본에서 눈을 떼고 동금을 쳐다보았다.

“안 타요?”

“네, 안 탑니다.”

의아해서 묻는 해수의 말에 동금이 아무 말도 못하고 있을 때, 대신 대답을 해준 건 마태후였다. 해수는 힐끗 마태후를 쳐다보다가 바로 엘리베이터의 문을 닫아버렸다.

동금이 분하다는 표정으로 태후를 바라보았다. 그는 막 ‘탈 거예요’라고 말하려던 참이었다. 그리고 엘리베이터에 타면 ‘안녕하세요’라고 인사도 할 참이었다. 그런데 그런 모든 계획을 마태후가 수포로 만든 것이었다.

자신의 잘못을 전혀 모르는지 마태후가 웃으면서 말했다.

“나 모닝레이디 팬 카페에 가입할 거야.”

“갑자기 왜?”

기분이 좋지 않았던 동금은 거칠게 물었고, 태후는 소프트하게 답변해 주었다.

“인간이 하는 일에 이유를 하나하나 따질 수 있는 거라면, 넌 왜 윤해수 앞에만 가면 아다다 벙어리가 되냐?”

동금은 바로 입을 꾹 다물 수밖에 없었다.

사무실로 온 태후는 급하게 마무리해야 하는 일도 뒤로 미루고 컴퓨터 앞에 앉아 인터넷으로 들어갔다. 탁 탁 탁! 경쾌하게 자판을 누르며 만능 지식인 네이버에게 물어보았다.

〈모닝레이디!〉

태후의 뒤에 서서 그가 하는 일을 가만히 지켜보고 있던 동금은 왜 끝에 느낌표가 붙는지 물어보고 싶었으나 묻지 않았다. 태후는 네이버의 도움으로 바로 지연우의 팬 카페에 접속할 수 있었다. 세상의 아침에 출연했던 지연우의 사진이 메인 화면에 뜨자마자 태후가 가볍게 휘파람을 불며 말했다.
"오! 아름다운 모닝레이디!"
모닝레이디에 가입하려면 반드시 이 질문에 대답을 하여야 한다. 심장에 손을 얹고 순수하게, 진실되게, 온 마음을 다하여 대답하여야 하는 관문이었다.

〈지연우 아나운서를 사랑하십니까?〉

"엄마! 나 가볼 데 있어."
"안 돼! 타!"
이틀 전 연우가 말도 없이 외박을 한 이후로, 어머니 김 여사는 연우의 퇴근 시간에 맞추어 연우를 데리러 직접 차를 운전해서 회사까지 오고 있었다. 연우로서는 참 난감한 노릇이었다. 아직 춘

희와 제대로 이야기도 못했는데, 어머니의 지나친 에스코트 때문
에 춘희를 만나러 가지도 못하고 있었다. 춘희와 진이는 연우의
가장 절친한 친구였지만, 어머니 김 여사는 연우의 두 친구를 별
로 좋아하지 않았다. 왜냐하면 그녀들만 만나면 얌전한 지연우가
어디로 튈지 도저히 짐작을 할 수 없었기 때문이다. 언제나 딸에
대해 모든 걸 알아야 하는 어머니로서는 정말 마음에 안 드는 프
렌드십일 수밖에 없었다.

어머니의 그런 마음을 뻔히 알기 때문에 지연우는 춘희가 걱정
되니까 가봐야 한다고 어머니에게 말하지 못하고 있었다. 연우는
더 이상 고집 피우지 못하고 어머니의 차에 올라탔다. 진이에게
마마걸은 아니라고 큰소리는 치지만, 여전히 세상에서 자신의 어
머니가 가장 무서운 연우였다. 연우가 그 아침, 방송을 위해 숨가
쁘게 뛰어온 것도 방송에 대한 책임 의식보다는 어머니에 대한 무
서움이 더 컸었다. 어머니, 그건 어쩌면 연우가 죽을 때까지 뛰어
넘을 수 없는 장벽 같은 존재인지도 모른다.

"요즘 모닝와이드 잘 돌아가고 있습니까?"

먼저 찾아와서 하는 마태후의 말에 오 PD는 싸늘한 시선을 보
냈다. 처음에는 차라리 사표 쓰고 다른 일자리나 찾아보라고 대놓
고 말했던 놈이다. 두 번째는 말도 안 되는 기획서를 밥값이라며
내밀었었다. 말 그대로 오 PD를 아주 우습게 아는 남자였지만, 그
래도 먼저 찾아와서 말하는 것에 혹해서 오 PD는 다시 마음을 다
잡고 점잔을 빼며 물어보았다. 어쨌든 아쉬운 건 그쪽이었으니까.

만약 이대로 시청률이 바닥이라면, 모든 책임은 담당 PD인 그에게 돌아올 것이다.

"뭐야? 이제 와서 우리 프로 일에 관심이 생긴 건가?"

"아뇨, 그럴 리가 있겠습니까?"

그럼 왜 물어봐서 염장 지르는 건데? 라는 눈으로 오 PD는 마태후를 노려보았다. 오 PD의 적대적인 태도에도 마태후는 친근한 사이의 대인 거리라는 50㎝ 안에 발걸음을 들여놓았다. 눈치가 개치이든지 무언가 꿍꿍이가 있는 것이다.

"아직도 회생의 기회를 노리고 계신다면 제가 조언을 해드리고 싶은데요."

자존심이 있는 PD라면 자신을 우습게 보는 마태후의 말 따위는 무시하겠지만, 오 PD는 지금 자존심보다 밥벌이 보존이 더 중요했다. 이번엔 오 PD 쪽에서 마태후에게 한 걸음 다가섰다. 친근하게 다가선 두 남자, 정말 그림 아니올시다.

"세상의 아침 담당 PD에게 축하 인사는 하셨습니까?"

오 PD는 다시 한 번 고개를 들어 마태후를 쏘아보았다. 정말이지 적군인지 아군인지 파악이 안 되는 놈이었다.

뭐? 날 물 먹이고 있는 경쟁자한테 축하 인사를 하라고?

MBS 방송국, 아나운서 지연우는 오후 3시쯤 세상의 아침 담당 PD인 김현석 PD의 호출을 받고 TV제작본부 교양정보팀으로 갔다. 당연히 세상의 아침 프로에 대한 이야기일 줄 알았는데, 그게 아니어서 지연우는 조금 당황하였다.

"KBC 오성환 PD가 절 식사에 초대했다고요?"

"그래, 어떻게 할래?"

오 PD는 결국 마태후의 충고에 따라 김 PD에게 축하의 인사와 함께 식사 초대를 하였으며, 김 PD는 승자답게 값싼 동정심을 넉넉히 써서 오 PD의 초대를 받아들여 주었다.

"이거 공적인 자리인가요?"

같은 방송국도 아니고 경쟁사 방송국 PD와의 식사는 드문 일이었기에, 연우는 의아해하며 물었다. 뭐지? 적에 대한 탐방인가?

"아니, 사적인 자리야. 그러니까 거절해도 상관없어."

김 PD의 질문에 연우는 잠시 생각을 하였다. 솔직히 PD들과의 식사는 정말 성격에 맞지 않는 일이었다. 근무 시간 외에도 그들과 같이 한다는 건 싫었지만, 이 핑계를 대서 어머니의 눈을 피해 춘희를 만나러 갈 수도 있는 기회였다. 그 생각까지 들자 연우는 웃으면서 가볍게 말했다.

"아뇨, 참석하겠습니다. 몇 시 약속이죠?"

곱게 물 잔을 들어 올리는 지연우의 손길에 레스토랑 안의 모든 시선이 몰리는 듯하였다. 그래서 옆에 있는 김 PD는 더욱 뿌듯하였다. 지연우의 인기가 바로 세상의 아침에 성공이었고, 세상의 아침에 성공이 자신의 성공이었으니까.

"늦으시네요."

연우는 조금 짜증이 몰려오는 것을 참으며 차분하게 말했다. 벌써 약속 시간이 5분이나 지나고 있었지만, 먼저 약속을 정한 오

PD라는 사람은 오지 않고 있었다. 오 PD가 늦을수록 식사 시간은 길어질 거고, 그럼 춘희를 만나러 갈 수도 없게 될 것이었다.

짜증나!

아무도 못 듣게 마음속으로 중얼, 화를 냈다.

"쿡!"

그런데 마치 그런 연우의 말을 들은 것처럼 웃음소리가 들려왔다. 화들짝 놀란 연우가 고개를 돌려 주위를 둘러보았다. 훔쳐보다 들킨 것처럼 고개를 돌리는 사람, 그저 열심히 식사를 하는 사람, 그리고 신문을 읽고 있는 남자.

연우는 잠시 옆 테이블에 앉아서 신문을 읽고 있는 남자에게 시선을 집중하였다. 아니, 자신의 의지와 상관없이 남자에게 시선이 갔다는 말이 맞을 것이다. 칠흑같이 까만 긴 앞머리가 남자의 까만 눈동자와 절묘한 조화를 이루며 앞으로 흘러내리고 있었다. 블랙과 블랙의 아름다운 만남이었다. 턱을 괴고 있는 손가락이 참 길었다. 무엇보다 인상적인 것은 오만하게 솟아 있는 코였다. 지금까지 연우가 보았던 남자들의 코 중 가장 완벽한 코였다. 전체적인 라인이 살아 있는 남자라서 그런지 잘 그려진 그림을 감상하는 기분이었다. 그래서 그런가 보다. 명화를 감상하기 위해 잠시 바쁜 걸음을 멈추듯이, 연우도 그런 것이라고 생각하며 짧은 감상을 다 마친 뒤 다시 고개를 돌려 앞을 보았다. 김 PD는 오지 않는 오 PD에게 전화를 하고 있는 중이었다.

"길이 막힌다는군. 조금만 더 기다리자고. 배고프면 우리 먼저 식사할까?"

전화를 끊고 김 PD가 한 말이었다. 연우는 전혀 기분 안 상했다는 듯이 입모양을 예쁘게 만들며 웃었다.

"아뇨, 오 PD님이라는 분이 오시면 그때 시키죠."

마태후는 어이없는 미소를 지으며 레스토랑 안으로 들어선 오 PD를 보았다. 아무래도 늦은 건 차가 막혀서가 아니라, 미용실에서 머리 하는 데 시간이 오래 걸려서인 거 같았다. 꼬불거리던 촌스러운 곱슬머리가 쫙쫙 펴져 있었다.

"세상의 아침에 성공 요인은 지연우입니다. 그러니까 저 같은 놈보다는 지연우를 만나서 스카우트 제의를 하십시오. 그게 더 확실한 성공 포인트 아니겠습니까?"

마태후의 충고는 스카우트였다.

"물론 스카우트가 쉽지는 않은 일이죠. 지연우 같이 한창 뜨고 있는 인기 아나운서인 경우에는 특히요. 하지만 세상일에 한 가지 방법만 있으란 법은 없잖습니까? 차선책이라는 것이 있습니다. 만약 일이 잘 안 풀리면, 그냥 남자로서 대시하세요. 여자들한테 잘 먹히는 거야, 아무래도 비지니스보다는 페로몬이죠. 오 PD님 정도면 지연우는 문제없습니다. 그러니까 적과의 만찬이 그리 손해 나는 짓은 아니겠죠? 안 그렇습니까?"

그리고 마태후의 꿍꿍이는 총각 PD의 마음에 바람 불어넣기였다. 좀 띄어주는 말에 솔깃해진 오 PD는 순식간에 자신이 지연우의 마음을 한 번에 사로잡을 매력남이라는 착각 속에 빠져들어 갔다. 그리고 그 증거가 저 스트레이트파마이다. 아무래도 스카우트보다는 페로몬 쪽에 온 전력을 쏟기로 맘을 먹었나 보다.

저러니 나 같은 인간한테 아침에 아줌마들을 꼬시라는 오만 원 짜리 헛소리를 해댔지.

마태후는 지연우에게 느끼한 웃음을 날리며 손을 내미는 오 PD 를 바라보면서 혀를 찼다.

절대로 안 잡는다.

그리고 마태후의 예상대로 지연우는 그저 가볍게 웃으며 자리 에 앉았다. 허공에 홀로 남겨진 오 PD의 손이 민망함을 감추기 위 해 빠르게 아래로 내려갔다. 자신이 스트레이트파마까지 했는데, 옷까지 비싼 정장으로 맞춰 입고 왔는데 지연우가 아무 반응이 없 는 게 당황되는 눈치였다. 어째 지연우보다 오 PD의 반응들이 더 재미있었다. 지연우는 텔레비전 속의 아침을 여는 여자 그 모습 그대로 스테이크를 우아하게 썰고, 물 잔을 소리나지 않게 들어올 리며, 남자들의 이야기에 귀를 기울일 뿐 절대로 먼저 입을 여는 법이 없었다. 대답을 해도 예, 아니오 라는 짧은 대답뿐이었다.

마태후가 슬슬 지겹다고 느낄 때, 지연우가 조용히 의자에서 일 어나 화장실이 있는 방향으로 걸어갔다. 마태후도 자리에서 일어 나 지연우의 뒤를 따라갔다.

―너 왜 안 와?

전화를 걸자마자 진이는 대뜸 화부터 냈다.

"약속한 사람이 늦게 왔단 말이야. 어쩌지? 나 지금 그냥 도망 갈까?"

―거기 잡혀간 거냐? 뭘 도망쳐?

"하지만 이대로 계속 앉아 있다가는 춘희 만나러 못 갈 거 같다고. 아프다고 거짓말할까?"

―춘희 보기에는 멀쩡하거든. 뭐라고 물어볼 말이 없다. 아무래도 당분간은 그냥 지켜봐야 할 것 같아. 그러니까 넌 비싼 밥 잘 먹고 집으로 고이 들어가!

"네가 우리 엄마야? 왜 명령이야!"

자신이 왜 이 불편한 자리까지 왔는데. 그냥 집에나 가라는 진이의 말에 연우가 발끈해서 소리쳤다.

"기다려! 지금 갈 거야."

지금 당장 갈 거라고 호언장담한 연우는 거울을 쳐다보며 흐트러진 머리를 정리하며 작전을 짰다.

"김 PD님! 저 갑자기 현기증이 나서 아무래도 집에 가봐야 할 것 같거든요, 이럴까? 아냐! 그럼 분명 병원까지 따라온다고 할 거야. 김 PD님! 어머니한테 갑자기 전화가 왔는데요. 집에 급한 일이 생겼다고 해서요. 그런데 절대로 저희 집에는 안부 전화하지 마시고요. 이상한가? 아이! 그냥 사실대로 말할 수 있으면 얼마나 좋아. 김 PD님! 오 PD라는 사람이 너무 느끼해서 먹은 게 소화가 안 돼요. 그냥 집에 가도 될까요? 음! 그래! 그건 나도 인정해! 그만 가봐!"

스스로 김 PD 목소리를 흉내 내며 대답까지 한 후, 웃음을 참지 못하고 잠시 키득거렸다.

―아나운서 때려치우고 배우로 나가려는 거야? 대충 해! 그냥 일 생겼다고 하면 되잖아.

“아! 나 핑계 거리 생각났다.”

―뭐라고 할 건데?

“안 가르쳐 주지롱.”

―누가 궁금해서 그러는 줄 알아? 네가 또 이상한 소리할까 봐 걱정되어서 그런다.

두 남자와 얘기한 한 시간보다 친구랑 전화통화한 1분 동안 한 말이 더 길었다. 호들갑스럽다. 그러나 가식은 없었다.

“백조사기토끼!”

삑, 여자 화장실 밖에 서 있던 마태후가 녹음기에 대고 작게 중얼거렸다. 역시 강렬한 점순 씨의 모습은 환상이 아니었다. 평소에도 그렇게 왈가닥처럼 하고 다녔으면 ‘쟤 또 그러네’로 넘어갈 일이지만, 화면에서는 대한민국 제일의 요조숙녀인 척 굴다가 뒤에서 호박씨를 까니까 문제인 것이다. 태후는 확신했다, 지연우가 자신한테 딱 걸렸다는 걸.

마태후는 화장실로 걸어오는 여자 손님을 보고 우선은 그 자리에서 후퇴하였다. 그래서 그 뒤에 지연우가 한 말을 듣지 못했다. 마태후로서는 어쩌면 다행한 일이었다.

“근데 내 옆 테이블에 남자가 한 명 앉아 있거든.”

―남자 두 명이랑 같이 식사를 하면서 다른 남자도 보고 있었냐? 욕심이 너무 과한 거 아니냐?

“그런 게 아니라, 그 남자 좀 수상하단 말이야. 보니까 일행도 없는 것 같던데. 이런 고급 레스토랑에 혼자 와서는 한 시간째 신문만 읽고 있어. 생긴 거 보니까, 돈 많은 늙은 여자나 꼬시러 다니는 제비 같아. 아! 신문은 똑똑해 보이려고 쇼하는 거야. 그렇구나. 제비 맞네. 음! 이거 경찰에 신고해야 하는 거 아냐?"

방향이 조금 틀어지긴 했지만 지연우는 마태후의 수상함을 읽어내고 있었다. 그만큼 그 남자의 수상함에 자꾸자꾸 눈이 갔다는 소리인가.

가벼운 핑계를 대고 먼저 레스토랑을 나온 연우는 가방을 열어서 작게 포장된 초콜릿 하나를 꺼내 포장지를 풀어 입 안에 쏙 넣었다. 달콤한 초콜릿 향이 입 안에 번져 나갔다. 연우는 몇 만 원이나 하는 저녁보다 몇 백 원 하는 이 초콜릿이 더 맛있었다. 비록 초콜릿 중독 때문에 평생 치과를 달고서 살고 있지만 말이다. 처음 충치가 생겼을 때부터 지금까지 쭉 다니고 있는 치과가 연우네 집 근처에 있는데, 아직도 연우는 길거리에서 그 치과 선생님만 보면 뒤도 안 돌아보고 도망간다. 어린 시절, 길거리에서 만나기만 하면 충치 있나 확인한다고 입 벌려보라고 하던 치과 의사 선생님의 말이 여전히 공포로 남아 있었던 것이다. 충치, 정말 지독한 재앙이었다. 그래도 입 안에 초콜릿은 달고 맛있었다.

"아나운서 지연우 씨죠?"

갑자기 자신을 아는 척하는 목소리가 들려오기 전까지는 기분이 좋았다. 아! 또 예쁘게 웃을 시간이구나, 라고 생각하며 고개를 돌리는데 그곳에 레스토랑의 제비가 서 있었다.

어머! 낚인 게 나야? 이 남자, 아나운서가 재벌이라도 되는 줄 착각하는 거 아냐?

쓸데없는 생각을 하며 남자를 쳐다보는 사이, 남자가 웃으면서 종이 하나를 내밀었다.

"사인 부탁합니다. 팬이에요."

팬이라는 말이 당신이 내 돈줄로 낙찰되었습니다, 로 들려왔다.

"진짜 제 팬이에요?"

지연우의 질문에 마태후는 속으로 잠깐 흠칫하였다.

이거 생각보다 예리하잖아.

하지만 그가 누군가? 백의 꿍꿍이 대마왕 마귀발이다. 다시 웃으며 찌르고 나왔다.

"모닝레이디의 정회원입니다. 아침마다 세상의 아침에 모닝 이슈는 꼭 챙겨 봐야 하루를 가뿐하게 시작할 수 있죠. 지연우 씨 방송 본 뒤로는 주말이 싫어졌어요. 그래서 방송국에 편지도 보냈습니다. 모닝 이슈만이라도 일주일 내내 해달라고요. 사인해 주실래요?"

자신이 들어도 100% 팬의 냄새가 흐르는 말에 마태후는 만족하였지만, 정작 지연우는 마태후의 살살 찔러오는 말에 더욱 눈살을 찌푸렸다.

세상에! 진짜 제비네. 말이 청산유수야! 저 나이에, 저 멀쩡한 몸에 어쩌다가…….

자신을 경계하는 지연우의 눈빛이 쉽게 가시지 않자 마태후는 지연우에 대한 판단을 다시 내렸다.

백조사기토끼에 특제 안경까지 쓰고 있는 건가.

"사인 안 해주실 거예요?"

마태후가 세 번째로 부탁해서야 연우는 종이와 펜을 받아 들었다.

"이름이 어떻게 되시죠?"

"마태후입니다."

앞에 있는 사람이 마씨 성을 가진 남자라는 것을 안 연우가 살짝 고개를 들어 마태후를 쳐다보았다. 하고많은 성(姓) 중 왜 하필 마씨야? 라고 하는 눈이라는 걸 태후는 바로 알 수 있었다. 태후는 그저 가볍게 웃는 것으로 대답을 대신했다. 자신은 마씨로 태어난 걸 자랑스럽게 여긴다는 듯이.

종이에 열심히 적는 여자의 작은 머리통을 바라보며 마태후는 꿍꿍이의 첫발을 내디뎠다.

"혹시 저번 주 일요일 강남에 있는 모나리자라는 카페에 간 적이 있나요?"

뚝!

열심히 굴러가던 지연우의 펜이 '모나리자' 라는 말에 멈추었다. 1.5초의 정적이 흐른 뒤 지연우의 손이 다시 움직였다.

"아뇨, 안 갔는데요."

이미 늦었어!

마태후는 지연우가 내미는 사인지를 받으며 연우의 눈을 똑바로 쳐다보았다.

"그래요? 제 친구가 그날 그곳에서 지연우 씨를 봤다고 하더군요. 그래서 사진도 찍어놨다고 했는데."

사진이라는 말에 지연우의 눈이 그대로 굳어지는 게 마태후의 예리한 눈에 포착되었다.

"사진이요?"

"네. 그 친구가 방송기자거든요. 그래서 뭐든 사진으로 찍어서 증거를 남기는 버릇이 있죠. 하지만 연우 씨가 아니라고 하니, 다른 사람의 사진이었나 보군요."

"그, 그 기자 분 이름이 어떻게 되죠?"

조금 떨리며 전해져 오는 지연우의 질문에 마태후는 웃으면서 친절히 가르쳐 주었다.

"KBC 성동금 기자입니다."

성동금이 안다면 그대로 거품 물고 넘어갈 일이었다. 하지만 마태후는 전혀 양심의 가책을 안 느낀다는 얼굴로 자기 딴에는 순수하게 웃으며 사인지를 흔들었다.

"이 사인 가보로 간직하겠습니다. 고맙습니다."

연우는 아직 채 충격이 가시지 않은 얼굴로 태후를 바라보다 택시가 자신의 앞에 서자 바로 택시의 뒷문을 열었다. 가능한 빨리 자신을 도와줄 수 있는 사람들의 곁으로 날아가고 싶었다. 막 택시를 타려던 연우는 무언가가 걸렸는지 다시 뒤로 돌아 태후에게 물었다.

"정말 제 팬이신 거죠?"

한 번은 그냥 얼버무릴 수 있지만 두 번 물어오면 그 예리함에 베테랑 거짓말쟁이조차도 긴장이 된다. 태후는 어색한 티를 내지 않으려고 더욱 크게 미소를 지으며 실눈을 만들었다. 눈 안에 담긴 진실이 새어나가지 않게.

"네, 맞습니다."

제비 팬에게 지연우가 해줄 수 있는 충고는 하나뿐이었다.

"그럼 열심히 사세요."

그리고 연우는 택시를 타고 그 자리를 떠났다. 지연우가 택시를 타고 사라질 때까지 자리를 지킨 마태후는 여자가 완전히 사라진 후에야 사인지를 바라보며 얼굴을 찌푸렸다.

"열심히 살라고? 도대체 뭔 소리야?"

마태후가 지연우의 머리에 폭탄을 심어놓았다면, 지연우도 마태후의 머리에 조금이나마 물음표를 남긴 것 같다. 열심히, 정말 좋은 말이다.

"연우 바로 온다고 하더니, 안 오네. 이거 혹시 중간에 자기 엄마한테 잡힌 거 아냐?"

진이가 시계를 보며 쯧쯧 혀를 찼다. 엄마 손에 끌려 집에 가는 지연우의 모습이 눈에 보이듯 선했기 때문이다. 학교 다닐 때부터 유난스런 엄마라고 생각은 했지만, 참 딸 사랑이 너무 심하신 분이다. 자신의 딸이 자신의 분신이라고 여기시는 분이다. 그래서 자신의 꿈인 아나운서를 연우가 해주기를 그렇게 바랐던 것이고, 결국은 지연우의 이름 뒤에 아나운서라는 명함을 붙이고 마셨다. 그러니까 지연우가 아나운서가 된 것은 지연우의 명예이기 이전에 어머니의 명예였다.

"킥킥! 춘희야! 너 연우가 중학교 때 성교육 이야기해 준 거 기억해?"

과거의 기억을 회상하며 진이는 혼자 즐거워했다.

"중학교 때 성교육 있던 날, 연우 어머니가 연우 학교 결석시키고 영화관에서 러브스토리 보여줬다고 했잖아. 난 아직도 성교육과 러브스토리가 어떤 관계인지 모르겠다. 넌 알겠냐?"

하지만 춘희는 별 대꾸 없이 마른 빨래만 개켰다. 혼자 떠들던 진이는 말을 멈추고 말없는 친구의 뒤통수를 바라보았다. 사랑하는 남자의 프러포즈를 거절한 여자치고는 참 너무도 차분했다. 그래서 진이는 쉽게 말을 꺼낼 수가 없었다. 꼭 시한폭탄에 대고 말을 하는 기분이랄까.

언제나 춘희에게 도움만 받고, 상담만 받았던 입장이라서 반대가 된 상황에서 진이는 어떻게 하는 것이 올바른 행동인지 잘 판단이 서지 않았다. 춘희는 어른스러웠고, 사려가 깊었으며, 학교 다닐 때 반장도 많이 했었다. 그에 비해 진이와 연우는 언제나 사고를 만들고 다니는 스타일이었다. 그래서 춘희가 항상 뒤에서 두 사람의 문제를 해결해 주는 역할을 하였었다. 진이와 연우가 싸울 때 그 사이에서 두 사람을 화해시켰던 것도 언제나 춘희였다.

사고뭉치 둘이서 해결사 한 명의 문제를 과연 해결해 줄 수 있을까?

진이가 잠시 카오스에 빠진 사이 딩동, 초인종이 울렸다. 연우가 온 것 같았다.

"내가 나갈게."

백지장도 받들면 낫다고, 지연우와 둘이서 궁리하다 보면 어찌 해결책이 나올지도 모른다는 희망을 가지며 진이는 현관문을 열었다.

"으아아아앙! 춘희야, 나 어떻게 해! 카페에서 보자기 뒤집어쓰고 지남이 끌고 나오던 모습 기자한테 사진 찍혔대. 우리 엄마 아시면 그대로 쓰러지실 거야. 사진으로 그 기자가 나 협박하면 어떻게 해? 나 도망가고 싶어!"

자신을 밀치고 춘희에게 달려가 안기는 지연우를 보며, 진이는 간단히 판단을 내렸다.

불가능해! 쟤랑 같이 머리 굴려봤자 제자리걸음이야.

"연우야! 진정하고, 어떻게 된 일인지 차분하게 말해봐!"

연우가 울음을 멈춘 건 춘희가 세 번째 물 컵을 건넬 때였다. 연우는 울먹이며 자신이 처한 위기 상황을 힘겹게 설명했다.

"흑흑! 춘희 너 만나려고 식사 중간에 도망 나왔는데, 어떤 남자가 팬이라면서 사인지를 내밀잖아. 내가 사인을 해주는데, 그 남자가 말하는 거야. KBC의 성동금 기자가 내 사진을 찍었다고……."

"잠깐! 연우야, 남자? 그 남자는 누군데?"

역시 해결사 오춘희다. 사진을 찍었다는 성동금보다 마태후의 구린 향기를 먼저 캐치해 내고 있었다.

"내 팬이라던데."

"그리고 또?"

"제비."

제비라는 말에 춘희가 어이없다는 듯이 눈썹을 찌푸렸다. 그 남자가 자기 입으로 제비라고 소개했을 리가 없다.

"왜 그 남자를 제비라고 생각했는데?"

"끅끅, 날 보면서 자꾸 웃잖아."

"됐고. 그럼 그 남자 이름은 알아?"

"응, 마태후래."

연우의 말에 춘희는 놀라서 눈을 크게 떴다.

"마태후? 그리고 KBC 성동금 기자라고?"

"응."

춘희는 시계를 보았다. 저녁 8시 30분임을 확인한 뒤, 바로 텔레비전으로 달려가 전원을 켰다. 그리고 KBC 채널로 돌렸다. 8시 뉴스 카메라출동이 방송되고 있었다. 춘희는 사채업자에 대한 내용을 보도하는 기자를 손가락으로 가리키며 물었다.

"혹시 이 남자?"

연우는 대답도 못하고 멍하니 텔레비전 속의 마태후를 바라보았다. 이 사회를 기만하는 그들의 비양심을 하루 빨리 뿌리 뽑아야 한다고 말하고 있는 마제비를 보고 있자니, 저도 모르게 소름이 돋았다.

제 　 3 　 장

연우는 우선 마태후라는 남자를 만나보기로 결정하였다. 마
태후는 그의 팬이라고 했고, 지금 지연우에게 위기를 준 것은 사
진을 찍은 성동금이라는 기자니까, 우선 그를 만나서 도움을 청할
생각이었다. 문제가 문제인만큼 엄마한테는 말할 수 없었다. 그리
고 자신의 문제로 많이 심난해 있을 춘희한테 도움의 손길을 구할
수는 없었다. 또한 있는 건 힘뿐인 황진이와 둘이서 해결한다는
건 마지막이 경찰서라는 이야기니까 절대로 안 되었다. 그래서 연
우는 마태후의 도움을 얻고자 한 것이다.순진하게도 그의 말을 모
두 믿고 있었다. 그녀의 팬이라는 것도, 사진을 찍은 게 성동금이
라는 것도.

"어제 전화했더니 전원이 꺼져 있던데, 뭐 하고 있었냐?"

동금이 대수롭지 않게 물었다. 그저 마태후의 근황을 묻는 가벼운 질문이었는데, 마태후는 5초 정도 생각한 뒤 대답했다.

"배터리가 다 되었었어."

"너 방금 5초 머뭇거렸어."

"아! 5초 동안 잠시 과거를 회상했어."

"바로 어제 일이거든. 그런데 무슨 회상을 해? 너 무슨 짓 한 거야?"

수상한 기운을 느낀 동금이 태후를 다그쳐 물었을 때, 사무실에 있던 다른 기자가 전화기를 들어올리며 태후를 불렀다.

"마태후, 전화! 여잔데?"

그리고 순간 동금은 보았다, 여자라는 말에 번쩍하던 마태후의 눈을. 이건 위험한 신호였다. 동금이 먼저 날렵하게 전화기로 달려가서 태후의 전화를 받아버렸다.

"여보세요?"

—안녕하세요! 아나운서 지연우라고 합니다. 우리 어제 레스토랑 앞에서 만났었죠?

지연우라는 이름에 동금은 그대로 굳어버렸다. 순간 동금의 눈에 살려주세요, 라고 외치는 지연우의 모습이 보인 듯한 착각까지 일었다. 하지만 동금은 연우를 구해줄 수 없었다. 태후의 손이 비호처럼 다가와 동금의 손에서 전화기를 가로챘기 때문이다. 태후는 힘으로 동금의 입을 막으며 전화기에 대고 말을 했다.

"여보세요? 마태후입니다."

—네? 아! 그러니까 어제 그분 맞으시죠?

"맞는 것 같은데, 무슨 일로 전화하신 거죠?"

—이런 말 어떻게 생각하실지 모르겠지만 할 이야기가 있는데 만날 수 있을까요?

태어나서 처음으로 남자에게 먼저 전화를 해서 만나자는 말을 하고 있는 지연우였다. 만약 전화기 저쪽 편에서 만나자는 연우의 말을 듣고 마태후가 어떻게 웃는지 보았다면 당장에 전화기를 던져 버리고 도망쳤을 것이다.

자신의 덫에 한 발자국을 들여놓은 지연우에게 태후는 짐짓 안타깝다는 목소리로 말했다.

"죄송합니다. 제가 요즘 사라진 취재원을 찾으러 다니느라 바쁘거든요. 그 일이 마무리되고 만나도 괜찮을까요?"

감히 대한민국 남자들의 로망 모닝레이디의 청을 거부하다니, 마태후는 모닝레이디 정회원 자격 미달이었다.

—그, 그게 언제인데요?

"음! 한 십 일 뒤쯤요?"

십 일? 그 시간이면 내 피가 모두 말라 미라가 되어 있을 거다.

—아뇨, 그건 너무 늦는데요. 어떻게 더 빨리 시간을 내주시면 안 될까요?

"그럼 오늘 잠깐 만날까요? 이야기만 하실 거라면, 그리 큰 무리는 없을 것 같네요."

팬이라는 사람의 태도가 너무 냉정하였다. 마태후가 쉽게 나오지 않자, 연우의 목소리가 점점 딱딱해졌다.

—네, 알겠습니다. 어디서 보죠?

"6시 30분 MBS 방송국 앞에서 세우는 503번 버스에서 보죠."

—네? 버스요? 놓치면 어떻게 해요?

버스? 연우는 자신이 잘못 들은 것이라고 생각했다.

"그럼 내일 보는 거죠. 그럼 503번 버스에서 뵙겠습니다."

진짜 버스였다. 건전하고 사람 많은 곳, 그리고 시도 때도 없이 움직이는 장소.

달칵! 마태후 쪽에서 먼저 전화를 끊었다. 연우는 잠시 이해할 수 없다는 눈으로 전화기를 바라보았다.

"6시 30분 503번 버스?"

아무리 생각해도 이상한 약속 장소였다.

지연우가 마태후를 만난 것은 약속을 한 날로 삼 일이 지난 뒤였다. 그녀가 이틀 연속으로 버스를 놓쳤기 때문이다. 버스는 미인이라고 오래 기다려 주지 않았다. 연우가 여유를 부리며 걸어서 버스 정류장에 도착하면 어느새 버스는 떠나 있었다. 그래서 삼일째에는 달렸다. 이대로 하루를 더 허비할 수는 없었기 때문이다.

"운동신경 제로. 어쩐지 이틀 동안 안 뛰고 걷기만 한 이유가 있었다."

버스를 향해 열심히 뛰어오는 지연우를 보며 마태후는 녹음기에 대고 감상을 말했다. 허리까지 오는 여자의 긴 생머리가 물결 치듯 흔들렸다. 지연우의 트레이드마크는 단아한 미소와 저 긴 생 머리였다. 지나치게 좋은 머릿결이 사람들의 시선을 끌기에 충분 했다. 유혹하듯 살랑살랑 춤을 추는 연우의 비단결 같은 머릿결을 감상한 마태후의 평은 이러했다. 삑!

"그래도 달리기는 정말 못한다."

지연우는 거의 아슬아슬하게 버스에 탑승할 수 있었다.

"헉, 헉, 헉!"

운동실력이 그리 뛰어나지 않은 연우는 몇 미터를 달린 것만으 로 폐에 무리가 왔다. 겨우 숨을 고르고 고개를 들자, 사람들이 모 두 연우를 쳐다보고 있었다. 개중에는 아나운서 지연우를 알아보 는 사람들도 있었다. 연우는 어색하게 웃으며, 굽혔던 허리를 꼿 꼿이 세우고는 버스 안을 둘러보았다. 맨 뒷좌석에 마태후가 앉아 있는 것이 보였다. 연우가 막 그를 향해 걸어가려고 할 때 걸걸한 아저씨의 목소리가 연우를 붙잡았다.

"버스비 안 내슈?"

그제야 자신이 돈도 안 내고 버스를 무임승차하고 있었다는 사실을 깨달은 연우는 놀라서 고개를 돌렸다. 중학교 1학년 이후 로 처음 버스를 타보는 연우는 버스 요금이 얼마인지 알지 못했 다.

"얼마죠?"

"여기 적혀 있잖수. 한글 모르쇼?"

퉁명스런 버스 기사의 대답에 연우는 당황하며 지갑을 꺼냈다.

버스 요금은 900원이었다. 십 년 전에는 450원이었는데, 900원
이라고 적혀 있었다. 너무 비싸다는 생각을 하며 연우는 지갑을
열었다. 그런데 연우의 지갑에는 동전이 없었다. 천 원짜리도 없
었다. 있는 거라고는 오직 만 원짜리 뿐이었다. 만 원짜리 한 장을
지갑에서 꺼내 돈 통에 넣자, 버스 기사의 얼굴이 별로 좋지 않았
다. 연우 아버지 나이 정도 되어 보이는 기사는 연우를 쏘아보며
돈 통에서 500원짜리 동전이 나오는 단추를 열여섯 번 누르고
100원짜리 단추를 열한 번 눌렀다. 그 동전 나오는 시간이 얼마나
길던지, 연우는 그냥 거스름돈 가지세요 라고 말하고 싶은 충동이
이는 걸 간신히 참아냈다.

손 안 가득 동전을 들고, 연우는 버스 맨 뒷좌석으로 걸어왔다.
마태후는 그때까지 팔짱을 낀 채 연우가 하는 행동을 바라보고만
있었다.

이 남자 정말 내 팬이 맞아?

얄미운 마태후의 미소를 보며 연우는 의심이 들기 시작했다. 올
바른 팬의 태도라면 당연히 지연우를 위해 버스비를 대신 내주어
야 했다. 하지만 마태후는 그저 가만히 앉아서 끝까지 구경만 했
을 뿐이었다. 연우는 앉으라고 가방을 치워준 마태후의 옆 자리에
조심스럽게 앉으며 다시 자신에게 물어보았다.

정말 내 팬 맞을까?

"저 버스 십 년 만에 처음 타봐요. 버스비 많이 올랐네요. 제가
중학교 때만 해도 450원이었던 거 같은데. 우와! 두 배로 올랐
다."

　연우는 9100원의 창피함을 없애기 위해 밝게 450원의 이야기를 했다. 그리고 평소보다 편하게 잘 알지 못하는 마태후에게 말을 걸었다. 그건 연우에게 있어서는 정말 드문 일이었다. 버스 때문인 것 같았다. 900원, 부담이 없는 차비, 부담이 없는 자리, 그래서 남자에 대한 부담도 사라진 것이리라.

　"왜 버스를 안 타고 다니는데요? 버스에서 치한이라도 만났어요?"

　대뜸 치한이라는 말에 연우는 불만이라는 듯 눈을 가늘게 떴다.

　"아뇨, 저희 어머니가 십 년 전에 운전면허증을 따서 차를 샀거든요. 그 이후로 학교 졸업할 때까지는 버스 타본 적이 없어요. 그런데 버스에는 항상 치한이 있는 건가요? 왜 제가 치한을 만났다고 생각한 거죠?"

　"대한민국 버스 문제가 아니라 지연우 씨 문제겠죠. 치한 많이 꼬이게 생겼잖아요."

　미인이라는 말을 치한 많이 꼬이게 생겼다고 표현하는 남자가 팬일 확률은?

　연우는 자신이 도움을 청해야 할 남자를 유심히 바라보며 물었다.

　"성동금이라는 기자는 어떤 사람이죠?"

　"KBC 기동취재부 기자죠."

　"그건 이미 아는 사실인데요."

　"흠! 그럼 이런 사실은 아시는지 모르겠네요. 저희 방송국에서는 성동금에게 보복당할까 봐 쉬쉬하는 일인데."

보복이라는 말에 연우의 얼굴 표정이 굳어졌다.

"뭔데요?"

"성동금은 자기 아버지의 비리를 자기 손으로 뉴스에 고발한 적이 있는 기자입니다."

연우는 더욱더 놀랐다는 듯이 눈을 동그랗게 떴다. 놀라는 지연우를 보며 마태후는 잠시 짜릿한 전율을 느꼈다. 바로 이게 꿍꿍이가 담배보다 좋은 이유였다.

"그럼 그 남자가 제 사진을 찍은 건, 저도 뉴스에 고발하기 위해서인가요?"

연우는 떨리는 목소리로 물었지만, 태후는 보자기를 뒤집어쓰고 남자를 끌고 가는 지연우의 사진 앞에서 바로 이 여자가 여러분이 알고 계시는 지연우 아나운서입니다 라고 말하는 자신을 생각하고 피식 웃고 말았다. 뉴스는 코미디가 아니었다. 그러니까 지연우의 사진은 절대로 뉴스는 될 수 없었다.

"겁나세요?"

태후의 질문에 연우는 작게 고개를 끄덕였다. 잔뜩 겁먹은 백조 사기토끼의 눈을 바라보던 태후는 문득 깨달았다.

그러고 보니 3분이 넘었네.

성동금은 말했다. 지연우의 눈을 바라보고 3분만 이야기하면 그녀를 좋아하게 될 것이라고. 그래서 마태후는 몇 퍼센트나 지연우를 좋아하게 되었을까?

"그런데 그 기자 분이 찍었다던 제 사진 혹시 보셨어요?"

연우의 질문에 3분의 마법은 바로 깨져 버렸다. 보자기를 눌러

쓰고, 입 옆에 점을 그리고 선글라스까지 쓴 지연우의 모습을 떠올리고 태후는 창가로 고개를 돌려서 혼자 키득거렸다. 연우는 낙담한 듯 고개를 숙였다.

봤구나.

"말 안 할 거냐? 지연우가 너한테 왜 전화한 거야? 마태후!"

동금은 오늘도 끈질기게 묻고 있었다. 밥을 먹던 마태후는 귀찮다는 듯이 얼굴을 찌푸리더니, 코트 왼쪽 주머니에서 작은 디지털 카메라를 꺼냈다. 녹음기와 디지털 카메라, 메모수첩, 그리고 수표 한 장은 기자들이 꼭 가지고 다녀야 할 필수품이었다.

갑자기 태후가 왜 디지털 카메라를 꺼내는지 그 이유를 알 수 없던 동금은 의심스런 눈으로 태후의 행동을 지켜보았다. 태후는 카메라의 전원을 켜더니 사진 한 장을 동금에게 보여 주었다.

"누구 같아?"

태후가 보여준 사진을 쳐다보던 동금은 피식 웃고 말았다. 이상한 차림의 여자였다.

"여자 간첩?"

이라고 하기에는 뭔가 많이 어설퍼 보였지만 바바리코트에, 보자기, 그리고 선글라스까지. 간첩이라고밖에 생각이 안 되었다. 사진을 보고 웃는 성동금을 보며 마태후는 의미심장한 미소를 지었다.

"너 방금 이 사진 보고 웃었지?"

"그래, 왜?"

"넌 지연우를 보고 웃었으니까, 이 사진을 찍은 사람이 바로 너야!"

난데없는 마태후의 말에 동금은 놀람과 어이없음을 동시에 나타냈다.

"뭐?"

"그리고 이제부터 넌 국회의원 둘째 아들에 아버지를 뉴스에 팔아먹은 비정한 아들이야."

"뭐어?"

갈수록 가관이었다.

"아! 오리지널은 나고 넌 짜가니까, 오리지널의 권리를 침해할 생각은 말아라."

너무 기가 막히면 말도 안 나온다. 동금은 입만 벌린 채 태후를 바라보았다. 태후는 먹던 밥을 다시 열심히 먹기 시작하면서 말했다.

"내가 너 국회의원 둘째 아들 시켜줬으니까, 이 밥 네가 사라."

누가 마귀발을 잠들게 하리오.

—그 사진은 어떻게 됐어?

춘희한테서 전화가 왔다. 자신의 일만으로도 벅찰 텐데 연우가 걱정돼서 전화를 한 것이었다. 연우는 아무 일 아니라는 듯이 가볍게 말했다.

“응, 잘 해결될 것 같아. 오늘 그 사진 찍은 기자 만나기로 했어.”

―뭐? 그 남자랑 둘이서만 만나는 거야?

“아니, 마태후라는 남자랑 같이.”

―설마 그 남자가 자리 마련해 주는 거니?

“응, 내가 전에 부탁했거든.”

―그 마태후라는 남자 믿을 수 있는 사람이야?

“음, 솔직히 말하면 모르겠어.”

―그런데 괜찮겠어? 내가 갈까?

“그게, 다른 사람이랑 같이 안 나오는 게 좋을 거라고.”

―뭐? 누가 그래? 마태후라는 남자가 그래?

“응.”

―어디서 만나는데? 내가 다른 자리에서라도 지켜볼게.

“그게…… 네가 찾아오기 힘든 약속 장소인데.”

―왜? 어딘데?

“우리 방송국 앞에서 6시 30분에 서는 503번 버스가 너희 병원 앞은 안 지나가거든.”

―뭐?

원하든 원하지 않든 버스라는 약속 장소는 연우를 언제나 혼자로 만들었다. 버스, 마귀발이 고안해 낸 고난이도의 작전 장소인 걸까?

연우가 마태후를 만나기 위해 두 번째로 버스를 탔을 때, 어쩐

일인지 버스 안에는 마태후가 타고 있지 않았다. 연우는 놀라서 버스의 번호와 시간을 확인하였다. 맞았다. 그리고 버스 기사까지 똑같았다. 버스 기사는 연우가 동전으로 요금을 내자 칭찬까지 해주었다. 문제는 만나기로 했던 태후만 없다는 것이었다. 혹시 나중에 타려는 것일까? 연우는 태후가 앉았었던 맨 뒷좌석으로 걸어가서 앉았다. 기다려 볼 생각이었다. 태후가 탈 때까지.

태후의 전화가 걸려온 것은 열 번째 정거장이나 지나서였다. 그동안 연우는 사십 명도 넘는 사람들에게 사인을 해주어야 했다.

—어디예요?

"당연히 503번 버스죠. 우리 만나기로 했잖아요. 사진⋯⋯."

—내 말을 어디까지 믿나요?

"네?"

—내 말을 믿어요? 말해봐요.

무언가 무진장 시험받고 있다는 생각에 연우는 어깨를 움츠렸다. 순간 자신이 전화를 걸고 있는 사람이 어떤 사람인지 혼란이 왔다.

—날 믿어요?

"미⋯⋯ 믿어요."

—왜요? 날 잘 알지도 못하잖아요.

믿느냐고 물어보니까 믿는다고 말한 건데, 이제는 왜 믿느냐고 물어보면 정말 진땀난다. 연우는 자신이 한 말을 의심하며 마태후의 질문에 대답했다.

"왜냐하면 지금 날 도와줄 사람은 당신뿐이잖아요."

그 도와줄 단 한 사람이 사진을 찍은 장본인이라니, 참 슬픈 현실이다.

—좋아요. 당신의 신용에 답을 해드리죠.

연우는 긴장감에 마른침을 삼켰다. 도대체 이 남자는 이번에 무슨 소리를 하려는 걸까?

예측불허였다. 그래서 미칠 것 같았다.

—당장 그 버스에서 내려요. 그럼 당신은 사진을 얻을 수 있을 거예요.

이상한 일이었다. 마태후가 해결책을 내려준 순간, 유일한 정보 제공자인 마태후가 의심되기 시작했다. 정말 이 남자를 믿어도 될까?

"지연우 아나운서!"

그때 앞에서 그녀의 이름을 부르며 다가오는 남자가 있었다. 순한 양의 눈을 한 정말 착하게 생긴 남자였다. 거짓말이라고 절대로 못할 것 같은 외모였다.

"안녕하세요. KBC 성동금 기자입니다."

남자의 이름을 들은 연우는 할 말을 잃어버렸다.

—안 내릴 건가요? 버스 출발해요.

전화기 속에서는 마태후가 계속해서 내리라고 하고,

"태후가 폐를 끼친 것 같아서 대신 사과하러 왔습니다. 녀석이 워낙 엉뚱해서요. 혹시 그 사진을 가지고 연우 씨한테 뭐라고 하던가요?"

정말 착하게 생긴 남자는 사진을 찍은 사람이 마태후라고 하고 있었다.

차악!

버스가 출발하기 위해 열어놓았던 출입문과 내림문을 닫아버렸다. 연우는 고개를 돌려 창밖을 보았다. 마태후가 버스 정류장에서 좀 떨어진 곳에 서 있는 게 눈에 들어왔다. 한 손을 주머니에 찔러 넣고, 왼발에 몸을 의지한 채 거만하게 서 있었다.

―날 믿는다면 빨리 내려요. 아직 안 늦었어요.

"설마 지금 전화하고 있는 거 태후예요? 저 좀 바꿔주세요!"

연우는 고개를 돌려 동금을 쳐다보았다. 그리고 다시 고개를 돌려 창밖에 서 있는 태후를 쳐다보았다. 지연우 인생에서 이렇게 고민이 되는 순간은 처음이었다.

누굴 믿어야 하는 거야? 착하게 생긴 남자? 아니면 자신의 팬이라고 말하는 남자?

버스는 이미 정류장을 떠나 달리고 있었다.

탁!

버스가 정류장을 떠나자마자 태후는 바로 핸드폰 폴더를 닫아버렸다. 연우와 동금을 태우고 가는 버스를 바라보며 태후는 그 특유의 마소(魔笑)를 지었다.

"인간은 스스로 끝없이 물음표를 만들어내면서 자신을 괴롭히지."

그리고 마태후가 지연우의 인생에 이만한 짱돌을 던지게 된 계기 또한 마태후 스스로가 만들어낸 물음표였다.

지연우, 그녀의 정체는 무엇인가?

보자기를 뒤집어쓴 점순 씨의 인상이 너무 강해 쉽게 가시지 않을 물음표였다.

도대체 뭔 생각으로 그런 복장을 하고 그 남자를 끌고 나간 거지? 애인이 바람을 피웠나? 끌고 나간 남자는 어떻게 했을까? 설마 산에 암매장하지는 않았겠지?

태후는 주머니에서 지연우의 사진이 담긴 카메라를 꺼내어 조금은 애석한 표정을 지으며 또 하나의 물음표를 만들어냈다.

"왜 날 못 믿지?"

그래서 지연우가 내렸다면 마태후는 정말 사진을 아무 소리 없이 돌려주었을까? 믿음의 대가로?

"연우야, 그 남자 만나고 오는 길이야? 사진은?"

춘희는 온다는 연락도 없이 자신의 집 문 앞에 서 있는 연우를 향해 물었다. 하지만 연우는 멍하니 허공을 보고 있을 뿐이었다. 평소와 다른 친구의 반응에 놀라서 춘희가 다그쳐 물었다.

"연우야! 너 괜찮아? 왜 그래?"

"춘희야."

"응? 왜?"

"넌 날 믿니?"

인생은 물음표의 연속이다.

그때 다른 곳에서는 지남이 진이와 같이 술을 마시면서 한풀이를 하고 있었다.

"춘희는 처음부터 나랑 결혼할 생각이 없었대. 정말일까?"

문제는 지남의 어머니인 줄 알았는데, 오히려 춘희가 문제였다. 진이는 자신의 앞에 놓인 소주잔을 들어 한입에 털어 넣었다.

"분명 네가 선을 본 걸 안 거야. 썩을! 누가 일러바친 거야?"

고자질을 한 사람을 알아내기만 하면 자신의 손으로 응징을 내리겠다는 결심을 하며 진이는 주먹을 움켜쥐었다.

"우리 어머니는 아냐. 춘희 만난 적 없다고 하셔. 그러니까 아냐."

"사람 속을 어떻게 알아? 네가 뭐라고 할까 봐 거짓말하는 건지도 모르지."

"아냐. 우리 어머니는 절대 아니라고!"

"젠장! 그럼 무덤까지 갖고 가야 할 비밀을 입 싸게 까발린 인간이 누구야?"

"지연우?"

"야! 아무리 지연우가 철딱서니가 없어도 춘희한테 쪼르르 달려가 그런 소리를 할 바보는 아니거든!"

"아니, 그게 아니라, 방금 텔레비전에서……."

지남은 놀란 눈으로 진이의 뒤에 있는 텔레비전을 손가락으로 가리켰다.

"너랑 연우가 날 끌고 나간 것 같았는데."

"뭐?"

지남이의 말에 진이가 놀라서 텔레비전으로 고개를 돌렸으나, 못생긴 비리 공무원의 얼굴만 눈을 괴롭힐 뿐이었다. KBC 카메라

출동이 방송되고 있었다.

"너 도대체 지연우 사진 가지고 어쩔 생각인 거야?"

동금은 연우의 편이 되어 나쁜 놈 보는 시선으로 태후를 보며 물었다. 태후는 8시 뉴스를 모니터 중이었다. 자신이 취재한 기사가 전파를 타고 전국으로 보도되는 것을 보는 건 기자로서의 기쁨이었다. 그리고 기사가 특종이었을 때 그건 더욱 특별했다.

태후는 텔레비전 속의 자신에 모습을 만족스럽게 쳐다보며 입을 열었다.

"1초의 승리지."

"뭐?"

"지연우가 사람들을 사로잡는 데 3분이나 필요할지 모르지만, 내가 지연우를 흔들어놓는 데 1초면 충분해."

마태후가 지연우의 사진을 끼워 넣은 건 카메라출동 전에 오프닝 화면으로, 사람들의 살아가는 다양한 모습을 빠르게 보여주는 영상편집 화면의 한 장면일 뿐이었다. 시간으로 따지면 마태후의 말대로 단 1초였다. 그 1초를 지연우가 눈치 채지 못한다면 그건 지연우의 손해였다. 왜냐하면 내일은 이 초로 늘릴 생각이었다. 하루가 더해질수록 더욱더 많은 사람들이 알 수 있을 만큼 시간이 늘어갈 것이었다. 그리고 뉴스 편집 PD가 아는 날, 이 쇼는 강제적으로 끝나게 되는 것이었다. 그리고 그것은 백조사기토끼에 대해 전 국민이 알게 되었다는 소리였다.

띠리리리 띠리리리, 태후의 말을 증명하듯 태후의 핸드폰이 시끄럽게 울려대기 시작했다. 주머니에서 핸드폰을 꺼내 든 태후는 동금을 향해 핸드폰 액정을 보여주며 웃었다.

"점순 씨가 뇌물을 가지고 올까, 아니면 칼을 쳐들고 올까?"

아니, 둘 다 아니었다. 지연우가 가지고 온 건 눈물이었다.

KBC 보도방송국 직원들은 의아한 눈으로 복도를 빠르게 걸어 가는 여자를 보았다. 아무리 보아도 그녀는 MBS의 떠오르는 별 지연우 같았기 때문이다. 하지만 MBS 아나운서가 이 밤에 KBC 를 찾아온다는 것이 말이 안 되기 때문에 다들 설마하는 눈으로 바라보았다.

"빼내야 돼! 어떻게 해서든 그 테이프 뺏어야 돼!"

"연우야! 진정해! 다 잘 마무리될 거야."

같이 온 춘희가 말했지만, 연우는 그녀의 말을 듣고 있지 않았 다. 연우는 지금 제정신이 아닌 것 같았다. 그녀는 8시 뉴스에 나 온 자신의 모습을 엄마가 볼까 봐 거의 기절초풍에 가까워질 정도 로 겁을 먹고 있었다. 다른 사람은 몰라도 엄마는 단박에 자신인 것을 알 것이다. 이번엔 안 보고 넘겼다고 해도, 만약 한 번 더 그 화면이 뉴스에 나간다면, 그리고 어머니가 그 화면을 본다면······ 입에 담기도 끔찍했다. 지연우의 삶은 완전히 감옥에 갇힌 죄수 꼴이 될 것이었다.

대기실에서 춘희와 둘이서 마태후를 기다리던 연우는 결국 참 지 못하고 눈물을 쏟아냈다.

"흐엉! 춘희야, 나 어떡해! 그 남자 테이프 안 줄 거야. 결국은 엄마도 다 알게 될 거라고. 엄마가 절대로 나 용서하지 않을 거야.

나 어떻게 해!"

"연우야! 진정해! 내가 어떻게 해서든 테이프도 받아내고 일도 잘 마무리할 테니까, 울지 마! 다 잘될 거야. 네가 잘못한 것도 아니잖아. 맘 굳게 먹어. 울면 얕보일 거라고."

연우의 눈물은 쉽게 멈추지 않았고, 춘희는 차분히 연우를 달랬다.

"우네."

"그래, 펑펑 울고 있네. 결국 네가 바란 게 이거였냐?"

태후와 동금은 이미 대기실 앞에 와 있었다. 하지만 울고 있는 지연우를 보고 들어가지 못하고 문밖에 서 있었다. 동금이 모두 네 잘못이라는 눈으로 태후를 바라보았다. 태후는 맥이 빠진다는 표정으로 울고 있는 지연우를 바라보았다. 그것은 태후가 바란 모습이 아니었다. 눈물이라니, 그건 마태후가 완전히 배제하고 있던 요소였다. 아니, 금기시하고 있던 것이라는 게 맞는 말일 것이다. 태후는 단지 당황한 지연우를 보고 싶었다. 고고한 백조의 탈을 쓴 채로 말이다. 그래야 스릴이라는 말이 어울리는 상황을 만들 수 있기 때문이었다. 그런데 이건 완전히 그물에 걸려서 겁을 집어먹은 토끼였다. 겁먹은 토끼에게 스릴 따위는 없다. 단지 공포만이 있을 뿐이었다. 꿍꿍이라고 생각했던 것이 어느새 지연우에게는 협박보다도 더 무시무시한 음모가 되어 목을 조이고 있었던 것이다. 시작도 하기 전에 완전히 악역에 몰린 자신의 처지를 깨달은 태후는 얼굴을 찌푸리며, 동금에게 순순히 사진이 담긴 메모리칩을 넘겼다.

"내가 상대를 잘못 골랐네."

동금은 태후가 내민 메모리칩을 받아 든 뒤, 혼자 대기실로 들어갔다. 마태후를 대신해 지연우에게 사과를 하기 위해서였다. 동금이 대기실로 들어가자마자 태후는 더 이상 관심없다는 듯이 돌아서서 걸어갔다. 어느새 오른쪽 주머니에서 녹음기를 빼내 든 태후는 녹음 버튼을 눌렀다. 삑!

"눈물은 딱 질색이다."

쾅!

매섭게 열리는 문소리에 놀라서 태후가 고개를 돌렸다.

찰싹!

무엇에 맞았는지 파악도 하기 전에 오른쪽 뺨이 싸하게 아파왔다. 얻어맞은 충격으로 녹음기가 바닥에 떨어져 산산이 부서졌다. 그건 심장이 부서지는 소리였다. 녹음기는 기자가 목숨처럼 소중히 여겨야 하는 심장이었으니까. 태후는 조각조각 부서진 자신의 고장난 심장을 바라보다가 고개를 들어 지연우를 보았다. 겁에 질려 있던 토끼는 더 이상 어머니한테 들킬 일이 없다는 걸 안 순간, 간을 배 밖으로 던져 버렸다.

"이 나쁜 놈아! 내가 그렇게 만만하게 보였어? 두고 봐! 너도 나랑 똑같은 꼴 당하게 해줄 거야! 아니, 아예 얼굴 못 들고 다닐 만큼 망신당하게 해줄 거야!"

마태후가 놀라서 고래고래 소리치는 지연우를 바라보았다. 방금까지 겁먹어서 질질 짜던 모습이 아니었다. 별로 똑똑한 대처 자세는 아니었지만, 박력만큼은 마귀발도 벙어리로 만들 정도였다.

"아! 태후 때리면 안 되는데."

뒤에서 구경하고 있던 동금이 놀라움을 떨치지 못하며 연우를 걱정하며 말했다.

"저 남자는 맞을 짓을 했어요."

마태후가 맞는 건 당연하다는 듯이 춘희가 동금의 말에 반박했다.

"아뇨. 태후가 맞을 짓을 안 했다는 게 아니라, 때린 건 태후를 자극하는 거거든요."

"네?"

동금이 괴롭다는 듯이 중얼거렸다.

"얻어맞고 이대로 끝낼 녀석이 절대 아니에요."

"으아아아아아아앙! 진짜 나쁜 놈이야!"

"연우야! 더 이상 사진 갖고 장난치지 않는다고 약속했잖아. 울고 그냥 잊어버려!"

맏언니 스타일인 춘희는 차분히 연우를 위로했다. 하지만 연우는 쉽게 진정할 기미를 보이지 않았다.

"으아아아아아아아앙! 나 절대로 그냥 안 넘어가! 복수할 거야! 복수하고야 말 거야!"

"복수라니, 뭘 어떻게 하겠다는 거야?"

"아아아아아아아아아아아앙! 황진이한테 말해서 묵사발 만들어 버리라고 할 거야!"

연우의 입에서 진이의 이름이 나오자, 춘희가 놀라면서 단호히 말했다. 만약 이 일이 진이의 귀에까지 들어가는 날에는 절대로 그냥 넘어가지 않을 것이다. 대형사고 한 번 떠들썩하게 나고 초토화될 것이 분명했다.

"지연우! 너 분명히 말하는데 이 일 황진이한테 절대로 말하지 마! 너 진이 성격 알지?"

"내 성격이 어떤데?"

어느새 왔는지 황진이가 소리 소문도 없이 집 안에 들어와 있었다. 진이의 목소리에 화들짝 놀란 춘희가 울고 있는 연우의 입을 황급히 틀어막았다. 울고 있는 친구 하나와 울고 있는 친구의 입을 틀어막고 있는 친구 하나를 보면서 진이가 어이없다는 얼굴로 물었다.

"니들 뭐 하냐? 걔는 또 왜 울어? 엄마한테 혼났어?"

"으읍으읍읍으읍읍읍읍!"

연우는 안간힘을 쓰면서 진이에게 마태후의 만행을 고발하려고 하였으나, 춘희의 방해로 쉽지가 않았다.

"응! 맞아! 엄마한테 혼나서 우울하대!"

"읍읍읍읍읍으으으으읍읍으!"

참으로 암울한 토끼 암흑시대이다. 억울하다고 말도 제대로 못하고 있으니……

다음날 태후는 녹음기를 샀던 전자상가에 가서 새로운 녹음기를 골랐다. 태후와 안면이 있는 주인이 왜 왼쪽 뺨에 반창고를 붙이고 있냐고 물었지만, 태후는 그 말을 무시하고 빠르게 전에 쓰던 것과 같은 기종의 녹음기를 골랐다. 성능을 시험하기 위해 녹음 버튼을 누른 태후는 짧은 한 마디를 자신의 새로운 심장 안에 처음으로 기록했다.

"삶의 교훈 하나, 여자의 눈물에 속지 말자."

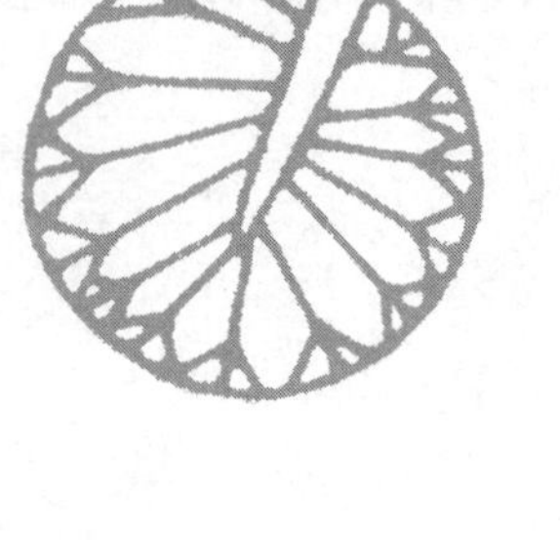

"**K**BC 방송국에 마태후 기자라고 아세요?"

따뜻한 코코아를 홀짝이며 연우가 조심스럽게 마태후에 대해 물었다. 방송계 사람이라면 방송국에 나도는 소문 같은 게 있을 거 같았기 때문이다. 연우의 질문에 가장 먼저 입을 연 건 마당발로 소문난 민현주 아나운서였다. 오락프로그램 MC로 인정을 받고 있는 입담이 좋은 아나운서였다.

"마태후? KBC 방송국 기동취재부 기자잖아."

그건 연우도 아는 사실이었다. 연우는 좀 더 쓸모있는 정보를 원했다.

"그리고 국회의원 마산의 둘째 아들이잖아."

"앗! 뜨거!"

　뜨거운 사실에 연우는 입천장을 데어버렸다. 국회의원 아들이라니, 배경이 생각보다 너무 막강했다. 버스 같은 데서 만나자고 해서 부잣집 아들이라고는 전혀 생각도 못했다.

　"진짜야? 왜 우린 몰랐지?"

　이제는 다른 아나운서들도 관심을 보였다. 사람들이 시선이 자신에게 집중되자 민현주는 더욱 스릴있는 이야기로 사람들을 이끌었다.

　"사 년 전에 KBC뉴스에서 현직 국회의원 카지노 도박 관련기사 기억나? 그때 거기 마산 국회의원도 연류되어 있었잖아."

　"세상에! 설마…… ."

　"바로 그 설마라니까. 아들이 아버지를 고발한 거지. 그 사건이 있기 전까지 마산은 유력한 대선 후보였는데 그것 때문에 바로 미역국 먹고, 강태석 의원이 대신 나왔었잖아. 완전 어부지리였지. 그리고 마태후가 어떻게 됐는지 알아?"

　은밀하게 묻는 민현주의 질문에 여자들의 호기심은 절정을 이루었다. 마치 비밀을 나누듯이 여자들의 머리들이 점점 공간을 좁히며 가운데로 모여들고 있었다. 그리고 지연우 혼자만이 기겁을 해서 더욱 뒤로 물러났다. 뭐야? 그게 자기 이야기였어?

　"아버지 팔고 승진한 기야?"

　"아니, 징계 먹었어."

　민현주는 멋있게 마무리를 했다.

　"아직은 특종보다는 인간의 도리가 먼저라는 거지."

　지성인이라고 불리는 아나운서들은 잠시 누가 진정한 정의맨이고 누가 악당인지 생각해 보았다. 결론은 마태후를 징계 먹인 마태후의 상사였다. 그때 마태후에게 한 달 동안 커피 심부름을 시켰던 부평부장은 아직도 마태후의 상사로 있었다.

"어라? 그런데 지연우 어디 갔냐?"

어느새 자리 하나가 비어 있었다. 지연우가 앉아 있던 자리였다.

"태후야, 너 또 지연우 찾아가지는 않을 거지?"

동금은 자신의 사비를 털어 비싼 랍스타를 사주면서, 또 손수 껍질 속의 살까지 발라주며 조심스럽게 물었다. 며칠 동안 마태후는 너무도 잠잠하였다. 하지만 동금은 볼 수 있었다. 태후 주위에 뭉게뭉게 피어오르는 그 마(魔)의 기운들을. 그건 꿍꿍이의 오로라가 아니라 거의 음모의 오로라였기에, 동금은 태후를 달래주기로 한 것이다. 한 맺힌 귀신을 달래듯이 말이다.

"지연우가 너 때린 거 너무 맘에 두지 마라. 여자한테 맞아봐야 얼마나 아프겠냐?"

하지만 태후는 별말없이 동금이 발라놓은 살만 집어 먹었다. 동금은 포기하지 않고 태후를 위해 가르침을 펼치기 시작했다. 물론 교육의 결과는 기대하지 않았지만 말이다.

"태후야! 네가 평범한 인간관계에 그리 능숙하지 못하다는 걸 아는데, 때로는 그런 게 좋은 거야. 안녕하세요, 로 시작해서 오늘 점심을 누구랑 뭘 드셨어요? 같이 밥 먹을래요? 데이트할까요? 같은 질문들을 하면서 관계를 쌓아가는 거 말이야. 넌 그게 안 되

냐? 혹시 배우고 싶은 마음이라도 없어? 생각보다 간단해! 가나다
라를 배우듯이 배우면 금방 익혀!"

태후는 옆에 있는 물 잔을 들어올리며 물었다.

"그럼 '가' 가 뭔데?"

태후가 관심을 보이자 동금이 의욕을 갖고 선생님의 입장에서
말했다.

"가는 가볍게 인사하는 거야. 안녕하세요! 반갑습니다. 쉽
지?"

그리고 마태후는 다음날 바로 '가' 를 실천했다.

아침 해 따위 영원히 떠오르지 말라는 연우의 간절한 저주에도
불구하고, 오늘도 어김없이 아침 해는 떠올랐고, 연우는 모닝와이
드 방송을 하기 위해서 방송국에 있었다. 언제나처럼 대본을 외우
며 메이크업을 받고, 거울로 이상한 곳이 없나 확인한 뒤 다시 대
본을 체크하고, 스튜디오로 들어갔다.

아침 6시 30분, 지연우가 담당한 모닝 이슈가 시작될 시간이었
다. On air!

"안녕하세요! 좋은 아……."

그러나 언제나처럼 좋은 아침은 쉽게 열리지 않았다. 밝게 웃던
연우의 얼굴이 그대로 굳어버리면서, 더 이상 인사말을 이어가지
못했다. 김 PD는 당황한 마음에 빨리 진행을 하라고 온몸을 움직
이며 사인을 보냈지만, 지연우는 어딘가로 시선을 고정한 채 돌이
되어버렸다.

‘좋. 은. 아. 침. 입. 니. 다. 아. 나. 운. 서. 지. 연. 우. 입. 니. 다.’

자신을 보고 돌이 되어버린 연우에게, 마태후는 친절히 연우가 말해야 될 대사를 입 모양으로 크게 또박또박 한자한자 가르쳐 주었다. 그렇다. 마태후! 백년에 한 번 나올까 말까 한 마귀발! 그가 MBS 세상의 아침 생방송 녹화 스튜디오에 나타난 것이다.

“조…… 좋은 아침입니다. 아나운서 지연우입니다!”

발음 엉망이고, 표정 엉망이고, 시선은 이상한 데로 꽂혀 있고, 그래도 얼굴은 예쁘고. 이 정도면 대충 좋은 아침이라고 할 수 있는 건가?

“안녕하십니까? 반갑습니다.”

태후는 동금이 가르쳐 준 대로 충실히 ‘가’를 실천했다. 하지만 인사를 받은 지연우의 표정은 그 어느 때보다 나빠 보였다. 결과는 나빴지만, 마태후는 무능력한 동금 선생을 욕하지 않았다. 교육의 효과란 그리 빨리 나타나는 게 아니니까. 한 번에 모든 걸 배운다면 왜 십육 년이란 긴 시간을 학교에 투자하겠는가? 그러니까 동금이 무능한 게 아니다. 하필 이 시간에 라이벌 방송국에 나타나 반갑게 인사를 하는 마태후가 이상한 제자인 것이다.

“당신은 지금 여기 있으면 안 돼요!”

연우는 화가 났지만, 방송국 안이었기에 가능한 분노를 자제하며 말을 했다. 이 남자 때문에 방송의 시작을 아주 이상하게 해버렸다. 집에 가면 아마 밤새 어머니의 잔소리에 시달려야 할 것이었다. 모두 다 이 남자 때문이었다. 그런데 마태후는 자신의 잘못 따위는 모른다는 태도였다. 오히려 연우의 실수가 재미있다는 듯이 웃으면서 말했다.

"아침 인사 진짜 엉망이었어. 잔소리 좀 듣겠는데요?"

"그게 누구 때문인데요? 도대체 누가 당신을 들여보내 준 거예요?"

"계속해서 화만 내면 무능력해 보일 뿐이에요."

불같이 화를 내던 연우는 태후의 말에 점점 얼음처럼 차갑게 싸늘해져 갔다.

"뭐라고요?"

"이건 충고인데, 좀 더 효과적인 대응 방법을 찾아봐요. 나 같은 인간은 다른 사람의 화를 먹고 더 크거든요. 오히려 역효과라고요."

"당신 도대체 이 새벽부터 여긴 왜 온 거예요?"

"굿 포인트!"

태후는 주머니에서 종이 한 장을 꺼내서 연우에게 내밀었다. 연우가 받지 않고 이게 뭐냐고 눈으로 묻기만 하자, 태후가 다시 주머니에 손을 넣어 녹음기를 꺼낸 뒤 녹음 버튼을 누르며 말했다.

"내 새로운 심장의 값."

"그러니까 당신 손에 있는 그 녹음기 계산한 영수증이라고요?"

"바로 그거지. 당신이 망가뜨린 거니까 당연히 당신이 지불해 줘야겠지?"

라고 말하며 태후는 손수 연우의 재킷 위 주머니에 영수증을 끼워주었다. 가까이 다가서는 태후의 행동에 놀라 연우는 한 발짝 뒤로 물러났다.

"당신이 먼저 내 사진을 찍었고, 당신이 먼저 나한테 거짓말했고, 당신이 먼저 내 사진을 맘대로 뉴스 화면에 끼워 넣었잖아요. 자신이 한 잘못은 생각도 안 해요?"

"시간적으로 먼저 일을 저지른 사람의 잘못이 더 큰 건가?"

"그래요!"

"그럼 네 잘못이 가장 크네!"

"내가 아니라, 당신이 잘못한 거예요."

"내가 없는 사진을 찍었나?"

불같이 화를 내던 연우는 태후의 질문에 그대로 입을 다물 수밖에 없었다.

"남자를 끌고 가는 모습이 박력있던데, 일을 할 때도 그러는지 궁금하네. 세상의 아침에서는 항상 웃는 것밖에 안 하잖아."

"내 일에 간섭 말아요."

연우는 태후를 노려보며 말했다. 누군가에게 이렇게 화가 나기는 처음이었다. 삑, 태후는 다시 녹음기에 대고 말을 했다. 그녀를 똑바로 쳐다보면서.

"내 새로운 심장이 말하기를, 지연우를 주시하라던데."

사람과 사람이 관계를 유지한다는 것에는 여러 가지 면이 있다. 그리고 마태후의 경우는 관계를 가지기 전에 우선 거쳐야 할 세 가지 관문이 있었다. 일종의 마태후표 시험인 것이다. 그리고 그 모든 시험이 끝났을 때 관심의 종류가 결정된다. 무관심, 조롱해도 되는 인간, 인사는 하고 지내는 사이, 프렌드, 존경의 대상. 가장 최하위는 괴롭힘보다도 무관심이었다.

　세 번째까지의 시험이 끝났을 때 마태후는 그 사람의 관계에 확실한 선을 그었다. 생각보다 세심하게 자신의 대인관계를 관리하고 있었지만, 그런 마태후의 타인 접근방식에 좋은 반응을 보여준 사람은 지금까지 한 명도 없었다. 그건 지연우도 마찬가지였다. 단지 이번 지연우의 경우에 다른 때와 다른 점이라면, 마태후의 일방적인 접근으로 시작된 관계라는 것이다. 그 예외의 상황이 나중에 어떻게 작용할지는 좀 더 지켜보아야 할 문제였다. 아직은 주시 중일 뿐이었다.

　마태후가 다녀간 날 지연우는 '클래식의 밤'을 프로듀스 하는 오윤석 PD로부터 인터뷰 요청을 받았다. '클래식의 밤'은 주말 밤에 방송되는 음악프로였다. 클래식의 밤 담당 PD 오윤석은 이번에 한국에 오는 젊은 피아니스트 로미오 류의 인터뷰를 따내기 위해, 특별히 지연우 아나운서를 지목한 것이다. 원래 클래식의 밤 진행 방식을 따르자면 로미오 류를 섭외하여 직접 스튜디오에 출연하게 하여야 하지만, 그게 가능하지 않을 것을 알기에 현장 인터뷰로 대처하는 것이었다. 출연시키기 어렵다고 그냥 넘어가기에는 로미오 류라는 인물은 두 번은 기회가 오지 않을 너무 아까운 이슈거리였기 때문이다.

　우선 그는 한국인 어머니를 둔 한국계 혼혈아였다. '로미오 류'라는 이름은 피아니스트 활동을 할 때만 사용하는 예명이었다. '류'는 그의 어머니에 패밀리네임이었다. 하지만 그의 어머니에 대해서 알려진 것은 그리 많지 않았다. 그리고 친아버지에 대한 정보는 전혀 없었다. 서류상 그가 쓰고 있는 이름, '로미오 그웬'은 그의 양아버지가 준 패밀리네임이었다. 로미오 류가 스물네 살의 젊은 나이에 세계적인 명성을 얻을 수 있었던 건, 실력도 실력이지만 대부호인 그의 양아버지의 힘도 있었다. 원하기만 한다면 어느 나라에서든 자신의 단독 연주회를 가질 수 있었기에, 로미오 류가 사람들에게 알려질 기회가 많았던 것이다. 그가 지금까지 세계를 돌며 연주한 나라는 여덟 개국, 모두가 예술과 문화가 발달한 유럽 쪽 나라였다. 그리고 이번은 첫 번째 아시아 방문이었다. 한국이 선택된 건 그의 어머니에 나라라는 점이 크게 작용했을 것이다. 아니, 그리 생각하면 좀 늦은 감이 있는 방문이었다. 어중간한 숫자 9와 어머니의 나라는 어째 어울리지 않는 한 쌍 같기도 하다. 어떤 이유든 이번에 로미오 류가 아홉 번째 연주회를 여는 나라는 한국이었다. 언론에 인색한 로미오가 과연 카메라에 얼마만큼 모습을 드러내 줄지는 아직 미지수였다.

"로미오 류는 아직 정식 앨범을 내지 않았어. 쭉 연주회만 했지. 그러니까 로미오 류의 연주를 제대로 들을 수 있는 기회는 라이브뿐이야. 그래서 더 사람들이 로미오 류의 연주회 표를 얻으려고 기를 쓰는 거야. 다른 곳에서는 들을 수 없는 아름다운 연주에, 피아노 연주보다 더 아름다운 남자. 외모가 꽤 신비로운 편이야. 잘생겼다는 표현보다는 아름답다는 표현이 어울리지. 처음에 로미오 류가 연주회를 열 때 관심을 받은 것도 다 저 외모와 배경 덕이 컸지. 역시 사람은 가진 게 많아야 세계적이라는 명성을 갖게 되나 봐."

　로미오 류와의 인터뷰를 대비하여, 오 PD와 지연우는 로미오 류에 대한 자료를 같이 보고 있는 중이었다. 하지만 자료라고 해도 공식 기자회견 몇 개뿐이었다. 로미오 류의 연주회는 촬영이 금지되었기에, 공식적인 자료들에서 그의 연주를 들을 수는 없었다. 아마도 한국 내에서 그의 연주를 들은 사람은 거의 없을 것이다. 로미오 류의 연주를 듣기 위해서는 유럽으로 비행기를 타고 날아가야 하니까. 단지 연주회 한 번 보기 위해서 유럽행 비행기 표를 산다는 것은 우리나라의 정서에 맞지 않는 일이었다. 그러기에 로미오 류의 연주회는 소문만 무성하였다. 결국 사람들이 그의 연주회 표를 사게 되는 건, 과연 그 소문이 맞는지 확인하기 위한 것이라는 게 맞다. 하지만 나라를 옮길 때마다 로미오 류의 명성이 높아지는 것을 보며 그 소문이 엉터리는 아니라는 소리일 것이다. 때문에 이미 한국에 발매된 로미오 류 연주회 티켓은 매진이 되어 있는 상황이었다.

　"여자들이 좋아할 스타일이지. 연우 씨는 로미오 류 같은 남자 어떻게 생각해?"

　넌지시 물어보는 오 PD의 말도 무시하며 연우는 꿍한 표정으로 화면만 보고 있었다. 눈은 화면 속의 로미오 류를 보고 있으나, 머리는 다른 남자를 욕하느라 바빴다.

　"싸이코가 분명해!"

　저도 모르게 새어나온 혼잣말은 총각 PD의 머릿속을 복잡하게 만들기에 충분했다.

　한강에 있다는 진이의 전화를 받고 연우는 한강에 왔다. 진이가 한강에 있다는 건 별로 기분이 안 좋다는 소리였기 때문이다. 진이가 항상 하는 말이었다. 자신이 한강에 가는 건 서울에 바다가 없기 때문이라고.

　진이는 사람 인적이 드문 곳에서 혼자 맥주를 마시며 흐르고 또 흐르는 한강 물만 바라보고 있었다. 딱 회사 부도 낸 아저씨의 모습이었다.

　"진이야! 무슨 일이야?"

　연우가 진이의 옆에 앉으며 걱정스럽게 물었다. 하지만 진이는 대꾸도 해주지 않으면서 계속 맥주만 마셔댔다.

　"진이야아!"

　연우가 진이의 얼굴 바로 앞으로 얼굴을 들이밀며, 이유를 물었다. 한강을 가로막는 조막만한 연우의 얼굴을 보며 진이는 그제야 입을 열었다.

　"연우야, 너 내 친구지?"

　연우는 고개까지 힘차게 끄덕이며 말했다.

　"물론!"

　"그럼 내 부탁 하나만 들어주라."

　"그래, 들어줄게. 뭔데?"

　"나 대신 맞선 나가라."

　연우가 진이한테서 1m 이상 떨어지는 시간은 1초도 안 걸렸다.

"뭐? 맞선? 요즘 맞선이 유행이야? 왜 너까지 맞선이야?"

"내 말이 그 말이야! 난 아직 스물여섯 살이라고! 그런데 무슨 맞선? 그러니까 네가 대신 나가!"

"나도 스물여섯 살이야! 그리고 우리 엄마는 나 스물여덟 살 될 때까지 절대로 시집 안 보낸다고 했어. 그건 내가 태어날 때부터 결정된 일이라고 했단 말이야!"

"하여튼 너의 어머니 유별난 건 알아줘야 해! 그래서 네가 미팅도 못하게 그리 방어막을 치신 거냐? 그럼 날 위해 너의 어머니와 싸워!"

"싫어!"

"친구라며?"

"네 맞선이잖아!"

"상관없어! 너랑 나랑 비슷하게 생겼잖아."

"그건 나에 대한 모욕이야!"

"아! 쓰레기 불법 투기자!"

격렬하게 연우와 말싸움을 하던 진이의 눈에 젊은 남자가 한강에다가 무언가를 버리는 모습이 포착되었다. 이미 밤이라서 그가 버리고 있는 게 무엇인지는 잘 보이지 않았다. 이 순간 중요한 건, 그가 한강에다 쓰레기로 추정되는 무언가를 버리고 있다는 것이었다. 쓰레기를 버리는 행위는 범법행위였기에, 진이는 벌떡 일어났다. 엉덩이에 묻은 먼지를 툭툭 터는 걸로 진이는 맞선의 우울함을 털어버렸다. 그리고 평소의 진이로 돌아와 쓰레기 불법 투기자에게 달려갔다. 뒤에서 여전히 연우의 외침이 따라왔다.

"황진이! 나 절대로 너 대신 선 안 봐!"

연우의 외침을 무시하며 진이는 남자에게 가까이 다가서며 소리쳤다.

"이봐! 너 거기다 뭘 버리는 거야! 당장 멈추지 못해!"

진이가 엄하게 소리쳤으나, 남자는 행동을 멈추지 않았다. 남자가 자신의 말을 들은 척도 하지 않자, 더욱 화가 난 진이가 남자의 손에 들린 상자를 단숨에 뺏어버렸다. 그제야 남자가 험악한 얼굴을 하고 돌아보았다.

"What! give that back!"

남자의 입에서 나온 말이 영어라는 데에 화를 내던 진이가 순간 멈칫하였다. 영어, 그건 너무도 높은 벽이었다. 꽤 간단한 단어였는데도, 진이는 돌려줄 말을 찾지 못해 그대로 말문이 막혀 버렸다.

결국 한국말과 영어의 엉망진창 격돌 속에서 남자는 자신의 물건을 다시 뺏으려고 하였고, 진이는 절대로 뺏기지 않으려고 하는 몸싸움이 일어났다.

"야! 지연우! 받아!"

진이는 최후의 수단으로 남자에게서 뺏은 상자를 연우에게 던졌다. 멀뚱히 구경하고 있던 연우가 놀라서 진이가 던진 상자를 받았다. 상자가 연우의 손 안에 떨어지는 순간 진이와 몸싸움을 벌이던 남자의 시선과 딱 마주쳤다.

어? 본 적이 있는 얼굴인데.

　처음 보는 사람이 낯설지 않다는 것이 신기해 연우는 남자를 계속 쳐다보았고, 남자 역시 연우를 그저 쳐다보고만 있었다. 진이의 손에서 연우의 손으로 상자가 옮겨진 뒤, 두 사람의 몸싸움이 멈추었다.

　"이봐! 저건 우리가 압수야! 여기가 어디라고 함부로 쓰레기를 버려! 그리고 너 보니까 한국인 같은데, 좋은 우리말 써라! 알았어?"

　남자가 알아듣든 말든 호되게 충고를 한 진이는 그대로 발걸음을 돌려 연우에게 달려왔다. 남자는 더 이상 자신의 물건에 미련이 없는 듯 아무런 행동을 취하지 않았다.

　"야! 그만 가자! 그리고 그만 쳐다봐! 네가 계속 쳐다보니까 저 놈이 자기한테 관심있는 줄 알고 계속 보고 있잖아."

　"나 저 남자 어디서 본 적이 있는 거 같아!"

　"뭐? 설마 너까지 한눈에 반했냐? 여기서 맞선 자리 만들어주랴?"

　"그런 게 아니야."

　"그럼 빨리 와!"

　진이는 더 이상 이곳에서 이야기가 불가능하다고 판단하고 빠르게 걸음을 옮겼다. 연우도 바로 진이의 뒤를 따라 걸었다.

　"진아, 이 상자 어떻게 해?"

　"줘. 집에 가서 분리 수거해서 버릴 거야."

　로미오 류가 한국으로 오기로 예정되어진 날, 인천국제공항으로 신문사와 방송국의 문화부 기자들이 몰려들었다. 로미오 류가 탄 비행기는 오후 2시쯤에 한국에 도착하고, 오후 4시에 로미오 류가 한국에 있을 동안 묵기로 되어 있는 로얄 호텔에서 공식 기자회견이 예정되어 있었다.

오후 3시쯤 연우는 오 PD와 함께 기자회견이 열리는 호텔에 도착했다. 오늘 인터뷰를 할 수 있는 희망은 희박했지만, 아무래도 인터뷰의 가능성을 높이려면, 기자회견장에서부터 로미오 류에 대해서 잘 알아둘 필요가 있었기 때문이다.

"연우 씨, 잘 부탁해! 로미오 류 인터뷰하는 거 다 연우 씨한테 달렸어."

오 PD의 간곡한 말에 연우는 거북해졌다. 솔직히 연우는 자신이 가진 아나운서로서의 능력이 그리 뛰어나지 않다고 생각하고 있었기 때문이다. 그런데 마치 오 PD는 로미오 류의 인터뷰를 따낼 사람은 지연우뿐인 것처럼 이야기하고 있었다. 도대체 무슨 근거로? 왠지 자신의 능력보다 과대평가되어지는 것이 큰 부담으로 다가왔다.

기자회견이 시작되기 10분 전, 기자회견장 안은 발 디딜 틈도 없을 정도로 꽉 메워졌다.

"공항에 로미오 류가 안 나타난 것에 대한 당신의 의견은 뭐지?"

"엄마야!"

예고도 없이 옆에서 들려온 마태후의 목소리에 연우는 자기도 모르게 엄마를 찾고 말았다. 연우의 반응이 재밌는지 태후는 웃으며 물었다.

"엄마? 로미오가 엄마랑 노느라고 제시간에 한국에 못 왔다고?"

마태후의 말대로 시간이 되었을 때 출국장에 모습을 나타낸 건 로미오 류의 매니저와 보디가드들뿐이었다. 정작 주인공인 로미오 류의 모습이 보이지 않자, 공항에 있던 기자들은 거센 항의까지 했다. 하지만 그런 항의에도 돌아온 대답은 기자회견장에서 보자는 말뿐이었다. 주인공은 로미오 류인데, 지금 그가 한국에 있는지도 불명확한 사실이었다. 그런데 공식 기자회견이 제대로 진행이 될까?

그냥 놀라서 한 말을 꼬투리로 잡고 말장난을 하는 마태후를 연우는 매서운 눈으로 노려보았다. 하지만 지연우는 눈이 원체 동그래서 째려보아도 동그랬다.

"당신이 왜 여기 있는 거예요? 당신은 문화부 기자도 아니잖아요."

"재미있는 구경거리가 있을 것 같아서 구경 왔지."

"뭐라고요? 여기가 놀이터인 줄 알아요?"

"당신이 있는 것 보니까 놀이터 맞는 거 같네."

"말조심하세요. 그리고 왜 반말이에요?"

"그럼 1980년 지구를 지킨 영웅들이 누군지 알아?"

"네?"

1980년은 연우가 태어나기 일 년 전이었다. 세상에 존재하지도 않았던 연우가 세상 돌아가는 이야기를 알 리가 없었다.

"모르지? 그러니까 내가 반말을 하는 거야."

1980년, 연우가 절대로 공유할 수 없는 시간에 마태후는 독수리 5형제를 보며 세계평화를 외쳤다. 그러니까 자신이 더 나이가 많다는 소리를 하는 마태후였다. 그런 마태후의 말을 이해할 수 없었던 연우가 화를 내며 말했다.

"도대체 무슨 헛소리를 하는 거……."

갑자기 기자회견장이 소란스러워지며 여기저기서 플래시가 터지기 시작했다. 드디어 주인공인 로미오 류가 등장한 것 같았다. 마태후를 노려보던 연우는 서서히 고개를 앞으로 돌려 오늘의 주인공에 집중하였다. 아름다운 남자, 로미오 류를 본 지연우의 첫 감탄사는 이러했다.

"아! 쓰레기 불법 투기꾼!"

단말마처럼 터진 지연우의 아리송한 감탄사에 마태후도 시선을 로미오 류에게 돌렸다.

쓰레기 불법 투기꾼? 누가? 설마 로미오 류가?

아름답고 오만하고 신비하게 생긴 피아니스트. 그의 눈이 지연우를 향하고 있는 것을 느낀 마태후의 기분이 서서히 꼬여가고 있었다.

이봐! 이 여자가 보자기 뒤집어쓴 점순 씨라도 그런 눈으로 쳐다볼 거야?

"진이야! 어제 그 쓰레기 어떻게 했어? 설마 버렸어?"

어제 한강에서 만났던 낯익은 남자가 로미오 류라는 것을 확인하자마자, 연우는 기자회견장을 뛰쳐나와 황진이에게 전화를 걸었다. 로미오 류의 물건이니, 당연히 쓰레기가 아닐 것이었다. 그깟 쓰레기를 한강에 버리자고, 유럽에서 여기까지 비행기 타고 날아올 리가 없지 않은가!

―쓰레기? 아! 한강! 아니, 신발장 위에 놓고는 잊어버렸어. 오늘 저녁에 버리려고.

"그거 절대로 버리면 안 돼! 그거 버리면 안 된다고!"

갑자기 연우가 악을 쓰며 소리치자 전화기 속에서 진이의 성난 목소리가 돌아왔다.

―가시나! 고막 터지겠다. 왜?

"나 그 남자 본 적 있다고 했잖아. 피아노야! 피아노!"

너무 급한 나머지 피아니스트를 피아노라고 말하고 있는 연우였다.

―뭐? 그 상자에 피아노가 들었다고? 너 꿈꿨냐? 그 작은 상자 안에 어떻게 피아노가 들어가는데? 끊어라! 나 수업 늦었거든! 달칵!

아직 할 말도 다 못했는데 진이가 전화를 끊어버리자, 연우가 전화기를 붙잡고 놀라서 소리쳤다.

"뭐? 야! 안 돼! 진이야! 컴백! 너 그거 진짜 버리면 안 된단 말이야!"

연우는 급하게 다시 황진이에게 전화를 걸기 시작하였고, 무언가 있다는 걸 짐작하고 지연우를 따라 회견장을 나왔던 마태후가 부산하게 전화를 거는 지연우를 보며 새로 산 녹음기의 녹음 버튼을 눌렀다. 삑!

"화면은 교양 인생인데, 현실은 시트콤 인생이다. 또 사고를 친 거 같다."

지연우는 전화를 포기하고 직접 상자를 찾아 나서기로 결정했는지, 회견장과 반대 방향으로 급하게 걸어가기 시작했다. 마태후도 슬슬 상자의 정체가 궁금해지기 시작했다.

"로미오 류가 아무도 모르게 하루 일찍 한국에 올 정도로 중요한 볼일이 과연 무엇일까?"

그 답은 분명 그 상자 안에 있을 것이었다. 로미오 류의 것이었지만, 지금은 지연우의 손에 있는 상자. 순간 마태후가 이해할 수 없는 부분이 생겨 버렸다.

로미오 류가 지연우를 쳐다보던 시선은 자신의 물건을 훔쳐 간 사람을 보던 눈이 아니었다. 그럼 설마 그 상자를 일부러 지연우가 가져가게 둔 건가? 왜?

마태후는 저 멀리 작아지는 연우의 뒷모습을 바라보며 지금부터 자신이 해야 할 일을 생각했다. 그리 깊게 생각할 것도 없었다. 마태후가 해야 할 일은 하나뿐이었다. 정체불명의 상자가 지연우와 로미오 류를 이어주기 전에 방해를 해야 했다.

사진 일은 지연우의 눈물에 속아 바보같이 그냥 넘겨주었지만, 이번엔 절대 어림없었다. 그녀의 실체를 속속들이 파헤치기 전에는 절대로 돌려주지 않을 것이었다.

음! 그런데 상자를 어떻게 손에 넣지? 남의 집에 몰래 들어가는 건 불법인데⋯⋯.

마태후는 도둑질의 합리적인 방법에 대해 골똘히 고민하기 시작했다.

[지연우 아나운서?]

자신의 이름을 부르는 외국남자의 목소리에 호텔을 빠져나가려고 바쁘게 걸어가던 연우가 놀라서 고개를 돌렸다. 분명 회견장에서 로미오 류의 매니저라고 소개되었던 금발의 남자가 연우에게 걸어오고 있었다.

[로미오 류가 만나고 싶어합니다. 잠시 시간 좀 내주시죠.]

지연우는 답변 대신 어색한 웃음만 지었다. 이로써 그 쓰레기가 그냥 쓰레기가 아님이 확실해진 것이었다.

매니저에게 거의 억지로 이끌려 로미오가 묵게 될 방으로 안내되어진 연우는 초조하게 호텔방 안을 서성거렸다. 설마 호텔에 들어설 때만 해도 로미오 류가 묵게 되는 호텔방까지 들어오게 될 줄은 꿈에도 몰랐다. 지금 밑에서 기자회견장에 참석하고 있는 기자들 중 한 명만 알아도 큰일이 날 일이었다. 하필 자신을 데려다 놓은 곳이 로미오 류의 호텔방이라는 것이 연우는 개운치가 않았지만, 자신이 어젯밤에 한 실수가 있기 때문에 우선은 로미오 류가 자신을 만나러 오기를 얌전히 기다리기로 하였다. 기자회견이 길어지는지, 로미오 류는 한참이 지나도 오지 않았다.

"이럴 줄 알았으면 상자 안을 들여다볼 걸. 도대체 무슨 중요한 물건이기에 날 보자고 하는 거지? 근데 중요한 물건을 그렇게 쓰레기 버리듯 한강에 버리나? 그래, 로미오는 분명 그 물건을 버리고 있었어. 그러니까 진이와 내가 쓰레기라고 안 거지. 나 잘못한 거 없어. 그래, 난 결백해!"

스위트룸의 커다란 창가 앞에 서서 지연우가 내린 결론은, 그냥 이대로 도망가자였다. 아무리 생각해도 호텔방이 주는 데미지가 너무 부담이었다. 그리고 앞으로 만나게 될 로미오 류라는 인물은 더욱 부담이었다. 이 기회만 잘 잡으면 인터뷰는 그냥 오케이일 거라는 생각은 하지도 못하고 연우는 호텔방 문 앞으로 걸어갔다. 지연우는 태생이 백조표 아나운서이기 이전에 겁 많은 토끼였던 것이다. 우선은 이곳을 도망치고 나서 해결 방법을 찾자는 생각만이 가득하였다. 호텔을 빠져나가면 당장 황진이에게 달려갈 생각이었다. 따지고 보면 일이 이렇게 된 건 모두 진이의 책임이었으니까.

달칵!

문손잡이를 잡으려던 연우는 자신이 잡기도 전에 손잡이가 돌아가자 놀라서 숨을 멈추었다. 누군가 방 안으로 들어오려고 하고 있었다.

마음의 준비도 하기 전에 문이 열리고, 연우는 반사적으로 앞에 서 있는 사람의 눈을 찾아 고개를 들었다. 심연의 딥블루, 로미오 류가 혼혈이라는 명백한 증거인 검푸른 눈이 연우를 바라보고 있었다. 말없이 자신을 바라보고 있는 로미오 류를 향해 연우가 가볍게 손을 흔들며 떨리는 목소리로 인사했다. 잊지 않고 어색한 미스코리아 미소를 지으려고 노력하면서.

"Welcome to korea."

영어 사전적 의미로는 한국에 온 것을 환영합니다. 그리고 지연우식 의미로는 살려줘!

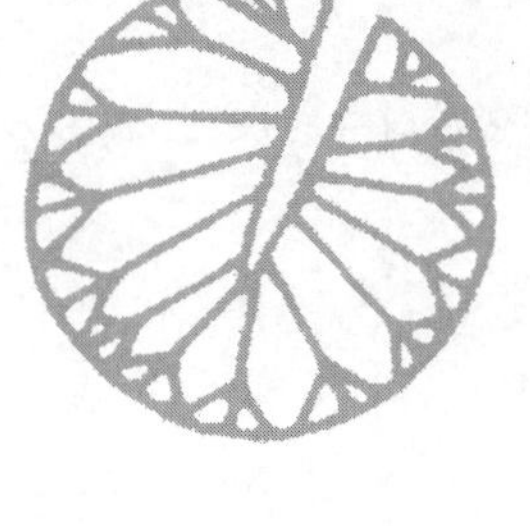

제　　5　　장

[정말 죄송합니다. 당신 물건 당장 돌려드릴게요.]

지연우는 90도로 고개를 숙인 채 유창한 영어 실력으로 로미오 류에게 이리 말하였다. 하지만 로미오 류는 별 대답 없이 미리 준비해 놓은 와인 병의 마개를 따서 와인 잔에 따를 뿐이었다. 아름다운 붉은 색 와인이었다.

[마실래?]

장난해! 라고 소리치는 대신, 연우는 고개를 흔들었다. 로미오 류도 두 번은 권하지 않았다. 연우에게 내밀었던 와인 잔을 자신의 입으로 가져가서는 가볍게 와인의 맛을 음미하였다. 로미오 류의 지독히도 여유로운 태도에 연우는 오히려 피가 바짝바짝 마르는 기분이었다.

찰랑!

로미오가 일어나자 들고 있던 와인 잔 안에서 붉은 파도가 일었다. 로미오가 갑자기 앉아 있던 자리에서 일어나자, 연우는 놀라서 자기도 모르게 뒤로 한 발짝 물러났다. 긴장해서 고개를 푹 숙이고 있는 지연우를 잠시 바라보던 로미오는 그대로 연우를 지나쳐 거실 한구석에 있는 피아노 앞으로 걸어갔다.

딩!

아름다운 첫 음이 울린다고 생각되었을 때, 연주는 이미 시작되고 있었다. 로미오는 한 손에 와인 잔을 들고 다른 한 손으로 연주를 하고 있었다. 연우도 아는 노래였다.

아다지오의 fly me to the moon(날 달로 날아가게 해줘요).

단조로우면서도 아름다운 피아노 선율에 긴장감이 조금은 풀어지고 있었다. 아마도 로미오의 목적도 그것인 것 같았다. 연우의 굳어 있던 표정이 풀어졌다고 느꼈을 때 그가 천천히 입을 열었다.

[어제 너를 처음 봤을 때 그런 생각을 했어.]

아름다운 연주와 로미오의 목소리가 섞여서 들려왔다. 그래서 마치 로미오의 목소리가 노랫소리처럼 들렸다.

[다시 만났으면 좋겠다고. 그래서 일부러 잡지 않은 거야.]

Fly me to the moon And let me play among the stars Let me see what spring is like on Jupiter and Mars(날 달로 날아가게 해줘요 별들 사이를 누비며 목성과 화성의 봄은 어떤지 보게 해줘요).

로미오가 고개를 돌려, 지연우의 신발을 쳐다보며 가볍게 웃었
다.

[다시 만나게 된다면 그 신발을 신고 있을 거라고 생각했는데,
아니네.]

*Fill my heart with song and Let me sing for ever more You are all
I long for all I worship and adore(내 맘을 노래로 채우고 영원히 그 노
래를 부르게 해주세요. 그댄 내가 갈망하고, 숭배하며 동경하는 사람이죠).*

시트콤 같던 지연우의 인생이 로맨스로 바뀌는 순간이었다.

"신발이다."
"페라가모 구두잖아. 이거 명품이야."
"그런데 왜 한 짝뿐이지?"
세 여자가 모여 천재 피아니스트의 개인 상자를 열어보고 있었
다. 상자 안에는 아름다운 구두 한 짝이 들어 있을 뿐이었다. 진이
가 손을 뻗어 구두를 들어올렸다.
"다른 물건들은 다 한강에 버린 것 같은데. 남은 게 이 구두 한
짝인가 보네."
춘희가 이해할 수 없다는 듯이 물었다.
"그 남자는 왜 이런 명품들을 한강에 버렸지?"
연우는 모르겠다는 듯이 고개를 저었다. 너무 정신이 없어서 그

런 걸 물어볼 생각도 들지 않았었다. 어떻게 해서든 이걸 빨리 로미오에게 돌려주어야 한다는 생각만 들었었다.

"원래 예술가들은 괴짜잖아."

진이가 내놓은 해답이었다. 하지만 연우는 긍정할 수 없었다. 피아노를 치던 그 남자의 모습은 아무리 나쁘게 보아도 절대 괴짜로는 보이지 않았었다. 마태후라면 몰라도.

"나 지금 집에 가는 길인데, 비 오니까 마중 나와."

진이네 집에 들려 상자를 돌려받은 다음 택시를 타고 집으로 가는 길, 연우는 집으로 전화를 걸었다. 받은 사람은 동생 신우였다. 아마도 어머니는 모임에 가셨나 보다.

―어차피 바로 문 앞에 세울 거 아냐. 그냥 뛰어.

"그래도 우산 갖고 나와!"

―얼마 줄 건데?

"야! 난 네 누나야!"

―나도 알아. 그러니까 얼마냐고 물었지. 내 여동생이었으면 사망이야.

"지신우! 너……."

막 신우에게 화를 내려던 연우는 창밖에서 무언가를 발견하고, 택시 기사한테 멈추라고 하였다. 집은 이제 조금만 더 가면 되었지만, 그냥 넘어갈 수 없는 무언가가 버티고 있는 게 눈에 띈 것이다.

마태후였다. 이십육 년 동안 이 동네에 살면서 단 한 번도 이 근처에서 본 적이 없었던 남자가 지금 연우네 집 근처에 있었다. 인위적인 냄새가 지독하게 풍기고 있었다. 마태후는 비를 피할 수 있는 처마 밑에서 책을 읽고 있었다.

"출발할까요?"

택시 기사가 물었다. 연우는 잠시 마태후를 노려보다가 결심한 듯 말했다.

"아뇨, 여기서 내릴게요."

오기가 생겼다. 나쁜 악연으로 얽히고 있는 마태후와의 인연을 끊어버려야 한다는. 연우는 자신의 영역에서 마태후를 몰아낼 생각이었다. 지금 당장.

마태후는 꽤 진지하게 책을 읽고 있었다. 지연우를 기다리며 참고나 할까 하고 읽던 것인데 책이 생각보다 재미있었던 것이다.

"이 책대로만 하면 백 일 안에 하렘 하나 차리겠군."

책의 가장 마지막 장에는 그녀를 매료시키는 섹스 테크닉이 나와 있었다. 마태후는 책을 눈에 더 가까이 가져와서 열심히 탐독하기 시작했다. 노골적인 표현들이 마태후의 이해력을 무한대로 늘려주기 시작하였다.

"이렇게 하면 그녀를 꼬실 수 있다?"

놀라는 여자의 목소리를 들은 태후가 책에서 눈을 떼고 고개를 들었다. 역시나 지연우였다. 그리고 문제의 박스도 같이 있었다. 마태후의 시선이 박스에서 다시 지연우의 얼굴로 올라갔다. 비를 맞은 긴 머리가 생명력을 얻은 듯 지연우의 몸을 휘감고 있었다. 마태후가 지금까지 보아온 여자 중 가장 긴 머리였다.

처녀귀신이 친구 하자고 하겠군.

"어떻게 그런 책을 대놓고 읽을 수 있어요?"

지연우는 책과 마태후의 얼굴을 번갈아 보며 이해할 수 없다는 고고한 백조의 얼굴을 하였다.

"그리고 경고하는데, 함부로 내 앞에 나타나지 말아요."

보기 싫다는 연우의 말에 태후가 읽던 책을 들어올리며 말했다.

"이 책에는 여자가 보기 싫다고 이별을 말하면, 키스로 정복하라고 되어 있어."

키스라는 말에 연우가 기겁을 하며 뒷걸음질치기 시작했다.

"그런 건 사랑이 아니에요."

"아! 이 책은 사랑을 얻는 방법이 아니라, 그냥 여자랑 잘 놀 수 있는 방법에 대해 말해주는 거야."

"저질!"

"응, 나도 이 책을 쓴 사람이 저질이라고 생각해."

"당신도 재미있게 읽고 있었잖아요."

"아니, 하나도 안 재미있었어."

마태후는 양심에 찔리지도 않는지 고개까지 저으며 부정했다.

"그럼 그 책 당장 버려요."

"그것보다 더 유익한 방법이 있을 거 같은데."

"네?"

마태후는 갑자기 길 가던 남자 두 명에게 달려갔다. 대학생으로 보이는 두 사람에게 마태후는 책을 내밀고 몇 마디를 했다. 그러자 두 명 중 한 명이 냉큼 책을 받아 들며 자신이 쓰고 있던 우산

살 하나가 망가진 우산을 마태후에게 주고 친구의 우산 속으로 들어갔다. 마태후는 저질 책과 우산을 바꾸고는 다시 연우에게 달려와 비를 맞고 있는 연우의 머리 위에 우산을 씌워주며 웃었다.

"세상에 쓸모없는 건 아무것도 없어."

연우는 멍하니 저질 책에서 우산으로 탈바꿈한 그것을 바라보았다.

"내가 지금 저질 책의 덕으로 비를 피하고 있는 거예요?"

"왜? 찜찜해?"

피식, 연우의 입에서 바람 빠진 웃음소리가 새어나왔다. 그리고 폭소가 터진 건 한순간이었다.

"하하하하하하하하하하! 뭐야? 하하하하하하하하하하하하! 진짜 이상해!"

태후는 지연우가 갑자기 웃을 줄은 몰랐기에 놀라서 그녀가 웃는 모습을 바라보았다. 동금이 말했던 그 웃음이었다. 가식이 없는 웃음, 그저 맑은 웃음.

태후도 따라 웃으면서 기분 좋게 물었다.

"웃는 거 보니, 내가 좋아졌나 보네?"

"아뇨, 하나도 안 좋아요."

백만 불짜리 미소는 마태후의 한마디에 바로 물러갔다.

그때 연우는 저 멀리 우산을 들고 걸어오는 자신의 동생 신우를 보고 헉 소리를 내며, 태후를 잡아끌어서 돌담 뒤에 숨었다. 진짜 착한 동생처럼 우산을 들고 마중 나온 게 아니라, 그냥 편의점에 가는 것이다. 그러니까 여기까지 나온 게 분명했다. 문제는 여기서 마태후랑 같이 있는 걸 들켰다가는 무슨 꼬투리를 잡힐지 모르는 일이었다. 이건 절대 오만 원으로 끝날 문제가 아니었다. 연우는 그대로 신우가 오는 반대 방향의 길로 태후를 억지로 끌고서 튀었다.

"아! 남자 끌고 다니는 게 취미 생활인가 보지?"

연우에게 순순히 끌려가 주면서, 태후가 물었다. 설마 그 커피숍의 남자처럼 자신도 끌려가는 처지가 될 줄은 생각을 못했었다. 이런 일이 한 번이면 사건이고, 두 번 이상이면 취미가 되는 것이다.

"잔소리 말고 따라와요!"

"나 배고파서 못 걷겠는데."

"밥 사주면 되잖아요. 빨리 와요!"

야심한 밤, 한 손에는 남자를, 그리고 나머지 한 손에는 로미오 류의 상자를 들고 열심히 밤거리를 뛰어가는 지연우다. 비와 줄리엣, 그리고 남자와의 도주! 로맨틱한 밤인가? 은밀한 밤인가?

"난 이런 데 안 들어가요!"

"그럼 보자기 하나 줄까?"

"보자기 소리 좀 그만 해요! 한 번만 더 하면 명예훼손으로 고소할 거야!"

태후의 입에서 나온 보자기 소리에 연우가 성을 내며 소리쳤다.

"보자기 하나에 훼손되는 것이 지연우의 명예인가?"

"네?"

당연히 농담으로 치고 나올 줄 알았는데, 태후가 너무도 진지하게 물어오자, 연우는 순간 말문이 막혔다. 태후는 다시 물었다.

"지연우의 명예는 어떤 것이지?"

"……."

"네가 지키면서 살아가고 있는 게 뭐냐고?"

라면집 앞에서 신성한 명예를 논하는 태후에게 받아칠 말이 없는 연우였다. 보자기에 훼손되는 지연우의 명예는 연우 혼자만의 것이 아니었다. 아니, 어쩌면 연우의 것이 아닌지도 모른다.

"나쁜 사람이면서, 나 훈계하려고 하지 말아요."

이게 지금 연우가 태후에게 할 수 있는 말의 전부였다. 눈도 제대로 못 마주치고, 고개를 푹 숙이고서 말이다. 슥! 태후가 땅으로 떨어진 연우의 고개 아래로 얼굴을 들이밀고, 숨겨져 있는 연우의 눈을 찾아 들어갔다. 억울해하는 연우의 눈이 태후의 눈에 들어왔다. 태후가 웃으며 말했다.

"그런 말을 할 때는 날 쏘아보면서 해야지, 왜 이렇게 소극적이야?"

"나 가르치려고 하지 말라고요!"

"사실은 이런 데 안 들어가는 게 아니라, 못 들어가는 거 아냐?"

태후의 말에 연우가 발끈해서 말했다. 이번엔 제대로 마태후의 눈을 노려보며 말이다.

"그렇게 드시고 싶으면 혼자 많이 드세요! 전 이런 거 비위생적이라서 안 먹어요. 그리고 이 우산은 제가 갖고 가겠어요."

라고 마지막을 호기있게 말하고는 그대로 돌아서서 혼자 가버리는 지연우였다. 태후는 가버리는 연우를 붙잡지 않았다. 고고하게 걸어가는 연우의 뒷모습을 그냥 쳐다만 보았다.

우아하게 가증을 떨고, 귀엽게 악을 쓰는 토끼 아가씨! 라면 안 먹는다는 거 거짓말이지?

연우가 태후를 버리고 집으로 돌아가는 길에 점점 그쳐 가던 비는 다시 세차게 내리기 시작했다. 마태후의 우산을 가로채 온 입장에서 반갑지 않은 비였다.

"또 내리잖아. ……그런 인간 비를 맞든 말든 내가 무슨 상관이야."

연우는 다시 멈췄던 발을 움직였다. 순간 우르르르쾅 번개가 내리쳤다.

"까아악!"

번개 소리에 놀라 연우는 비명을 내질렀다. 번개 소리가 꼭 '내 우산 내놔!' 라는 마태후의 고함 소리 같았다. 편치 않은 마음 때문에 절로 얼굴이 구겨졌다.

"도대체 그 인간은 여기까지 왜 온 거야?"

모락모락! 맛있게 김이 올라오는 라면 한 사발이 나온 지는 한참 되었지만, 태후는 비가 내리는 창밖만 바라보고 있었다.

주룩주룩! 정말 지루한 리듬이다. 좀 더 창의적으로 비를 내리게 하지는 못하는 걸까?

"라면 다 불어요. 안 먹어요?"

퉁퉁 불고 있는 라면 씨를 걱정하는 나긋나긋한 여성의 목소리가 빗소리를 뚫고 들려왔다. 태후는 내리는 빗줄기에서 눈을 떼지 못하고서 물었다. 봄비에는, 지루한 리듬이지만 쉽게 눈을 뗄 수 없는 중독성이 있나 보다.

“……왜 다시 왔어요?”

“왜 또 존댓말 써요?”

“당신이 다시 온 게 반가워서.”

웃으면서 반갑게 말하는 마태후의 말에 연우는 오히려 바짝 긴장하였다. 저 인간이 왜 또 저래? 무슨 속셈인 거야? 연우는 이상한 오로라를 풍기는 마태후에게서 벗어나기 위해 황급히 가지고 온 우산을 내밀었다.

“당신 우산 돌려주려고 왔어요. 내가 쓸 우산은 근처 편의점에서 샀으니까, 신경 쓰지 않아도 돼요.”

탁!

연우는 라면 그릇 옆에 우산을 내려놓고, 그대로 가게를 나가려고 하였다.

“그날 카페에서 끌고 나간 남자는 누구야?”

“씨! 왜 또 반말이에요?”

뭔가 참 미묘하게 자신을 놀린다는 느낌에 연우가 버럭 소리를 질렀다. 태후가 연우를 보고 웃으며 말했다.

“나만 혼자 두고 가버리려고 하니까.”

비 오는 날의 마귀발을 조심해라! 연우의 머릿속에서 사이렌이 시끄럽게 울리기 시작했다.

“나랑 이야기하고 싶어요?”

연우는 고개를 빳빳이 세우고 태후에게 물었다. 태후는 한 손에

핑크 우산을 들고, 백조의 자세를 취하는 연우를 재미있다는 듯이
쳐다보았다. 가식이 정떨어지는 것도 사람 나름인가 보다. 속이
훤히 보이는 나점순표 가식은 꽤 볼만한 재미가 있었다. 꼭 어른
흉내를 내는 초등학교 소녀를 보는 느낌이었다. 태후는 가능한 백
조에 대한 예의를 다해서 고개까지 끄덕이며 말했다.

"응, 이야기하고 싶어."

바로 아까 전에 이렇게 나갔어야 했는데, 한 타이밍이 늦은 게
아쉽긴 했지만, 그래도 아직 늦지는 않았다. 지연우 백조의 우아
한 날갯짓이 봄비 사이로 아름답게 펼쳐졌다.

"그럼 나랑 어울리는 자리로 안내해 줘요."

이런 말 보통 사람이라면 쉽게 할 수 없는 말이었다. 태후가 아
주 잘 알아들었다는 듯이 고개를 끄덕이더니, 심각한 표정으로 연
우를 보고 물었다.

"혹시 학교 다닐 때 왕따 아니었어?"

"여기서 젤 비싼 걸로 주세요."

고급 프랑스 요리 레스토랑이다. 메뉴판도 보지 않고, 가장 비
싼 음식을 시키는 연우를 보고, 태후가 알아 모시겠다는 듯이 메
뉴판을 보며 고개를 끄덕였다.

"역시 라면 따위와는 어울리지 않는 사람이었군."

"당연하잖아요. 지금까지 날 뭐로 본 거예요?"

"나점순 양."

"그 말 한 번만 더 하면, 바로 고소장 날아갈 줄 알아요!"

“난 프랑스 요리 느끼해서 싫던데. 좋아해?”

솔직히 연우도 프랑스 요리를 싫어했다. 느끼하다기보다는 음식의 재료들이 너무도 이상한 게 많았기 때문이다. 도대체 달팽이 요리를 고급 요리라고 내놓는 센스는 어느 프랑스 귀족의 총 맞아 죽을 센스란 말인가?

“네, 좋아해요. 내 입맛에 딱 맞아요.”

“재미없는 소리 그만 하고, 그런데 아까부터 들고 있는 그 상자는 뭐야?”

마치 어떤 상자인지 전혀 모르겠다는 얼굴로 태후가 물었다. 태후가 상자에 관심을 보이자마자 연우는 상자를 그에게서 멀찍이 떨어뜨려 놓았다.

“관심 갖지 말아요. 내 거 아니에요.”

지연우의 말로 확실해졌다, 저 상자가 로미오 류의 것이라는 게. 태후가 상자에서 눈을 떼지 못하며 또 물었다.

“남의 걸 왜 갖고 있어?”

“내 잘못 아니에요. 다 황진이 때문이란 말이에요.”

“황진이? 별명이야?”

이름이 재미있다는 듯이 태후가 웃었다. 생긴 것도 정말 조선시대의 명기 황진이처럼 생겼을지 궁금하기도 했다.

“아뇨, 본명이에요. 당신도 봤잖아요.”

“내가 봤다고?”

“카페에서 내 사진 찍을 때요! 기억 못해요? 나만 보고 있었어요?”

“아! 그……..”

진이의 외모를 말로 정확하게 설명할 수는 없었다. 왜냐하면 진이는 짧은 커트머리에 시원시원한 얼굴과 꽤 보이시한 차림 때문에, 한 번에 그 성별을 맞추기가 어려운 타입이었기 때문이다. 확실한 건 이름과 참 안 어울리는 외모라는 것이다.

“당신 일 진이한테 말하면 당신은 죽은 목숨이에요. 황진이가 얼마나 싸움을 잘하는지 알아요? 남자들한테 괴롭힘당하는 날 구해준 적도 있다고요. 남자 다섯 명을 황진이 혼자 해치웠다니까요.”

정확하게는 두 명이었지만, 마태후를 겁주는 게 목적이므로 그리 상관하지 않기로 했다.

마태후는 쫙 펴진 지연우의 다섯 손가락을 보며 겁을 먹기보다는 피식 웃었다. 과장이 너무 심했다. 그래서 지연우의 말 자체를 거짓말이라고 생각하게 되었다.

“그래? 그런데 왜 안 일렀어?”

“춘희가 말렸어요! 사고치고 다니는 선생님은 사표 써야 한다면서.”

“대신 당신이 나 때렸잖아. 그걸로 된 거 아냐?”

“하나도 안 되었어요. 당신이 한 짓이 얼마나 악랄한 짓인 줄 알아요?”

“세상 참 편하게 살았나 보네, 그걸 악랄한 짓이라고 하는 거 보니.”

자신의 잘못을 전혀 깨우치지 않는 마태후의 태도에 연우는 점점 화가 나고 있었다.

"당신 별명이 마귀발이라면서요? 누가 지었는지 정말 잘 지었어요. 딱 당신이에요."

"그래? 고마워."

"칭찬한 거 아니에요."

연우는 씩씩대며 정체불명의 프랑스 요리를 나이프로 썰어 입에 넣었다. 마태후는 자신의 요리는 손도 대지 않으면서 연우가 먹는 모습을 바라보며 물었다.

"맛있어?"

"아뇨, 하나도 안 맛있어요."

"프랑스 요리가 네 입맛이라며."

"당신이랑 같이 먹어서 안 맛있어요. 다시는 당신이랑 밥 안 먹어요. 절대로!"

"그래도 맛있게 먹어. 내가 여자한테 밥 사는 건 처음이거든."

"안 믿어! 그 말도 절대 안 믿어!"

이제 마태후가 하는 말은 무조건 개소리로 받아들이기로 한 지 연우였다.

"택시 타고 서울 관광을 하고 왔어?"

전화를 하고 나서 시간이 많이 지나고 들어오는 연우를 보며 신우가 말했다. 연우는 신우의 말을 무시하며 그대로 자신의 방이 있는 2층으로 올라갔다. 로미오와의 만남, 그리고 마태후와의 만남으로 완전히 녹초가 되었다. 그저 자고 싶은 생각뿐이었다.

신우는 연우가 신발장 위에 놓아둔 상자로 다가가서 무언가 하고 뚜껑을 열어보았다.

"뭐야? 빈 상자잖아. 이런 쓰레기를 왜 들고 들어와?"

우뚝! 계단을 오르던 연우는 신우의 말에 그대로 멈추어 섰다. 그리고 설마하는 마음에 뒤로 돌았다. 신우가 빈 상자를 뒤집어서 탁탁 치고 있었다.

"까아악! 페라가모 구두 어디 갔어?"

아마도 마태후가 밥값 대신 받아간 것 같았다. 그런데 밥 사주고 구두를 가져갔다고 그게 합법적인 도둑질이 되는 걸까?

그 시간 마태후는 한 짝뿐인 명품 페라가모 구두를 유심히 바라보고 있었다.

"너의 쓸모는 무엇인고?"

아무리 생각해 봐도 한 짝뿐인 구두는 별 쓸모가 없어 보였다. 신발이란 두 짝이 만나야 완벽해지는 것이니까. 마태후로서도 로미오가 왜 이 쓸모도 없는 구두를 가지고 있는지 짐작이 되지 않았다.

제   6   장

마태후가 몰래 구두를 가지고 간 다음날, 지연우는 마태후의 집을 습격하였다. 전화로 간단히 해결하기에는 분노가 넘쳐흘렀던 것이다. 일부러 주소를 추적할 필요도 없었다. 아버지라는 사람과 형이라는 사람이 너무 유명하여 그냥 인터넷으로 검색만 해도 마태후네 집 주소를 알 수 있었다. 하지만 그의 집은 무대포로 쳐들어가기에 너무 크고 거대했다. 그리고 고용인들은 무서운 사람들뿐이었다.

─둘째 도련님은 지금 여기 사시지 않습니다. 돌아가십시오.

마태후를 찾아왔다는 말에 돌아온 대답은 그가 여기 살지 않는다는 소리였다. 잔뜩 화가 나서 달려온 연우는 도도한 경호원의 말에 밀려 뒤로 물러났다. 아직 채 화가 가시지 않은 눈을 들어 높은 담 너머의 커다란 집을 바라보았다. 어쩐지 마태후와는 어울리지 않는 집이었다. 그를 잘 알지는 못하지만, 연우의 느낌은 그랬다. 아무래도 정식으로 그와 처음 만난 곳이 버스 안이라서 그런가 보다.

"설마 쫓겨났나?"

아버지와의 사이가 좋지 않다는 소리를 들었었다. 그리고 그 남자의 성격을 보았을 때 충분히 가능성이 있는 가설이었다. 연우는 다시 초인종을 누르고 물었다.

"방금 마태후 씨 찾았던 사람인데, 그럼 지금 마태후 씨는 어디 살고 있죠? 주소 알 수 있을까요?"

―아뇨, 가르쳐 드릴 수 없습니다. 그냥 돌아가십시오.

"저 아나운서 지연우입니다. 수상한 사람 아니거든요."

―그래도 안 됩니다. 돌아가십시오.

마지막은 언제나 '돌아가십시오' 인가 보다. 꼬박꼬박 돌아가라고 말을 해왔다. 마치 구걸을 하다가 쫓겨나는 것처럼 연우는 기분이 나빠졌다. 하지만 여기서 자신이 할 수 있는 게 아무것도 없다는 걸 깨달은 연우는 슬슬 뒤로 물러나기 시작했다. 아무래도 그냥 돌아가야 할 것 같았다. 차라리 전화를 하는 게 나을 뻔했다.

빵! 빵!

마태후의 본가를 쳐다보며 뒤로 걷던 연우는 클랙슨 소리에 놀라 고개를 돌렸다. 어느새 왔는지 고급스런 검정 세단 한 대가 연우의 뒤에 서 있었다. 연우는 바로 길가 옆으로 자리를 피해 차가 지나가기를 기다렸다. 세단은 소리도 없이 전진해서 바로 마태후가 옛날에 살았을 집으로 들어갔다. 차에 타고 있던 사람은 마태후의 가족이었던 것이다. 연우가 놀라서 열린 차고 안으로 들어가는 세단을 쳐다보았다. 소리도 없이 달리는 검은색 세단을 탄 마태후의 가족이라니, 왠지 등에서 진땀이 흘러내렸다. 절대로 마주치고 싶지 않은 사람들이었다. 마태후 같은 인간은 마태후 하나로도 많았다.

“너 어제는 하루 종일 어디 있었던 거야? 내가 얼마나 많이 전화했는지 알아?”

동금은 만 하루 만에야 모습을 나타낸 태후에게 화를 내며 말했다. 찾아도, 찾아도 없던 마태후는 점심 시간 사원식당에서 밥을 먹고 있었다.

“너 때문에 나만 부장님한테 혼났잖아.”

밥을 다 먹은 마태후는 숟가락을 내려놓으며 동금에게 물었다.

“네가 생각하기에 지연우와 윤해수가 붙으면 누가 이길 것 같냐?”

“뭐?”

“이번에 로미오 류 인터뷰 MBS에서는 지연우가 나오고, KBC에서는 윤해수가 나왔던데. 네 생각에 누가 인터뷰를 딸 것 같아? 로미오 류는 한 번 이상 단독 인터뷰를 안 하니까, 분명 한 명밖에 인터뷰를 못할 거야.”

마태후가 또 지연우를 만나고 온 사실을 안 동금은 깊게 한숨을 쉬었다.

“누가 인터뷰를 따든 너랑 무슨 상관이야!”

“윤해수라니까. 너 윤해수한테 관심 많지 않아?”

“누, 누누누누 누가 관심이 많다는 거야? 난 윤해수한테 관심없어!”

태후의 질문에 놀라서 동금이 강하게 부정을 하였다. 그런데 목소리가 좀 컸다. 밥을 먹던 몇몇 사람이 돌아보았다. 그리고 그중에는 윤해수도 있었다. 정말 재수없게도 말이다.

잠시 불쾌한 표정으로 동금을 쳐다보던 해수는 고개를 돌려 다시 밥을 먹기 시작했다. 해수가 자신의 말을 들은 걸 안 동금이 다 네 탓이라는 눈으로 태후를 쏘아보았다. 하지만 태후는 그런 것 따위 관심없다는 듯이 자신의 말을 마저 했다.

“내 생각에는 윤해수도, 지연우도 둘 다 로미오 인터뷰 못 따내.”

이 마리오 같은 자식! 지금 그게 문제야! 윤해수가 다 들었단 말이야!

[죄송해요. 제 실수로 구두를 잃어버렸어요. 하지만 절대로 당신의 물건을 함부로 다룬 것은 아니었어요.]

연우는 로미오가 있는 호텔에 찾아가서 구두를 잃어버린 것에 대해 사과하고 있었다. 마태후한테서 구두를 돌려받는 시간보다 로미오한테 사과해서 용서를 받는 시간이 더 빠를 것 같았기 때문이다.

[잃어버렸다고?]

그런데 연우의 말을 들은 로미오는 낭패라는 얼굴을 하였다. 심각해진 로미오의 얼굴에 연우의 얼굴도 덩달아 심각해졌다.

[저기, 그게 그렇게 중요한 거였나요?]

로미오는 대답도 안 하고 창밖을 바라보았다. 창밖에는 서울시내의 모습이 한눈에 들어오고 있었다. 그리고 한강도 보였다. 로미오는 아마도 한강을 보고 있는 듯했다. 괜찮다고 말할 줄 알았던 로미오가 아무 말이 없자, 연우는 자신이 너무도 큰 잘못을 했다는 생각이 들었다.

[저기, 그 구두가 어디 있는지는 알거든요. 제가 꼭 찾아다 드릴게요.]

연우는 알 수 없는 우울증에 빠진 로미오를 위해 싫지만, 다시 마귀발과의 전투를 선택하였다. 어쨌든 그건 전적으로 지연우의 책임이었으니까. 어쩌자고 마귀발과 같이 밥을 먹었는지, 연우는 자신의 바보 같은 행동에 화가 나기 시작했다.

[어디 있는지 안다고? 그럼 잃어버린 게 아니잖아.]

[네, 그러니까 내 실수로 다른 사람의 손에 들어갔다는 표현이 정확하네요. 하여튼 정말 미안해요.]

연우가 구두의 행방을 안다는 말에 로미오는 그제야 미소를 보였다. 로미오 류라는 남자는 웃음조차 신비로운 남자였다. 그의 친아버지는 한국인이 아닌 게 분명했다. 그에게서는 동양과 서양이 오묘하게 조화를 이루고 있었다. 블랙의 까만 머리와 크지 않은 골격이 분명 동양인이었지만 블루 톤의 눈과 조각처럼 깎아놓은 코와 얼굴선, 그리고 눈처럼 하얀 피부는 서양인이었다. 혼혈 아들은 완벽한 조국을 가지지 못하는 대신, 신에게 이런 신비로운 아름다움을 부여받는 것인가 보다. 만약 당신에게 선택권을 준다면, 당신은 무엇을 선택하겠는가? 조국? 아니면, 아름다움?

로미오가 신비로운 딥블루의 눈에 연우를 담고 물었다.

[내가 당신의 사과를 받아주면, 당신은 나한테 뭘 줄 거지?]

로미오의 질문에 연우는 작게 눈썹을 찌푸리며 말했다.

"어째서 남자들은 조건부로 말을 하는 걸 좋아하지? 로망이라고는 쥐똥만큼도 없어."

갑작스런 연우의 한국말을 로미오는 당연히 알아듣지 못했다. 단지 그 알 수 없는 단어들 사이에 아주 인상적인 발음의 단어가 입에 박혀왔다.

[쥐똥? 무슨 뜻?]

쥐똥, 로망과는 절대로 친해질 수 없는 뜻이옵니다. 로미오님!

[사과는 날 이곳에서 빼내주면 받아주겠어.]

로미오는 정말 조건을 내걸었다. 그것도 연우가 들어주기 참 난감한 조건으로 말이다.

[네?]

[하렉은 너무 지독해서 말이야. 하루 종일 날 못살게 군다고. 한국에 도착한 순간부터 계속 옆에 붙어서 잔소리, 잔소리! 이제는 한계야. 날 여기서 꺼내줘, 레이디.]

로미오의 간절한 부탁에 연우는 자신의 작은 주먹을 내려다보았다. 내가 과연 구원의 용사가 될 수 있을까?

문이 살짝 열리면서 연우의 작은 머리가 조심스럽게 고개를 내밀었다. 연우는 우선 왼쪽 편을 살펴보았다. 시커멓게 생긴 경호원 두 명이 잡담을 나누고 있었다. 무리라는 듯이 가볍게 고개를 흔들고, 오른쪽으로 고개를 돌렸다. 그쪽에서는 하렉이라는 잔소리꾼 매니저가 양복 입은 남자와 이야기를 나누고 있었다. 아마도 연주회 건 때문인가 보다. 그래도 건장한 경호원보다는 금발의 잔소리꾼이 더 만만해 보였다.

[오른쪽?]

연우가 묻자, 로미오가 한숨을 쉬며 말했다.

[하렉을 너무 모르는군. 난 왼쪽.]

[싸움 잘해요?]

로미오가 몸집이 자신의 두 배는 됨직한 건장한 자신의 경호원 두 명을 바라보며 말했다.

[잘하면 경호원을 했겠지.]

[난 달리기 못해요. 100m도 꼭 한 번은 쉬어주어야 해요.]

자신의 무능력을 솔직히 이실직고하는 연우였다.

[그럼 미인계는?]

[No! 여자는 자신의 미모를 함부로 남용하면 안 돼요. 정조를 지켜서 서방님한테만 사랑받아야 해요.]

연우가 단호히 거절했다. 연우의 입에서 튀어나온 낯선 단어에 로미오가 고개를 갸웃했다.

[서방님? 한국말인가? 무슨 뜻?]

[남편이요.]

연우의 해석에 로미오는 웃고 말았다.

[원 나잇 스탠드하면 바로 목을 매겠군.]

[원 나잇 스탠드? 그게 무슨 뜻이에요?]

영어는 유창하게 하는 지연우가 원 나잇 스탠드를 모르자 로미오는 이게 언어의 차이인지, 아니면 생활방식의 차이인지 조금 판단이 안 되었다.

하렉이 자신들이 있는 쪽으로 고개를 돌리는 걸 느끼고, 두 사람은 잽싸게 문을 닫았다.

"하! 마태후라면 쥐도 새도 모르게 빠져나갈 방법을 알 텐데."

문에 기댄 연우가 한국말로 중얼거렸다. 마태후라는 남자를 한마디로 말하자면 불가능이란 없을 것 같은 인간이었다. 그러니까 나쁜 놈이라는 말이 더 어울리는 남자인 것이다. 영화에서 악당은 언제나 강하게 나오지 않는가? 분명 마태후라면 이런 호텔 빠져나가는 것 정도야 누워서 떡 먹는 일보다 쉬울 것이었다. 연우가 고개를 돌려 로미오를 쳐다보았다.

[정말 나가고 싶어요?]

[그래.]

연우는 핸드폰을 꺼내 들었다. 로미오의 구두를 훔쳐 간 대가로 마태후는 지금 그들을 도와주어야 했다. 그게 지연우가 마태후에게 전화를 거는 이유의 정당성이었다.

띠리리리 띠리리리, 몇 번의 신호음이 가는 동안 연우는 바짝 긴장해 있었다.

[어디다 전화하는 거야?]

로미오가 물었지만, 전화에 집중한 연우는 듣지 못했는지 대답도 하지 않았다.

—지연우 아나운서가 무슨 일로 전화를 주신 거죠?

예의 바른 마태후의 말에 연우는 도리어 화가 차 올라왔다. 당장 '구두 내놔, 이 도둑놈아!' 라고 외치고 싶은 걸 참으며 연우는 차분히 물었다.

"물어볼 게 하나 있는데, 가르쳐 줄 수 있어요?"

—지식검색은 네이버라는 것도 몰라?

"네이버도 모르는 질문이라고요."

—하긴 내가 네이버보다 똑똑하긴 하지.

"어따 대고 잘난 척이에요. 내가 누구 때문에 이러고……."

갑자기 자신의 핸드폰을 뺏어가는 손길에 연우가 놀라서 고개를 돌리자, 로미오가 마태후와 통화를 하고 있었다. 그야말로 헉 소리 나는 상황이었다.

[누구?]

—…….

[누구?]

—[네이버! 물어볼 게 뭡니까?]

네이버? 로미오가 그 뜻을 알아듣지 못해, 이상한 표정을 지으며 연우를 쳐다보았다. 연우는 그저 어색하게 웃기만 할 뿐이었다.

괜히 전화했어! 차라리 오빠한테 전화할 걸!

후회를 해보지만, 이미 연우의 손가락이 오빠의 전화번호보다 마태후의 번호를 눌러 버린 뒤였다.

[호텔을 빠져나가야 하는데 방법이 있을까?]

로미오의 질문에 마태후는 1초도 고민하지 않고 대답했다.

―[불을 지르시죠.]

[쿡! 맘에 드는 방법인데.]

마태후의 과격한 코치를 로미오는 꽤 맘에 들어했다. 남자들이란 역시 로맨스보다 액션인가 보다.

로미오의 호텔방을 나온 연우는 심각한 표정을 한 채 화재경보기 앞에 서 있었다.

'가는 길에 화재경보기 좀 울려줘요'. 그게 헤어지기 전에 로미오가 마지막으로 연우에게 남긴 말이었다.

"이거 장난으로 울리면 경찰에 잡혀가지 않나?"

하필 방법을 가르쳐 줘도, 이런 범죄적인 방법을 가르쳐 준 마태후가 원망스러웠다. 연우는 핸드폰을 꺼내, 지식검색 네이버를 연결하였다.

〈화재경보기 울리면 경찰에 잡혀가나요?〉

엉뚱한 답들만 나왔다. 역시 컴퓨터 네이버는 인간 네이버를 따라가지 못하고 있었다.

핸드폰 폴더를 닫은 연우는 무언가 결심을 한 듯 경보기의 빨간 단추를 노려보았다.

그래, 잘못되면 다 마태후 책임이야.

그리고 5초 뒤, 로얄 호텔 전체에 시끄러운 화재 경보가 울리기 시작하였다. 지연우 인생 처음으로 저지른 사회적 물의였다.

[너 한국 사람 맞아?]

로미오는 30분 동안이나 지도만 들여다볼 뿐, 제대로 길 안내를 못하는 연우를 보고, 이해할 수 없다는 듯이 물었다. 연우는 열심히 서울의 관광지를 지도에서 찾으며 말했다.

"이십육 년간 서울 살면서, 63빌딩도 안 가봤단 말이야! 그런 나보고 관광 가이드를 하라는 네 발상이 웃기는 짬뽕이다!"

[짬뽕? 한국어는 웃기는 발음들이 많군. 그런데 그건 무슨 뜻?]

[로미오의 짝이 줄리엣이라면, 짬뽕의 짝은 짜장면! 오케이?]

[짜장면? 그건 들어봤는데. 음식 이름 아닌가?]

[예스! 마귀발이 즐겨 먹을 것처럼 생긴, 아주 새카만 음식이에요.]

[마귀발? 그것도 한국어?]

로미오는 뭐가 그리 궁금한지, 자꾸 질문을 하였다. 한국어가 궁금하다는 것인지, 지연우의 언어가 궁금하다는 것인지. 로미오의 딥블루 아이즈는 연우의 조막만한 얼굴에 고정된 채 움직일 줄을 몰랐다. 항상 마네킹 같은 서양 여자들만 봐서, 오랜만에 보는 동양의 단아한 미가 신기한 것인가? 어쩌면 오늘 로미오가 알고 싶다고 한 한국은 아름다운 코리아 서울을 가리키는 게 아니라, 그 서울에 살고 있는 지연우라는 여자인지도 모르겠다. 하지만 연우는 로미오에게 구경시켜 줄 관광지를 찾아내느라 지도에다 눈을 박고 있어서, 로미오의 시선이 주는 의미를 눈치도 채지 못하고 있었다.

머리 아프게 지도를 보던 연우는 결국 지도를 던져 버리고, 로미오와 같이 시티투어 버스를 탔다.

[어때요? 아름다운 도시죠?]

그런데 로미오의 대답은 심드렁하기만 하다.

[빌딩 숲은 뉴욕에서 눈 아프게 봤던 거야.]

로미오의 대답에 연우가 얼굴을 찌푸리며 말했다.

[그래도 좀 봐요. 뉴욕하고 서울하고 같을 리가 없잖아요.]

[그래, 다르긴 좀 다르군.]

[그렇죠!]

[여기가 더 후졌어.]

서울을 무시하는 로미오의 말에 연우가 작게 중얼거렸다.

"쳇! 이름이 로미오라고, 자기가 완전히 뉴요커인 줄 아네, 자기도 반은 한국인이면서⋯⋯."

[뭐라고 중얼대는 거야?]

[노을이 진다고요.]

[응?]

언제나처럼 서녘의 노을이 붉게 번지고 있었다. 서울이 아름다워지는 시간이다.

[노을이 지면, 도시가 아름다워져요. 왜 그런지 알아요?]

[노을의 붉은 색이 아름답다는 건가?]

[아니, 그것보다 더 아름다운 게 있어요.]

연우는 웃으면서 말했다.

[노을의 지는 시간이면, 사람들의 표정이 살아나요.]

로미오는 별말없이 연우의 말을 경청하였다.

[집으로 돌아가는 시간이니까. 자기도 모르게 마음이 편해지는 거예요. 그래서 여과없이 표정들을 얼굴에 담아내죠.]

[결국 네가 가장 좋아하는 시간은 퇴근 시간이라는 말 아냐?]

[맞아요! 바로 그거예요. 그래서 난 노을을 좋아해요.]

로미오의 말에 긍정하며 연우가 밝게 웃었다. 붉은 노을에 연우의 해맑은 미소가 녹아들어 갔다. 그건 로미오에게 아름다움이 아니라 유혹이었다. 어느새 로미오의 손이 올라와 연우의 얼굴을 부드럽게 쓰다듬었다. 장난스럽게 웃던 연우는 남자의 갑작스런 손길에 놀라서 그대로 굳어버렸다. 로미오의 손은 연우의 뺨을 어루만지고, 그리고 연우의 입술을 쓰다듬었다. 그녀의 떨림이 로미오에게 고스란히 전해져 왔다.

[왜 떠는 거지?]

그녀가 겁내고 있다는 걸 느낄 수 있었다. 하지만 로미오는 천천히 그녀에게 다가갔다. 그녀의 겁먹은 눈을 단단히 자신에게 고정하고서.

띠리리리 띠리리리.

연우의 핸드폰이 시끄럽게 울려대지 않았다면 연우는 그대로 굳은 채 로미오의 행동을 막을 수 없었을 것이다. 연우는 로미오를 밀쳐 내고 빠르게 핸드폰을 받았다.

―로미오 왕자와 서울의 휴일을 즐겁게 보내고 있나? 그런데 인터뷰는 언제 하는 거야? 너 아나운서잖아.

마태후의 얄미운 목소리를 듣는 순간, 연우는 자신도 모르게 눈물이 쏟아져 내렸다.

"으허엉! 당신이 뭔 상관이야!"

그저 상황이 어떻게 돌아가는지 확인하기 위해 전화했던 마태후는 연우가 갑자기 울자 뭐라고 할 말이 없었다. 언젠가 말했지만, 그는 눈물은 딱 질색이었다.

"으허엉!"

마리아처럼 키워진 여자는 남자가 무서워서 울고, 키스를 거절당한 남자는 못마땅한 눈으로 우는 여자를 바라만 보고, 그리고 눈물이 질색인 남자는…….

─아! 제가 전화를 잘못 걸었네요. 이만 끊습니다.

역시 제일 나쁜 놈은 마태후였다.

─안 그래도 전화하려고 했는데. 그 비싼 구두는 주인 잘 찾아줬냐? 야! 로미오 류 기자회견 하는 거 봤는데 진짜 잘생겼더라. 왜 한강에서는 몰랐지? 조명발인가? 그런데 그런 남자가 왜 여자 구두를 가지고 다닌 거냐?

연우는 울먹이는 목소리로 진이의 이름을 불렀다.

"진이야!"

─어? 근데 너 목소리가 왜 그래? 잤나?

"우리 처음 만났을 때, 네가 나한테 집적대는 남자애들한테 구해줬었잖아. 그때 너 진짜 멋졌는데……."

─이 가시나가! 갑자기 뭔 헛소리야? 나는 정의를 지킨 것뿐이다. 사람 쑥스럽게 왜 그때 이야기는 새삼 꺼내는데?

"허엉! 근데 왜 넌 여자인 거야! 너 여자인 거 알고, 내가 얼마나 충격 먹었는지 알아!"

─야! 너 미쳤냐? 왜 갑자기 우는데? 내가 여자인 게 그렇게 울 정도로 슬픈 일이냐?

"으아아아앙! 네가 내 첫사랑이었단 말이야!"

참 슬프디슬픈 소녀 시절의 추억을 말하며, 통곡을 하는 연우였다. 그랬다. 연우는 처음에 진이가 남자인 줄 알고, 살짝궁 반했었던 것이다. 그래서 밤에 몰래 생각하며 그 애를 언제쯤 다시 운명적으로 만날까 기대를 했었는데, 그랬는데, 그랬었는데…… 같은 여학교에서 진이를 다시 만났을 때의 그 충격을 그대들이 이해하겠는가? 남자들에게 포경수술의 아픔이 있다면, 지연우에게는 첫사랑의 아픔이 있었던 것이다.

다음날, 로미오의 아침 식탁에는 모닝커피와 함께 한국에서 나오는 신문들이 종류별로 놓여 있었다. 매니저가 보라고 갖다 놓은 것이었다. 로미오가 한국말을 몰라도 사진만으로도 자신의 기사인 것을 알 것이니까.

〈로미오와 줄리엣.〉

로미오와 지연우의 스캔들 기사의 제목은 세익스피어의 유명한 소설 제목을 따오고 있었다. 호텔을 같이 빠져나가는 로미오와 지연우의 사진이 대문짝만하게 실려 있었다. 하렉은 못마땅하다는 얼굴을 한가득 나타내며 로미오를 질타했다.

[아주 일을 제대로 벌였구나. 도망가려면 혼자 도망가지 왜 지연우 아나운서와 같이 가? 너의 이미지를 삼류로 떨어뜨려 놓으니까 기분이 좋냐? 다시는 지연우 아나운서 만나지 마! 인터뷰 건에 있어서도 지연우는 무조건 제외야!]

지연우와의 사적인 만남이 앞으로는 없었으면 한다는 하렉의 충고에 로미오가 한 말은 한 마디였다.

[난 연예인이 아니야.]

"너 도대체 뭐 하고 다니는 거야? 왜 이런 사진이 찍힌 거야? 일도 안 하고 이런 짓만 하고 다니다니, 너 제정신이야! 열애설이라니. 이게 말이 돼? 너 방송에 나온다고 네가 연예인인 줄 착각하는 거야? 그래서 이런 일 벌였어? 이 기사 보고 사람들이 뭐라고 할 것 같아? 아나운서 자격 실격이라고 다 흉봐! 이제 어쩔 거야?"

스캔들 기사가 터진 뒤 어머니는 연우를 혹독하게 혼내고 있었다. 방송국에 월차까지 내서 쉬게 하고는 연우의 입에서 다시는 이런 일이 없을 것이라는 말이 나올 때까지 혼을 내고 있었다. 하지만 연우는 지금 어머니의 훈계를 들을 정신이 없었다. 요즘 동시다발적으로 터지는 사건들 때문에 심신이 너무 피로해 있었다.

"지연우! 엄마 말 듣고 있는 거야? 왜 아무 말이 없어! 너 요즘 왜 그래? 엄마 너 때문에 속상해 죽겠어! 이제 방송 생활 어떻게 하려고 이런 일을 벌여!"

"……그만두면 되잖아."

두 시간 만에 처음으로 입을 연 연우의 말에 어머니는 번개라도 맞은 얼굴을 하였다.

"뭐? 너 방금 뭐라고 했어?"

"어차피 내가 하고 싶어서 시작한 일도 아니었어! 난 그만둬도 상관없……."

찰싹!

소리치던 연우는 어머니에게 뺨을 맞고 말을 멈추었다. 생전 처음 느껴보는 날카로운 고통이었다. 맞은 연우보다 때린 어머니가 더 놀라서 뒤로 물러났다. 자신이 딸을 때렸다는 사실을 믿을 수 없다는 듯이 어머니는 혼란에 휩싸여 있었다.

어머니는 더 이상 연우에게 혼을 내지 못하고, 눈물을 보인 채 안방으로 들어가 버렸다. 아까부터 지켜보고 있던 신우가 정말 한심해 죽겠다는 얼굴로 연우를 바라보며 말했다.

"나이가 몇 살인데, 아직도 자기가 할 말을 골라내지 못해?"

안 그래도 속상한 마음에 어린 동생의 질책까지 듣자 연우의 기분은 그야말로 땅으로 떨어지고 있었다. 답답하고, 아프고, 울고만 싶었다.

"오늘 내 운은 최악이야."

"그래서 혼자 다운되기는 싫으니까 나까지 최악으로 끌고 가자는 거냐?"

아침 댓바람부터 나타나 청승을 떠는 연우의 말에 진이는 눈살을 찌푸렸다. 맞선 때문에 부모님과의 사이에 문제가 생긴 진이는 지금 춘희네 집에 불법동거 중이었다. 연우는 더부살이 진이를 밀치고 집주인 춘희의 방으로 들어가며 외쳤다.

"춘희야아!"

힘이 필요할 때는 진이고, 위로가 필요할 때는 춘희였다. 그러니까 지금은 진이 따위 필요없다는 것이다. 진이가 자신을 밀치고 가는 연우의 뒤통수를 주먹으로 때리는 시늉을 했다. 다른 사람의 잠을 깨워놓고 사과도 안 하는 지연우의 태도가 얄미워도 너무 얄미웠다.

"방송은 왜 안 갔어?"

춘희는 자신의 잠을 깨운 연우에게 진이처럼 타박을 하지 않았다. 다 그럴만한 사정이 있을 거라고 속으로 짐작을 하기 때문이었다. 참 이해심이 많은 여자이다.

"나 아나운서 관둘 거야."

연우의 말에 춘희와 진이는 서로를 바라보았다.

'이거 그냥 투정 같니?'

'뻔하지, 투정이다. 내일 아침이면 또 텔레비전에 나와서 오만 가지 교양 떨며 좋은 아침입니다 라고 말할 거다.'

"진짜 관둘 거라고!"

진이의 속닥이는 말을 들은 연우가 큰 소리로 외쳤다.

"왜 관두려고 하는데?"

춘희가 진지하게 물었다. 그리고 연우가 울먹이며 대답했다.

"아침에 일어나기 싫어."

춘희와 진이는 연우의 팔을 한 짝씩 잡고, 침대로 데려갔다. 그리고 이불까지 덮어주며 말했다.

"자라, 아무도 안 깨운다."

"그래. 그리고 일어나면 방송국 가서 저녁 방송으로 바꿔달라고 해."

"아니, 사표 쓸 거야."

그래도 고집을 피우는 연우의 말에 춘희가 달래듯이 말했다.

"너 잘하고 있잖아. 그런데 왜 그만둬? 텔레비전에 나오는 네 모습 진짜 예뻐."

춘희의 다정한 말에 연우가 웃으며 물었다.

"진짜?"

사실은 그만두고 싶은 마음이 용솟음쳤던 게 아니었다. 그저 기분이 너무 최악이라서 일어나기 싫었고, 사정은 듣지도 않고 혼을 내는 엄마 때문에 더 화가 나서 자기도 모르게 나온 말이었다. 비록 연우가 하고 싶었던 일이 아니라고 하더라도, 누군가가 자신을 칭찬해 주고 좋아해 주는 일이 끔찍이 싫을 리가 없었다. 친구들에게 그만둔다고 말한 건, 그냥 위로가 받고 싶어서였다.

춘희가 연우를 재우는 동안 진이는 현관으로 가서 우유와 신문을 집어 들었다.

"컥! 춘희야! 너 신문 봤냐? 지연우가 줄리엣이란다."

신문을 보던 진이는 그제야 지연우의 스캔들 기사를 보고 기겁을 하며 소리쳤다. 춘희는 놀라서 연우를 쳐다보고, 연우는 이불을 머리까지 뒤집어쓰며 외쳤다.

"난 줄리엣이 아냐!"

제 7 장

[죄송하지만, 만나지 않겠다고 하는군요.]

로미오를 찾아온 연우에게 매니저는 그가 연우를 만나기 싫다고 전하고 있었다. 지금 매니저의 말이 정말 로미오의 뜻인지는 알 수 없지만, 연우는 더 이상 만나겠다고 고집하지 않았다. 어차피 지금 이 자리는 사과를 하고 싶어 온 것이었다.

[그렇게 기사가 난 거, 모두 제 잘못이라고, 제가 미안해한다고 전해주세요.]

[아신다면, 앞으로 주의해 주세요.]

이건 완벽한 불청객 취급이었다. 지금 매니저의 말속에는 더 이상 로미오에게 접근하지 말라는 경고가 들어 있는 것과 같았다. 미안한 마음을 풀고 싶어 호텔까지 찾아온 연우는 더욱더 불쾌해진 마음을 갖고 돌아가야만 했다.

"씨! 내가 일부러 기사 낸 거냐고? 왜 날 죄인 쳐다보듯이 바라봐?"

연우가 투덜거리며 호텔을 나서고 있을 때, 연우의 핸드폰이 울렸다.

"여보세요?"

―[왜 내 전화로 직접 전화하지 않은 거지?]

느릿한 째즈의 선율! 로미오였다. 연우는 고개를 들어 호텔의 상위층 유리창을 바라보았다. 지금 이 순간 전화를 했다는 건 저기 어딘가에서 연우를 바라보고 있다는 것이었다. 하지만 햇빛에 유리창이 반사되어 아무것도 보이지 않았다.

[당신이 무서우니까요.]

―[난 키스를 하려고 한 거지. 당신을 겁준 게 아냐.]

[여긴 동방예의지국이에요. 아무 때나 그러면 안 된다고요.]

―[여기가 동방예의지국이라서가 아니라, 당신이 문제 아냐? 설마 아직 첫키스도 안 해본 거야? 한국 남자들은 하나같이 쑥맥인가 보지?]

한국 남자의 문제가 아니라, 지연우가 자라온 환경의 문제였다. 연우의 어머니는 연우를 온실 속의 꽃처럼 키우셨다. 자나깨나 우리 연우 하시며 하나에서부터 열까지 연우의 모든 걸 챙겨주시고 간섭하면서 연우를 키운 것이다. 연우는 어머니의 가르침에 보수성을 돌아보기 전에 로미오의 잘못을 추궁했다.

[당신이 잘못했어요. 내 동의도 구하지 않았잖아요.]

—[……나한테 화난 거 같은데, 그럼 왜 여기까지 먼저 찾아온 거야?]

[사과는 얼굴을 보고 정중히 하는 거라고 배웠어요. 전화로 하는 건 당신에 대한 예의가 아니니까.]

—[사과?]

[지금 나 보고 있어요?]

—[아!]

보고 있다는 말에, 연우는 호텔을 향해 크게 고개를 숙였다.

[미안해요, 당신의 줄리엣 자리를 내가 함부로 뺏어서.]

로미오의 여자는 줄리엣만이 될 수 있었다. 하지만 그건 지연우가 아니었다.

—[줄리엣이란 이름 난 싫어해.]

오! 그런데 로미오는 줄리엣이 싫단다. 어찌 이런 일이 있을 수 있단 말인가? 이 얼마나 비극적인 로맨스의 종말을 뜻하는 말인지.

[로미오가 어떻게 줄리엣을 싫어할 수가 있어요?]

로망의 신봉자 지연우가 발끈해서 소리쳤다.

—[줄리엣은 잔소리 대마왕이야. 그런데 어떻게 좋아하지?]

[네?]

—[우리 누나 이름이 줄리엣이야. 몰랐나?]

[…….]

—[난 우리 어머니를 사랑하지만 죽을 때까지 내 이름을 사랑할 수는 없을 거야. 로미오와 줄리엣이라는 말만 들으면 꼭 놀림받는

느낌이야.]

[키키키키.]

—[이상한 웃음소리.]

[쿠쿠쿡! 하하하하하하하!]

—[뭐가 그렇게 웃기지?]

로미오가 이해하지 못해도, 연우는 웃음을 멈출 수 없었다. 로미오의 줄리엣이 잔소리꾼 누나라니. 오! 블랙 로맨스라는 말이 딱 어울릴 상황이었다. 인생의 묘미란 바로 이런 데에 있나 보다. 연우의 웃음을 다시 찾아준 게 로미오가 될 줄 누가 알았겠는가?

[그 구두 누구 거예요?]

웃음이 가라앉은 연우가 구두에 대해 로미오에게 물었다. 전화기 속에서는 잠시 침묵만이 흘렀다. 혹시 또 한강을 보고 있는 걸까?

—[우리 어머니.]

어머니, 그 다정한 부름에 목이 메어본 적이 있나요?

“혹시 태후 일로 부르신 건가요?”

연우의 부름을 받은 동금은 꼭 학부모 상담 온 문제아 학생 부모처럼 처연한 얼굴로 연우를 바라보며 물었다.

“네, 맞아요. 마태후 씨가 또 중요한 물건을 가지고 갔어요. 이번에는 절대로 그냥 안 넘어가요.”

“정말 죄송합니다.”

동금은 전후 사정 들어보지 않고 무조건 고개를 숙였다. 너무도 쉽게 사과를 하는 동금을 보면서 연우는 이 남자가 참 마태후와 어울리지 않는 사람이라고 생각했다. 그런데 어떻게 친해지게 된 걸까?

"당신 혹시 마태후한테 약점 잡힌 거 있어요?"

넌지시 물어보는 연우의 질문에 동금은 웃고 말았다.

"아뇨, 없는데요."

"그런데 왜 마태후 대신 사고를 해요? 잘못한 건 당신이 아니라 마태후잖아요."

"그야 태후와 전 친구니까."

"어떻게 그런 인간하고 친구가 될 수 있어요?"

"태후 싫어하세요?"

"네, 당연히 싫어요."

"그럼 태후 증오하세요?"

"네?"

싫어한다는 말에는 쉽게 대답한 연우였지만, 증오하냐는 말에는 선뜻 대답이 안 나왔다. 증오는, 그러니까 그 인간이 꼴도 보기 싫다는 뜻이니까. 솔직히 그런 정도는 아니었다. 만약 그런 거라면 같이 밥도 안 먹었을 것이다.

"그러니까 연우 씨는 지금 태후의 방식에 적응이 안 되어서 그런 거예요. 그 녀석을 알기 위해서는 적응 기간이 필요한데, 아마 연우 씨도 그 적응 기간 안에 있는 걸 거예요."

"그런 기간 따위 필요없으니까, 그 남자 집 주소나 알려주실래요?"

“집 주소요? 그건 왜?”

“사람들 있는 곳에서 싸울 수는 없잖아요. 그 남자가 자고 있을 때 기습해서 심장마비 걸리게 할 거예요.”

동금은 진심이에요? 라고 묻고 싶었지만, 참았다.

“분명 집에서 쫓겨났어.”

연우는 태후의 집을 보고, 그렇게 확신했다. 결코 국회의원 아들이 살 만한 집이 아니었다. 생활고에 시달리는 평범한 샐러리맨의 집이라고 해야 어울릴 곳이었다. 그런데 마태후가 없는 게 확실한 집에는 불이 켜져 있었다. 아마도 아침에 갈 때 잊어버리고 안 끄고 간 것 같았다.

으리으리한 집까지 찾아갔다, 방송국까지 찾아갔다, 결국 자신을 이 낡은 아파트까지 오게 만든 마태후의 만행이 화가 나 연우는 마태후의 집 문을 걷어찼다.

쾅!

나타나기만 해봐! 절대 가만 안 둬!

그런데 연우가 발로 찬 소리에 반응을 한 것인지, 문 안에서 무슨 소리가 들렸다. 연우는 자신이 들은 소리가 맞나 싶어 문 가까이 귀를 가져갔다.

……옹, 야옹.

고양이의 귀엽고 깜직한 울음소리였다. 순간 연우는 적어온 태후의 집 주소와 번지를 다시 확인하였다.

“인하아파트 100동 101호. 어라? 맞는데.”

　연우는 다시 귀를 문에 가까이 가져갔다. 이번엔 아무 소리도 들리지 않았다.

　탕탕!

　문을 손으로 쳐보았다.

　야옹. 야옹.

　또다시 들린 귀여운 고양이 울음소리에 지연우의 고운 얼굴이 믿을 수 없다는 듯이 일그러졌다. 마귀발의 집에 사는 괴물 고양이의 출현인가?

　혹시나 해서 문손잡이를 돌려봤는데, 잠겨 있지 않았다. 달칵 소리가 나며 문이 열렸다.

　"세상에! 문도 안 잠가놓잖아."

　깜박할 스타일은 아니고, 아마도 집 문도 안 잠그고 다니나 보다. 둘 중에 하나다. 훔쳐 갈 게 없든지 훔쳐 갈 테면 훔쳐 가라는 것이다. 지구 끝까지 쫓아가서 잡아줄 테니까.

　연우는 조심스럽게 현관문을 조금 열고 안을 들여다보았다. 마귀발의 궁을 보는 순간 나오는 말은 이 한마디였다.

　"에에!"

　집이 아니라 도서관이었다. 그리고 창고였다. 사방이 책장으로 되어 있는 거실에는 남는 공간 없이 빼곡이 책과 비디오테이프, 그리고 그 남자가 썼을 노트 같은 것들이 도서관을 차려도 될 만큼 많이 꽂혀 있었다. 천장에는 어디서 구했는지 커다란 세계지도가 붙어 있었다. 거실에 놓인 것 중 가구라고 할 수 있는 것은 책장과 소파뿐이었다. 나머지는 죄다 잡동사니들이었다. 그리고 밖에 세워져 있어야 될 자전거도 거실의 한 귀퉁이를 차지하고 있었다. 산을 타고 오를 수도 있는 산악자전거였다. 하여튼 절대로 가정집의 모습이 아니었다. 역시 혼자 사는 것이 확실하다. 못된 짓을 많이 해서 집에서 쫓겨난 것이다. 연우는 그렇게 확신했다.

야아옹!

또다시 들린 고양이 소리에 연우가 고개를 아래로 내렸다. 고양이를 발견한 연우가 눈살을 찌푸리며 말했다.

"넌 고양이니, 돼지니?"

고양이는 얼마나 먹으면 저렇게 찔 수 있을까 싶을 정도로 뚱뚱했다. 마귀발의 성에 사는 고양이는 비만괴물고양이였다. 아마도 이 집은 열쇠 대신 이 괴물 고양이가 집을 지키나 보다. 하긴 도둑이 들면 이 고양이가 한입에 잡아먹을 것 같기는 했다.

연우가 비만괴물고양이에게 조심스럽게 물었다.

"나 들어가도 돼?"

야아옹!

고양이는 한 번 울어주고는, 그 육중한 몸을 일으켜 느릿느릿한 걸음으로 다시 집 안으로 들어갔다. 그리고 자신의 보금자리인 것 같은 쿠션 위에 몸을 뉘이고는 그대로 눈을 감았다. 아무래도 마태후는 이 집의 하숙생이고, 집 주인은 저 비만 고양이 같았다.

"사료를 너무 많이 먹이는 거 아냐? 벌써 떨어졌어?"

사료를 사러 온 태후에게 펫샵 아저씨는 잘 왔다고 인사하는 대신 타박을 했다.

"너무 많이 먹이는 것도 건강에 안 좋아."

"그래서 굶기라고요?"

아저씨는 그제야 고양이 사료 한 포대를 꺼내주며 충고했다.

"내 말은 적당히 먹이라고."

"저도 시도해 봤어요. 하지만 배고프면 내 옆에 와서 밤새 밥 달라고 울어대는데 어떻게 안 줘요?"

"그러고 보니 여기서 사료 산 지 꽤 된 것 같은데, 고양이가 몇 살이야?"

태후는 사료 값을 지불하며 말했다.

"아직은 살아서 밥 달라고 할 나이죠."

아저씨는 더 이상 고양이의 나이를 묻지 않았다. 고양이의 최장 수명은 열다섯 살이었다. 그리고 태후가 이곳에서 고양이 사료를 사간 시간이 어림잡아 십 년이 되고 있었다.

"블랙!"

태후는 집 밖에 나와 있는 비만 고양이 블랙을 보고, 의아한 눈을 하고 집으로 걸어왔다.

야아옹!

블랙의 언어로는 손님 있어요, 인지 도둑이 들었어요, 인지 구분이 되지 않지만 태후는 누군가 방문객이 있다는 뜻임을 파악한 듯하다. 조심스럽게 현관문을 열고 집 안으로 들어왔다. 하지만 아침과 변한 것은 없었다. 태후가 집 안을 살펴보며 현관에 서 있는 사이, 블랙이 태후의 다리 사이를 지나 침실 쪽으로 걸어갔다. 태후의 시선이 그제야 침실 쪽으로 향했다. 태후는 고양이 사료를 한쪽에 소리가 나지 않게 내려놓은 다음 천천히, 그리고 조용히 신발을 벗고서 조심스럽게 자신의 침실로 걸어갔다.

삐거덕!

태후가 한 손으로 침실의 문을 천천히 열어서 문틈으로 침실 안을 들여다보았다. 30㎝의 틈으로 보는 방 안은 깜깜하였다. 블랙이 있는 거실에만 불을 켜놓고 가기 때문이었다. 태후는 조심스럽게 방 안으로 손을 뻗어 전원 스위치를 올렸다.

팟!

빛이 쏟아지는 방 안에는 아무것도 없었다. 변한 것도 없었다.

"뭐야?"

그저 신경과민이었을 뿐이라는 것에 조금은 허탈하였다. 태후가 발아래 있는 블랙을 바라보았다.

"블랙! 너답지 않게 왜 무슨 일 있는 것처럼 굴어! 이러면 너에 대한 신용도가 자꾸 떨어진다. 알았어?"

야아옹!

알았다는 뜻일 수도 있고, 억울하다는 뜻일 수도 있었다. 태후는 알았다는 뜻으로 받아들였는지, 그대로 부엌으로 가 식탁 위에 놓아두었던 사료 봉지를 뜯었다.

"블랙, 제발 이제는 조금씩 먹자. 아저씨가 너무 자주 오면 사료 안 팔겠대. 그럼 너 굶어 죽는 거라고."

먹을 거라면 언제나 묻기도 전에 대답을 해주던 블랙의 울음소리가 들려오지 않았다. 태후가 이상하게 여기고 고개를 들었다.

"블랙?"

이상한 일이었다. 방금 전 부엌으로 걸어가기 전에 있던 블랙의 뚱뚱한 모습이 보이지 않았다. 그 잠깐의 순간, 설마 블랙이 사라졌을 리는 없기에 태후가 다시 불러보았다.

"블랙?"

"으아! 너 진짜 무거워! 다이어트 좀 해!"

연우는 안아 올리기도 벅찬 고양이를 힘겹게 안고서는 걸음아, 나 살려라 하며 도망가는 중이었다.

야아옹, 야아옹!

몸이 무거워 제대로 반항도 할 수 없는지, 블랙은 연우의 품에 안긴 채 계속해서 울기만 하였다.

"울음소리만 귀여워요. 근데 너 목욕 언제 했어? 냄새 좀 난다."

백조사기토끼, 마귀발의 성에서 파수꾼 블랙을 훔쳐 오다. 그것도 바로 마귀발의 뒤통수에서 말이다. 정정당당을 외치기에는 밤이 너무 깊었다. 태양과 달이 함께할 수 없는 이후로 태양 아래에서는 정의를 외치지만, 달 아래에서는 비밀을 숨긴다.

당신의 정의로 내 뒤통수를 치신다면, 난 나의 정의로 당신의 뒤통수를 치겠습니다. 지연우의 정의로 말하길, 마태후의 것을 훔치는 것은 절대로 죄가 되지 않습니다.

이제 마태후는 로미오 류의 구두를 가지고 있고, 지연우는 마태후의 고양이를 가지고 있었다. 얼추 타협이라는 것을 할 수 있는 상황이 된 것이었다.

"푸하하하하하하! 또 먹는다. 또 먹어!"

연우는 한 시간 내내 먹어대는 블랙의 식성이 재미있는지 사료를 또 주며 웃어댔다. 블랙은 연우의 웃음도 상관없다는 듯이 밥그릇에 코를 박고 먹고 먹고 또 먹었다. 갑자기 변한 환경에도 굴하지 않고, 참 잘도 먹는 블랙이었다. 혹시 블랙이라는 이름은 블랙홀의 블랙이 아닐까?

"먹는다고 계속 주면 어떻게 해! 고양이 건강에 안 좋아!"

샤워를 마치고 방으로 돌아가던 신우가 연우의 손에서 사료 봉지를 뺏으며 꾸짖었다. 신우의 간섭에 연우가 맘에 안 드는 듯이 붕어처럼 양 볼을 부풀리고는 고개를 들었다. 하지만 신우는 익숙한 듯 누나의 투정 섞인 표정은 무시하고, 수건으로 젖은 머리를 털어내며 블랙을 내려보았다.

"도대체 이렇게 비정상적으로 생긴 고양이를 왜 주워 온 거야?"

신우는 비만이라는 말 대신 비정상이라는 말을 썼다. 아무리 봐도 동정심에 주워 오기에 고양이가 너무 못생기고 뚱뚱했다. 연우가 블랙의 토실토실한 배를 손가락으로 쿡쿡 찌르며 중얼거렸다.

"그러게 말이야. 도대체 이렇게 비정상적으로 생긴 고양이를 왜 키우는 거지? 하여튼 이상한 남자야!"

"남자?"

지연우의 입에서 절대로 나올 일이 없는 단어에 신우는 눈썹 끝을 올렸다. 5초간의 빠른 두뇌회전으로 '남자'라는 단어에 신우가 내린 결론은, 성가실 것 같으니까 안 들은 걸로 하자는 것이었다. 지연우는 밥을 먹는 블랙을 물끄러미 바라보며 마태후에 대해 생각했다.

그 남자는 지금 뭘 하고 있을까? 고양이 따위 없어진 건 상관도 안 하고 있을지도 모른다. 시간을 초 단위로 쪼개가며 또 누군가의 뒤통수를 칠 계획을 꾸미고 있을지도.

야아웅!

어느새 밥을 다 먹은 블랙이 귀여운 울음소리를 냈다. 또 밥 달라는 소리라면, 블랙은 정말 블랙홀인 게 확실했다. 블랙의 울음소리를 들은 신우가 못마땅한 얼굴을 했다.

"완벽한 불협화음이잖아. 좀 네 몸에 어울리는 소리로 울어라."

불협화음이라, 그럼 귀여운 울음소리와 전혀 귀엽지 않은 육중한 몸 중 어느 게 진짜 블랙의 진실이라는 거지?

마태후는 아침부터 쓰디쓴 에스프레소를 마시고 있었다. 그건 그가 밤새 한숨도 자지 않았다는 뜻이었다. 옆에서 커피 잔에 커피를 따르며 동금이 물었다.

"잠 못 잤냐?"

하지만 마태후는 대답없이 쓰고 뜨거운 커피만 입 안에 밀어 넣었다. 잠을 안 자서 그런지 눈이 다른 때보다 더 사나워 보였다. 분명 죽을 때까지 착하게 생겼다는 소리는 못 들을 인상이다.

"누가 블랙을 훔쳐 갔어."

투두둑!

동금이 놀라서 태후를 쳐다보는 사이, 동금의 손에 들려 있던 설탕 가루가 바닥으로 떨어져 내렸다. 마태후는 여전히 벽만 쳐다보며 쓰디쓴 커피를 끝까지 마셨다.

동금은 빠른 판단력을 발휘해 그날 점심, MBS 방송국 근처로 지연우를 만나러 갔다. 지연우는 만날 수 있겠냐는 동금의 부탁을 선뜻 받아들여 주었다. 아주 당당하게, 자신은 아무것도 거리낄 게 없다는 태도로.

카페 안에서 서로 마주앉아 있는 동안, 동금은 초조해 보였고, 지연우는 태연하였다. 동금은 부디 자신의 짐작이 틀리기를 바라면서 조심스럽게 질문을 던졌다.

"이건 정말 설마해서 묻는 겁니다. 물론 저는 지연우 씨가 아니라고 생각합니다. 혹시 어제 태후네 집에서……."

"네, 제가 가져갔어요."

동금이 마저 묻기도 전에 연우는 자신의 범죄 사실을 시인하였다. 블랙을 지연우가 훔쳐 간 게 기정사실이 된 지금 동금은 넋이 나간 표정으로 지연우를 바라보았다. 남의 것을 훔친 사람치고 너무 당당했기 때문이다. 도둑질을 하고도 너무도 당당한 모닝레이디를 보며 동금은 울고 싶었다. 세상에 더 이상 아침은 오지 않을 것 같은 암울이었다.

동금은 자신의 머리를 손으로 감쌌다. 만약 마태후가 이 사실을 안다면 블랙을 훔쳐 간 지연우는 물론, 집 주소를 가르쳐 준 성동금도 가만두지 않을 것이었다. 이건 지연우의 위기이자 성동금의 위기였다. 하지만 일을 벌인 지연우는 이 상황의 위급함을 전혀 모르는 것 같았기에 동금은 침울한 목소리로 상황의 심각성을 각성시켜 주기 시작했다.

"하고 많은 것 중에 왜 하필 블랙입니까! 만약 이 사실을 마태후가 알면 연우 씨 죽어요!"

"블랙이요?"

"고양이 이름이요."

"칙칙해라. 하여튼 이름 짓는 센스 하고는."

"오늘 저한테 돌려주세요. 어차피 키우고 싶은 욕심이 들 만큼 귀여운 고양이도 아니잖아요."

"맞아요! 도대체 그런 뚱뚱하고 못생긴 고양이를 그 남자는 왜 키우는 거예요? 진짜 이해불능이야! 하여튼 꼭 자기 같은 짓만 하고 있어!"

그래도 미운 정 고운 정 다 든 동료라고, 태후가 미움받는 게 꼭 자신이 미움받는 거 같았다.

"블랙 성(姓)이 뭔지 알아요?"

동금의 말에 연우는 아니꼽다는 듯이 헛웃음을 뱉어냈다.

"고양이 주제에 성(姓)도 있어요?"

"있어요. 태후가 준 거예요."

그래도 마태후가 고양이를 귀하게 키운 거 같아, 연우는 조금 기분이 이상해지고 있었다. 죄책감 같기도 하고, 그렇지 않은 것도 같았다.

"미라클 블랙. 그게 블랙 풀네임이에요."

미라클 블랙. 우리말로 하면 기적의 검둥이. 성이 붙으면서 칙칙한 이름의 가치가 무한대로 높아지고 있었다.

……기적? 그럼 내가 그 남자의 기적을 훔쳤다는 거야? 겨우 고양이가?

기적을 돈으로 환산할 수 있을까? 불가능하다. 결국 연우는 나라 하나를 팔아도 살 수 없는 고양이를 홀라당 훔쳐 간 것이었다. 블랙의 기적이라, 과연 얼마나 대단한 걸까?

순간 연우의 눈에 자신을 쳐다보고 있는 마태후가 들어왔다. 언제 왔는지, 그가 카페 안에 서 있었다. 동금도 그제야 마태후를 발견하고는 소스라치게 놀랐다.

"마태후! 네가 어떻게 여기 있어?"

태후는 별 대답 없이 걸어와서 테이블의 남아 있는 자리에 앉았다.

우측에 마태후, 좌측에 지연우, 그리고 싫든 좋든 중개인의 역할을 해야만 하는 성동금. 모양새는 딱 소개팅 하는 자리 같았지만 실상은 협상의 자리였다. 지연우는 있는 대로 성이 난 눈길로 마태후를 쏘아보고 있지만, 마태후는 지연우가 자신의 기적을 훔쳐 간 사실을 알고도 별 감정 없이 평범한 모습을 하고 있었다.

"원래 기자들이란 족속은 양심의 가책도 없이 남의 물건을 슬쩍하나 보죠?"

지연우가 먼저 마태후를 쏘아보며 그를 향한 비난의 목소리를 쏟아내었다. 전문용어를 쓰자면 선공이었다.

"내 고양이 당장 내놔."

"당신이 먼저 내 물건 가져갔잖아."

"네 물건? 네가 신기에는 발 사이즈가 너무 크던데."

"어쨌든 당장 내놔요!"

"네가 먼저 돌려줘야 순서가 맞지."

"당신이 먼저 내놔!"

"경찰 부를까?"

오십보백보의 죄를 지은 두 인간이 앉아서 네가 잘못했네, 아니, 네 잘못이 더 크네 라고 따지는 모습은 그래도 조금 더 나이가 많은 동금이 보기에 참 한심해 보이는 모습이었다. 이쯤에서 그가 나서서 중재를 해주는 게 두 사람이 덜 망가지는 길이라고 판단하고 동금이 입을 열었다.

"두 사람 다 가져간 물건을 가지고 저녁에 다시 만나자. 그리고 동시에 교환하기로 하지. 그게 가장 공평하지 않겠어?"

동금의 말에 태후가 처음으로 화가 난 목소리로 소리쳤다.

"블랙은 물건이 아니야!"

갑자기 감정을 드러내는 태후의 외침에 놀란 건 질책을 들은 동금이 아니라 지연우였다. 정말 처음으로 마태후가 무섭다는 생각이 들기 시작했다. 아무래도 마태후의 기적이 지연우에게 지독한 불운을 가져다줄 것 같다는 불길한 예감이 들고 있었다.

"이게 뭐야?"

지연우와 헤어지고 방송국으로 돌아온 뒤, 태후는 동금에게 구두 하나를 내밀었다. 한 짝뿐인 페라가모 구두였다.

"이게 지연우가 찾는 물건이야. 너 줄게."

"뭐?"

태후의 말에 동금은 소름이 돋았다. 질책을 해야 당연한 상황에서 지연우가 찾던 물건을 자신에게 주겠다고 말하며 웃다니, 태후의 의도가 무엇인지 파악되지 않았다. 착하긴 하지만 머리회전이 그리 좋지 않은 동금을 위해 태후가 설명을 해주었다.

"이 구두를 가진 너에게는 두 가지의 선택에 길이 있어. 이 구두를 찾고 있는 지연우에게 돌려주는 길, 그럼 넌 지연우한테 고맙다는 인사를 받을 수 있겠지. 그리고 또 하나는 이 구두를 윤해수에게 가져다주는 길이야. 그럼 넌 윤해수와 데이트를 할 수 있는 기회를 얻을 수 있을 거야. 어느 쪽을 선택할래?"

동금은 말없이 태후의 손에 들린 페라가모 구두를 바라보았다. 모든 선과 악, 갈등과 욕망이 바로 저 한 짝의 구두에서 시작되는 듯한 착각이 일고 있었다.

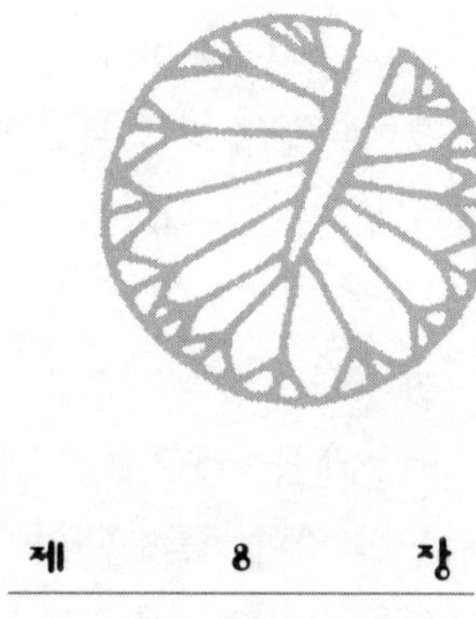

제 8 장

"**블**랙! 오늘부터 네 이름은 '마야' 야!"

집으로 돌아온 연우는 블랙의 살찐 얼굴을 두 손을 감싸 쥐고는 고양이의 두 눈을 쳐다보며 세뇌하듯 말했다. 마야, 여신 마야에서 따온 이름이 같지만 절대 아니다. 마태후의 고양이였기에, 성이 '마' 씨이고, 이름이 '야' 다. 참으로 막 되어먹은 이름이지만, 풀네임은 꽤 있어 보이지 않는가?

지연우의 계략은 그러니까 대략 이러했다. 마태후가 끔찍하게 생각하는 블랙이 자신을 더 따르게 만들려는 것이었다. 집으로 돌아가서도 연우 공주만을 찾으며 운다면 마태후가 얼마나 마음에 상처를 받겠는가. 그러니까 우선 마태후가 준 이름부터 버리게 하여야 했다. 하지만 그게 쉬운 게 아니었다.

149

"마야! 대답해! 마야!"

블랙은 입을 꾹 다물고 울지도 않았다. 연우가 준 이름을 완강히 거부하는 것이었다.

"블랙, 일로 와서 밥 먹어."

야아옹!

신우의 목소리를 들은 블랙이 그제야 울음소리를 냈다.

"이 고양이 이름은 마야야! 마야!"

연우의 손 때문에 흉하게 일그러진 고양이의 얼굴을 보며 신우는 얼굴을 찌푸렸다.

"고양이 좀 괴롭히지 마! 하여튼 인간이 왜 그렇게 못됐냐?"

"마야, 당장 저 녀석 물어!"

연우는 블랙을 신우에게 보내며 명령했다. 하지만 블랙은 느릿느릿 밥그릇으로 걸어갈 뿐이었다. 신우가 천천히 걸어오는 블랙을 보며 웃었다.

"걸음걸이가 양반이네."

찰싹, 당연하지 라는 뜻으로 블랙의 꼬리가 살짝 신우의 다리를 치고 지나갔다.

"마야, 더 세게 때려야지!"

친근감의 표시를 폭력의 뜻으로 받아들인 연우가 코치하듯이 소리 높여 외쳤다.

[KBC 윤해수 아나운서가 너와 인터뷰를 요청했어.]

하렉의 말에 피아노 연주를 하고 있던 로미오가 화를 내며 말했다.

[한국에서 더 이상 인터뷰는 안 한다고 했잖아. 그냥 보내.]

[나도 그러려고 했는데, 그 아나운서가 이상한 소리를 해서.]

이야기가 진행되는 동안에도 섬세하면서 생명력있는 로미오의 피아노 연주는 끊이지 않고 아트홀 안을 가득 메웠다.

[너한테 페라가모 구두에 대해 이야기하면 인터뷰를 허락할 거라는데, 그게 무슨 소리야?]

뚝!

페라가모 구두라는 말에 피아노를 연주하던 로미오의 손이 멈추었다. 오랜 연주가 주는 피로로 로미오의 호흡은 조금 거칠어져 있었다. 하지만 그의 아름다운 미간에 주름이 생긴 건 피로감 때문이 아니었다. 로미오는 차디찬 목소리로 말했다.

[인터뷰한다고 해. 대신 거짓말이면 용서하지 않는다고 해.]

구두의 진실이 밝혀지기도 전에 이 쓸모도 없는 구두 한 짝 때문에 많은 사람들이 혼란을 겪고 있었다. 그중 가장 피해자는 단연 지신우였다. 지연우가 훔쳐 온 고양이의 수발을 고스란히 떠맡아 버렸으니까. 단지 식구들 중에서 가장 밑에 존재하던 그의 위치가 이제는 고양이와 동급인 위치가 되어버렸다. 하지만 신우는 나름대로 블랙의 출현을 환영하는 편이었다. 왜냐하면 그의 누이가 마야라고 불러도 대답 한 번 안 하는 고양이가 자신이 블랙이라고 부르면 꼬박꼬박 대답하니까. 블랙은 꽤 맘에 드는 고양이였다.

연우는 오후 방송을 끝내고 아나운서실로 가는 길이었다. 복도를 걸어가던 그녀가 멈추어 선 것은 한 남자가 들고 있는 구두 때문이었다. 그것은 분명 로미오가 가지고 있던 그 페라가모 구두였다. 하지만 그 구두를 들고 있는 남자는 모르는 남자였다. 가죽 재킷에, 찢어진 티셔츠, 그리고 청바지에 운동화, 푹 눌러쓴 모자 때문에 얼굴은 보이지도 않았다. 단지 그의 손에 들린 구두만이 그녀가 아는 것이었다. 연우는 천천히 복도에 구두를 들고 서 있는 남자에게 걸어갔다.

"설마 로미오?"

연우는 남자의 모자를 휙 위로 들어올렸다. 정말 로미오였다. 하지만 그의 표정은 밝지가 않았다. 조금 화가 난 것 같았다.

[배신당한 느낌이야.]

"네?"

로미오의 격한 표현에 연우는 눈을 크게 떴다.

[우리 어머니가 아시면 다시 한국이라는 나라를 증오하게 될 일이야.]

[잠깐만요. 도대체 무슨 소리를 하는 거예요?]

[구두를 받고 싶으면 인터뷰를 하라더군. 한국의 아나운서들은 그런 식으로 인터뷰를 따내나?]

로미오의 말에 연우는 믿을 수 없다는 듯이 눈을 크게 떴다. 설마 마태후가 그런 식으로 구두를 돌려줄 줄은 생각도 하지 못했다. 지연우가 마태후를 화나게 한 대가가 로미오에게 돌아가다니. 왜 그런 식으로 연결되어 버렸는지, 연우는 당황스럽기만 하였다.

[아! 미안해요. 내가 대신 사과할게요.]

[모든 게 엉망이야. 정말 어머니의 말씀대로 한국이라는 나라는 최악이야.]

로미오는 기분이 나쁘다는 듯이 손으로 이마를 감쌌다. 그리고 연우는 로미오의 기분을 풀어줘야 한다는 사명감을 느꼈다. 그가 이런 느낌을 가진 채로 한국을 떠난다면 연우도 오랫동안 기분이 안 좋을 것 같았다.

[저기, 혹시 나랑 가고 싶은 곳 있어요?]

연우의 질문에 로미오가 고개를 들어 연우를 쳐다보았다. 그가 입을 연 것은 조금 시간이 흐른 뒤였다.

[……한강.]

연우와 로미오가 처음 만났던 장소였다.

두 사람이 한강에 왔을 때, 로미오의 손에는 구두가 들려 있었고, 연우의 손에는 캠코더가 들려 있었다.

[지금부터 내가 찍는 인터뷰가 진짜예요. 그러니까 다른 건 그냥 없었던 일로 치세요.]

인터뷰라는 소리에 로미오가 얼굴을 찌푸렸다.

[또 인터뷰야?]

연우는 캠코더의 화면 안에 로미오와 한강을 같이 담으며 말했다.

[네, 그리고 돌아가서 어머니한테 보여 드리세요. 당신 어머니 보라고 찍는 인터뷰니까.]

어머니라는 말에 투덜거리던 로미오는 입을 닫고 고개를 들어

캠코더를 들고 있는 연우를 쳐다보았다. 아나운서 지연우가 밝게 웃으며 물어왔다. 모닝레이디의 미소였다.

[한국은 처음이시죠? 이번에 한국에서 연주회를 하게 된 이유가 있나요?]

[……]

[혹시 어머니가 엉덩이 떠밀며 강요했나요? 우리 엄마는 그런 거 잘하는데. 아침에 일어나기 싫다는 날 억지로 떠밀어서 욕실에 집어넣어요. 그럼 난 욕조로 들어가서 다시 자죠. 그래서 집에서 내 별명은 욕조 속 잠자는 공주예요.]

미소가 빛처럼 부서지는 것을 본 적이 있는가? 로미오의 미소가 부서지듯이 공기 중으로 번지고 있었다. 순간순간 정말 아름다운 남자로 보여진다.

[어머니가 부탁을 했어.]

페라가모 구두, 어머니의 구두였다. 이번에 한국에 온 것은 어머니 때문이었다. 로미오의 어머니는 고국인 한국을 별로 좋아하지 않았었다. 한국에서의 생활이 힘들어 미국으로 떠난 것이기 때문이다. 다시는 돌아가고 싶지 않은 땅, 그게 어머니의 기억 속에 남아 있는 고국이었다.

하지만 사람이 늙고, 병이 들면 변하는 것인가 보다. 암 선고를 받고 죽을 날이 정해진 뒤, 어머니는 변하셨다. 평생 가고 싶지 않다고 하신 한국에 가고 싶다고 하셨다. 그러나 쇠약해진 어머니의 몸은 장기간의 여행을 버티실 수가 없었다. 그래서 로미오가 어머니 대신 어머니의 물건들을 가져온 것이었다. 어머니의 옷, 어머니의 액세서리, 어머니의 구두.

[무슨 부탁이요?]

[한국에는 한강이라는 곳이 있는데 어머니는 이곳에서 언제나 눈물만 버렸다고 하셨어. 이번에 가면 자신이 쓰던 샤넬 정장과 진주목걸이, 그리고 페라가모 구두를 버려달라고 부탁하셨어.]

[그게 어떤 의미인 거죠?]

로미오도 지연우와 똑같이 어머니에게 물었었다. 그게 무슨 의미가 있냐고?

[그게 어머니의 인생이 성공했다는 뜻이래.]

연우는 더 이상 질문을 하지 않았다. 그래서 질문을 한 건 로미오였다.

[지금 울어?]

화면에는 로미오의 모습만 보이고 있기 때문에, 연우가 진짜 우는지는 알 수 없었다. 하지만 로미오의 어머니가 이 화면을 보시면 그 아나운서 아가씨가 정말 울었냐고 물어보실 것이 분명했다. 자신을 위해 정말 울었냐고.

[흐흑! 아뇨! 콧물이에요. 저 신경 쓰지 마시고, 어서 한강에 구두 버리세요.]

화면 속에서 연우의 손이 잠깐 스치듯 보이다가 사라졌다. 카메라와 아나운서를 동시에 하려니 이것저것 엉성한 게 많다.

[당신이 좋아.]

[네?]

갑작스런 로미오의 고백에 연우가 놀란 목소리로 되물었다. 또 다시 로미오의 미소가 빛과 함께 부서지고 있었다.

[그래서 한국이 좋아졌어.]

[…….]

[고마워. 우리 어머니를 위해 울어줘서.]

"로미오 류 연주회에 가자고? 너 미쳤냐? 그러다 또 스캔들나!"

로미오 류의 인터뷰에 가자는 연우의 말에 진이와 춘희 모두 부정적인 반응을 보였다. 하지만 연우는 완강하였다.

"너희들이 같이 안 가면 나 혼자 갈 거야."

그건 더 더욱 안 되는 일이었다. 결국 야근이 있는 춘희만 빼고 진이가 같이 연우와 로미오 류의 연주회에 가기로 하였다.

연우가 연주회에 도착하였을 때 뜻밖의 사람을 만났다. 성동금이었다. 그는 혼자가 아니었다. 윤해수 아나운서와 같이 있었다. 지연우를 발견한 동금은 윤해수에게 양해를 구하고는 연우에게 뛰어왔다. 동금은 연우의 앞에 오자마자 90도로 고개를 숙이며 사과했다. 만날 때마다 사과를 하는 동금의 태도에 연우는 익숙했지만, 진이는 처음이었기에 놀란 눈으로 동금을 쳐다보았다.

"죄송해요. 구두 일, 태후 잘못이 아니에요. 태후가 구두를 저한테 줬었는데, 제가 그걸 윤해수 아나운서한테 줘버렸어요. 그러니까 모두 제 잘못입니다."

연우는 동금의 어깨 뒤로 해수를 바라보았다. 그럼 구두를 들고 와 인터뷰를 했다는 아나운서는 윤해수라는 소리였다.

"두 사람 사귀는 사이세요?"

"네? 아뇨! 절대 아닙니다. 그냥 그 일로 고맙다고 같이 연주회 가자고 해서…… 그게 그러니까…… 제가 그 구두를 이용한 게 되는 거네요."

"그래서 지금 사과하시는 거예요?"

"네."

"그 사과 받아드릴게요."

너무도 쉽게 사과를 받아주는 연우의 태도에 고개를 숙였던 동금이 놀라서 고개를 들어 연우를 올려다보았다. 연우는 웃고 있었다.

"당신이 진심으로 미안해하니까 사과 받아들일게요. 그리고 그렇게 나쁜 뜻도 아니었잖아요. 그저 저 여자 분의 환심을 사고 싶었던 것뿐이잖아요."

연우의 말에 동금의 얼굴이 환해졌다.

"하지만 마태후는 절대로 용서 못해요."

그리고 태후에 대한 적의를 나타내는 연우의 말에 바로 얼굴에 핏기가 가셨다.

"저기, 그래도 블랙은 돌려주시는 거죠?"

연우는 더 이상 대답하지 않고, 진이의 팔짱을 끼고 연주회장 안으로 들어갔다. 동금이 연우의 뒤에다 대고 다시 물었다.

"미라클, 태후한테 돌려주시는 거죠?"

기적을 잃은 마태후는 지금 무엇을 하고 있을까?

연우가 진이와 함께 연주회장에 들어서는 순간, 여기저기서 시선들이 쏟아져 왔다. 다행히 연주회장 안은 촬영 금지여서 사진을

찍는 사람은 안 보였다. 연우는 심호흡을 하고 정면만 보며 걸어
서 로미오가 마련해 준 자리까지 갔다. 가장 앞좌석, 바로 피아노
앞이었다.

"야! 그런데 아까 그 남자가 말한 블랙은 뭐냐?"

연주회가 시작되기를 기다리는 시간, 진이가 물었다.

"있어, 내가 훔친 고양이."

"뭐어?"

훔쳤다는 말에 진이는 기겁을 했으나, 연우는 아무 일 아니라는
듯이 앞만 보고 있었다.

"야! 너 제정신이야? 남의 걸 훔쳤……."

"조용, 연주회 시작이야."

로미오가 무대 위에 모습을 나타냈을 때, 조금 소란스러웠던 아
트홀 안에는 삽시간에 침묵이 흘렀다. 로미오는 모두의 시선을 받
으며 무대 중앙 그랜드피아노가 있는 곳까지 천천히 걸어왔다.

관중에게 인사를 하기 위해 앞을 보고 선 로미오의 모습은 분명
세익스피어의 로미오보다도 아름다운 남성이었다. 로미오는 아주
천천히 관객석 안을 둘러보기 시작했다, 마치 여기 온 사람 모두
를 기억하겠다는 듯이. 운이 좋아 그와 눈이 마주친 여자들은 분
명 며칠 밤은 그 때문에 잠을 설칠 게 분명했다. 로미오는 즐거워
보였다. 무대에 오른 그 순간부터 그의 입가에는 웃음이 떠나지
않고 있었다. 호텔을 몰래 빠져나간 벌로 피아노에 묶여 지내야
해서 괴롭다고 연우에게 농담을 하기도 했지만, 그는 분명 피아노
를 사랑하는 것이다. 그리고 자신의 피아노를 들어주는 사람들을

사랑하는 남자임에 틀림없다. 로미오가 가볍게 인사를 하고 드디어 피아노 앞에 앉았다. 길고 아름다운 손가락이 피아노와 만나는 순간, 아마도 많은 사람들이 로미오를 사랑하게 될 것이었다. 그는 만인의 연인이었으니까.

딩! 피아노의 첫 음이 울리고, 로미오가 연주하는 음악이 무엇인지 알았을 때, 객석에 있는 모든 사람들이 놀랐다. 로미오가 연주하고 있는 음악은 분명…… 아리랑이었다.

연우는 연주가 끝나면 박수를 치기 위해 벌써부터 두 손을 모았다.

너무도 아름다운 피아노 연주예요. 당신은 정말 사랑받기 위해 태어난 사람이군요.

"태후야, 집에 안 가?"

로미오의 연주회가 끝난 뒤, 동금은 방송국으로 돌아왔다. 분명 태후가 있을 것 같았기 때문이다. 역시나 태후는 기자실에서 컴퓨터 화면을 바라보고 있었다.

"태후야! 너 집에 정말 안 들어갈 거야?"

기자실에서 떠날 생각을 안 하는 태후를 보며 동금이 물었다. 착한 동금은 태후를 혼자 두고 그냥 집에 들어갈 수가 없었다. 혹시나 해서 넌지시 물어보았다.

"그럼 우리 집에 갈래?"

"그래, 너희 집 끔찍한 6공주들 다 거리로 내보내면 고려해 보마. 생각만 해도 징글징글이다."

동금은 칠 남매 중 장남이었다. 손이 귀한 집이어서, 첫째로 아들 동금을 얻은 다음 혹시나 하는 마음으로 또 낳던 것이 어느덧 6공주까지 된 것이었다. 자신의 사랑스러운 동생들을 함부로 말하는 태후에게 동금이 화를 내었다.

"야, 내 여동생들 욕하지 마! 걔들이 얼마나 정이 많은 애들인데."

"정이 많아서 매일 여섯 명이서 몰려다니는 거냐? 제발 한 명씩 다니라고 그래라. 무섭다."

언젠가 6공주가 단체로 방송국에 왔을 때 붙잡혀 고생했던 것을 생각하며 태후는 얼굴을 찌푸렸다. 태후는 그때 처음 알았다, 하렘이 결코 좋은 곳이 아닐 거라는 걸.

동금은 자신의 동생들을 괴물 집단 취급하는 태후의 말에 화가 났지만, 블랙이 사라진 뒤 상태가 정상이 아니었기에 우선 참기로 했다.

"차라리 연우 씨네 집에 찾아가 보지 그래? 블랙 거기 있을 거 아냐?"

"바보가 아니고서 훔쳐 간 블랙을 내가 찾기 쉽게 자신의 집에 놔뒀겠어?"

정말 뻔한 사실에서 바보 같은 판단을 내리고 있는 마태후였다. 그의 오류는 세상 모든 인간을 자기 같다고 생각하는 것이다.

로미오가 한국을 떠나는 시간은 해가 지고 달이 뜬 밤이었다. 이제 한국과 이별을 해야 하는 시간이다. 그건 로미오에게 이제 지연우와의 이별을 뜻하는 것과 같았다.

[제발 조용히 떠나자.]

한국에 와서 너무도 무단이탈을 많이 한 로미오 때문에 매니저는 지쳐 있었다. 일정은 다 끝났으니, 제발 이대로 아무 일 없이 한국을 떠나고 싶었다. 매니저 하렉에게 아마도 한국은 고생만 잔뜩 한 지긋지긋한 나라로 평생 기억될 것 같았다.

로미오는 창가에 서 있었다. 저 멀리 빛 속에 찬란한 한강이 보였다. 하렉은 시계를 보고서는 독촉하듯이 말했다.

[그만 가자. 비행기 시간 다 됐어.]

[전화 한 통만 할게.]

[지연우?]

[응.]

[전화만으로 끝낼 거지?]

[그래.]

하렉은 마지막으로 믿는다는 말을 하며 지연우와의 통화 연결을 눌렀다. 로미오가 사라졌을 때 가장 먼저 전화를 걸었던 번호였다. 물론 지연우는 모른다고 딱 잡아뗐지만, 정말 괘씸한 여자다.

통화가 걸리고 몇 마디를 나눈 뒤, 하렉은 전화기를 로미오에게 넘겼다.

—[이제 떠나는 거예요?]

[응.]

—[잘 가요.]

그리고 별로 할 말이 없는 연우였다. 그래서 말을 꺼낸 건, 전화를 건 로미오였다.

[지금 한강을 보고 있어.]

─[아! 아직 호텔인가 봐요?]

[응. 밤의 한강이 더 멋있는데.]

─[맞아요. 아! 나도 지금 방송국에서 한강 보고 있어요.]

연우의 말에 로미오는 눈을 돌려 연우가 있는 방송국을 찾아보았다. 하지만 쉽지가 않았다.

[부탁할 게 있어서 전화했는데, 들어줄래?]

─[지금 전화로요?]

[아니, 다음에 만났을 때.]

다음을 이야기하는 로미오의 말에 연우는 이상한 기분이 들었다. 다음이라……. 과연 로미오와 자신의 사이에 그런 게 존재할 수 있을지 확신이 서지 않았다.

─[네, 들어줄게요. 뭔데요?]

어쩌면 평생 들어주지 못할지도 모르는 약속이기에 선뜻 들어준다고 말을 하는 연우였다. 그래야 보내는 마음이 편할 것 같았다.

연우의 허락에 로미오가 엄지에 키스를 하고, 그 손가락으로 한강을 가리키며 말했다. 한강이 증인이 된 약속이라는 뜻이었다.

[또다시 만나면, 네가 내게 키스해 줘.]

그리고 로미오는 떠났다. 줄리엣이 있는 미국으로…….

제　9　장

"**나** 우유 마실래!"

연우가 졸린 눈으로 우유를 마시고 있는 신우를 보며 말했다. 연우의 말에 신우가 얼굴을 찌푸렸다. 이 집에서 아침마다 우유를 마시는 사람은 신우뿐이었다. 그래서 당연히 신우의 몫만 배달을 시켰다. 그러니까 우유를 마시겠다는 연우의 말은 신우가 지금 마시고 있는 것을 내놓으라는 소리였다.

탁!

어머니는 물어보지도 않고 신우의 손에서 우유팩을 뺏어서는 연우의 앞에 컵을 놓고, 신우가 먹던 우유를 따라주었다. 그리고 잊지 않고 매니저로서 방송에 들어가기 전의 충고를 해주었다.

"정신 차리고, 방송에서 실수하지 않게 입 좀 풀어놔."

어머니의 충고는 한 귀로 흘리며, 연우는 약 올리듯이 신우를 보고 빙글 웃으며 우유 잔을 들어올렸다. 그리고 우유 따위는 비린내 나서 절대로 좋아하지도 않는 주제에, 아주 맛있다는 듯이 마셔주었다. 신우는 유치해서 상대를 못하겠다고 판단했는지 한번 '쳇' 이라고 말하고는 그대로 부엌을 나가 버렸다. 부엌을 나간 신우는 이제야 잠에서 깨어난 블랙의 털을 쓰다듬었다.

"블랙, 밥 먹을래?"

다정하게 블랙을 친구처럼 대하는 신우에게 연우가 말했다.

"그 고양이 오늘 돌려줄 거야."

팟! 순간 연우는 동생의 눈에 비친 원망의 눈빛을 보았다. 연우의 옆에 있는 어머니 때문에 별말도 못하고 신우는 블랙을 안고 그대로 방으로 올라가 문을 쾅 닫아버렸다.

"엄마, 신우가 사춘기인가 봐."

그리고 지연우는 사춘기 소년을 괴롭히는 못된 누나였다.

"크억!"

진은 연우가 안고 있는 비만 고양이를 보자마자 과장되게 놀라며 뒤로 물러났다.

"뭐냐, 그 괴물은?"

야아옹!

나는 블랙이야, 라고 친히 자기소개를 하는 블랙의 끔찍하게 귀여운 울음소리에 진이는 두 번 놀랐다.

"에엑! 악마의 속삭임이다. 완전 아기 고양이 울음소리잖아. 뭐

이따위야?"

진이는 블랙의 거대함에 적응하지 못하고 연우에게서 멀찍이 떨어져 나갔다.

"진아!"

"응?"

여리기만 했던 연우의 두 눈에 힘이 들어가 있었다. 진이가 아는 지연우의 눈이 아니었기에 진이는 잠시 할 말을 잃고 연우를 바라보았다.

"난 오늘 한 남자를 따끔하게 혼내줄 거야. 그러니까 넌 그동안 이 고양이를 지켜줘."

지연우가 마태후를 만나러 간 사이, 진이는 건물 밖에서 혼자 블랙을 지키고 있었다. 애완동물 출입이 안 되는 곳이었기에 진이가 블랙을 지키며 밖에서 기다리기로 한 것이었다. 연우와 고양이 주인이 나오기를 기다리며 진이는 어딘가로 전화를 걸고 있었다.

―Hello?

전화를 받은 상대방은 이제야 막 잠에서 깨어난 목소리였다. 진이는 시계를 보았다. 아직 저쪽은 이른 아침일 시간이었다.

"연우 오라버님, 안녕하세요! 저 황진이입니다."

―…….

진이가 자신을 소개하였으나 상대 쪽은 잠시 아무 말이 없었다.

"저기, 여보세요? 주무세요?"

―그 이름 좀 제발 개명하라 그랬지. 아직도 안 바꿨어? 다른 사람의 오해와 망상을 일으킬 수 있는 이름은 사기에 속한다고.

평생 그렇게 사기죄를 지으며 살 거야?

승우의 예의없는 인사에 진이는 작게 눈썹을 찌푸렸다. 자기 여동생한테는 순정만화의 남자 주인공처럼 위해주는 위인이 동생의 친구에게는 이렇게 막말을 하다니, 오히려 각성이 필요한 건 승우였다.

“저 연우 일 때문에 전화한 건데, 그냥 끊을까요?”

─연우? 내 동생이 왜?

“연우가 도둑질을 했어요. 믿어지세요?”

─……황진이!

승우가 근엄한 목소리로 진이를 불렀다. 꼭 풀네임을 다 불렀다. 모순이다. 사기죄에 걸린다면서 당장 개명하라고 언제나 말하면서 황진이의 풀네임을 모두 부르는 사람은 지승우 한 명뿐이었다.

“네, 왜요?”

─도둑질보다 더 나쁜 건 거짓말이다. 이번 한 번만 봐준다. 끊어라! 뚝!

승우가 먼저 전화를 끊어버렸다. 상담을 하려고 전화를 한 건데, 어째 거짓말쟁이로 오해만 받고 끊겨 버렸다. 진이가 불만이라는 눈으로 전화가 끊어진 핸드폰을 바라보았다.

“해외전화 비싸단 말이야!”

진이가 자신의 사비를 털어서 해외전화를 다시 시도하고 있을 때, 연우는 마태후와 만나고 있었다. 만약의 사태를 대비해 동금이 같이 동석하였다.

"아주 이상한 방식으로 구두를 돌려주셨더군요."

연우는 마태후를 똑바로 쏘아보며 말했다. 마태후 또한 곱지 않은 시선으로 지연우를 바라보았다. 이제 그녀는 그저 블랙을 훔쳐간 나쁜 여자일 뿐이었다. 그 이상도 그 이하도 될 수 없었다.

"블랙은 어디 있어?"

"걱정 말아요. 돌려줄 테니까. 그전에 할 말이 있어요."

"당장 블랙이나 내놔!"

날카로운 두 사람의 기 때문에 중간에 앉아 있는 동금은 끼어들지도 못하고 말이 오갈 때마다 바쁘게 고개만 돌릴 뿐이었다.

척! 연우는 경고를 하듯 태후를 향해 손가락을 뻗으며 강하게 말했다.

"당신은 반성이 필요해요. 그렇게 살면 안 된다고요."

마태후를 만나기 전의 지연우라면 절대로 남에게 이런 소리를 못할 것이었다. 하지만 지금은 할 수 있었다. 왜냐하면 그게 마태후를 극복하는 길이었으니까. 자꾸 부딪쳐 온다면 살기 위해 극복을 해야 했다. 그게 인간이 가진 본능에 가까운 생명력이었다.

연우는 마태후의 잘못을 힐책하기 시작했다. 그래야 마태후가 더 이상 그녀를 괴롭히지 않을 것이니까.

"좀 더 순수해져 봐요. 사람을 대할 때 진심을 가지고 대하란 말이에요. 내가 고양이를 가져간 것에 화를 내기 전에 당신이 먼저 나한테 한 짓을 생각해 봐요! 다 당신이 뿌린 씨앗…… 읍!"

열심히 열변을 토하던 연우는 갑자기 입에 붙여진 파스 때문에 더 이상 말을 할 수 없었다. 연우가 자신에 대해 막 말하자, 더 이상 그녀가 입을 열지 못하게 팔에 붙이고 있던 파스를 떼서는 연우의 입에 붙여 버린 것이었다.

"까악! 더러워! 뭐 하는 짓이에요?"

파스를 떼어내며 연우가 외쳤다. 하지만 마태후의 기도 만만치 않았다.

"내가 알고 싶은 건 그런 시시껄렁한 충고가 아니라 블랙이 어디 있느냐는 거야. 블랙 어디 있어?"

"저기, 연우 씨. 우선은 블랙을 돌려준 다음에 마저 이야기를 하죠. 태후가 며칠 잠을 안 잤더니, 많이 날카로워져 있네요."

연우가 한 발 뒤로 물러나며 말했다.

"밖에서 내 친구가 데리고 있어요. 여기는 애완동물 출입금지란 말이에요."

그래서 세 사람은 블랙을 만나기 위해 카페 밖으로 나왔다. 연우는 당연하다는 듯이 엘리베이터 앞에 가서 섰다. 그런데 따라와야 될 두 남자가 오지 않았다. 연우가 돌아보자 동금과 태후는 여전히 카페 입구 앞에 서 있을 뿐이었다. 말을 한 건 동금이었다.

"하하, 저기 계단으로 내려갈까요? 제가 엘리베이터 울렁증이 있어서."

엘리베이터 울렁증? 연우로서는 처음 들어보는 병명이었다.

진이는 고양이를 품에 안고 건물 안으로 들어와 있었다. 아무리 기다려도 연우가 안 나오자 직접 찾아가기로 한 것이었다.

"고양이! 지연우 같은 도둑한테 잡히다니, 너도 참 맹한 인생이

구나.”

블랙한테 말을 걸며 진이는 엘리베이터 앞에 섰다.

탁!

단추를 누르자 1층에 있던 엘리베이터의 문이 열렸다. 진이는 품에 블랙을 안고 엘리베이터 안으로 들어갔다. 그런데 그전까지는 얌전히 진이의 품 안에 안겨 있던 블랙이 엘리베이터 안에 들어서는 순간, 상태가 이상해지기 시작했다.

크르르릉.

귀여운 울음소리 대신 낮게 으르렁거리듯이 울었다. 그리고 블랙의 털들이 긴장한 듯이 조금씩 서고 있었다. 하지만 동물을 키워보지 않은 진이는 이런 블랙의 변화를 쉽게 감지하지 못하고 있었다.

스르륵—

엘리베이터 문이 닫히는 순간, 결국 일은 벌어지고 말았다. 블랙이 진이의 품에서 뛰어나와 엘리베이터 밖으로 혼자 달려나가 버렸다.

“야! 고양이! 거기 서!”

진이가 놀라서 외쳤을 때는 이미 엘리베이터의 문이 닫혀 버린 뒤였다. 놀란 진이가 도망간 블랙을 붙잡기 위해 다시 1층 버튼을 누르고 로비로 돌아왔을 때에는 블랙의 육중한 모습을 찾을 수가 없었다.

“사라졌다고?”

“그게 엘리베이터를 타려는 순간, 도망쳐 버렸어. 정말 할 말

없다.”

블랙이 없어졌다는 진이의 말에 연우도, 동금도, 그리고 태후도 아무런 말을 하지 않았다. 세 사람의 반응이 심상치 않자 진이가 어색하게 웃으며 변명했다.

“비만 고양이라서 빠르게 못 걸어. 아마 멀리 못 갔을 거야.”

일이 생각 이상으로 꼬여가자 감당이 안 되는지 연우가 맥이 풀린 목소리로 중얼거렸다.

“나 이제 통금 시간 다 됐는데.”

오늘까지 늦게 들어가면 퇴근할 때마다 엄마가 데리러 오게 될 것이었다. 하지만 지금 상황은 그냥 돌아갈 수도 없게 만들었다. 만약 연우가 이대로 블랙을 모른 척한다면 마태후는 죽을 때까지 지연우를 괴롭힐 것이었다. 그럴 게 분명했다.

연우는 태후를 바라보았다. 태후는 그저 블랙이 어딘가에 숨어 있을 서울 시내를 바라보고 있을 뿐이었다. 그리고 뛰어나가 버렸다. 남아 있는 사람들에게 아무런 말도 없이 블랙을 찾으러 달려가 버렸다. 블랙처럼 마태후가 사라진 것도 순식간이었다. 할 수 없이 동금과 연우, 그리고 진이까지 고양이 한 마리를 찾아 밤거리를 달려야 했다.

하지만 한 시간이나 거리를 헤매도 블랙을 찾을 수 없었다. 마태후도 찾을 수 없었다. 연우가 포기라는 듯이 거리에 주저앉자 동금이 말했다.

“연우 씨는 그만 집에 들어가요. 블랙은 저랑 태후만 찾아도 되니까.”

“도대체!”

연우는 화가 난다는 듯이 고개를 번쩍 쳐들었다. 고양이를 잃어버린 건 미안했지만 분하기도 했다.

“도대체 그 고양이가 뭐기에 그 남자는 날 대역죄인 보듯이 쳐다보는 거예요?”

“블랙은 태후의 기적이에요.”

“그냥 고양이잖아요.”

무언가 말을 하려던 동금은 쉽게 말을 꺼내지 못하고 그저 이 말만 하였다.

“태후는 연우 씨가 블랙 가져간 뒤 아마 제대로 잠도 못 잤을 거예요.”

동금은 집으로 돌아가라는 말을 하고 블랙을 찾으러 서울의 야경 속으로 사라져 버렸다. 이제 연우와 진이 둘만 남게 된 상황에서 진이가 쭈그려 앉은 채 말이 없는 연우에게 말했다.

“어떻게 할 거야? 고양이 계속 찾을 거야?”

“경찰한테 부탁할까?”

“니 몰매 맞고 싶나? 초등학생도 아니고, 누가 경찰한테 고양이를 찾아달라고 말하나?”

진이의 타박에 연우가 놀란 듯이 물었다.

“경찰은 고양이 안 찾아주는 거야?”

“이 서울 바닥에서 어떻게 그 조막만한 걸 찾나?”

“아니, 덩치 엄청 큰데.”

“엄청 크든 뒤지게 크든 고양이 쉽게 못 찾는다.”

“그럼 난 어떻게 해?”

“어떻게 하긴, 고양이 주인한테 가서 사과해야지.”

“그건 절대로 싫어! 죽어도 싫어!”

마태후에게 사과라니, 그 자리에서 화병나 사망할지도 모르는 일이었다.

“그럼 찜찜한 이 기분 그대로 집에 갑시다. 아! 꿀꿀해서 잠도 안 오겠네.”

“잃어버린 건 너잖아. 그럼 네가 사과해!”

“훔쳐 온 건 너야! 훔친 거 하고 잃어버린 거 하고 어느 게 더 나쁘다고 생각하냐?”

“잃어버린 게 더 잘못이야!”

“헉! 망설임도 없이 모든 책임을 나한테 돌리다니. 너, 너무 뻔뻔한 거 아니냐?”

터벅터벅.

집으로 돌아가는 길 무슨 생각들을 하는지, 두 여자의 발걸음이 느릿느릿 거북이다. 연우보다 한 발 앞서 가던 진이가 뒤에서 쫓아오는 연우에게 말했다.

“그 남자한테 사과해.”

진이의 뒤를 따라가던 연우는 조금 화가 난다는 듯이 발로 길거리에 있는 돌을 차면서 중얼거렸다.

“절대로 싫어.”

터벅터벅.

그리고 두 여자는 더 이상 아무런 말도 없이 택시 정류장까지 걸어갔다. 아마 둘 다 같은 생각을 하고 있을 것이다. 고양이가 없어졌다는 소리를 듣고 그대로 얼어버린 남자의 얼굴을 생각하며 끝없이 물음표를 만들고 있었다.

왜 그 비만 고양이가 기적이라는 거지?

기적의 실종은 연우에게 불면증을 가져다주었다. 밤새 한숨도 자지 못하고, 방송국에서도 실수만 연발한 연우는 퇴근할 시간쯤 되어서 동금에게 전화를 했다.

"저기, 블랙 소식 있나요?"

—아뇨, 그게 아직. 못 찾았어요.

"그럼 마태후는 지금 어쩌고 있는데요?"

—우선 집에 보냈어요. 잠을 좀 재워야 할 거 같아서.

좋은 소식이란 없었다. 온통 나쁜 소식뿐이었다. 퇴근길에 연우는 태후의 집으로 갔다. 사과를 해야 할 것 같았기 때문이다. 그의 집 앞에 도착할 때만 해도 그럴 생각이었다. 정중히 사과를 하고 같이 고양이를 찾을 생각이었다.

"가!"

마태후가 단 한 음절로 지연우를 밀어내지만 않았어도 말이다. 그 한마디에 연우는 다시 화가 치솟기 시작하였다.

"왜 문 안 잠그고 다녀요? 당신이 문을 인 잠그고 다니니까, 고양이 같은 걸 도둑맞는 거잖아요."

연우는 따지기 시작했다. 고양이가 사라진 책임을 모두 마태후에게로 돌리기 시작한 것이다. 마태후는 아무 대꾸 없이 연우가 자신을 질책하는 소리를 듣고 있었다.

"그리고 그런 고양이 하나 때문에 유별나게 좀 굴지 말아요. 차라리 내가 한 마리 사줄게요. 똑같은 걸로 사준다고요."

쾅!

마태후는 그대로 문을 닫아버렸다. 그리고 철커덕철커덕 안전 잠금장치까지 모두 잠그는 소리가 들렸다. 연우는 자신의 앞에서 차갑게 닫힌 문을 한동안 기가 막힌다는 듯이 바라보았다.

그래! 이 자식아! 네가 이기나 내가 이기나 해보자!

쾅쾅쾅쾅쾅쾅!

연우는 있는 힘껏 대문을 두드리기 시작했다.

"당장 열어, 이 자식아! 내 말 아직 안 끝났어!"

훔쳐 갔다가 잃어버린 사람치고는 너무도 당당한 연우였다.

"아! 시끄러워요! 좀 조용히 해요!"

문이 열린 것은 마태후의 집이 아니라 옆집이었다. 덩치가 산만한 아줌마가 나와서는 잔뜩 성을 내며 말했다.

"시끄럽게 하면 경찰 부를 거야!"

마태후의 문을 두드리던 기백을 거두고, 연우가 기가 죽은 목소리로 사과했다.

"죄송합니다. 문을 안 열어줘서……."

"무슨 일인데? 빚 받으러 왔어?"

"아뇨, 고양이 때문에……."

"고양이? 찾았어?"

아줌마가 고양이라는 소리에 눈을 크게 떴다. 아마도 그 고양이에 대해 잘 알고 있는 것 같았다.

"아뇨."

"썩을! 어떤 놈이 훔쳐 갔는지는 모르지만 정말 나쁜 놈이야! 훔쳐 갈 게 없어서 그걸 훔쳐 가! 지옥에나 가라, 이 육시랄 자식아!"

아줌마의 욕에 연우는 몸을 잔뜩 움츠렸다. 바로 연우가 그 육시랄 도둑님이시었기 때문이다. 만약 저 아줌마한테 그 사실을 들켰다가는 여기서 살아 나갈 수 없을 것 같았다.

"저…… 저기 저는 이만 가보겠습니다."

연우가 조심스럽게 인사를 하며 아줌마를 피해 계단으로 달려갔다. 도둑이 제 발 저린 것이다.

"잠깐만! 아가씨!"

헉!

아줌마의 부름에 연우는 속으로 비명을 질렀다. 차마 돌아보지는 못하고 그냥 서서 대답하였다.

"네?"

"근데 고양이 때문에 뭐? 그걸 말 안 했잖아."

머릿속이 하얗게 되는 소리였다. 뭐라고 할 말이 있겠는가?

"저기 그러니까 그게, 그러니까 저기……."

생각을 해! 지연우! 생각! 생각! 으아아아아아악! 다시는 네 발 달린 거 안 훔쳐!

"고양이가 사라졌다고 하니까 걱정이 돼서요. 그래서 위로나 해주려고……."

결국은 살기 위해 말도 안 되는 변명을 하는 지연우였다. 위로라니, 그런 멋진 말이 마태후와의 사이에서 통할 리가 없었다. 하지만 다행스럽게도 아줌마는 곧이곧대로 믿는 것 같았다.

"그래, 근데 위로보다는 밥 먼저 먹여. 보니까 고양이 사라진 뒤부터 밥도 제대로 안 먹은 것 같더구먼."

마태후와 고양이 블랙을 아는 사람들이 점점 지연우를 위기로 몰고 있었다. 지연우 때문에 마태후는 밤에 잠도 자지 않고 있었고, 지연우 때문에 마태후는 밥도 제대로 못 먹고 있었다. 마태후는 점점 불쌍한 남자가 되어가고, 지연우는 점점 나쁜 여자가 되고 있었다.

연우는 다시 마태후의 집 앞으로 걸어갔다. 그리고 정중하게 문을 두드렸다.

"나 사실은 고양이 찾았다고 말하려고 온 거예요."

도대체 뒷감당을 어떻게 하려고 이런 거짓말을 하는 것일까?

하지만 효과는 직방이었다. 굳게 닫혀 있었던 문이 순식간에 열렸다.

"블랙 어디 있는데?"

블랙의 행방을 묻는 마태후의 격양된 얼굴을 보며 연우는 엉뚱하게도 이런 생각을 해버렸다. 좋은 남편감이라고는 절대 장담 못하지만, 자신의 자식들에게 좋은 아버지가 될 사람이라고.

"블랙 찾았다며!"

"네, 찾았죠. 하지만 전 지금 배가 고프단 말이에요. 밥부터 먹고 만나러 가도 안 늦어요."

연우는 블랙을 찾았다고 거짓말을 해서 마태후를 데리고 나온

다음 근처에서 밥이라고 써진 식당 아무 곳에나 들어가 백반 이
인분을 시켰다.

"그럼 어디 있는지 말만 해줘. 나 혼자 가볼 테니까."

"싫어요."

연우의 말에 마태후의 얼굴이 단박에 일그러져 버렸다. 하지만
연우는 동요하지 않고, 밥을 먹기 위해 수저를 들었다.

"난 밥 먹을 거예요. 당신은 먹든 말든 맘대로 하세요."

혼자서 밥을 먹기 시작하는 연우의 모습을 못마땅하게 쳐다보
던 태후는 잠시 후 자기 몫의 밥그릇에 뚜껑을 열어서 찌개에 담
았다. 마치 국밥처럼 찌개와 밥을 섞어먹는 마태후를 보고 연우는
얼굴을 찌푸렸다.

"찌개 따로 밥 따로 먹으면 보기도 좋잖아요."

"상관 마!"

"어머니가 식사 예절도 안 가르쳐 줬어요?"

"그래, 우리 아버지가 가르쳐 줬어."

"아버지가요? 뭐라고요?"

"밥 먹는 것 따위로 시간낭비하지 말라고."

그리고 아버지가 가르쳐 준 식사예절에 따라 마태후는 딱 다섯
숟가락에 밥을 모두 먹어 치웠다.

"다 먹었다. 가자."

아직 1/3도 못 먹은 연우가 너무하다는 눈으로 태후를 바라보
며 말했다.

"난 아직 남았는데."

그 말이 끝나기가 무섭게 태후가 연우의 밥그릇을 뺏어서는 딱 두 숟가락에 모두 먹어버렸다. 먹는 게 아니라, 거의 청소기가 먼지를 빨아들이듯 밥을 먹어치운 마태후는 물 한 잔을 마신 뒤 말했다.

"다 먹었어. 가!"

식당을 나온 뒤 연우는 약국에 들러 어떤 약을 사고서 다시 나왔다. 연우는 약국에서 산 약과 음료수를 마태후에게 내밀면서 말했다.

"소화제예요. 먹어요."

"필요없어!"

"아뇨, 이걸 안 먹으면 당신은 앞으로 10분도 안 돼서 화장실을 찾을 거예요. 그렇게 미련하게 먹었으니까 분명 탈나요. 차 타고 가야 하는데 미리 먹어두어서 나쁠 것 없잖아요."

틀린 말이 아니었기에, 태후는 연우의 손에서 알약과 음료수를 받아 들며 조심스럽게 물었다.

"차 타고 간다고? 무슨 차?"

"택시일 게 뻔하잖아요."

마태후는 알약과 함께 음료수를 마신 다음 들릴락말락 한 목소리로 말했다.

"……타고 가면 안 될까?"

"네? 뭐요?"

마태후의 목소리가 너무 작아서 연우는 제대로 듣지 못했다. 태후는 무언가가 불안한지 손 안에 캔을 만지작거리며 여전히 작은 목소리로 말했다. 그래도 들리긴 했다.

"버스……."

연우는 고개를 숙이고 빈 캔만 만지작거리는 태후의 모습을 말 없이 바라만 보았다. 블랙을 훔치고 난 뒤부터였다, 마태후에게서 생각지도 못한 면들을 발견하게 된 건.

그러니까 이건 누군가가 몰래 가꾸고 있던 정원을 훔쳐보는 느낌이었다. 그럼 블랙은 마태후만의 비밀의 정원에 살던 고양이였던 걸까?

부아앙!

벌써 일곱 대째의 버스가 지나가고 있었지만, 지연우와 마태후는 아직도 버스 정류장 벤치에 앉아 있었다. 더 정확하게 말하면, 지연우는 마태후의 베개 역할을 하고 있었고, 마태후는 자고 있었다. 소화제와 같이 준 음료수 안에 수면제를 몰래 넣었던 것이다. 약 효과가 바로 나타나 버스 두 대가 지나갈 때부터 마태후는 완전히 곯아떨어져 버렸다. 마태후의 집이 있는 곳은 변두리였고, 다행히 밤이라 연우를 알아보는 사람은 거의 없었다.

마태후가 며칠 동안 자지 못한 잠을 자는 사이 연우는 하늘에 뜬 밝은 달을 보며 열심히 빌고 있었다.

"하느님! 부처님! 마리아님! 블랙을 돌려주세요. 안 그럼 제가 큰일나요. 제발 무사히 돌아오게 해주세요. 그리고 가능한 오늘 안에요. 전 이미 찾았다고 했단 말이에요. 도둑질한 것도 큰 죄인데, 거짓말쟁이까지 되면 정말 큰일이잖아요. 제발, 블랙을 돌려주세요."

누군가 연우의 기도를 들은 것일까? 펑펑펑! 갑자기 하늘에서 화려한 불꽃이 수놓아지기 시작했다. 밤하늘을 아름답게 수놓고 순식간에 사라지는 불꽃을 보면서 기도를 드리던 연우는 놀라움과 감탄의 탄성을 질렀다. 아름다운 불꽃이 무언가 좋은 일이 생길 거라는 계시 같았다. 연우는 기분 좋게 웃으며 자고 있는 태후를 돌아보았다. 그런데 자고 있는 줄 알았던 태후가 눈을 떠서 연우를 쳐다보고 있었다. 불꽃을 보고 기분이 좋아진 연우가 바로 앞에 있는 태후의 얼굴을 보고 환하게 웃었다.

"봐요! 불꽃이에요. 예쁘죠? 나 불꽃 정말 좋아했는데, 어릴 적에 처음 불꽃놀이 보았을 때는 너무 예뻐서 오빠한테 저 불꽃 따 달라고 했어요. 그랬더니 우리 오빠가 뭐랬…… 어라?"

그런데 잠이 깬 줄 알았던 태후의 눈이 다시 감겨 있었다. 연우는 고개를 갸웃했다.

내가 잘못 봤나?

연우는 세상모르고 자고 있는 태후의 얼굴을 보고 눈을 가늘게 떴다. 혹시 자는 척하고 있는 거 아냐? 이젠 별 게 다 의심이 되고 있었다. 다 마태후의 평소 만행 때문이었다.

"진짜 자요?"

수면제 먹인 사람이 할 질문은 아닌 것 같았지만, 그래도 해보았다. 하지만 반응이 없다. 확인차 손을 들어 태후의 눈앞을 몇 번 왔다 갔다 해보았다. 이번에도 반응이 없었다. 그래서 이제는 대담하게 살짝 볼을 찔러보았다. 그래도 반응이 없었다. 그제야 안심을 한 연우는 고개를 돌려 다시 아름다운 불꽃을 바라보며 언제나의 푸념을 해보았다.

"아침 따위 영원히 오지 마라."

연우는 이제 여섯 시간 뒤에 일어나 세수를 하고, 화장을 하고 방송 준비를 하여야 했다. 오늘 밤은 잠을 잘 시간이 없었다. 충실한 베개 역할을 하면서 새우잠 자면 되지, 라고 말할지 모르겠지만 그게 생각처럼 쉽지가 않다. 믿지 않을지 모르겠지만, 마태후는 머리를 향수로 감나 보다.

씨! 마귀발 주제에 향기가 너무 좋다.

불꽃이 아름답게 피어오르던 이 밤, 남자는 수면제에 취하고, 여자는 남자의 향기에 취해가고 있었다.

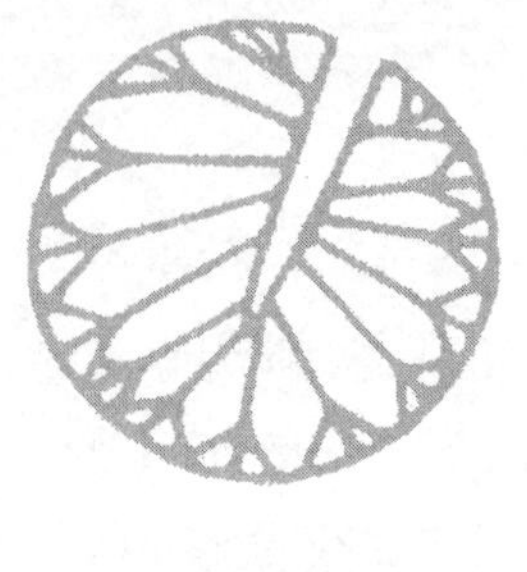

제 10 장

"네? 블랙 찾았어요?"

블랙을 찾았다는 동금의 전화가 온 것은 다음날이었다. 생각보다 빨리 블랙을 찾은 거지만, 연락이 온 곳이 동물병원이라고 하였다. 왠지 불안하였다. 연우는 퇴근 시간이 되기도 전에 사정이 있다고 말하고 조금 일찍 방송국을 나왔다.

동물병원에 도착해서 제일 처음 들은 소리는 사람들의 울음소리와 앰뷸런스 소리가 아니라 개소리와 고양이 울음소리였다.

"블랙은 어때요?"

병원에 먼저 와 있던 동금을 발견한 연우는 그에게 달려가 다급하게 물었다. 동금은 말없이 병실 안으로 고개를 돌렸다. 연우도 동금의 시선을 따라서 고개를 돌렸다. 그곳에는 마치 자고 있는 듯이 침대 위에 누워서 아무런 미동도 하지 않는 블랙이 있었다.
그리고 그 옆에는 마태후도 있었다.

"서, 설마 죽은 거예요?"

겁을 먹은 연우의 목소리가 떨려서 나왔다.

"아뇨, 죽은 건 아니에요. 단지 의식이 없는 채 발견되었는데,
아직도 정신을 못 차리고 있어요. 의사선생님 말씀이 위험하다
고……."

"기적이라면서요. 그런데 기적이 그렇게 쉽게 죽어요?"

연우가 믿을 수 없다는 듯이 동금에게 따져 물었다. 동금은 의
사가 아니었다. 그저 지금 할 수 있는 말은…….

"십 년 전의 기적이 아직도 건재하기를 바라야죠."

"십 년 전이라니요?"

"블랙과 태후는 W백화점이 무너졌을 때, 살아남은 생존자예
요. 블랙은 고양이라서 생존자 명단에는 안 들어갔지만요."

동금이 알려주는 너무도 뜻밖의 사실에 연우는 할 말을 잃었다.

"일주일 동안 그 돌무덤 안에 갇혀 있었다고 하더라고요. 죽을
것 같았는데, 블랙이 참는 걸 보면서 자신도 오기로 참았대요. 하
지만 결국은 블랙이 더 대단했다고 해요. 구출되었을 때 태후는
들것에 실려 나왔지만, 블랙은 자기 발로 걸어서 나왔거든요."

"……."

"그 뒤로 지금까지 쭉 함께였대요. 대단한 동지들이죠?"

"……그럼 블랙이 죽으면 어떻게 되는 거예요?"

"……."

“네? 블랙이 죽으면 어떡해요?”

동금은 대답하기 곤란하다는 표정을 지으며 연우를 쳐다보았다.

“지금 블랙에 대해서 묻는 건가요, 태후에 대해서 묻는 건가요?”

블랙은 이틀이 지나도 차도가 없었다. 정말 죽은 듯이 잠을 자는 것처럼 보였지만 쉽게 의식을 되찾지 못했다. 의사의 말이 블랙은 노환에 심한 쇼크 상태를 받아서 쉽게 견디지 못하는 것이라고 했다. 진이가 한 말에 의하면 블랙은 엘리베이터를 타려고 한 일밖에 없었다. 그 뒤에 무슨 일이 생긴 게 아니라면 원인은 엘리베이터인 것 같았다.

또다시 연우가 병원을 찾았을 때에도 마태후는 블랙의 옆을 떠나지 않고 있었다.

“그만 집에 가서 자요.”

어제와 똑같은 자리에서 똑같은 옷을 입고 있는 태후를 보고 연우는 힘겹게 말을 꺼냈다. 하지만 태후는 돌아보지도 않았다.

연우는 조심스럽게 태후의 옆으로 걸어가서 다시 말했다.

“제가 블랙 옆에 있을게요.”

태후가 고개를 돌려 연우를 쳐다보았다. 화가 난 표정은 아니었다. 그렇다고 괜찮은 표정도 아니었다. 언제나 얼굴에 맴돌던 여유와 거만함이 사라져 있었다.

“좋아, 난 집에 갈게.”

태후가 순순히 자신의 말을 듣는 걸 놀라워하고 있을 때, 태후의 커다란 손이 올라와 연우의 손을 잡았다.

"너도 함께야. 블랙이 깨어날 때까지 네가 블랙 대신이야. 아침에 잠은 확실하게 깨우겠군. 모닝레이디, 그런데 집은 잘 지키나?"

연우는 아무런 대꾸도 하지 않았다. 화도 내지 않았다. 그저 금방 울 것 같은 얼굴로 힘겹게 말했다.

"놔요."

마태후도 더 이상 농을 걸지 않았다. 울 것 같은 연우의 얼굴에 흥을 잃었는지, 잡았던 손을 스르르 놓았다. 병실에는 또다시 침묵만 흘렀다.

"마태후! 너 왜 여기 있어?"

KBC 방송국이다. 동물병원에 있을 태후의 몫까지 혼자서 기사거리를 찾아 고전을 하고 있던 동금은 갑자기 나타난 태후를 보고 놀라서 자리에서 벌떡 일어났다.

"네가 증인이다. 나 오늘 출근했어."

퇴근 시간이 훨씬 지난 시간이었다. 그래도 우겨본다. 그는 마태후였으니까.

"블랙은? 어떻게 됐어?"

동금이 태후 가까이 걸어와서 물었다. 그런데 태후는 대답 대신 불쑥 오른손을 동금에게 내밀었다. 내민 손의 의미를 알지 못해 동금이 쳐다만 보자 태후가 눈빛으로 어서 잡으라고 다그쳤다. 그래서 동금은 할 수 없이 태후가 내민 손을 잡았다. 난데없지만 말이다.

"놔."

"뭐?"

자기가 먼저 손을 내놓고, 눈으로 잡으라고 강요까지 해놓고는 잡자마자 놓으라고 하는 태후의 말에 동금은 그대로 바보가 되어 버린 기분이었다.

"당장 놔!"

"너 뭐 하자는 거야? 네가 잡으라고 했잖아."

"음, 하지만 난 그런 말을 할 입장이 아니었어. 내가 먼저 잡았 거든."

"뭐라고 지껄이는 거야, 이 자식아!"

동금과의 말장난은 언제나 재미있다. 그래서 태후는 동금을 친구로 인정했다. 성동금이 마태후를 불행하게 만드는 일은 절대로 없을 테니까.

딩동, 초인종이 울렸다. 춘희네 집에 잠시 불법 거주하고 있는 진이가 인터폰으로 걸어갔다. 인터폰을 들자 모니터의 화면에 익숙한 얼굴 하나가 보였다. 진이가 모니터 가까이 눈을 가져가며 춘희에게 말했다.

"지연우가 꼭 밤새 울 것 같은 얼굴을 하고 있는데, 그냥 아무도 없는 것처럼 해도 될까?"

"열어줘."

집주인의 명령이었기에, 진이는 한숨을 쉬며 현관문을 열었다.

문이 열렸는데도 연우는 안으로 들어오지 않고 그냥 서 있었다. 잠시 그렇게 이상한 분위기의 지연우와 황진이는 서로 마주 보고 서 있었다. 먼저 입을 연 건 진이였다.

"너 지금 어떤 표정 짓고 있는 줄 아냐?"

"어떤 표정인데?"

"스포츠 신문에 실린 A 양의 얼굴."

진이의 말에 연우의 아미가 일그러졌다. 그런데 금방 화를 내야 정상인데도 연우는 화를 내지 않았다. 그제야 진이가 걱정스러운 마음에 연우에게 한 발짝 더 다가섰다.

"나 말이지……."

연우는 울고 있지 않았다. 하지만 목소리가 젖어 있었다.

"그 남자한테 사과하고 싶은데, 말이 안 나와. 어떻게 하지?"

진이는 아무런 말도 할 수 없었다. 어느새 춘희가 다가와 있었다. 춘희는 연우의 작은 몸을 껴안으며 말했다.

"그럼 대신 그 고양이한테 사과해. 네 사과를 받아들인다면 그 고양이 꼭 괜찮아질 거야."

띠리리리 띠리리리.

연우의 핸드폰이 울린 것은 밤 12시도 넘어서였다. 잠을 설치느라 깨어 있던 연우가 놀라서 고개를 들었다. 테이블에 올려진 핸드폰이 번쩍번쩍 빨간 불을 깜박이면서 시끄러운 소리를 내며 울리고 있었다. 이 시간에 전화를 할 사람은 아무도 없었다. 그리고 예의를 아는 사람이라면 이 시간에 전화를 해서는 안 되는 것이었다. 연우는 조심스럽게 핸드폰에 다가가 발신번호를 확인하였다.

〈마씨 성을 가진 남자.〉

마태후의 전화번호를 입력하면서 같이 등록해 놓은 발신자명이었다. 전화를 건 사람은 마태후였다. 생각지도 못한 시간에, 생각지도 못한 사람한테서의 전화라 연우는 놀라서 뒤로 물러났다. 표정이 꼭 귀신이라도 본 표정이었다.

연우가 전화를 받지 않자 결국 전화는 끊어졌다. 전화벨 소리가 사라지면서 어두운 방 안에는 숨소리도 죽이는 침묵만이 흘렀다. 그리고 30초 후 전화는 다시 울리기 시작했다. 연우는 다시 한 번 흠칫 놀랐다.

그런데 이번에는 마태후의 번호가 아니었다. 양의 눈을 한 남자, 성동금의 번호였다. 연우는 조심스럽게 손을 뻗어 전화의 통화 버튼을 놀랐다.

"여보세요?"

—아! 역시 내 전화를 피하는 거네. 섭섭해라.

전화기 속에서 들려오는 마태후의 목소리에 연우는 너무 놀라서 그대로 벙어리가 되어버렸다. 연우의 침묵을 마태후는 이렇게 해석하였다.

—이 악마 같은 녀석이 왜 이 야심한 밤에 전화했나 머리 굴리고 있나 보지?

"……."

여전히 연우는 얼어 있었기에 대답을 할 수가 없었다.

—내가 궁금한 건 정말 못 참는 성격이거든. 그런데 이 시간에 갑자기 궁금한 게 생겨서 말이야!

"……."

—불꽃 말이야. 하늘 위에서 펑펑 터지는 그거.

"……."

—네가 불꽃 갖고 싶다고 하니까 네 오빠가 뭐라고 했어?

그날 버스 정류장에서 자고 있었던 게 아니었다. 연우의 말을 다 듣고 있었나 보다. 하지만 그걸 왜 이제야 묻는지 그 이유를 알 수 없어, 연우는 쉽게 대답을 할 수 없었다.

"……."

—대답 안 해?

"불꽃보다……."

—불꽃보다?

"내가 더 예쁘다고 했어요."

—……쳇!

뚜뚜뚜, 마태후의 전화는 갑자기 걸려왔던 것처럼 갑자기 꺼졌다. 쳇, 이라는 의미 모를 욕만 남기고.

뚜뚜뚜, 예의없는 전화 한 통, 그리고 또다시 마태후의 전화가 걸려오는 일은 없었다.

늦게 잠이 들었지만, 연우는 새벽 4시가 되어서 일어났다. 제대로 잠을 못 자서 그런지 몸이 너무도 피곤하였다. 연우가 아침을 안 먹는다고 하자, 어머니는 가볍게 사과주스를 갈아서 주셨다.
연우에게 금방 간 사과주스를 내밀며 어머니가 당부하셨다.

"참! 새벽에 화재사고 나서 오늘 방송국 소란스러울 거야. 각오하고 출근해."

어머니의 말에 사과주스를 마시던 연우는 놀라서 고개를 들었다.

"화재?"

"그래, 밤에 B시장에서 화재가 났는데, 대형화재인가 봐. 밤 12시부터 계속 방송을 하네. 아직도 불씨를 못 잡아서 계속 번지고 있다고 하더라."

하루가 끝나고 하루가 시작되는 시간, 마태후한테서 전화가 왔던 시간이었다. 난데없는 전화, 난데없는 질문들. 그리고 쳇.

"불꽃 말이야. 하늘에서 펑펑 터지는 그거."

아마도 마태후가 보고 있었던 불꽃은 무시무시하게 큰 불꽃이었나 보다. 아름답다는 말은 절대로 어울리지 않는, 어울려서도 안 되는……

『최대 재래시장 중 하나인 서울 B시장에서 또 큰불이 났습니다. 3일 오전 0시께 서울시 xx구 xx동 B시장 2지구 1층 상가에서 원인을 알 수 없는 불이 나 지하와 지상 2, 3층 상가로 번지면서 큰 피해가 발생했습니다. 이날 불은 955개의 입점 점포를 대부분 태운 뒤 발화 3시간여 만에 큰 불길은 잡을 수 있었습니다. 그러나

화학섬유 등이 타면서 유독가스가 다량 발생한 데다 화재 규모가
커 완전 진화에는 좀 더 시간이 필요하다고 소방당국은 밝혔습니
다. 불은 3층 건물 1층에 위치한 의류가게에서 최초 발화한 것으
로 경찰은 추정했습니다. 경찰은 '현재까지 인명 피해는 정확하게
파악되지 않고 있다'고 밝혔습니다.」

텔레비전을 트니, 정말 화재사고에 대한 기사가 보도되고 있었
다. MBS에서도, KBC에서도, 그리고 다른 방송국에서도 모두.

KBC B시장 화재 뉴스를 보도하는 기자는 마태후가 아니었다.
하지만 어제 전화가 왔던 것을 보니까 분명 그 화재 현장에 있었
던 거다. 하지만 그날 하루 종일 뉴스화면에서 마태후의 모습을
볼 수는 없었다.

"야! 왜 마태후 전화를 네가 받아?"

―그게 태후가 갑자기 핸드폰을 바꾸자고 해서……. 아니, 마태
후가 억지로 뺏어갔다고 하는 표현이 더 정확한 것도 같네요.

"쓸데없는 소리 집어치우고. 마태후보고 마이크 잡으라고 해!
알았어! 불이 아무리 뜨거워도 그 앞에 서서 화면에 얼굴 비추지
않으면 이번엔 정말 사표 쓸 각오하라고 해!"

부부장은 마태후에게 호통칠 말을 동금에게 대신 소리쳤다. 언
제나 사고가 터지면 마태후에게 하는 말이었다. 마이크를 잡고 카
메라 앞에 서서 기자로서의 본분을 다하라고. 하지만 KBC 방송기
자로 입사한 이래로, 마태후가 사고기사에 마이크를 잡은 적은 단
한 번도 없었다. 단 한 번도.

—저기, 그게 부장님, 태후한테 사정이 있어서…….

"이번엔 어떤 변명도 통하지 않아! 알았어? 네가 책임지고 그 자식 카메라 앞에 세워! 안 그러면 너도 사표야!"

—고양이가 아파서 병원에 누워 있거든요. 부장님도 아시잖아요. 블랙이요.

"그래서 고양이 한 마리 때문에 사표 쓰겠다는 거야?"

부부장은 어떤 변명도 들어주지 않을 기세로 몰아붙였다. 그건 단지 자신의 부하 직원이 일을 골라서 하는 얌체주의라고 화를 내는 말이 아니었다. 고양이 손이라도 필요한 이런 중요한 때 농땡이를 피우는 마태후에게 화가 나서 하는 말은 절대 아니었다.

십 년 전 부부장이 현장 기자로 뛰어다닐 당시, 일주일 만에 돌덩이 속에서 구출되는 마태후의 극적인 생환 장면을 취재하여 전국에 방송한 기자가 바로 지금 마태후의 직속상관인 부평부장이었다. 그 후 더 이상 마태후에 대한 취재는 불가능하였었다. 그의 아버지 마산이 모든 언론으로부터 구사일생으로 살아난 그의 아들을 숨겼기 때문이다. 그리고 시간이 흘러 오 년 뒤 신입사원 면접에서 건강한 마태후를 보았을 때의 감동을 부부장은 아직도 잊지 못하고 있었다. 그가 국회의원의 둘째 아들이라서가 아니라, 그가 필기시험에서 가장 좋은 점수를 받아서거나 카메라를 너무 잘 받는 외모를 가져서가 아니라, 단지 그가 건강하게 두 발로 서서 건방지게 이야기하고 있다는 사실 하나만으로 부부장은 마태후에게 높은 점수를 주며 합격하게 해주고 싶었다. 그리고 어느 정도는 그렇게 했다.

하지만 믿을 수 없게도, 완벽해서 오만해 보이기까지 하는 그에게는 아직도 십 년 전 사고의 흔적이 고스란히 남아 있었다. 그 사실을 알았을 때 부부장은 알 수 없는 죄책감까지 느껴야 했다.

부부장은 욕심을 부려 마태후에게 극복해 내라고 다그쳐 보았다. 그러나 언제나 돌아오는 대답은 희망적이지 않았다. 그리고 그건 오늘도 그랬다. 화가 나게도, 안타깝게도.

"사고가 일어나고 벌써 일곱 시간이나 지났는데도, 아직도 보이지 않고 있어! 당장 그 잘난 얼굴 카메라에 구겨 넣어서 전국으로 내보내게 해! 알았어? 지금 당장!"

마태후 대신 부부장의 호통을 모두 받아낸 동금은 전화를 끊은 뒤 힘없는 눈으로 화재 현장을 바라보았다. 시커먼 연기가 하늘을 향해 치솟고 있는 모습이 마왕이 강림한 듯 한 형상이었다. 소방관들은 불을 끄기에 바빴고, 경찰관들은 사람들을 통제하기에 바빴고, 구조대원들은 사람들을 구해내기에 바빴고, 방송국 기자들은 대형화재 현장을 생생하게 카메라 안에 담아내기에 바빴다. 모두가 불에 맞서 싸우고 있었다. 그게 자신들이 맡은 일이었으니까. 그래야 저 불을 이길 수 있으니까.

하지만 이곳에 마태후는 없었다. 그 스스로 싸우는 걸 포기했다.

지연우가 아홉 번째로 KBC 뉴스를 보았을 때에도 마태후의 모습은 볼 수 없었다. 연우는 자기도 모르는 새 뉴스를 보며 손톱을 물어뜯고 있었다.

전화해 볼까?

그런 생각이 든 게 벌써 수십 번이지만, 연우는 망설이고 있었다. 왜냐하면 마태후와 연우는 용건도 없이 전화를 걸어 안부를 물을 사이가 절대 아니기 때문이었다.

그래도 전화해 볼까?

연우는 핸드폰을 꺼낸 다음 고개를 들어 복도 끝에 있는 화장실 입구를 보았다. 지금 막 남자 한 명과 여자 한 명이 각자 화장실 안으로 들어가는 게 보였다.

여자가 먼저 나오면 안 걸고, 남자가 먼저 나오면 건다.

연우는 뚫어져라 화장실 입구를 쳐다보았다. 이제 지연우의 인생은 화장실에 달렸다. 하지만 현실적으로 공정한 배팅은 아니었다. 남자와 여자, 생리적으로 누가 더 오래 화장실을 쓰겠는가? 남자의 장이 건강한 경우, 답은 정해져 있다.

―연우 씨! 웬일이에요?

전화번호는 마태후의 번호였지만, 전화기 속에서 들려온 목소리는 마태후가 아니었다.

"누구……?"

―저 성동금 기자입니다.

"아! 성 기자님! 그게…… 저기, 그런데 마태후 기자님은?"

―태후한테 전할 말 있으세요?

동금이 놀란 듯한 목소리로 물어왔다.

"네, 그냥, 그러니까, 저기, 제가 말이죠. 안녕히 계세요."

결국 바보 같은 소리만 중얼거리다 연우는 황급히 핸드폰 폴더를 닫았다. 울 것 같은 얼굴을 하고 연우는 고개를 들어 화장실을 원망스런 눈으로 바라보았다.

"미워."

마태후에게 전화한 일이 바보짓으로 마무리된 뒤, 연우는 두 번 다시 텔레비전 뉴스에 관심을 갖지 않았다. 하지만 방송국이 끝나고 동물병원에 들르는 일을 거르지는 않았다. 블랙이 깨어날 때까지 매일 들를 생각이었다.

연우가 블랙의 병상을 찾았을 때, 그곳에는 미리 와 있는 사람이 있었다. 기자로서 화재 현장에 있어야 할 마태후였다. 태후는 통화 중이었다.

"아저씨! 우리 아버지 구린 짓 한 거 없어요?"

―도련님! 그것도 일종에 집안 덕 보겠다는 생각입니다. 기자라는 직업을 가지고 평생 살아가실 거라면 스스로 기사를 조달하시는 게 어떻습니까?

오랜만에 전화를 건 태후에게 알아서 특종을 잡으라고 조언을 해주는 윤 보좌관이었다. 태후의 아버지 마산의 옆에서 삼십 년을 일한 사람이었다.

"아! 아버지 정도의 거물이 걸려줘야, 내가 안 잘리는데."

―무슨 소리입니까? 이젠 잘릴 위기에까지 몰리신 겁니까? 어쩌다 그 지경까지 가신 겁니까?

"아버지가 안 되면, 이제 방법은 하나뿐이네."

―……

"우리 형 구린 짓 한 거 없어요?"

─전화 끊겠습니다. 건강하십시오.

참 전화통화 한번 독특하게 나누는 두 사람이다. 시장 화재사고는 계속해서 뉴스에서 보도되고 있는데 마태후는 불 근처에는 가지 않고, 계속 전화통화만 하고 있었다.

"뭐 해요?"

화들짝! 남자의 놀라는 모습에 연우도 놀라 버렸다. 마태후가 놀라다니, 연우는 자신이 사람을 잘못 본 게 아닌가, 의심까지 들고 있었다. 하지만 고개를 돌려 연우를 바라보고 얼굴을 찌푸리는 남자는 확실히 마태후였다.

"혹시 일 때려치우고 도망쳐 온 거예요?"

도망쳤다는 연우의 표현에 태후의 얼굴이 무표정해지더니 다시 웃음을 짓는다. 그리고 말하기를…….

"혹시 누드 찍어볼 생각 없어? 분명 대박일 텐데."

태후의 막말에도 연우는 화를 내지 않았다.

"내 친구 부모님이 버스사고로 돌아가셨어요."

만약 혹시라도 이 토끼 아가씨가 지금 자신을 가르치려 드는 거라면, 당장에 성희롱을 해버려야지 결심을 하는 마태후였다.

"그래서 내 친구는 지금 간호사를 해요. 다친 부모님을 도와줄 수 없었지만, 다친 사람들을 도와주고 싶다고."

마태후는 슬슬 손을 풀기 시작했다. 감히 나한테…….

"내가 같이 가줄까요?"

가볍게 엉덩이로 시작할까 했던 마태후가 연우의 말에 멈칫하였다.

“뭐?”

“내가 오늘 하루만 당신의 블랙이 되어줄게요.”

동금이 말하길, 마태후가 힘든 상황 속에서 버틴 힘은 블랙이라고 했었다. 블랙이 견디는 걸 보고, 자신도 버텼다고. 그리고 연우는 태후에게 사과를 하고 싶었다. 기적을 그에서 훔쳐 간 걸.

연우의 말에 태후는 아무런 말도 못하고 그녀를 쳐다보기만 하였다.

거기는 분명 지옥일 거야. 무섭지 않아?

눈으로 묻는 마태후의 질문에, 연우도 눈으로 대답했다.

세상에서 가장 무서운 건 사람이에요.

세상에서 가장 고귀한 것도 사람이고, 세상에서 가장 무서운 것도 사람이었다.

“바지 없어?”

태후의 지적에 연우가 자신의 정장 치마를 바라보았다. 누군가에게 옷에 대한 지적을 받기는 처음이었다.

“왜요? 치마는 안 돼요?”

“다리 예쁜 거 자랑하고 싶은 거 아니면 가서 바지로 갈아입고 와!”

태후의 명령에 연우는 잠시 뭐라고 토를 달려다가 그냥 돌아서며 물었다.

“여기서 기다릴 거죠?”

담배를 꺼내던 태후가 연우의 말에 고개를 들었다. 5초의 침묵,

그리고 미소. 상황에 어울리지 않는 밝은 미소였다. 가늘게 반달 모양이 된 눈이 순수해 보이기까지 하였다. 저기 웃고 있는 남자는 마귀발 마태후인데도 말이다.

"그래, 기다릴 테니까. 천천히 와."

연우는 거짓말을 할 때, 땅을 쳐다보았다. 차마 하늘을 쳐다보기 부끄럽기 때문이다. 그리고 마태후는 거짓말을 할 때, 미소를 지었다. 미소로 감긴 눈 속에 거짓을 숨기는 것이었다.

연우가 바로 근처에 있는 옷가게에서 바지를 사서 갈아입은 다음 다시 태후와 헤어졌던 장소로 왔을 때, 태후는 사라지고 없었다. 연우는 빠르게 주위를 둘러보았다.

어디로 간 걸까? 사고 현장? 아니면 아무도 찾을 수 없는 곳으로 내뺀 건가?

연우는 우선 사고 현장으로 가보기로 하였다. 어쨌든 그는 마귀발이었으니까…….

세상을 다 집어삼킬 것처럼 커지던 불은 8시간 만에야 모두 꺼졌다고 했다. 연우는 거의 다 타버리고 재만 남은 시장 입구를 바라보았다. 까맣다. 멀쩡한 모양을 한 건 아무것도 없었다. 그저 모두 까맸다. 아직도 구조 작업은 계속 이루어지고 있었고, 또 다른 화재의 위험을 찾아내는 소방관들이 바쁘게 움직이고 있었다.

"연우 씨! 왜 여기 있어요?"

아직 사고 현장에 남아 방송을 보내고 있던 동금이 연우를 발견하고는 놀라서 뛰어왔다.

"혹시 아는 사람 중에 화를 당한 분이 계세요?"

"아뇨, 전 단지……."

연우는 참사 현장에서 쉽게 눈을 떼지 못했다. 텔레비전에서 볼 때와 실제로 보는 현장은 전혀 달랐다. 많은 것이 망가져 있었고, 많은 사람들이 아픔에 힘들어하고 있었다. 그저 재수가 없었다는 이유로…….

"사람들이 많이 다쳤나요?"

"다행히 인명 피해는 그리 큰 편이 아니에요. 문제는 재산 피해죠. 서민들이 생계를 꾸려가던 장소였는데, 모두 다 타버렸어요. 과연 보상금이 얼마나 나올지……."

동금은 마치 자신의 일처럼 침울한 표정을 지으며 말을 했다.

"저기, 그런데 마태후 기자는……."

……혹시 여기 안 왔나요?

끝맺지 못한 연우의 질문을 태후는 어디 있느냐는 질문으로 착각한 동금은 변명하듯이 큰 웃음소리와 함께 말했다.

"그 자식이 원래 농땡이를 잘 피워요. 아버지 빽 믿고 너무 자기 멋대로라니까요. 내일 만나면 제가 아주 혼을 내줄 생각입니다. 하하하하!"

결국 오지 않았다.

터벅터벅.

연우는 힘없이 사고 현장에서 걸어 나왔다. 무언가 맥이 풀리는 기분이었다. 물에 빠진 사람에게 손을 내밀었는데, 그 사람이 필요없다고 뿌리친 것과 다름없는 일이었다. 결국 지연우는 기적은 커녕 의지도 안 된다는 소리였다. 그냥 돌아가려던 연우가 화가 난 표정으로 뒤로 돌아서, 아직도 새카맣게 타오르는 연기를 바라보았다. 그리고 결심을 한 듯이 다시 사고 현장으로 달려갔다.

태후는 거리를 걷고 있었다. 목적지는 없었다. 병원에도 갈 수 없고, 집에도 갈 수 없고, 방송국에서 갈 수 없어서 그냥 걷고 있는 것이었다.

도망친다고 아무도 마태후를 욕할 수는 없었다.

만약 기자 정신이 어떻고, 책임감이 어떻고를 따지는 인간이 있으면, 당장에 자신이 갇혔던 돌무덤 속으로 그 인간을 던져 버리리라.

고통보다는 살고 싶다는 욕구가 더 컸다. 그리고 살고 싶다는 욕구보다는 억울함이 더 컸다. 도대체 무슨 큰 잘못을 했다고 날 생매장하려고 하는지, 하느님이 있다면 멱살이라도 붙잡고 한판 붙고 싶었었다. 그런 경험은 한 번도 많았다. 그러니까 지금 순간 멋대로 군대도, 이건 이유있는 도망이었다. 아리따운 아가씨가 옆에 서 있어준다고 해서 나을 기적 따위가 아니었다.

삐삑!

태후의 핸드폰으로 동영상 메시지가 하나 도착했다. 아니, 동금의 핸드폰이었으니까 동금에게 온 것인지도 모른다. 남의 전화라는 생각에 태후는 아무 생각 없이 메시지를 확인하였다. 동영상 창에 지연우의 얼굴을 떴을 때, 태후는 저도 모르게 얼굴을 찌푸렸다.

—어젯밤 12시에 B시장에서 불이 났습니다. 서민들이 열심히 일을 하며 생계를 꾸리던 터전이 모두 불에 타버렸습니다. 인명피해도 있었습니다. 하지만 불이 아무리 강하다고 해도 완전히 이 시장을 죽일 수는 없습니다. 절대로 없습니다. 이 자리에는 다시 시장이 들어설 것입니다. 시간이 조금 걸리겠지만, 다친 사람들은 열심히 치료를 받아 완치된 뒤 다시 시장으로 돌아올 것입니다. 그리고 그들은 새로 튼튼한 기둥을 세우고, 지붕을 올리고, 물건들을 가져다 놓고, 사람들을 불러모으며, 새로 시장을 이루어갈 것입니다. 아마 시장이 다시 원래의 모습을 찾았을 때에는 생선과 과일값이 많이 올라 있을 것입니다. 지금까지 아나운서 지연우였습니다.

마태후가 도망쳐 온 화재 현장에서 보내져 온 화재 기사였다. 인명피해가 몇 명인지에 대한 보도도 없는, 화재의 원인이 무엇인지 파악하지도 않은, 전문용어로 하면 엉터리 보도였다. 하지만 이 보도에 대한 평을 할 수 있는 사람은 마태후 한 명이었다. 왜냐하면 지연우가 보도방송을 보낸 전파는 그 한 명이었으니까.

"젠장!"

지연우의 기사에 대한 태후의 감상은 '젠장'이었다.

오늘은 하느님으로 태어나지 못한 게 분한 날이었다. 그리고 지연우를 알게 된 인생이 짜증나는 날이었다.

"그만 집에 가봐야 하는 거 아니에요?"

아직도 현장을 지키고 있는 연우에게 동금이 물었다. 그가 보기에 연우가 이곳에 있을 이유는 없었다. 하지만 지연우는 몇 시간이 지나도록 화재 현장을 떠나지 않고 있었다.

"괜찮아요. 조금만 더 있다 갈게요."

웃으며 대답하였지만 연우의 손은 핸드폰을 꽉 부여잡고 있었다. 메시지를 보내 버렸다. 하지만 답 메일이 없었다. 전화도 없었다. 그 사실이 힘이 빠져 연우는 쉽게 움직일 수가 없었다.

"성 기자님은 많이 다친 적 있으세요?"

"네? 아! 뭐 몇 번은……."

"저 고3 때 다리에 깁스를 한 적이 있어요."

연우가 중얼거리듯 자신의 이야기를 하기 시작했다. 동금은 그런 연우의 이야기를 귀를 기울여서 들어주었다.

"엄마 몰래 백일주를 마셨는데, 전 잘 기억이 안 나거든요. 그런데 제 친구들이 말하기를, 제가 집에 돌아간다고 먼저 일어나서는 옥상으로 갔데요. 늦게야 쫓아온 애들이 저한테 왜 거기 서 있냐고 물어보니까, 제가 쑹 날아서 돌아갈 거라고 하고서는 옥상에서 뛰어내렸데요."

"진짜요?"

"제가 다음날 눈을 뜬 게 병원이었고, 다리가 부러져 있었으니까, 아마 사실인 거 같아요. 우습죠?"

"그래도 부러진 다리는 아팠겠네요."

"네, 그래서 저 다시는 술 안 마셔요. 그렇게 다치는 건 정말 창피하거든요."

"하하하하!"

동금의 웃음이 잦아들면서 다시 주위에는 사람들의 소음만이

가득했다. 대화가 다시 이어진 건 동금의 말이었다.

"태후는 자기 비밀을 발설하려고 하면 꼭 어딘가에서 나타나요."

"네?"

동금이 연우의 귀에 가까이 입을 가져왔다.

"이건 일급비밀인데요."

일급비밀이라는 말에 연우의 동그란 눈이 완벽한 동그라미를 이루었다. 동금의 목소리가 더욱 낮아졌다. 누구도 듣지 못하게.

"태후는 술에 취하면 애교가 많아져요."

"아!"

연우는 동금의 말을 듣지 못했다. 왜냐하면 누군가 그녀의 귀를 막아버렸기 때문이다. 놀라서 돌아보자 그가 있었다. 비밀을 발설하려고 하면 꼭 나타난다는 남자.

"……."

"……."

입은 말이 없고, 눈은 많은 말을 하고 있었다. 하지만 눈빛이 건넨 말이 사실인지는 직접 입을 통해 물어보지 않는 이상 알 수 없는 것이었다. 잠시 연우를 바라보던 태후가 고개를 들어 동금을 쳐다보며 말했다.

"내가 마무리할게. 넌 지연우 씨 집에 데려다 줘."

"……그래."

연우가 태후의 손에서 자유로워졌을 때, 태후는 촬영팀으로 걸어가고 있었다. 연우가 그 뒤를 쫓아가려고 하자, 동금이 연우를 잡았다.

"오늘은 그냥 돌아가세요. 태후의 모습은 뉴스에서 보실 수 있을 거예요."

"하지만……."

"가요. 태후가 부탁했어요."

연우가 고개를 돌리자, 마태후는 마이크를 잡고 카메라 앞으로 걸어가고 있었다.

『3일 새벽 0시쯤 B시장 2지구에서 일어난 화재로 시장 건물 전체가 폐허로 변했습니다. 인접한 1지구와 3지구 상인들도 가게문을 모두 닫고 점포가 타 들어가는 상황을 보며 온종일 애만 태웠습니다. 화재가 난 B시장 2지구는 두 달 전 민간업체와 관할 소방서로부터 소방점검을 받았지만, 큰 이상은 없다는 판정을 받았습니다. 지난 4월과 11월에 실시한 화재취약 지역에 대한 특별소방점검에서도 위험요소는 걸러내지 못했습니다. 이런 상태에서 빽빽이 들어선 소규모 점포, 미로 같은 통로 곳곳에 쌓아놓은 원단 등에 불이 붙자 스프링쿨러 등 소방시설은 무용지물이나 마찬가지였습니다.

B시장에는 지난 1960년대부터 대형화재만 다섯 차례가 일어나는 등 크고 작은 화재가 끊이지 않았습니다. 지난 1975년 화재는 점포 1천9백여 개를 태우고 25억 원의 재산을 잿더미로 만들었습니다. 지난 97년 화재는 1억 4천만 원의 재산피해를 내는 등 피해 규모가 1억 원을 넘는 화재가 잇따랐습니다. 형식적인 소방점검과

안전 불감증이 B시장을 대형화재 다발지역으로 만들고 있습니
다.』

　마태후가 리포트한 뉴스는 B시장 화재사고를 마무리하는 기사
였다. 불은 완전히 꺼졌고, 사상자들도 대부분 병원으로 옮겨졌
다. 이제 중요한 문제로 남아 있는 건 불타 버린 시장의 복구였다.
활활 타오르던 불이 꺼지면서, 사람들이 뉴스에 보이던 관심들도
같이 꺼졌다. 그래서 마감뉴스 시간에 방송된 마태후의 보도에 관
심을 보이는 사람은 그리 많지 않았다. 세상에는 너무도 많은 사
람들이 살고 있고, 매 순간 순간 너무도 많은 일들이 벌어지고 있
었으니까. 하지만 그렇지 않은 사람들도 있었다. 진지하게 뉴스를
시청했던 사람들도 분명 있었다.
　『KBC 뉴스 마태후였습니다.』
　"KBC 뉴스 마태후였습니다."
　뉴스를 보고 있던 연우는 작게 마태후의 말을 따라 해보았다.
　KBC 방송기자 마태후의 이름으로 나간 마지막 뉴스 보도였다.

KBC 기동취재부 부서를 책임지고 있는 부평부장은 아무 말 없이 봉투를 쳐다보고 있었다. 봉투의 겉에는 사직서라고 적혀 있었다.

"마지막으로 묻는데, 정말 그만둘 거냐?"

"네."

"여기서 나가서 뭐 하게? 너 같은 성격이 일반 회사에 들어가서 버틸 수 있을 거 같아? 그래도 여기니까 받아준 거야. 취직도 어려운 시대에 그냥 눌어붙어 있지 그래?"

방송국은 마태후에게 가장 활발한 활동의 무대를 주는 곳인 동시에, 그의 약점을 끝없이 찔러대는 곳이었다. 견딘다면 버틸 수는 있을 것이었다. 하지만 마태후는 지금 후퇴를 선택하고 있었다. 자신이 완벽해질 수 없다는 걸 인정한 것이었다.

태후는 언제나처럼 당당하게 말했다.

"저한테는 자유가 어울립니다."

"뭐? 무슨 뜻이야?"

부부장이 그 무슨 해괴한 소리냐는 듯이 찢어진 눈을 더 찢었
다.

"다음에 또 뵙겠습니다."

또 만나자는 마지막 인사를 끝으로 마태후가 나간 뒤, 부부장은
마태후가 내민 사표 봉투를 열었다. 봉투 안에는 사표 외에 종이
한 장이 더 있었다. 명함이었다.

〈프리랜서 라이터 마태후.〉

부평은 씁쓸한 미소를 지었다. 만약 십 년 전 그 사고를 당하지
않았다면 그의 삶이 어떻게 변했을까를 생각하니 마음이 답답해
졌다.

사직서를 내고 나오는 마태후를 동금이 기다리고 있었다. 동금
은 아무 말 없이 태후에게 손을 내밀었다. 태후도 별말없이 동금
의 손을 잡았다. 위로와 안녕은 필요없었다. 이건 끝이 아니었으
니까. 그저 방송국이라는 타이틀을 내려놓은 것뿐이었다.

삐삑, 태후의 핸드폰이 울렸다. 또 지연우가 보낸 동영상 메시
지였다. 태후는 동금과 마주 잡았던 손을 억지로 빼내며 메시지를
확인하였다.

화면에는 블랙이 있었다. 정확히 말하면 블랙의 털만 보였다. 화면이 점점 이동하여 무시무시한 고양이 블랙의 얼굴이 화면에 가득하게 되었을 때, 날카로운 이빨이 보이는가 싶더니, 야아옹, 끔찍하게 귀여운 목소리가 들려왔다. 그리고 바로 지연우의 얼굴이 화면에 들어왔다.

—블랙이 깨어났어요! 살아났다고요! 내가 열심히 미안하다고 했거든요. 그런데 갑자기 블랙 울음소리가 들리는 거예요. 놀라서 고개를 드니까, 블랙이 깨어나 있잖아요. 이거 블랙이 눈뜨자마자 보내는 메일이에요. 기쁘죠?

기적은 아직 살아 있다.

"넌 이제부터 병원 출입 금지야!"

태후의 선언에 연우는 화가 난 얼굴을 하였다.

"블랙이 깨어날 때 옆에 있었던 사람은 저예요."

"그래, 그리고 블랙이 저기 누워 있게 만든 사람도 너잖아."

태후의 반격에 연우는 그대로 입을 다물 수밖에 없었다. 그러나 억울함이 넘치는지 쉽게 물러나지 않았다. 구시렁구시렁, 연우는 혼잣말로 열심히 태후의 처사에 화를 냈다.

"어차피 너도 나 보기 싫어했잖아. 우리 이쯤에서 안녕하자고."

태후의 입에서 나온 안녕이라는 말에 연우는 놀라서 고개를 들었다. 태후는 웃으면서 연우에게 손을 내밀었다.

"반갑지만은 않은 인연이었어. 다음에 블랙 훔치면 그땐 정말 유치장 갈 줄 알아!"

　마지막 인사라면서 이런 식으로 말하다니, 연우는 화가 난다는 눈으로 태후를 쏘아보았다.

　"당신도 사람 그만 괴롭히면서 살아요. 좋은 일 많이 하면서 살라고요!"

　"내 팔자는 내가 알아서 관리할 테니까, 당신 팔자나 잘 관리하세요."

　끝까지 심술궂게 말하는 마태후의 태도에 화가 난 연우가 외쳤다.

　"마지막이라면서요. 좀 더 다정하게 말해도 되잖아요."

　"다정하게? 어떻게? 굿바이 키스라도 해줘?"

　태후의 말에 연우는 화들짝 놀라면서 뒤로 물러났다. 순식간에 얼굴이 빨간 토마토처럼 익어갔다. 예민한 연우의 반응에 태후도 더 이상 놀릴 수가 없었다. 무언가 쑥스러움에 빙글거리던 웃음이 사라지고 말에 좀 털이 박혔다.

　"뭘 그렇게 놀래? 남자랑 키스도 안 해봤어?"

　"그러는 당신은 해봤어요?"

　반사되어 돌아온 질문에 태후는 작게 눈살을 찌푸렸다. 분명 마지막 인사를 나누고 있었던 것 같은데, 어쩌다 키스 경험에 대한 이야기를 나누게 되었는지 조금 이해가 되지 않았다.

　태후는 자신의 가슴 높이까지도 닿지 않는 키를 가진 연우를 내려다보았다. 연우는 목 아프게 고개를 들어 태후를 바라보고 있었다. 만약 키스를 하려고 태후가 고개를 숙인다면 태후의 목에 무리가 올 것이었다. 목이 뻐근해지는 느낌에 태후는 눈살을 찌푸리며 말했다.

"왜 그렇게 키가 작아?"

"뭐라고요? 당신이 무식하게 큰 거예요."

작별 인사는 간단히.

"사표를 내셨다고요?"

마태후가 사표를 내고 일주일이 지나기도 전에, 아버지의 보좌관인 윤 보좌관이 태후를 찾아왔다. 태후는 떨떠름한 표정으로 명함을 윤 보좌관에게 내밀었다.

"아뇨! 속박을 버리고 자유를 선택한 거죠."

윤 보좌관은 명함을 유심히 바라보면서 입을 열었다.

"프리랜서 기자로 활동한다는 소리입니까?"

"바로 그거죠. 전 여전히 기자입니다."

마태후는 자신이 나약하지 않다는 걸 어필하기 위해 기자라는 말을 강조하였다.

"그거 4대 보험 됩니까?"

바로 할 말 없게 만드는 윤 보좌관의 질문이었다. 태후는 잠시 꿀 먹은 벙어리가 되어야만 했다. 윤 보좌관은 대답을 기다리지 않고 또 물어왔다.

"승진되는 건가요?"

"……."

"퇴직금 나옵니까?"

"그래서 나보고 어떻게 하라고요?"

태후는 화가 난다는 듯이 주먹을 꾹 움켜쥐었다. 화가 나는 상대는 윤 보좌관가 아니라 아버지였다. 아버지는 언제나 이러셨다. 다그치고, 몰아세우는 걸 교육이라고 생각하며 그와 형 마태유를 키우셨다. 안 된다는 건 절대로 인정하지 않으시는 분이셨다. 그래서 지금 마태후의 상황도 인정하지 않으시려는 것이다. 죽다가 살아난 마태후가 엘리베이터도 타지 못하는 후유증을 안게 되자, 좁은 방에 억지로 그를 밀어 넣고 극복하라고 다그치신 분이 마태후의 아버지였다. 아버지는 그걸 치료라고 믿었다. 꺼내달라고 애원하는 아들을 끝까지 외면하는 걸, 아들에 대한 사랑으로 아셨다. 그래서 마태후는 그가 태어난 집을 떠나야만 했었다. 더 이상 아버지와는 같이 살 수가 없었다.

"의원님은……."

"……."

"도련님이 정치를 배우셨으면 하십니다."

매서운 눈을 하고 있던 마태후는 정치라는 소리에 우습다는 듯이 입꼬리를 올렸다. 하자가 생겨 버린 그의 아들에게 이제는 화려한 포장지를 씌우고 싶으신 것이다. 다른 사람들이 보기에 그럴 듯하게 말이다. 아버지다운 바람이었다.

"가서 말 좀 전해주세요."

"……."

"아들은 아버지가 복권 좀 그만 했으면 하는 소망이 있다고요."

마산 국회의원의 소소한 취미는 복권이었다. 매 주말 저녁, 한 장의 복권을 들고 당첨 숫자를 맞추는 걸 삼십 년 동안 즐거움으

로 알고 살아온 사람이었다. 그리고 그 욕심이 좀 더 커진 게 사
년 전 카지노 사건이었다.

"아직 집에 돌아오실 생각이 없다고 하십니다. 그리고 기자 일
도 프리랜서로 계속 하신다고 합니다."

마태후를 만나고 온 윤 보좌관은 마산 의원에게 보고를 하였다.
마산은 손으로 턱을 탁탁 칠뿐 별말이 없었다. 그가 입을 연 것은
윤 보좌관의 보고가 끝나고 한참이 지난 후였다. 긴 생각을 마친
후 아직도 결정을 못 내렸는지 느릿느릿 생각에 잠긴 말투였다.

"끌고 오면 다시 또 뛰쳐나가겠지?"

"네, 그러실 겁니다."

"하지만 이대로 그냥 두면 영원히 안 돌아오겠지?"

"네, 그러실 겁니다."

"방법을 찾아!"

"……."

"어떻게 해서든 방법을 찾아내."

마산에게는 두 아들이 있다. 무엇이든 자신이 스스로 알아서 하
던 첫째 아들과 무엇이든 자기 멋대로 하던 둘째 아들. 마산에게
는 두 아들이 있다. 그러니까 절대로 한 명의 아들로는 만족할 수
없었다. 그게 아버지인 그의 생각이었다.

십 년 전에도 그런 그의 생각에는 변함이 없었었다. 세상이 무
너져 내리듯 백화점이 무너져 내렸을 때 마태후가 살아 있을 것이
라고 생각한 사람은 거의 없었다. 무소식인 채 하루가 더 늘어갈

수록 그 수는 더욱 작아져 마태후가 돌무덤에서 구출되었을 때 그가 살아 있을 것이라고 믿은 사람은 아버지인 마산뿐이었었다.

마산에게는 두 명의 아들이 있다. 그건 그가 죽기 전까지 절대로 변할 수 없는 사실이었다.

블랙은 의식을 차린 뒤로 서서히 건강을 회복해 갔다. 의사 선생님으로부터 이제는 괜찮을 거라는 진단을 받은 날 태후는 블랙과 함께 한 발자국의 진보를 시도하기로 하였다.

"블랙, 생각해 보니 우린 너무 노력을 하지 않았어. 이제는 노력이라는 걸 해볼 때라고 난 생각한다."

마태후는 엘리베이터 안에 있었다. 그리고 열림 버튼을 꾹 누르고 있었다. 열려진 엘리베이터 문밖에는 고양이 블랙이 있었다. 이제는 제법 몸을 움직일 수 있을 정도로 회복이 되었다.

"처음엔 힘들겠지만, 하다보면 괜찮아질 거야. 자! 들어와!"

…….

"블랙!"

마태후는 친절한 목소리로 블랙에게 엘리베이터 안으로 들어올 걸 강요하였다. 하지만 블랙은 문 앞에서 꿈쩍도 하지 않았다. 꾹 다문 입이 긴장했다는 걸 보여주고 있었다.

태후는 잠시 블랙의 긴장한 눈을 바라보다 고개를 들어 꽉 막힌 엘리베이터 안을 둘러보았다. 좁고 꽉 막힌 공간이었다. 마치 감옥처럼.

탁!

엘리베이터 문은 닫히고, 마태후와 블랙은 엘리베이터 밖에 있었다.

"그래, 천천히 하자."

태후와 블랙은 엘리베이터를 등지고 복도를 걸어갔다. 우선 오늘은 시도를 해보았다는 것으로 만족이었다.

일요일이다. 연우의 제안으로 세 친구는 영화를 보러 왔다. 학생 때부터 세 사람은 자주 영화를 보러 다녔었다. 그 일이 뜸해진 건, 서로가 자신들의 일로 바쁘고부터였다.

영화관에서 상영하는 영화는 웃기는 코미디 아니면 싸우는 액션 영화가 거의 대부분이었다. 볼만한 로맨스 영화는 하고 있지 않았기에 연우는 DVD방으로 가서 보고 싶은 영화를 보자고 하였다.

세 사람이 DVD방에서 고른 영화는 '지금 만나러 갑니다' 라는 일본 영화였다. 제목이 맘에 들어 선택한 영화였다. 비가 오는 계절이 되어 죽었던 아내가 그녀의 가족 옆으로 잠시 돌아왔다가 비가 그치면 맑게 갠 하늘과 함께 어카이브 별로 돌아간다는 내용이었다. 내용은 참 아름답고 좋은 영화였다. 하지만 일본 영화 특유의 그 잔잔함이 진이와 춘희에게는 조금 지루한 느낌을 주기도 하였다.

세 사람 중 가장 감동적으로 영화를 본 사람은 연우였다. 연우는 손수건 하나를 완전히 적시면서 영화를 보고 있었다. 중간부터 진이는 영화 보는 것을 포기하고 연우를 구경했다.

“그러고 보니, 우리 셋이서 영화 보러 온 거 정말 오랜만이지?”

영화가 끝나고 DVD방을 나와 근처에 있는 커피숍으로 온 세 사람은 음료수를 마시면서 영화에 대한 이야기를 나누었다.

“죽어서도 자신을 기억해 주는 사람이 있다는 건 정말 행복한 일인 것 같아.”

연우는 영화의 감동에 푹 빠져 이야기를 했다. 로망을 사랑하는 여자답게 쉽게 감동하고 쉽게 울고 쉽게 웃는다. 아마도 그 흘러넘치는 감정들이 지연우를 더욱 아름답게 하는 것일 게다.

“반대로 만나고 싶어도 만날 수 없는 사람을 기억에 담고 산다는 건 슬픈 일이지.”

춘희의 말이었다. 사랑하는 가족을 잃어본 경험을 안고 살고 있는 춘희에게 오늘 본 영화는 그저 아름다운 영화만은 아니었나 보다.

“세상이 영화 같으면 얼마나 좋을까? 만나고 싶다고 하면 죽은 사람도 만날 수 있잖아.”

“쿡! 그럼 아무도 영화를 보러 오지 않을 테니까, 영화관이 망하겠지.”

“진이 너는 하여튼! 항상 그렇게 샛길로 빠지지! 주제는 그게 아니라고. 넌 지금 만나러 가고 싶은 사람 없어?”

“그러는 너는 있냐? 지금 당장 만나러 가고 싶은 사람?”

진이의 질문에 연우는 그대로 입을 꾹 다물 수밖에 없었다. 문득 누군가가 생각났지만 그건 만나고 싶어서가 아니라, 그저 요즘 허락도 없이 문득 문득 그 멋대로 쳐들어오는 침입이었다.

"춘희야, 넌 지금 만나고 싶은 사람 없어?"

애인이 있는 춘희에게 질문이 넘어갔다. 춘희는 커피만 마실 뿐 별말이 없었다.

"춘희야! 너 지남이랑 아직도 화해 안 했어? 정말 이대로 헤어질 거야?"

"아니, 그런 거 아냐."

"그런데 왜 자꾸 지남이 프러포즈 거절하는 거야? 지남이도 이제 화난 것 같던데."

"……연애를 할 때는 몰랐는데, 결혼을 생각하니까 복잡해져서, 그래서 생각을 정리하고 있는 것뿐이야."

자신감없는 춘희의 대답에 연우가 발끈해서 말했다.

"복잡할 거 뭐 있어! 결혼은 두 사람의 사랑에 결실이야. 사랑만 있으면 된다고."

이상적인 말이었다. 하지만 그대로 현실이 될 수는 없는 말이었다. 춘희는 말없이 뜨거운 커피만 마셨다. 연애와 결혼, 아마도 춘희는 그 꿈과 현실의 경계 부분에서 방황하고 있는 것 같았다. 사랑만으로 모든 걸 결정하기에는 조금 복잡한 문제들이었다.

"블랙?"

야아옹.

"우와! 이제 부르면 우네. 다 나은 거 아냐?"

동금이 정말 기쁜 듯이 말했다. 퇴근길, 블랙의 병문안을 온 길이었다. 태후는 동금이 사 온 사과를 깎고 있었다. 동금은 언제나

빈손으로 오는 법이 없었다. 참 예의 바른 청년이었다. 동금이 태후의 앞에 앉아서 태후가 깎은 사과를 하나 집어먹으며 물었다.

"일은 언제부터 다시 시작할 거야?"

"곧."

와삭! 사과 씹는 소리가 상쾌하게 퍼졌다. 태후는 사과를 잘게 갈아서 블랙의 앞에 놓아주었다. 블랙은 태후가 갈아준 사과즙을 할짝할짝 핥아 먹었다. 이제 뭐든 주는 대로 잘 먹었다. 건강해지고 있다는 증거였다.

"무슨 일부터 시작할 건데?"

동금의 질문에 태후가 의미 모를 웃음을 지었다. 무언가 꿍꿍이를 꾸미기 시작할 때 보이는 미소였다. 와삭! 동금은 충고를 하는 대신 사과를 씹어 먹었다. 그래도 미소에 순수가 한 2% 정도는 비추고 있었으니까.

다시 시작된 일주일의 시작, 월요병에 걸린 연우는 식욕이 없어서 늦은 점심을 혼자 먹고 있었다. 저녁 늦게 라디오 방송이 있어서, 무엇이라도 먹어두어야 하기 때문에 억지로 먹는 것이었다.

"이야! 지연우! 왜 이제야 식사야? 일이 이제야 끝났어?"

구내식당에서 아는 척을 하며 다가오는 남자의 목소리에 밥을 먹던 지연우가 보이지 않게 작게 눈썹을 찌푸렸다.

'제발 친한 척 좀 하지 마! 없는 밥맛 다 달아났잖아.'

속으로는 그리 욕을 하면서도 겉으로는 웃으면서 고개를 들었다.

"네, 일이 좀 많았거든요."

연우의 허락도 없이, 남자는 연우의 앞에 털썩 앉았다. 교양국의 방제국 PD였다. 마태후와 함께 세상에 특이한 성을 가진 남자치고 멀쩡한 남자가 없다는 걸 여실히 보여주는 남자 중 한 명이었다. 생긴 건 꼭 변기통에 빠진 메주처럼 생겼으면서, 자신이 왕자님인 줄 아는 왕착각쟁이였다. 그리고 당연히 세상의 모든 여자들이 자신에게 관심이 있는 줄 알고 있었다. 지금 당장 수술이 필요한 남자였다. 저 머리통을 열어서 그 말도 안 되는 망상을 하루빨리 뿌리 뽑아야, 이 세상의 여자들이 밥 먹을 때 맛있게 밥을 먹을 수 있다. 오늘의 희생양은 연우였다. 연우는 자신의 앞에서 느끼한 미소를 날리는 남자 때문에 밥맛이 뚝 떨어지는 걸 느낄 수 있었다.

"저기 저는 다 먹었거든요. 그럼 방 PD님도 밥 맛있게 드시고 가세요."

연우는 더 이상 밥을 먹는 걸 포기하고 반도 안 먹은 식판을 들고 일어나려 하였다. 그러자 눈치도 없는 방 PD, 방자가 연우를 붙잡았다.

"에? 반도 안 먹었잖아. 그것만 먹으면 빈혈 생겨! 앉아서 마저 다 먹어!"

연우는 방자 자식이 붙잡은 팔에 소름이 돋는 걸 느낄 수 있었다. 싫었지만, 무지하게 싫었지만, 여기서 당장 이 손 놓으라고 소리칠 수는 없었다. 그저 다시 자리에 앉아서 가능한 빨리 이 밥들을 해치우는 수밖에 없었다. 그래야 더욱더 빨리 방 PD의 손에서 벗어날 수 있을 것이었다. 방 PD는 연우가 다시 앉아서 밥을 먹자, 그제야 만족한 듯이 웃으며 손을 놓아주었다. 하지만 방자의 만행은 거기서 끝이 아니었다. 팔을 놓던 손을 얼굴에 가져가서는 톡! 연우의 볼을 치며 이렇게 말하는 것이었다.

"연우는 피부 관리 어떻게 해? 피부가 너무 고와!"

살인충동이 일어나는 건 순간의 일이다. 연우는 쥐고 있던 숟가락을 있는 힘껏 움켜쥐었다. 화가 나는 건 방자에게가 아니라 자신에게였다.

왜 이 시간에 밥을 먹으러 온 거야! 사람이 없으니까, 이 망할 자식이 더 날뛰잖아.

쏴아아아아아아아!

찬물에 수도 없이 세수를 했다. 화장한 게 다 지워지고 있었지만 상관없었다. 그 칙칙한 손길의 느낌이 아직도 남아 있는 것 같아 견딜 수가 없었다. 살갗이 벗겨질 정도로 세수를 한 연우는 고개를 들어 거울에 비친 자신의 얼굴을 바라보았다.

꽃같이 아름다운 여자의 얼굴이 연우의 눈에 들어왔다. 연우가 이 아름다운 미모를 가지고 사회에 나와 처음 당한 시련은, 남자들의 희롱이었다. 회사에서는 연우를 지켜줄 어머니도 없었다. 진이와 춘희도 없었다. 오빠 승우도 없었다. 오직 연우 혼자서 그 희롱을 모두 받아내야 했다.

쏴아아아아아아아아아!

연우는 다시 세수를 하기 시작했다.

희롱을 당하는 게 시련이 아니었다. 그 희롱을 이겨낼 힘이 없다는 게 시련이었다.

재잘재잘 여직원 무리가 화장실로 들어왔다. 하지만 연우는 세수를 하는 손길을 멈추지 않았다. 여직원들은 얼굴을 벗겨내듯 세수를 하는 지연우를 흘낏 쳐다볼 뿐 바로 자신들의 이야기로 빠져들었다.

"근데 화면보다 실물이 더 낫지 않니? 키도 엄청 크더라. 그 사람 나오는 뉴스 자주 봤었는데, 전혀 몰랐어."

"어머! 혹시 너 그 사람 보려고 일부러 KBC 뉴스로 본 거 아냐?"

"얘는, 당연하지! 그 뉴스가 그 뉴스인데, 가능하면 볼만한 얼굴 있는 채널로 보는 게 낫잖아."

"야, 입 조심해! 여기는 MBS고 너는 MBS에서 밥 벌어먹는 봉급쟁이잖아."

KBC 뉴스?

연우는 수도꼭지에서 손을 뗐다. 쏟아지던 물은 한순간에 멈추었다. 뚝뚝, 얼굴에서 물이 떨어져 내렸지만, 닦지 않고 고개를 돌려 수다를 떠는 여직원들을 바라보았다. 그녀들은 화장을 고치며 자신들의 이야기에만 신경 쓰느라 연우가 쳐다보는 줄도 몰랐다.

"그럼 취재파일 프로에서 이제 그 사람이 고정으로 하는 거야? 원래 프리랜서 기자는 안 받지 않니?"

"그만큼 특혜겠지. KBC 특종기자로 기자들 사이에서는 유명하다던데."

"그런데 그렇게 잘나가던 사람이 왜 사표 쓴 거래? 혹시 잘린 거 아냐?"

사표?

"야! 누가 국회의원 아들을 감히 자르냐? 돈 있는 집 자식이니까, 그냥 자기 맘 내키는 대로 하는 거 아냐? MBS에서 마태후 기자를 쉽게 받아준 것도 그런 배경을 무시 못한 거야. 가까이 두면 이익이라고 생각한 거지."

마태후?

화장을 고치며 수다를 떨던 여자들은 갑자기 달려나가는 지연우의 기세에 놀라 잠시 모든 것을 정지하였다.

"혹시 우리 이야기 듣고 뛰쳐나간 거니?"

"설마!"

"그런데 지연우 머리 너무 길지 않아? 난 걔 머리만 보면 가위 갖고 와서 자르고 싶어!"

"다 남자들한테 잘 보이려고 그러는 거야. 남자들은 긴 생머리에 껌벅 죽잖아."

여자들의 수다는 다시 이어졌고, 백조사기토끼는 여자 화장실을 뛰쳐나가 어딘가를 향해 긴 머리를 휘날리며 달팽이 달리듯 내달리고 있었다.

시사교양국 취재파일 담당 PD에게 마태후는 방금 나갔다는 말을 듣자마자, 연우는 사무실을 나와 바로 비상계단으로 달려갔다. 비상계단의 문을 열고 들어서자마자 난간에서 몸을 위험하게 빼 아래를 내려다보았다. 저 아래 누군가 계단을 내려가는 구두 소리가 들렸다. 크고 묵직한 발소리는 분명 남자 구두 소리였다.

"잠깐만요!"

연우는 대뜸 소리쳤다. 우뚝! 연우의 외침에 남자의 발자국 소리가 멈추었다. 그리고 몇 초 후 누군가 난간 쪽을 향해 고개를 빼 연우가 있는 상공을 올려다보았다. 마태후였다. 연우는 마태후의 얼굴을 확인하자마자 소리쳤다.

"당신이 왜 여기 있는 거예요? 우리 다시 보지 말자고 했잖아요!"

식당에서 자신을 함부로 건드리던 방자 PD에게는 입 한 번 뻥긋하지 못했던 지연우가 국회의원 둘째 아들에게는 있는 화, 없는 화를 모두 쏟아내고 있었다.

마태후는 내려갔던 계단을 다시 올라오기 시작하였다.

"당신은 여기서 일할 수 없어요. 내가 여기 있는 한 MBS에는 발도 들여놓으면 안 된다고요!"

그러니까 이건 화풀이였다. 마태후가 단지 지독한 타이밍에 나타나 방자 대신 화를 당하고 있는 것이었다. 어느새 연우의 앞까지 다 올라온 마태후가 손을 뻗어 지연우의 얼굴에 묻어 있는 물기를 손가락으로 찍어서 자신의 눈 가까이 가져갔다.

"그냥 물? 칠칠맞게 세수하고 닦지도 않아?"

"내 몸에 함부로 손대지 말아요."

손가락의 물기가 무엇인지 파악하던 태후는 지나치게 화를 내는 연우의 까칠한 발악에 얼굴을 찌푸리며 고개를 들었다. 연우는 고운 얼굴에 잔뜩 힘을 주고 있었다. 마치 금방 폭발할 화산처럼.

꼬르륵!

하지만 터져 나온 건, 위가 아니라 가운데였다. 태후가 고개를 내려, 지연우의 배를 한번 쳐다본 뒤, 다시 고개를 들어 연우의 얼굴을 쳐다보았다. 어느새 연우의 얼굴은 홍당무가 되어 있었다. 혼자 화내고, 혼자 배고파하고, 혼자 부끄러워하는 연우의 모습이 웃겼던지 마태후는 피식 웃음을 터뜨렸다. 그리고 얄미운 한 마디도 잊지 않았다.

"배고프다고 나 잡아먹을 생각은 말아줘. 나란 놈은 질겨서 소화불량 걸려."

제멋대로 마태후의 말에도 연우는 화를 낼 수가 없었다. 마태후가 내민 손수건을 빤히 쳐다보느라 다른 생각을 할 틈이 없었던 것이다. 남자의 손수건은 여자의 심장을 두근거리게 하는 신비의 물건인가 보다. 연우의 심장이 민망할 정도로 빠르게 뛰기 시작했다.

"안 받아?"

태후의 말에 그제야 정신을 차린 연우가 손수건을 잡기 위해 천천히 오른손을 들어올렸다. 손수건으로 손을 가져가는 동안, 연우는 뭐가 그리 부끄러운지 고개를 더 푹 숙였다.

연우가 막 손을 뻗어 마태후의 손수건을 잡았을 때, 태후는 손수건을 놓지 않았다. 연우가 줬으면서 왜 안 놓느냐는 눈으로 바라보자 그가 매서운 눈을 하고 말했다.

"너는 거절하거나, 묵비권을 행사할 권리가 있어!"

또 무슨 이상한 소리를 하려고.

"나랑 같이 밥 먹을래?"

연우가 대답도 못하고 멍하니 마태후의 얼굴을 바라만 보았다. 지금까지 마태후가 꺼낸 말 중 가장 정상적인 말이어서, 오히려 더 이상하게 들리는 말이었다.

"난 오므라이스, 넌?"

"나도 오므라이스요."

"그럼 난 돈가스. 여기 오므라이스 하나랑 돈가스 하나 주세요."

자신이 같은 메뉴를 시키자마자 바로 다른 메뉴를 바꾸는 마태후의 태도에 연우가 불만이라는 듯 입을 내밀었다.

"왜 갑자기 바꿔요?"

"그냥 내 성격이야. 다른 사람이랑 같은 건 별로 안 땅기더라고."

"하여튼 하나에서 열까지 자기 멋대로야."

연우는 투덜거리며 마태후의 앞에 티슈 한 장을 깔고, 탁자 옆에 비치되어 있는 통에서 포크와 나이프를 꺼내서 그 위에 놓아주었다. 혼자 물을 마시던 태후는 자신의 나이프와 포크를 챙겨주는 연우의 행동에 잠시 멈칫하였다. 자신의 수저까지 다 챙긴 연우는 주머니에서 머리끈을 꺼내 긴 머리카락을 하나로 묶었다. 순식간에 하얀 목덜미의 아름다운 곡선이 드러났다. 그건 단지 부드러운 곡선일 뿐인데, 남자는 무언가 대발견을 한 듯 뚫어지게 여자의 목덜미에 아름다운 선을 바라보았다. 머리를 다 묶은 연우가 고개

를 들자, 마태후는 훔쳐보았다는 걸 들키지 않기 위해 바로 고개
를 돌려 창밖을 쳐다보았다.

"그런데 정말 우리 방송국에서 일하는 거예요?"

연우는 사표에 대한 이야기는 꺼내지 않았다. 어쩐지 그건 물으
면 안 될 것 같다는 예감이 들었기 때문이다. 마태후는 두 번째 물
잔을 채워서 마시며 연우의 질문에 대답했다.

"너희 방송국을 위해서 일하는 게 아니라, 내가 하고 싶은 일을
하는 거야."

"당신이 하고 싶은 일이 뭔데요?"

금방 대답할 줄 알았던 마태후는 잠시 물만 마실 뿐 아무런 말
도 없었다.

"나 지금 그냥 묻는 게 아니거든요. 만약 여기서 날 설득하지 못
하면 당신이 우리 방송국에 다니는 동안 계속 일 방해할 거예요."

으름장을 놓는 연우의 말에 태후가 실 웃음을 터뜨렸다.

"내 일을 방해한다고? 네가?"

"왜요? 못할 거 같아요? MBS에서는 내가 선배라고요! 사회생
활에서 선배라는 게 얼마나 무서운 존재인 줄 알아요? 내 말 한 마
디면 당신 끝이에요. 쪽박이라고요!"

"쪽박?"

마태후는 그 말이 재미있다는 듯이 큭큭 웃음을 참지 못했다.
토끼의 솔직함이 나날이 휘황찬란해지고 있었다.

"웃지 마요! 진지하게 대답해요!"

연우의 호통에 태후는 삐져 나오는 웃음 참으며, 진지한 대답을

하기 위한 준비 자세를 취했다. 두 팔을 탁자에 대서 몸을 지탱하고, 눈을 똑바로 지연우의 눈에 고정시켰다. 그리고 아까까지 삐져 나오던 웃음을 마귀발의 힘으로 완전히 지워 버렸다.

"내가 하고 싶은 일이 뭐냐면 말이야……."

목소리조차 진지했다. 진지를 원했지만, 남자가 한순간에 너무 진지한 태도를 취하자 연우의 몸도 덩달아 긴장되었다. 부딪쳐 오는 마태후의 시선이 자꾸 심장에 압박을 주었다. 그 충격으로 귀가 멍멍해졌다. 처음 볼 때 유일하게 맘에 들었던 듬직한 코가 오늘따라 더 높게만 느껴졌다. 모든 게 아득해지는 순간, 목소리가 들려왔다.

"식사 나왔습니다. 어느 분이 오므라이스 시키셨죠?"

"아! 저요!"

오므라이스는 나라고!

자신의 메뉴를 가로채는 마태후를 향해 연우는 소리없는 절규를 외쳤다.

"뭐? 그 자식이 MBS 취재파일 일을 맡았다고? 누구 맘대로! 내가 그런 꼴이나 보려고 사표 받아준 줄 알아!"

측근의 전화로 마태후의 MBS 입성을 들은 부평부장은 격분하였다. 배신감이 해일처럼 밀려오고 있었다. 부부장은 마태후가 당연히 프리랜서 일도 KBC 쪽하고만 할 줄 알았다. 그런데 사표 쓰고 나가서 가장 먼저 하는 일이 MBS의 일이었다. 이건 그야말로 매국노와도 같은 행동이었다. 부부장은 그대로 앉아 있을 수가 없었다. 벌떡 일어나 당장 나갈 채비를 하였다. 마태후를 만나자마자 한 대 후려칠 기세였다. 그렇게 흥분한 부부장을 동금이 말렸다.

"부장님! 이번은 그냥 눈감고 넘어가세요."

"뭐라고? 이 자식! 그럼 넌 알고 있었단 말이야? 너 뭐야! 그 자식이 라이벌 방송국으로 넘어가는 걸 보고도 그냥 구경만 하고 있었단 말이야! 너부터 나한테 맞아볼래?"

"여자예요."

"뭐?"

"태후가 MBS로 간 거, 여자 때문이라고요."

부평부장은 믿을 수 없다는 듯이 코 평수를 있는 대로 넓혔다. 동금은 끝까지 믿지 못하는 부부장의 어깨를 손으로 가볍게 두드리며 진정시켰다.

"믿기 힘드시겠지만, 믿으세요."

그 시간 태후와 연우는 식당을 나와 각자의 길을 가려 하고 있었다. 연우가 태후와 헤어지고 방송국으로 들어가기 전 조심스럽게 물었다.

"그럼 언제 또 우리 방송국 오는 거예요?"

사람이 배고플 때와 배부를 때 하는 말이 참 다르다는 걸 느끼는 마태후였다. 밥 먹기 전에는 절대로 오지 말라고 하더니, 밥 먹고 나오니 이제는 언제 오는지 묻고 있다.

설마 그날만 방송국 안 나오려고 물어보는 건 아니겠지?

"수요일."

그 순간부터 그렇게 기억된 것 같다. 매주 수요일은 마태후와 만나는 날이라고.

헤어지기 전 마태후는 연우에게 하얀 봉투를 내밀었다.

"당분간 MBS에서 자주 볼 것 같은데, 기념으로 주는 선물이야."

선물이라는 말에 연우는 눈을 동그랗게 떴다. 마태후와 선물이라니 전혀 안 어울리는 단어의 연결 같았기 때문이다. 연우는 태후의 손에서 봉투를 받아서 살짝 돌려 보았다.

봉투 겉면에 써진 글씨가 눈에 들어오는 순간, 연우의 눈이 절묘하게 일그러졌다.

〈사직서.〉

마태후가 내민 선물이라는 건 연우의 사직서였다. 방송국 잘리라고 저주를 내리는 것과 같은 거였다. 지금까지 좋은 분위기였는데, 사직서 한 장에 이미 분위기는 평소대로 돌아와 버렸다. 연우가 버럭 화를 냈다.

"이게 무슨 선물이에요?"

연우의 불같은 질문에 마태후가 웃으며 말했다.

"직장 생활을 제대로 하려면 서랍 안에 항상 사직서를 넣고 일해야 해! 그런데 너 사직서 써본 적 한 번도 없지? 안 그래?"

"써도 내 손으로 써요! 왜 당신이 주는 거예요?"

"그러니까 선물이지. 항상 일이 고되고 힘들 때마다 이 사직서를 보면서 마음을 굳게 먹어. 혹시나 마음이 약해지면 그냥 제출하던가.”

“좋아요! 나도 댁한테 사직서 선물할 테니까, 당신도 항상 몸에 지니고 다녀요!”

“어? 프리랜서는 사직서 안 쓰는데.”

꾸깃! 마태후의 말에 사직서를 들고 있던 연우의 손에 힘이 들어갔다.

“저번에 마지막이라면서요. 그런데 왜 다시 나타난 거예요?”

“난 MBS에 일하러 온 거지. 너 만나러 온 게 아닌데.”

꾸깃! 사직서가 연우의 손 안에서 형태가 불분명하게 구겨지고 있었다.

“그럼! 선배님! 수요일에 또 뵙겠습니다.”

마태후가 말한 마지막은 그러니까 그 말이었다. 그의 정원에서의 만남이 끝이라는 소리였다. 이제는 그가 다시 그녀의 정원을 훔쳐볼 차례였다. 처음부터 그렇게 시작된 사이였으니까. 하지만 그의 정원을 훔쳐보고 나온 그녀가 처음처럼 만만하지만은 않을 것이었다. 언제쯤 서로의 정원에 초대를 하는 사이가 될지, 아직은 짐작이 되지 않는다.

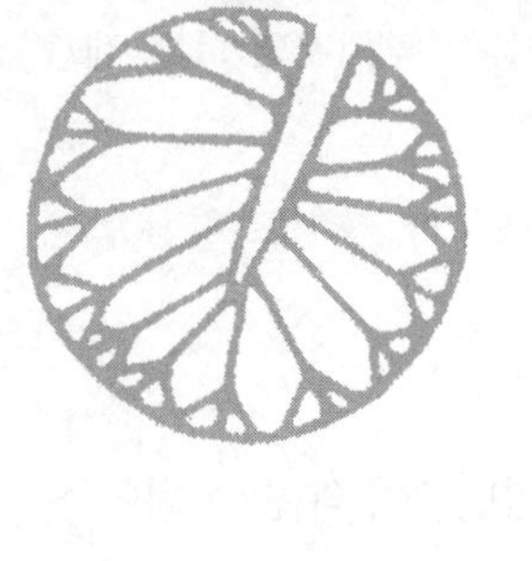

제   12   장

새벽 4시, 연우의 어머니 김 여사는 벌써 일어나서, 연우의 방으로 올라가고 있었다. 오늘도 언제나처럼 연우를 깨우느라 진을 다 빼야 할 것이었다. 어머니는 연우의 방 문고리를 잡고는 한 번 크게 심호흡을 하였다. 길게 끌어봤자 아까운 건 에너지이고, 더 아까운 건 시간이었다. 한 번에 정신이 번쩍 들게 하여야 했다. 이미 다년간 쌓은 노하우로 그것은 그리 어려운 일이 아니었다. 우선 연우에게서 베개만 뺏으면 선취권은 어머니에게 있는 것이었다. 우선은 베개였다. 그걸 먼저 뺏어야 했다.

벌컥!

어머니는 문을 열자마자 일어나라고 소리치려고 하였다.

"연……."

'······우야! 일어나'가 이어져야 하는데 그 다음 말이 이어지지 못하고 있었다. 어머니가 도저히 못 믿겠다는 얼굴로 방문 앞에서 그대로 돌이 되었다.

"아, 엄마! 나 옷 좀 골라줘!"

아침이 오면, 언제나 자신이 욕조 속의 잠자는 공주인 줄 아는 지연우가 벌써 일어나 옷장 앞에 서 있었다. 이미 세수도 끝낸 것 같았다. 어머니가 깨우기도 전에 말이다.

"아이 참! 엄마, 빨리 와. 시간 없어!"

연우가 옷장 앞에서 재촉하듯이 엄마를 부르며, 검은색 정장과 하얀 색 정장을 꺼내 들었다.

"이 둘 중에서 어느 게 더 무서워 보여?"

오늘은 마태후가 MBS에 오는 수요일이었다.

"연우 씨! 화장실 가고 싶어?"

화장을 해주는 분장사의 말에 연우가 무슨 소리냐는 듯이 눈동자를 그녀 쪽으로 움직이자, 분장사가 웃으면서 손가락으로 연우의 다리를 가리켰다.

"아까부터 계속 발을 구르고 있기에. 급하면 빨리 갔다 와!"

분장사의 지적에 연우는 바로, 바닥을 규칙적으로 치고 있던 발을 멈추었다. 초조함에 자신도 모르게 자꾸 발이 움직였나 보다. 언제나와 같은 방송이었는데 오늘따라 더 긴장이 되었다. 연우는 눈동자만 움직여 빠르게 스튜디오 안에 있는 사람들을 체크하였다.

'없잖아.'

오늘은 마태후가 MBS에 나오는 날이었다. 그래서 연우는 자기도 모르게 마태후의 모습을 찾고 있었다. 아침 방송이 없는 마태후가 새벽 6시부터 방송국에 나올 리가 없는데도 말이다. 방송이 시작돼도, 마태후의 모습이 보이지 않자 연우는 작게 눈썹을 찌푸렸다. 당장에 자신을 향하고 있는 카메라를 통해 그에게…….

'잠탱이! 아직도 자고 있냐!'

라고 소리쳐 주고 싶었지만, 연우가 카메라를 향해 한 말은 언제나와 같았다.

"안녕하세요, 좋은 아침입니다. 아나운서 지연우입니다."

오늘도 아름다운 그녀와 함께 상쾌한 아침이 시작되고 있었다.

마태후가 MBS에 도착한 시간은 아침 방송이 끝나고 조금 지나서였다. MBS에 도착한 태후는 비상계단을 통해 8층에 있는 시사교양국으로 올라갔다. 계단을 오르는 일은 습관이 될 수 없는 일이었다. 한층한층 올라갈수록 욕이 절로 나왔다.

"젠장, 5층 이상 건물은 짓지 못하게 법으로 규정해야 해!"

투덜거리며 계단을 오르던 태후는 비상계단 구석에서 세상모르고 자고 있는 연우를 보고 걸음을 멈추었다. 기대도 안 한 곳에서 만나니, 드는 생각은 하나뿐이었다.

"설마 여기서 날 기습하려고 한 거야?"

마태후는 자고 있는 연우에게서 멀찍이 떨어진 쪽 계단을 밟고 올라갔다. 꼭 지뢰밭을 피해서 걸어가는 모습이다. 여기서 자고 있는 지연우는 마태후에게 지뢰다. 언제 터질지 모르는 위험한 존재. 아무래도 지연우가 자는 게 아니라, 자는 척을 하고 있는 것 같았기 때문이었다. 깨우려고 손을 대면 어떤 짓을 할지 모른다.

하지만 마태후가 한 계단을 올라가고 두 계단을 올라가 사정권 밖을 점점 지나쳐 가는데도, 지연우는 움직이지 않았다. 마태후가 그제야 조금 의심을 풀며 여자의 이름을 불러본다.

"지연우!"

대답이 없다. 태후는 다시 계단을 내려와 지연우의 앞에 섰다. 그리고 자고 있는 연우의 숨소리를 확인하기 위해 여자의 얼굴에 가까이 다가가며 다시 이름을 불러 보았다. 조금 더 낮은 톤으로 은밀하게.

"지연우."

그런데 반응이 너무 동물적이다.

"킥킥킥."

마치 깨어 있는 것처럼 킥킥대더니 다시 잠잠해진다. 조건반사 인지 잠꼬대인지 어느 쪽이든, 태후는 이 알 수 없는 반응에 얼굴을 찌푸렸다. 자기 이름이 그렇게 웃긴가?

태후는 한 계단을 더 올라와, 연우의 이름을 부르려고 입을 열었다가 그냥 다시 닫았다. 그리고 아무 말도 없이 한참이나 여자의 얼굴을 내려다보았다. 빛이 들어오지 않는 어두운 비상계단이었기 때문에 연우의 얼굴에는 짙은 음영이 드리워져 있었다. 태후는 그게 맘에 들지 않았다. 고개를 들어 천장을 보니, 온 사방이 콘크리트였다. 빛이 들어올 구멍이 없었다.

빛을 훔쳐 올 수 있다면, 좋을 텐데…….

연우는 꽤 오랜 시간을 비상계단에서 꾸벅꾸벅 졸다가 사무실로 돌아가고 있었다. 시간을 보니, 이미 다음 방송시간이 거의 다 되어 있었다.

"담부터는 알람을 맞추어 놔야지."

"어머, 연우 씨, 어디 있었어? 방송 안 들어가?"

복도에서 마주친 아나운서실 동기 민주가 연우에게 아는 척을 하였다.

"아, 이제 가려고요. 빈 사무실에서 발음 연습 좀 했어요."

어찌나 얼굴색 하나 변하지 않고 거짓말을 잘하는지. 연우가 생각해도 정말 진실 같은 거짓말이었는데, 자신에게 질문을 했던 민주가 이상한 표정을 하고 연우의 얼굴을 바라보았다.

어라, 왜 저리 보지? 설마 자면서 침 흘렸나? 아냐, 난 그런 거 안 흘려!

"왜…… 왜 그렇게 봐요?"

"연우 씨, 그거 혹시……."

민주는 이제 뚜벅뚜벅 연우에게로 가까이 걸어오고 있었다. 그래서 반사적으로 연우는 뒷걸음질칠 수밖에 없었다.

"혹시 뭐요?"

스윽!

민주의 손이 올라온다 싶더니, 가운데 손가락으로 입술 위쪽을 꾹 찌른다.

"입가 옆에 이거 점이야? 어라, 난 왜 지금까지 못 봤지?"

민주의 말에 연우는 눈을 치켜떴다.

점? 내 얼굴에 그런 칙칙한 게 있을 리 없잖아.

연우는 점 따위 없다고 극구 부인을 했지만, 이상하게도 지금 연우의 왼쪽 입술 옆에는 점 같은 게 콕 찍혀 있었다. 비상계단에 자러 가기 전에는 분명히 없었던, 그리고 언젠가 점순이 분장을 했을 때와 같은 위치에.

태후는 아동기를 지난 이후 1m 20㎝를 넘지 않는 인간을 상대해 본 적이 없었다. 끝도 없이 내려가는 자신의 시선에 어지럼증까지 느껴졌다.

"인사해. 한울이야."

동금이 꼬마 애를 태후의 집까지 데리고 왔다.

"너 언제 애를 낳았냐?"

"아! 내 애가 아니라 해수 씨가 맡고 있는 프로에 출연하게 된 아이인데, 그것 때문에 해수 씨가 며칠 동안 맡게 되었나 봐. 그런데 갑자기 급한 스케줄이 생겨서 오늘 하룻밤을 이 애 혼자 두게 되었다고 나한테 부탁을 하더라고. 그러니까……."

"그러니까 네가 윤해수 시다바리란 소리냐?"

"야, 좋은 표현 나두고 시다바리가 뭐야! 그냥 도와주는 거야."

"그럼 너희 집에 데리고 가지, 왜 여기로 데려와?"

태후가 귀찮다는 표정을 있는대로 나타나며 말했다.

"나도 데려갔어. 그런데 한울이가 내 여동생들 때문에 잠을 못 자겠다고 하기에."

"헉! 또 여섯 명이 합체해서 달려들었구나. 너 겁먹은 거냐, 꼬마."

그 마음 자신도 이해한다면서 태후가 한울에게 물었다. 한울은 그 또랑또랑한 눈을 반짝이며 당돌하게 태후의 말을 받아쳤다.

"전 무서운 게 아니라 조금 수줍어했을 뿐이에요."

"Whatever! 우리 집에는 6공주도 물리치는 바퀴벌레 있다. 그래도 여기서 잘 거냐?"

"아, 낡은 집이라고 해서 오는 길에 살충제를 사 왔어요."

한울은 등에 메고 있던 커다란 가방을 풀어 살충제를 꺼냈다.

"어떤 해충이든 1분 안에 죽는데요."

한울은 웃으면서 살충제의 효능을 설명하며 살충제를 태후에게 뿌렸다. 셔츠 자락 끝에 묻은 살충제 액을 보며 태후가 성을 냈다.

"이 자식이! 어따 뿌려!"

살충제는 해충에게만!

동금과의 우정을 생각해서 태후는 한울을 그의 집에 받아주었다. 동금은 한울을 맡기고 바로 집으로 돌아갔다. 대식구가 사는 그의 집에서는 외박에 대해 엄하기 때문이었다.

집 안으로 들어온 한울은 가방에서 자신의 짐을 꺼내놓으며 태후에게 말했다.

"전 내일 MBS 방송국에 갈 거예요. 아저씨, 혹시 길 아세요?"

물론 잘 알았다. 수요일마다 가야 하는 곳이니까.

"거긴 왜 가는데?"

"서울 오면 꼭 만나보고 싶은 사람이 있었거든요. 그 사람이

MBS에 있어요."

한울이 꺼내 든 사진을 쳐다보며 태후는 잠시 말을 못했다. 그가 다시 질문을 던진 것은 조금 시간이 지난 뒤였다.

"너 혹시…… 모닝레이디 팬 카페 가입했냐?"

"네, 당연하죠. 아침마다 일어나서 연우 누나가 하는 모닝이슈도 매일 보는 걸요."

한울이 꺼내 든 사진은 화사하게 웃고 있는 지연우였다. 태후는 이제 겨우 여덟 살쯤 되었을 한울과 연우의 사진을 번갈아 쳐다보았다.

이제는 어린놈까지……. 아마도 육 개월 안에 질 꽃이 아닌가 보다. 지연우는 미스월드 감일지도 모른다. 세계로 보내야 한다. 그래도 그나마 영어는 되지 않는가?

"버스 타고 다니세요?"

한울은 아침에 일어나자마자 MBS에 간다고 수선을 떨었고, 결국 어쩔 수 없이 태후가 같이 나섰다. 동금에게 이 어린놈을 넘기기까지는 조금 시간이 남았기 때문이었다. 그전까지는 태후의 책임이었다.

"왜? 버스 타면 안 되냐?"

"아뇨, 왠지 아저씨는 부티나게 생겼는데 사시는 모습은 참 궁색하다 싶어서."

궁색? 태후는 맘에 안 든다는 눈으로 자신의 허리에도 안 오는 꼬마를 내려다보았다.

MBS로 바로 가는 버스가 도착하자 태후는 한울에게 타라는 소리도 안 하고, 혼자 버스에 올랐다. 한울도 따라서 올랐다.

"얼마예요?"

한울의 질문에 버스 기사는 웃으면서 말했다.

"초등학교에 들어가기 전까지는 차비 안 내도 돼!"

한울은 여덟 살이었지만, 작은 키 때문에 이제 겨우 여섯 살 정도 되어 보였다. 하지만 한울의 대답은 나이를 초월하고 있었다.

"전 내년에 대학에 들어가요."

"뭐?"

버스 기사가 당황하는 사이, 태후가 다가와서 동전지갑을 여는 한울의 손을 잡아채서 맨 뒷좌석으로 끌었다. 태후가 먼저 좌석에 앉으며 투덜댔다.

"이래서 천재들은 재수없다고 하는 거야."

"맨 뒤에 앉으면 멀미해요."

태후는 친절하게 한울의 작은 두 손을 모아주었다.

"사람한테 두 손이 있는 건 멀미나면 맘껏 토하라고 있는 거야."

이번엔 한울이 너 뭐냐? 라는 눈으로 태후를 보았다.

"네?"

태후의 전화를 받은 연우는 당황하였다. 왜냐하면 마태후가 하는 말이 그녀를 긴장하게 했기 때문이었다.

—오늘은 일 때문이 아니라, 널 보러 온 건데 지금 1층 로비로

내려올 수 있어?

날 보러 오다니, 이 인간이 갑자기 왜 이래?

"날 보러 왔다고요?"

—그래.

"……."

—바쁜가 보지?

"아뇨, 내려갈게요."

결정을 내리기도 전에 입이 먼저 말을 해버렸다.

연우가 로비로 내려왔을 때 태후는 어떤 꼬마와 같이 있었다. 연우는 천천히 태후와 한울의 곁으로 다가와서는 태후에게 물었다.

"이 꼬마는 누구예요?"

"네 신랑감."

찌릿, 연우의 날카로운 시선이 태후를 노려본 뒤 고개를 내려 한울을 보았다. 한울은 연우를 보며 계속 웃고 있었다. 그래서 연우도 따라 웃어주었다.

"전 한울이에요. 연우 누나의 팬이에요. 이렇게 만나게 되어서 기뻐요."

어린애가 말하는 게 아주 또랑또랑했다. 한울은 밤새 쓴 편지를 연우에게 내밀었다.

"이건 제가 어젯밤에 쓴 거예요. 나중에 읽어보세요."

연우는 한울의 편지를 받고 인사를 하기 위해 무릎을 꿇었다. 그래야 한울과 키가 맞았기 때문이다.

"고마워. 나중에 꼭 읽을게."

연우는 그저 웃어주는 걸로 답례를 하려고 했다. 하지만 한울은 그걸로 만족할 수 없었나 보다.

쪽!

키스의 역사는 단 1초에 완성이 되고 있었다. 겨우 여덟 살짜리 남자애가 겁도 없이 다가와서 연우의 입술에 키스를 하고는 멀어졌다. 자신에게 무슨 일이 생겼는지 파악하는데 연우는 조금의 시간이 필요했다. 그만큼 어린 늑대의 동작은 신속했다.

지금 이십육 년 동안 고이 간직한 내 첫키스를 저 꼬맹이한테 뺏긴 거야?

어리다고 얕본 연우의 잘못인가, 어린 걸 이용해 연우의 퍼스트 키스를 빼앗아간 여덟 살짜리 한울의 잘못인가. 판사의 현명한 판결이 필요한 문제였다.

연우는 빠르게 입술을 손으로 가린 뒤 고개를 들어 태후를 보았다. 태후도 놀라서 눈을 커다랗게 뜨고 있었다. 꼭 눈뜨고 바로 코앞에서 무언가를 도둑맞은 눈빛이랄까.

후다닥. 연우는 그대로 일어나서 1층 구석에 있는 화장실로 뛰어가 버렸다.

순식간에 둘만 남겨진 남자 두 명의 사이에는 이상한 공기가 흐르고 있었다.

"너 혹시 장래 희망이 제비냐?"

하지만 한울은 당당했다.

"그저 저의 용기라고 생각해 주세요."

한울의 지론에 따르면, 키스에 미안하다는 말은 어울리지 않았
다.

"으허허허어어어어어엉! 진아, 남자들은 다 늑대야! 어린 것이
나, 나이 많은 것이나 다 그래."

여자 화장실, 연우는 좌변기에 앉아서 서럽게 울면서 진이에게
전화를 하고 있었다.

—누가 너 예쁘다고 또 건드렸냐? 명단 적어놓으라니까, 내가
연말에 다 처리해 줄게. 어떻게 그런 걸 매일 가서 도와주냐! 네가
나 월급 줄 것도 아니잖아.

"그런 게 아니란 말이야. 이번에는 진짜 제대로였다고. 으허어
엉, 나 억울해서 이대로 못살아! 지금 나가서 처음 마주치는 만 스
무 살 넘은 남자랑 키스할 거야! 그러고 말 거야!"

—뭐라고? 야, 지연우! 너 미쳤냐? 연우야!

진이의 애타는 부름도 무시하고, 연우는 바로 전화를 끊고, 화
장실 문을 박차고 나왔다.

그래, 이대로 여덟 살 꼬마한테 농락당한 스물여섯 살 처녀로
살 수는 없어!

눈물이 어느새 오기로 변해 있었다. 힘차게 화장실을 나오던 연
우는 바로 앞에 버티고 있는 남자를 보고 놀라서 걸음을 멈추었
다. 마치 연우를 기다리고 있는 듯이 편하게 벽에 몸을 기대고 서
있었다. 태후가 짓궂게 웃으며 물었다.

"그래서 나한테 키스해 줄 거야?"

결국 밖에서 지연우의 투정 같은 한탄을 모두 듣고 있었다는 것이었다. 연우의 얼굴이 금방이라도 폭발할 것처럼 빨갛게 타들어가기 시작했다.

뚜벅뚜벅, 태후는 점점 연우에게 가까이 다가왔다. 슬금슬금, 연우는 본능적으로 뒤로 도망쳤다. 탁. 벽이 그녀를 막았을 때 지연우가 도망갈 곳은 이제 여자 화장실 안밖에 없었다. 걸음이 큰 남자는 벌써 연우의 앞까지 와 있었다. 자신의 앞을 산처럼 막고 선 남자의 기에 밀려 연우는 목소리도 못 내고 있었다. 다른 남자들이 예쁘다고 툭툭 건드리고 가던 때와는 달라서 혼란스럽기까지 했다. 이건 성희롱하고는 차원이 틀렸다. 더 심장이 미친 듯이 뛰었다. 이상한 건 마태후가 아니라 자신인 것 같았다. 점점 자신에게 다가오는 태후의 얼굴을 보며 자꾸만 몸에 힘이 빠져나갔다. 몸살에 걸린 듯 순식간에 온몸이 떨려오기 시작했다. 이마에서는 땀이 나는데 입 안은 바짝바짝 말라갔다. 연우가 그만 하라고 할 때까지 멈추지 않겠다는 듯이 태후의 얼굴이 공간을 좁히며 연우에게 다가왔다. 코와 코가 살짝 부딪쳤을 때, 연우의 눈에 그것이 보였다. 그건 정말 계시와도 같은 표시였다. 바지 입은 남자와 치마 입은 여자, 바로 화장실 표시였다. 그 순간 그녀의 눈이 번쩍했다.

화장실 앞에서 첫키스하기는…….

"싫어!"

강력한 힘이 한 번에 태후를 밀어내 버렸다. 너무 급한 나머지 주어, 목적어 다 빼버리고 서술어만 나와 버렸다. 연우는 위기를 모면한 사람처럼 거친 호흡을 내쉬었다. 정말 간발의 차이였다. 아차하면 화장실 앞을 첫키스 장소로 평생 기억하게 될 뻔하였다.

"무슨 남자가 무드가 없…… 어라?"

장소도 따지지 않고 다가온 태후에게 화를 내려고 고개를 쳐든 연우는 텅 빈 공간을 보고 다시 입을 다물어야 했다. 태후는 없었다.

"어라?"

설마하는 마음에 열심히 둘러보았다. 그래도 태후는 없었다. 귀신같이 사라진 태후. 그게 그가 화났다는 뜻이라는 걸, 여덟 살 꼬마와 첫키스를 나눈 그녀는 알지 못했다.

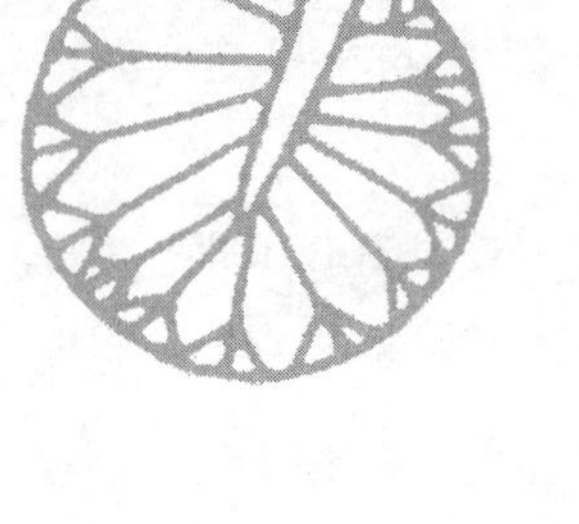

제 13 장

화장실 앞에서 헤어진 뒤, 연우가 태후를 다시 본 것은 한 주가 지난 수요일이었다. 태후는 취재파일 PD와 같이 구내식당에서 밥을 먹고 있었다. 가서 아는 척을 하고 싶어도 사람이 많아서 쉽지가 않았는데, 같이 밥을 먹으러 왔던 유민주 아나운서와 이하연 아나운서의 마음도 연우와 같았는지, 태후와 유 PD가 밥을 먹는 자리로 걸어갔다.

"안녕하세요. 마태후 기자 맞으시죠?"

태후에게 말을 건 사람은 활발한 성격의 민주였다. 밥을 먹던 태후는 자신을 부르는 소리에 고개를 들었다. 유민주에게서는 별 미동도 없던 시선이 뒤에 서 있는 지연우를 발견하는 순간 빛이 번쩍했다. 날카로운 태후의 시선에 연우는 하마터면 식판을 떨어뜨릴 뻔했다.

뭐야? 왜 째려보는 건데?

"저희들 옆에 앉아서 식사해도 될까요?"

여자 아나운서들은 어딜 가나 환영의 대상이었다. 당연히 된다고 할 줄 알고 태후가 대답을 하기도 전에 유민주가 태후의 옆에 식판을 내려놓는데, 서릿발 같은 답변이 날아왔다.

"안 되겠는데요."

그녀들을 밀어낸 건 마태후였다. 두 여자는 놀라고 한 여자는 슬금슬금 뒷걸음질치고 있었다. 계속해서 그가 째려보고 있었기 때문이다. 눈은 조금씩 도망가는 지연우를 쏘아보며, 입은 웃으면서 태후가 말했다.

"제가 예의없는 놈이라서요. 옆에 계시면 무슨 일을 당하실지 몰라요."

"어머, 말씀하시는 게 너무 재미있으시다."

"호호, 괜찮아요. 저희는 아량이 넓거든요. 그럼 같이 먹어도 되는 거죠?"

민주와 하연은 각각 태후와 유 PD의 옆에 앉았다.

"연우 씨, 어디 가?"

도망가는 연우를 민주가 불렀다. 하지만 연우는 걸음을 멈추지 않았다.

"저 깜박 잊은 일이 생각났거든요. 먼저 식사하세요."

마태후가 왜 화가 났는지 모르지만 우선 이 자리는 피해야 했다. 여긴 MBS였다. 지연우가 백조로 살아가는 곳.

그 후 오후 나절, 두 사람이 우연히 만났다.

"왜 사람을 째려봐요?"

연우가 대놓고 화를 낸 것은 사람이 아무도 없는 비상계단에서였다. 태후는 화를 내는 연우를 무시한 채 계단을 내려가려고 하였다.

"내가 말하잖아요. 지금 내 말 무시해요?"

하지만 태후는 대꾸도 없이 성큼성큼 계단을 내려가 버렸다. 벌써 두 사람 사이에는 한 층의 사이가 벌어져 버렸다. 급해진 연우가 몸을 난간 밖으로 위험스럽게 내밀며 소리쳤다.

"거기 서요! 내 말 안 끝났…… 까악!"

아슬아슬하게 난간을 붙잡고 있던 손을 놓치면서 연우는 그대로 아래로 떨어져 내렸다. 정신을 잃기 전 마지막으로 들린 말은 다급하게 그녀를 부르는 남자의 목소리였다.

"지연우!"

마태후 목소리 같았는데…… 맞을까?

연우가 눈을 뜬 것은 병원에서였다. 울고 있는 어머니가 계시고, 간호사 복을 입은 춘희도 있었다. 눈을 뜬 연우를 보고 어머니가 놀라서 연우에게 다가오셨다.

"연우야! 정신 들어? 괜찮아?"

"엄마…… 여기가 어디야?"

"병원이야. 뭘 하고 있었기에 계단 난간에서 떨어져! 머리 안 아파?"

"응, 괜찮아."

연우는 괜찮다고 대답하며 주위를 둘러보았다. 그런데 정신을 잃기 전 마지막으로 보았던 남자의 모습은 보이지 않았다.

"춘희야, 병원에 나만 실려온 거야?"

"그래. 왜, 다른 사람이랑 같이 있었어?"

연우는 마태후랑 같이 있었다. 하지만 아무도 마태후에 대해서는 말하지 않고 있었다.

그는 어디로 간 걸까?

1층 높이나 되는 난간에서 떨어진 것치고 연우는 멀쩡하였다. 부러진 곳도 없었다. 긁힌 자국도 거의 없었다. 그저 머리가 어딘가에 살짝 부딪친 정도라고 했다. 꼭 누군가 그녀의 쿠션 역할을 해준 것 같다고 의사가 말했지만, 연우는 입을 꾹 다물었다.

"하하하, 천사가 하늘에서 내려와 지연우 씨를 구한 것 같군요."

의사의 말에 연우는 웃을 수가 없었다. 마귀발 천사라니. 지독하게 나쁜 농담이었다.

연우는 아무도 몰래 화장실에서 전화를 걸었다.

―여보세요?

마태후가 전화를 받자 연우는 길게 한숨을 쉬었다. 목소리를 들으니 그가 그리 크게 다친 것 같지는 않았기 때문이다.

"왜 나만 병원에 있는 거예요? 당신은요?"

―너 말이야.

"네?"

―나 죽일 거 아니면 다시는 비상계단 근처에 얼씬도 하지 마!

뚝!

끊는다는 말도 없이 마태후 쪽에서 일방적으로 전화를 끊어버렸다. 연우는 원망스런 눈으로 전화기를 바라보았다.

"괜찮은 거냐고 물어보려고 했단 말이야."

무사해서 다행이야. 어째서 그 말이 이어질 수 있는 대화가 마태후하고는 안 되는지 연우는 도저히 알 수가 없었다.

"프리랜서라는 게 힘한 일인가 보죠?"

오른쪽 팔에 깁스를 한 태후를 보고 윤 보좌관이 물었다. 태후는 왼팔로 힘겹게 통조림의 뚜껑을 따려고 하며 말했다.

"왜 자꾸 오시는 겁니까? 여기는 제 집이거든요. 다음부터는 전화로 허락 맡고 오세요."

윤 보좌관이 태후의 집을 둘러보며 말했다.

"왜 하필 집을 사도 이런 낡은 집을 사신 겁니까? 소유주를 보니까 도련님으로 되어 있던데, 혹시 사기당하셨습니까?"

막힘없이 말을 하는 윤 보좌관의 말에 태후가 불만스런 눈을 했다.

"무슨 말을 하셔도 전 퇴직금 안 나오는 일 하면서 여기서 살 거거든요. 그만 가세요."

그때 누군가 태후의 집 초인종을 눌렀다. 손님이 온 것이다. 초인종 소리에 윤 보좌관이 놀랍다는 얼굴을 했다.

"손님도 오나요?"

"손님 아니에요. 잡상인이에요."

태후는 잠시 문을 쳐다본 뒤, 신경 끄라는 식으로 말했다. 그런데 윤 보좌관은 자신이 직접 문을 열어주기 위해서 현관으로 다가갔다. 태후가 놀라서 윤 보좌관의 앞으로 뛰어가서 문을 막고 섰다. 날렵하면서도 수상한 태후의 행동에 윤 보좌관은 눈을 가늘게 떴다. 마태후가 태어났을 때부터 지금까지 보아온 바로는 이건 정상적인 행동이 아니었다.

"잡상인이라니까요."

태후는 자신의 말을 증명이라도 하려는 듯이 문을 향해 외쳤다.

"아무것도 안 사요! 그냥 가요!"

보통 눈치가 있는 사람이라면 그가 자신을 만나기 난처한 상황이라고 생각하고 그만 돌아가서 나중에 다시 올 것이다. 하지만 태어나서 한 번도 눈치라는 걸 볼 필요가 없었던 그녀는 그렇지 않았다.

"누굴 잡상인 취급하는 거예요!"

성난 여자의 목소리에 태후는 얼굴을 일그러뜨리고, 윤 보좌관은 더욱 놀랍다는 표정을 지었다.

"여자군요. 연애하시나요? 백수인데."

"그런 거 아니에요. 그리고 백수 아니라고요. 프리랜서라고 했잖아요."

태후는 평소답지 않게 말발이 서지 않고 있었다. 그저 변명하기에 바빴다. 그건 단지 윤 보좌관이 나이가 많아서는 아닌 것 같았다. 그가 아버지가 보낸 사람이기 때문이었다.

쾅쾅쾅!

눈치가 개치인 여자는 이제 대놓고 문을 두드리며 소리쳤다.

"왜 자꾸 날 무시하는데? 난 잘못한 거 없어요!"

윤 보좌관이 가기 위해 겉옷을 챙겨 입으며 말했다.

"여자가 화를 내면 오뉴월에도 서리가 내린다고 했습니다. 성심성의껏 달래주세요."

마치 좋은 정보를 얻어가는 사람처럼 윤 보좌관은 기분이 좋아 보였다. 그건 마태후에게 불길한 징조였다. 현관문을 열고 나가기 전 윤 보좌관은 충고까지 하였다.

"아! 머리핀 같은 걸 선물하면 어떨까요?"

"지금이 조선시대예요? 그만 가시죠!"

달칵! 문이 열리자마자 소리치려던 연우는 나오는 사람이 태후가 아니라 할아버지라는 데 놀라서 말을 멈추었다. 놀란 건 윤 보좌관 쪽도 마찬가지였다. 설마 철없이 소리치던 여자가 지연우 아나운서일 줄은 몰랐기 때문이다. 윤 보좌관은 뒤로 돌아 태후를 한 번 본 뒤 연우에게 가볍게 목 인사를 건네고, 계단 쪽으로 걸어갔다.

"누구예요?"

연우가 윤 보좌관을 가리키며 태후에게 묻다가 한쪽 팔에 깁스를 한 모습을 보고 놀라서 집 안으로 뛰어들어 왔다.

"까악! 다쳤잖아요. 왜 말 안 했어요? 많이 다친 거예요? 뇌진탕은 없대요? 설마 그 팔 못 쓰는 건 아니죠?"

있는 호들갑 없는 호들갑 다 떠는 지연우를 보며 태후는 기분 나쁘다는 듯이 얼굴을 찌푸렸다. 연우는 가방에서 무언가를 찾아서 뒤적이다가 알약 하나를 꺼냈다.

"아프면 이거 먹어요."

"그게 뭔데?"

"게보린."

"생리통 약이잖아. 지금 누구 놀려?"

"치통, 두통, 복통에도 잘 듣는단 말이에요. 진통제예요. 분명 팔 아픈 것도 가라앉을 거예요."

"안 사! 가!"

"누가 판대요! 그냥 준다고요!"

"내 말은 내 집에서 나가라고!"

"왜 자꾸 화내는 건데요. 당신 왜 그래요? 설마 나 때문에 다쳤다고 그러는 거예요? 그럴 거면 상관을 말지 그랬어요."

"네가 날 밀어냈잖아요."

"떨어지느라 정신없었는데, 언제 밀어내요."

"계단 말고!"

"그럼 어디요?"

라고 외치던 연우는 번뜩 떠오르는 생각에 아! 스스로 답을 내렸다. 아마도 마태후가 말하는 건 화장실 앞을 말하는 것 같았다.

"그건 당신이 잘못한 거예요."

"뭐? 내가 잘못했다고? 아무 남자 붙잡고 키스하겠다고 달려온 건 너였어!"

"하지만 거긴 화장실 앞이었잖아요."

"네가 화장실에서 달려나왔으니까, 당연히 화장실 앞이지!"

라고 소리치던 태후도 역시 연우의 말에 뜻을 알아듣고 아! 스스로 답을 내렸다. 아마도 지연우가 자신을 밀어낸 건, 그러니까 그곳이 화장실 앞이기 때문이었다. 자신 때문이 아니었다. 그렇게 남자가 화난 이유를 안 여자와 여자가 밀어낸 이유를 안 남자는 꽤 오랫동안 서로 말이 없었다. 멀뚱히 서 있는 두 사람을 바라보며 블랙이 길게 하품을 했다.

"팔 많이 아파요?"

"응."

"뭐야?"

진이는 기겁을 하며 물었다.

"뭐라니? 꽃이잖아."

"그러니까 무슨 꽃을 그렇게 많이 갖고 있는 거야? 누가 준 거야?"

진이는 꽃냄새가 지독하다는 듯이 코를 막았다. 연우는 지나치다는 말이 어울릴 정도로 꽃을 잔뜩 껴안고 헤헤 웃고 있었다.

"오다가 예뻐서 샀어."

"샀다고? 그걸 다? 너 제정신이야, 그걸 다 어디다 쓸 건데?"

진이는 연우의 대책없는 행동에 어이없다는 듯이 외쳤다. 꽃값만 해도 십만 원은 될 듯했다. 진이의 입장에서 이건 정말 아까운 돈이었다. 차라리 그 돈 나한테 주지, 라고 외치고 싶었으나 연우의 기분이 너무 좋아 보였기에 말을 참았다.

연우는 웃으면서 한 움큼의 꽃을 뽑아서 진이의 가슴에 안겨주었다. 그리고 그중에서 가장 싱싱한 한 송이를 골라 진이의 귀에 꽂아주었다.

"내가 주는 선물이야. 그럼 난 갈게."

난데없이 나타나 난데없이 꽃 한 다발을 억지로 안겨주고는 사라지는 지연우의 뒷모습을 진이는 한참 동안 멍하니 바라보았다.

진이는 집 안에 들어오자마자 연우가 준 꽃을 내팽개치고 전화기를 들어 빠르게 번호를 눌렀다.

띠리리리 띠리리리, 달칵!

—Hello?

"연우가 미쳤어요!"

—황진이?

진이를 '황진이'라고 부르는 사람은 한 명뿐이었다. 바로 연우의 오빠 지승우다. 진이는 승우에게 전화를 건 것이었다. 분당 252원 하는 해외전화였다.

"네, 실없이 웃으며 꽃을 왕창 사 왔잖아요. 애가 갑자기 이상해졌어요. 계단에서 떨어진 후유증이라고요. 병원에 다시 보내야 할지도 모른다고요."

—황진이, 진정하고.

"제가 진정하게 생겼어요? 제 귀에 지금 장미꽃이 꽂혀 있다고요!"

—내 생각에 문제는 너다.

한숨과 함께 들려온 승우의 말을 이해하지 못해 흥분하던 진이는 얼굴을 찌푸렸다.

"뭐라고요?"

—너 아직도 남자 친구 없지? 아직까지 너의 성 정체성을 완벽하게 못 찾은 거야? 넌 오스칼이 아냐! 그냥 스물여섯 살의 나이 들고 있는 처녀일 뿐이라고.

"무, 무슨 소리를 하는 거예요? 난 연우 일 때문에 전화를 한 거라고요!"

연우의 화려한 꽃다발과 황진이의 두서없는 해외전화, 과연 어느 게 돈 낭비인가?

수요일이다. 마태후가 MBS에 가는 날이었다. 방송국 앞까지 거의 다 와서 태후는 걸음을 멈추었다. 그가 발길을 멈춘 곳은 길거리 좌판 앞이었다. 여자들의 머리핀이나 액세서리를 파는 길거리 가게였다.

"어서 오세요. 찾으시는 거 있으세요?"

태후는 잠시 좌판 위의 물건들을 바라보다 하나를 손가락으로 가리키며 말했다.

"저 머리핀 주세요."

만나기로 약속한 것도 아닌데, 연우는 비상계단에 앉아서 누군가를 기다리고 있었다. 손에는 팔 다친 데 좋다는 한방약이 들려 있었다.

"왜 이렇게 안 와!"

조금만 더 기다려 보자고 생각하던 연우는 그대로 그곳에서 잠이 들고 말았다.

태후가 연우를 발견한 것은 그녀가 잠든 후였다. 무방비하게 잠이 든 연우를 보고 태후는 얼굴을 찌푸렸다. 가지고 싶으면 아무나 가지세요, 라고 적혀져서 길거리에 버려진 재활용품 같았기 때문이다.

"지연우!"

이름을 불러보지만 연우는 쉽게 일어나지 않았다. 태후는 지연우의 앞에 무릎을 꿇고 앉은 다음 그녀의 어깨를 흔들어 깨우려고 하였다. 그러다 길게 늘어진 그녀의 머리가 눈에 들어왔다. 몸을 웅크리고 앉아 있으니, 머리카락이 바닥까지 닿았다. 잠시 긴 머리를 바라보던 태후는 주머니에서 아까 앞에서 산 머리핀을 꺼냈다. 길게 풀어진 연우의 머리카락을 조금 손으로 잡았다.

사라락.

손가락을 빠져나가는 머리카락의 느낌이 너무 부드러워 왠지 모르게 얼굴이 찌푸려졌다. 태후는 머리핀의 닫혀 있던 클립을 열었다. 하지만 기술이 없어 그리 예술적으로 머리핀을 꽂아주지는 못할 것 같았다. 처음 써보는 머리핀은 손에 익지 않아 클립이 잘 안 감겼다. 거기다 왼손 하나로 해야만 해서 여간 불편한 게 아니었다. 젠장! 내가 이걸 왜 산 거야, 라고 욕을 작게 뱉어내면서도 태후는 머리핀의 클립을 끼우는 도전을 멈추지 않았다.

막 머리핀의 클립을 성공적으로 닫으려고 하는데, 얼굴 위로 사람의 강한 호흡이 느껴졌다. 설마하는 마음에 고개를 돌려 지연우의 얼굴을 보니, 언제 깨어났는지 지연우가 큰 눈을 더욱 크게 떠서는 자신을 쳐다보고 있었다. 비명을 안 지르는 게 신기할 따름이었다.

　이 순간 마태후가 할 말은 머리핀을 주려고 한 것뿐이라는 변명이었지만, 태후는 어쩐지 말문이 막혔다. 무슨 말을 해야 할지 갈피가 안 잡혔다. 놀란 시선 둘이 숨 가쁘게 서로를 응시하는 동안 몸의 열기는 위험할 정도로 올라가고 있었다. 열기는 이성을 야금야금 마비시켰으며, 그 어느 때보다 지연우의 미모에 취한 태후는 또다시 연우의 얼굴로 다가가기 시작했다. 누군가 사랑은 타이밍이라고 했지만, 태후에게는 키스가 타이밍이었다.

　언제나 거침없던 마태후의 행동과 다르게, 태후는 단지 5㎝밖에 안 되는 거리를 살금살금 다가갔다. 그런 조심스런 행동이 연우를 더욱더 떨리게 하였다. 어머니의 가르침에 따르면 지금 당장 태후를 밀어내고 여자의 정조를 지켜내야 했지만 연우는 지금 기다리고 있었다. 태후가 좀 더 다가와 주기를. 오늘 하루 종일 그와의 만남을 기다린 만큼 연우는 이 순간 그의 전진을 막을 수 없었다.

　쪽. 순간보다 짧은 그 입맞춤은 단지 신호탄일 뿐이었다.

　태후는 한 팔로 그녀의 작은 몸을 끌어당겨 자신에게 밀착시켰다. 태후의 입술이 다시 찾아와 그녀의 떨리는 입술을 강하게 빨아들였을 때, 연우는 후들거리는 손으로 태후의 옷깃을 꽉 움켜쥐었다. 무언가를 지탱하여 잡고 있지 않으면 견딜 수 없을 정도로 몸이 떨려왔다. 그저 막연히 달콤할 거라고만 생각한 키스는 달콤함만이 전부가 아니었다. 그는 그녀의 모든 것을 훔쳐가 버릴 듯 돌진해 들어왔다. 입술과 입술이 맞닿는 곳에서 끝없이 강한 열숨이 터져 나왔다. 태후의 키스는 유혹이었다. 달콤하고 위험하게 그녀를 유혹했다. 그의 유혹은 쉽게 끝나지 않았다. 그저 한순간의 입맞춤만을 생각한 연우에게는 버거운 키스였다. 하지만 그 깊은 혼란과 뜨거운 열기 속에서 연우는 겁을 내면서도 태후를 끝까지 받아들였다. 사랑하는 사람들에게 비밀이 생겨 버렸다. 연우는 아무한테도 이 첫키스에 대해 말하지 못할 것 같았다.

"연우야."

지연우가 가장 먼저 사랑하게 된 건 그녀의 이름을 부르는 태후의 목소리였다. 그 거친 호흡에 연우가 빨려 들어갔다.

"지연우?"

같은 시각, 마산은 윤 보좌관의 보고를 듣고 있었다. 태후와 연우에 관한 이야기였다.

"네, 집까지 찾아오는 사이입니다. 그리고 이번에 태후 도련님이 맡으신 일이 지연우 아나운서가 있는 MBS입니다."

지연우의 사진을 보며 마산은 한참이나 말이 없었다. 윤 보좌관가 조심스럽게 물었다.

"차가 식었는데, 다시 올릴까요?"

"……지연우 집안이 어떻다고?"

"아버님이 대학 교수를 하시고, 선대도 교육자가 많은 집안이었습니다."

"돈은 별로 없겠군."

"네."

"하지만 미모가 되니까, 플러스를 쳐주지."

마산은 결심한 듯 손을 들어, 윤 보좌관에게 명령을 내렸다.

"지연우하고 태유, 선 자리 준비해!"

마태유, 마산의 첫째 아들이며 마태후의 형이었다. 그리고 현재 황제그룹의 사장직을 맡고 있는 차기 그룹총수가 될 인물이었다. 연우는 마태후가 발견한 토끼인데도, 아버지께서는 둘째 아들과의 선 자리가 아니라 첫째 아들과의 선 자리를 명령하셨다. 이 말이 안 되는 것 같은 명령을 윤 보좌관은 완벽하게 알아들었다는 듯이 더 이상 묻지 않고 당장 준비하겠습니다, 라는 말만 남긴 채 서재를 나갔다.

마산은 담뱃갑에서 한 개비의 담배를 꺼낸 뒤 정교하게 만들어진 권총 모양의 라이터를 이용해 불을 붙였다. 사 년 동안 휴전기에 있던 마 대전의 시작을 알리는 작은 불꽃이었다.

누군가와 술을 마시고 싶었다며 동금이 태후를 찾아왔다. 태후의 처치 곤란한 술주정을 예방하기 위해 동금은 맥주를 잔뜩 사 들고 태후네 집으로 왔다.

"왔어?"

태후는 활짝 웃으며 현관문을 열었다. 기분이 꿀꿀했던 동금이 투덜대며 말했다.

"뭐야? 벌써 너 먼저 마신 거야?"

"응? 나 아무것도 안 마셨는데."

"근데 왜 자꾸 실실 웃어?"

“나 안 웃었는데.”

안 웃고 있다고 말하는 순간에도 웃고 있었다. 태후의 이상한 행동은 동금이 집 안에 들어와서도 계속되었다. 안주를 준비한다면서 부엌으로 가서는 되지도 않는 콧노래를 부르며 땅콩을 접시에 쏟아 넣었다.

“갑자기 웬 노래야?”

동금이 도저히 적응할 수 없어 묻자, 태후는 콧노래를 흥얼거리며 이렇게 말했다.

“나 노래 안 불렀는데.”

네 그 코맹맹이 흥얼거림 말이야! 라고 소리쳐서 영양가없는 에너지를 낭비하는 대신, 동금은 단도직입적으로 물었다.

“오늘 무슨 일 있었어?”

“무슨 일이 있는 건 너 아냐? 왜, 윤해수하고 잘 안 돼?”

태후가 평소의 태후로 돌아와 동금의 질문을 맞받아쳤다. 동금은 대답하기 답답했는지 들고 있던 맥주를 한 번에 입에 털어 넣었다.

“난 내 성격이 정말 싫어. 난 겁쟁이야.”

태후가 동금의 앞에 마른안주 그릇을 놓고는 그 옆에 같이 주저앉았다. 블랙이 안주의 냄새를 맡고는 가까이 걸어와서 주인님들이 안주에 손을 대기도 전에 먼저 오징어 다리 하나를 날름했다.

“그냥 사귀자고 말하면 되는 거잖아. 그런데 왜 난 그 말이 안 나올까?”

동금의 얼굴이 어두웠기에 태후도 골똘히 성동금이 용감한 남자가 될 수 있는 방법을 생각해 보았지만 평소처럼 냉철한 생각을 해나갈 수가 없었다. 무뚝뚝한 윤해수의 얼굴이 어느 순간 고운 지연우의 얼굴로 바뀌더니 생글생글 미소를 띠며 살랑살랑 태후를 유혹하기 시작했기 때문이다. 키스의 후유증은 상당한 것이었다. 하루 종일 이 상태였다. 무언가 생각을 하려고만 하면, 떠오르는 건 연우의 얼굴이었다. 손가락 사이로 사르르 빠져나가던 머리카락과 그 보드라운 입술의 감촉. 태후는 제어를 하지 못하고 점점 비상계단의 은밀한 기억 속으로 빨려 들어갔다.

야아옹!

블랙이 정신 차리라고 꾸짖지 않았더라면 분명 더 위험한 상상까지 했을 것이다. 자신을 바라보는 블랙의 시선과 마주친 태후는 스리슬쩍 그 예리한 시선을 피해 고개를 돌렸다.

"내가 사귀자고 하면 윤해수가 받아줄까?"

동금은 심각했다.

"응? 태후야, 해수 씨 사귀는 남자 없겠지? 네가 보기에도 그랬지?"

"……연우."

답답한 동금의 마음에 태후의 엉뚱한 대답이 날아들어 왔다.

"너 방금 뭐라고 했냐?"

"응? 나 아무 말 안 했는데."

너 자꾸 왜 그러냐는 동금의 시선과 나 정말 아무 소리 안 했어라는 태후의 뻔뻔한 시선이 어지럽게 얽혀 들어가며 씨름을 했다.

지연우의 상태도 태후와 별반 다를 바 없었다. 아니, 더 심각했다.

"갑자기 웬 옷을 산다고 난리야! 너희 어머니가 알아서 다 사주시잖아."

간만에 일찍 퇴근하여 쉬고 있었던 진이는 연우의 손에 끌려 억지로 쇼핑을 나오게 되었다. 연우는 옷들 중에서 하늘거리는 분홍 원피스를 꺼내 진이에게 보여주었다.

"진이야, 이거 어때? 예쁘지?"

어깨 부분이 거의 다 패이고 치마 길이가 무릎 위로 한참이나 올라가는 원피스를 보며 진이가 입을 딱 벌렸다.

"너무 야하잖아. 아나운서가 그런 거 입고 방송하면 욕먹어!"

"방송할 때 입을 거 아냐!"

연우의 말에 진이가 이해할 수 없다는 듯이 눈을 가늘게 떴다.

"그럼 언제 입을 건데?"

지연우는 대답을 얼버무리듯 옷걸이에서 또 옷을 고르기 시작했다. 이상한 낌새를 느낀 진이가 다시 다그치듯이 물었다.

"언제 입을 거냐고?"

"그냥 수요일에 입을 거야."

연우는 대수롭지 않게 대답했지만, 고르고 있는 옷이 절대로 대수로운 수준이 아니었다. 그제야 연우의 머리카락에 붙어 있는 낯선 머리핀을 발견한 진이가 연우를 돌려 세웠다.

"이 머리핀은 또 어디서 난 거야?"

연우 어머니의 취향과 전혀 안 맞는 머리핀이었다. 연우 어머니는 고급스럽고 동양적인 디자인을 좋아하였다. 그런데 지금 연우가 하고 있는 머리핀은 너무 귀여운 스타일이었다. 더욱 이상한 것은 진이는 단지 머리핀의 출처를 물었을 뿐인데, 지연우는 대답도 못하고 얼굴만 자꾸 토마토처럼 익어가고 있다는 것이었다. 진이는 잘못을 숨기는 학생에게 캐묻듯이 연우의 어깨를 붙잡고, 근엄한 얼굴로 물었다.

"너 오늘 무슨 일 있었지?"

"어, 없었어!"

그러나 강한 부정은 즉 긍정임을 진이는 이미 눈치 채고 있었다.

팔을 다친 태후는 바깥출입을 삼가고 거의 집에 있었다. 며칠 동안 그가 집을 나와 외출을 한 건 블랙의 사료를 사러 나오는 게 전부였다.

"그 고양이는 죽다가 살아났다면서 아직도 그렇게 식성이 좋아?"

또 사료를 사가는 태후에게 아저씨가 물었다.

"자는 동안 못 먹었더니, 그거 채우면서 먹던데요."

블랙의 식성은 여전하였다. 건강하다는 증거 같아서 태후로서는 오히려 기분이 좋았다. 펫샵 아저씨도 기분 좋게 웃으며 서비스로 블랙의 간식을 같이 주셨다.

"이건 살아난 기념으로 내가 주는 거라고 해. 불사신이야. 아마 그 고양이 자네보다 오래 살 거 같은데."

"저도 그럴 거라고 생각해요."

아저씨는 블랙을 한 번도 본 적이 없었지만, 마치 자신의 고양이처럼 대견해하셨다. 아저씨의 생각에 지금 블랙은 하느님이 주신 수명을 거부하며 살아가는 것처럼 보였기 때문이다.

우리가 살아가는 시간 안에는 얼마나 많은 기적이 존재할까?

집으로 돌아오던 태후는 낯익은 차를 발견하고 멈추어 섰다. 검은색 세단. 형의 차였다. 태후는 설마하는 마음으로 주위를 둘러보았다.

낡은 아파트 단지, 쉼표도 없이 달리는 자동차들, 놀이터에서 모래장난을 하며 노는 아이들, 그리고 그가 있었다. 주름 하나 없는 검은 슈트를 맵시있게 입고 '나 사장님'이라고 티를 팍팍 낸 채. 산을 닮은 키에 태후를 닮은 얼굴, 꾹 다문 입술이 무섭기보다는 많은 생각을 담고 있는 듯이 보이는 남자.

마태유가 놀이터 근처에 서서 아이들이 노는 모습을 보고 있었다.

태후는 사 온 사료를 검은색 세단 보닛 위에 놓고는 천천히 형 태유에게 다가갔다. 태후가 집을 나와 이곳에 사는 사 년 동안 태유가 찾아온 적은 단 한 번도 없었다. 있으면 안 되는 곳에 그가 있다는 것을 타박하듯 태후가 태유에게 물었다.

"형이 왜 여기 있어?"

태후의 목소리를 듣고도 태유는 시선을 돌리지 않았다. 그저 오후의 여유를 즐기러 나온 사람처럼 아이들이 노는 모습만 구경하고 있었다.

"형!"

혹시 아버지에게 무슨 일이 생긴 게 아닌가 하는 불안한 마음이

들기 시작했다. 태유가 태후를 찾아올 일은 아버지의 일밖에 없었
으니까. 태유는 태후의 깁스한 팔을 힐긋 쳐다보고는 다시 고개를
돌렸다.

"그 팔 다친 거 혹시 지연우 아나운서 때문이냐?"

마태유의 입에서 연우의 이름이 나온 순간 태후는 지독히도 기
분이 나빠졌다. 과거의 기억을 더듬어보면 마태유의 입에서 여자
이름이 나온 날은 언제나 재수가 없었다. 가장 최악으로 재수가
없었던 날은 그날이었다. 백화점이 무너진 날. 그날도 태유는 태
후에게 어떤 여자에 대해 말했었다.

"형이 왜 연우에 대해서 묻는 거야?"

태후의 질문에 태유는 웃고 말았다.

"연우?"

누군가를 좋아하는 마음은 그 사람의 이름을 부르는 목소리에
묻어난다. 동생의 입에서 나온 그 다정한 울림에 태유는 기쁘기도
하고, 두렵기도 했다.

"할 말이 있어서 왔어."

태유는 가능한 신중하게 단어를 골라내며 태후에게 이야기를
했다.

아버지, 정말 자신있으세요? 영영 태후를 잃어버리시면 어쩌실
거예요? 그럼 아버지는 저도 잃어버리시는 거예요.

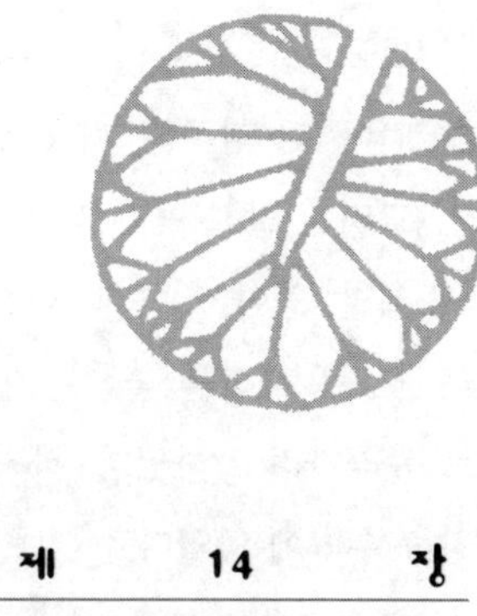

제   14   장

띠리리리 띠리리리.

태후는 끝까지 전화를 받지 않았다. 집에 들어서기 전에 마지막으로 전화를 걸었던 연우는 실망한 표정으로 핸드폰을 내려놓았다.

"다녀왔습니다."

어머니에게 귀가 인사를 하는 연우의 목소리에 생기가 하나도 없었다.

"연우야, 왜 이렇게 늦었어? 얼마나 중요한 일이 생겼는데. 글쎄 말이야, 아까……."

집으로 들어오는 연우를 어머니가 부산스럽게 맞았다. 어머니는 그 어느 때보다 기분이 좋아 보였다. 하지만 연우는 지금 아무

265

런 말도 듣고 싶지 않은 기분이었다.

"엄마, 나 피곤해. 나중에 이야기해."

"그러지 말고 여기 앉아서 내 말 좀 들어봐."

"제발, 엄마. 나중에, 나중에 이야기해."

연우는 자신을 붙잡는 어머니의 팔을 떼어내고는 자신의 방으로 올라가려고 하였다. 하지만 바로 이어진 어머니의 말에 그대로 멈출 수밖에 없었다.

"황제그룹 마태유 사장 쪽에서 너한테 선 자리 들어왔단 말이야. 이렇게 중요한 이야기를 어떻게 나중에 하니?"

마태유?

연우는 자신에게 선 자리가 들어왔다는 것보다 선볼 남자의 이름이 태후의 이름과 너무 비슷해서 놀라고 있었다. 그러고 보니 그녀는 태후의 형 이름도 모르고 있었다. 아직 둘 사이에는 서로 알아가야 할 게 너무 많았다.

"뭐?"

태후의 말을 들은 동금은 놀라서 거의 고함을 치듯이 물었다.

"그게 정말이야? 너희 형이랑 지연우가 선을 본다고? 그게 말이 돼? 너희 형 황제그룹 황태자잖아. 그럼 다른 나라 공주님하고 결혼해야 하는 거 아냐? 왜 하필 지연우야?"

태후는 대꾸없이 맥주만 들이켰다. 태후의 반응이 평소와 달리 너무도 조용하자 시끄럽게 놀라던 동금도 차츰 감정을 억제시켰다. 범상치 않은 태후의 반응을 살피며 동금이 조심스럽게 물었다.

"너 혹시 지연우 아나운서랑 무슨 일 있었어?"

"14년 전에 Y대학교에서 어떤 여대생 한 명이 장다르크 학설이라는 걸 발표했거든."

생뚱맞은 태후의 말에 동금은 고개를 갸웃했다.

"장다르크? 쟌 다르크 말이야? 나를 따르라고 말했던 프랑스의 어린 영웅?"

"아니, 장다르크. 장다르크 학설이야."

"그게 도대체 뭔데?"

태후는 꽤 많이 남아 있던 맥주를 한입에 털어 넣은 뒤 입가를 손으로 닦으며 말을 이었다.

"그 학설의 포인트는 그러니까 Y대학교 경영학과 92학번 마태유는 자신이 원하는 여자는 누구라도 손에 넣을 수 있는 마력을 갖고 있는 남자이다, 라는 거지."

동금이 농담이지? 라는 눈으로 바라보았지만, 그건 사실이었다. 14년 전, Y대학교 교양 심리학 수업에서 심리학 교수는 이성에 대한 심리를 파악하기 위해서 남자는 여자의 심리를, 여자는 남자의 심리에 대해 리포트를 써보라고 과제를 내었다. 그리고 수업을 듣는 한 여학생은 그 주제에 대해, 자신의 나름대로 연구와 탐구를 해서 리포트를 써서 냈다. 그게 바로 '장다르크 학설' 이라는 이름이 붙어서 Y대학교 안에서 아직도 입에서 입으로 전해 내려오는 리포트였다. 그 당시 이 리포트가 발표되었을 때, Y대학 여학생들은 열광하며 글을 쓴 여학생의 별명을 따서 '장다르크 학설' 이라는 명예로운 제목을 붙여주었으나 심리학 교수는 감히 자신의 신성한 강의 시간에 장난 같은 리포트를 제출하여 분위기를 제대로 흐린 그 여학생에게 명예로운 F를 주고는 재수강의 기회조차 박탈하였다.

"지금까지 그 학설이 틀린 적은 단 한 번도 없었어."

"하긴 너희 형이 많이 잘나기는 했지. 왕년에는 잘나가는 운동선수였고, 지금은 더 잘나가는 대그룹 사장이고, 성격도 너처럼 비뚤기는커녕 올곧고, 키도 너보다 더 커요. 에, 또 그리고……."

빠직!

갑자기 캔이 찌그러지는 소리에 놀라, 손가락을 꼽아가며 마태유의 잘난 점을 열거하던 동금은 말을 멈추었다. 태후가 고개를 돌려 동금을 쏘아보며 주장했다.

"누군가 나타나서 그 바보 같은 학설이 거짓이라는 걸 증명해 줘야 해!"

"야! 그게 무슨 헛소리야? 너 지금 술주정하는 거 맞지?"

마태후는 누군가와의 선을 정할 때 꼭 세 번의 시험을 거친다. 그건 처음에 지연우도 마찬가지였다. 그런데 지연우가 블랙을 훔쳐 가는 순간부터 그가 긋고 있던 선의 경계가 엉망으로 흐트러져 버렸다. 그녀는 그에게 어떤 의미일까? 재미있는 호기심 거리? 키스하고 싶은 여자? 아니면…… 아니면. 아직은 선이 분명하지가 않았다. 그래서 아버지가 쳐놓은 덫을 태후는 자신이 연우에게 내리는 시험으로 이용하려고 하였다. 시험이라는 거창한 말을 빼면 이건 그냥 사랑을 확인하고 싶은 남자의 마음이었다.

"뭐? 맞선? 누구랑?"

진이와 춘희는 동시에 놀랐다. 잘나가는 아나운서한테 맞선 자리 한두 개 들어오는 거야 당연한 일이지만, 연우의 어머니는 연우가 스물여덟 살이 될 때까지 절대로 결혼 안 시키겠다고 연우가 태어났을 때부터 결심하신 분이었다. 지금 연우의 나이 이십육 세, 이 년이나 이른 사건이었다.

"난 절대로 맞선 안 봐! 그러니까 집에도 안 들어갈 거야!"

연우는 집을 나올 때 유일하게 가지고 나온 종이 백을 품에 껴안고서 태어나서 처음으로 가출을 선언하였다. 진이가 소파에서 내려와 연우의 옆에 딱 붙어 앉은 다음 다시 물었다.

"야, 맞선 들어온 남자가 누구이기에 너희 어머니가 이렇게 열렬히 환영하는 건데?"

자신의 불행을 같이 슬퍼하지는 못할망정 오히려 재미있는 구경거리가 생긴 듯 달려드는 진이의 태도에 연우는 더욱 화가 났다.

"그렇게 궁금하면 네가 나가든지!"

"야, 나도 선보기 싫어서 여기로 도망친 거거든! 동지, 내 선 상대는 고지식한 수학 선생이라고 하던데, 그쪽은 누구이신가?"

연우가 입술을 깨물며 중얼거렸다.

"세상에서 가장 최악의 상대야."

진이가 춘희를 돌아보며 해석을 부탁했지만, 춘희도 짐작이 되지 않았다. 그때 춘희네 집 초인종이 울리자 문가 근처에 있던 춘희가 일어서서 현관문을 열었다.

"우리 누나 여기 있지?"

연우의 동생 지신우가 어머니의 명령을 받고 누나를 잡아가려고 온 것이었다. 신우가 던지듯이 신발을 벗고 들어와 연우를 억지로 일으켜 세우자, 연우는 신우의 손에서 벗어나기 위해 몸부림을 쳤다. 그런 중에도 가슴에 껴안고 있는 종이 백은 놓지 않고 있었다.

"이거 놔! 나 집에 안 들어갈 거야!"

"좀 적당히 해! 싫으면 어머니 앞에서 싫다고 말해! 왜 나까지 귀찮게 도망을 쳐!"

"야, 신우야! 연우 맞선 상대 누구냐?"

"선생님, 지금 그런 거 물을 때입니까?"

열일곱 살 지신우는 거리낄 게 없다는 듯 진이에게도 소리쳤다. 그때 연우는 신우의 손에서 벗어나기 위해 동생의 손을 있는 힘껏 물었다.

"으악! 어딜 물어! 누나가 개야?"

물린 고통을 참지 못해 신우가 손을 놓아버리자마자 연우는 일어나서 현관 밖으로 달려나갔다. 종이 백은 여전히 품 안에 깊숙이 껴안고 말이다.

연우가 도망치듯 뛰쳐나가 버린 뒤, 아파하는 신우만 빼고 춘희와 진이는 충격에 휩싸인 채 열려진 현관문 밖을 멍하니 쳐다보았다.

"진이야, 연우가 아까부터 껴안고 있던 백에 혹시 뭐가 들었는지 아니?"

"아! 나랑 같이 쇼핑한 옷 같던데."

"옷?"

"응, 수요일에 입는다고."

지연우가 누군가에게 예쁘게 보이기 위해 직접 옷을 고른 일은 처음이었다.

"지연우!"

"연우야!"

뛰쳐나간 연우를 찾기 위해, 세 사람은 거리로 나왔다. 달리기도 못하는 지연우는 아직도 긴 머리를 휘날리며 달리고 있는지 모습이 보이지 않았다.

"이 정도로 싫어하는 거 보니, 혹시 상대가 돈만 많은 대머리 왕자 아냐?"

아무도 가르쳐 주지 않자, 진이는 혼자 결론을 내렸다. 지연우의 맞선 상대는 대머리 왕자라고.

"적어도 연우 어머니의 마음에는 든 상대인가 보지."

"그래, 그러니까 더 궁금한 거야. 연우 어머니가 오죽 깐깐하냐? 솔직히 연우가 우리랑 친하게 지내는 것도 별로 안 좋아하시잖아. 연우 어머니의 눈에 우리 둘은 연우 친구 자격에서 미달이라고."

"야, 개연우! 너 거기 서!"

그때 마침 연우를 발견한 신우가 달려가며 외쳤다. 쫓고 쫓기는 동생과 누나의 달리기는 아무래도 동생의 승리로 끝이 날 것 같았다.

"아, 잡혔다. 결국 들쳐 업혀가는군. 지연우 가출 3시간 만에 강제 수송되는구만. 하하! 이 와중에도 백을 껴안고 있어. 장하다, 지연우."

진이는 생중계를 하며 강 건너 불구경하듯 서 있었다. 그건 춘희도 별반 다를 바 없었다. 신우에게 억지로 업혀가는 연우를 그냥 지켜보며 춘희가 말했다.

"연우가 점점 변해가는 것 같아."

"그래, 확실히 변해가고 있어. 옛날에는 사람을 물지 않았는데 말이야."

늦은 밤, 진이는 베란다에 나와 차가운 밤바람을 맞으며 통화를 하고 있었다.

"연우가 선을 본대요."

—어머니한테 들었어.

"에? 들었어요? 그럼 연우가 선보는 남자가 누군지 알겠네요? 누구예요?"

—대단한 남자.

"얼마나 대단한 남자인데요?"

—우리 어머니의 마음을 움직일 정도로 대단한 남자.

"그런 식으로 말하면 난 자꾸 물어보게 되고, 그럼 통화 시간은 길어지고, 내 지갑에서 더 많은 전화세가 나가겠죠. 해외전화는 비싸고, 난 박봉의 선생님이에요."

—난 돈 한 푼 못 버는 학생이거든.

"전화 건 사람이나 전화 받는 사람이나 통화하는 건 똑같은데,

어째서 돈은 전화 건 사람이 다 내야 하는 거예요? 이거 너무 불공평하다고 생각하지 않으세요?”

—……아니. 그건 어쩔 수 없는 일이야.

“왜요?”

—전화 건 사람이 더 많이 보고 싶어하는 사람이니까.

진이는 차가운 베란다 난간에 이마를 갖다 대었다. 이런 말에 함부로 휘둘려서는 안 된다. 이건 단지 지승우의 말하는 스타일일 뿐이었다. 정말 나쁜 스타일이다. 진이는 차가운 철제로 뜨거워지는 이마를 식히며 화제를 돌렸다.

“연우가 신우를 물었어요. 왕! 개처럼요.”

—아! 그건 금시초문인데. 연우한테 말 좀 전해줘.

“뭐라고요?”

—그래도 난 널 사랑한다고.

이건 마약보다 지독한 중독이었다. 끊어야지, 끊어야지 한 게 벌써 이 년이나 흘러가고 있는데, 진이는 아직도 못 벗어나고 있었다.

진이는 전화통화에 빠져 있느라 춘희가 문을 열고 잠시 지켜보다 들어간 걸 알지 못했다.

“난 안 일어날 거야.”

연우는 침대에 붙어 일어나려 하지 않았다. 아침 방송이 바로 코앞에 있는데 말이다. 연우의 막무가내에 어머니는 머리끝까지 화가 나셨다.

"지연우, 너 정말 왜 이래! 어리광 피우지 말고 당장 일어나!"

"내가 일어나면 엄마는 또 엄마 맘에 드는 옷을 입히고 엄마 마음에 드는 남자한테 날 보낼 거잖아."

"맞선은 아직 십사 일이나 남았어!"

"그 맞선 취소할 때까지 난 절대로 이 침대에서 안 일어나!"

"쿡쿡! 그럼 침대랑 같이 방송에 나가야겠네."

지나가던 신우가 못 봐주겠다는 듯이 참견을 하자 어머니의 호통이 바로 날아왔다.

"지신우, 넌 가서 등교 준비나 해!"

신우는 바로 연우의 방문 앞에서 사라졌다. 그리고 어머니는 연우가 붙잡고 있는 이불을 잡아당기면서 다시 연우를 다그치기 시작하셨다.

"연우야, 당장 일어나. 지금부터 준비 안 하면 방송에 늦어."

"그럼 맞선 취소해!"

어머니는 달래듯이 말했다. 윽박질러서 통할 문제가 아니었다.

"그 정도면 최고의 신랑감이야. 너에게 날아들어 온 복이라고. 어디 가도 그런 남자 못 만나."

"난 최고의 신랑감 따위 필요없어!"

타이름도 통하지 않자 어머니는 마지막 경고를 하였다.

"너 당장 안 일어나면 이 침대 부숴 버릴 거야!"

연우가 어머니와 투쟁을 벌이고 있을 때, 태후는 술기운에 빠져 동금과 같이 거실 바닥에 뻗어 자고 있었다. 태후의 집에서 지금 깨어 있는 건 블랙뿐이었다. 자고 있는 태후를 툭툭 쳐도 그가 안 일어나자 블랙은 느릿느릿 걸어서 텔레비전 리모컨을 다리로 꾹 눌렀다.

『안녕하세요. 좋은 아침입니다. 아나운서 유민주입니다. 오늘 지연우 아나운서는 사정이 있어서…….』

텔레비전이 켜지면서 세상의 아침 모닝이슈가 나왔다. 하지만 지연우는 나오지 않았다.

야아옹!

블랙이 다시 태후에게 다가가서 머리로 툭툭 치며 울었으나, 태후는 끝내 일어나지 않았다.

"연우가 방송에 안 나와서 걱정이 돼 들러봤습니다. 연우 집에 있나요?"

춘희와 진이가 출근하는 길에 연우네 집에 들렀다. 어머니는 지친 얼굴을 하시고 문을 열어주셨다. 세 시간 동안 실랑이를 했지만, 연우를 침대에서 끌어낼 수가 없었던 것이다.

"그래, 2층 자기 방 침대에 있어."

어머니의 말씀대로 진이와 춘희가 연우의 방에 들어왔을 때, 연우는 침대 위에 누워 있었다. 자신을 만나러 온 두 친구에게 연우는 이런 인사를 했다.

"난 절대로 이 침대에서 안 일어나."

진이는 춘희의 등을 밀어 연우의 침대로 보냈다. 설득은 어른스런 춘희가 자신보다 더 낫다는 걸 잘 알기 때문이었다. 막 학교에 가려고 가방을 메고 방에서 나오던 신우는 누나의 방문 앞에 서 있는 진이를 보고 인사를 했다.

"학교 안 가세요?"

"갈 거야. 어떻게 반항하고 있나 구경하러 온 거야."

"어차피 또 어머니 말대로 할 거면서 왜 저리 버티는지. 하여튼 누나 때문에 난 아침도 못 먹었다고요."

"아니, 이번에는 어머니 말대로 안 할 거야."

진이의 말에 신우가 믿지 못하겠다는 눈을 했다. 신우가 십칠 년 동안 보아온 누나는 어머니의 또 다른 분신이었다. 모든 걸 어머니의 눈에 맞추며 살았었다.

"연우한테 좋아하는 남자가 생겼거든."

"에?"

그것 또한 믿지 못할 소리였다. 신우가 아는 지연우는 남자라면 벌벌 떨었다.

신우는 이제 진이와 나란히 서서 여전히 침대 위에서 버티고 있는 연우를 바라보았다.

"어떤 남자예요?"

"한마디로 정의가 불가능한데."

"마태유보다 대단해요?"

"마태유? 아, 내가 좋아했던 농구 선수랑 똑같은 이름이다."

"맞아요, 그 마태유."

진이는 잠시 동안 신우의 말을 이해할 수 없었다. 진이가 알고 있는 마태유라는 남자는 십 년 전 대학농구 붐을 일으키며 코트를 누비다가 어느 날 갑작스런 은퇴와 함께 사라진 전설적인 선수였다.

"그 남자가 아직 살아 있었어?"

한순간에 코트에서 사라진 전설. 사고로 죽었다는 소문이 가장 많았었다.

"네, 너무 잘살고 있던데요."

진이는 놀란 눈으로 침대에서 버티고 있는 연우에게로 다시 시선을 돌렸다.

"연우 맞선 상대가 진짜 그 마태유야?"

"네, 그래서 누나가 맞선 안 나가면 내가 나가려고요."

"아, 나도 같이 가자."

장다르크 학설, 그건 여장부 황진이에게도 해당되는 것이었다. 어쩌면 지신우도.

태유는 출근 준비 중이었다. 태유가 태후보다 나은 점 중 하나는 패션 감각이 있다는 것이다. 태후가 자신의 타고난 옷발에 무조건 의지하는 데 비해 태유는 어떤 스타일에 어떤 컬러의 옷을 입어야 되는지 정확하게 알고 있었다. 그가 푸른 바다를 생각나게 하는 블루 톤의 넥타이를 매고 있을 때, 똑똑 노크 소리에 이어 가정부가 조심스럽게 문을 열었다. 태유가 무슨 일이냐는 말을 눈으로 묻자, 마씨가에서 이십 년 동안 일한 가정부 아주머니는 아주 조심스럽게 입을 열었다.

"서재에……."

태유가 서재의 문을 열었을 때, 쏟아져 내리는 빛을 타고 나타난 것처럼 태후가 그 속에 서 있었다. 사 년 동안이나 가출 중이면서 마치 항상 이곳에 있었던 것처럼 자연스러운 그림이었다. 그건 아마도 서재 벽에 붙어 있는 가족사진 때문인 것 같았다. 가족사진 속의 태후는 언제나 이 집에 있었으니까.

"언제 온 거냐?"

태유의 목소리를 들었을 텐데도 태후는 돌아보지 않았다. 그는 아버지의 컬렉션을 보고 있었다. 마산의 소소한 취미의 산 증거들, 당첨복권들이었다. 5등에서부터 2등까지 여러 장의 당첨복권이 있었지만, 아쉽게도 1등 복권은 없었다. 더 정확하게 말하면, 옛날에는 있었는데 지금은 없었다.

"내가 여기서 아버지 1등 복권 훔쳐서 집 나갈 때 형이 나한테 뭐 사다 달라고 했는지 기억해?"

태후의 질문에 태유는 아무런 대답도 하지 않았다.

"장미 한 송이만 사다 줘."

막 대학생이 되었던 때, 태유는 아버지의 보물을 훔쳐서 가출하는 제멋대로 동생에게 그렇게 말했었다. 기억하고 있었다. 아니, 잊을 수 없는 일이었다.

"그래서 내가 사다 준 장미는 그만한 값어치를 했어?"

태후가 고개를 돌려 태유의 눈을 똑바로 쳐다보며 물어본 말이었다. 마치 그의 잘못을 심판 내리듯이 태후는 매섭게 태유를 쏘아보았다. 태후의 입장에서는, 이번 맞선 사건에 있어서 태유와 아버지는 공범이었다.

"나도 아버지 생각과 같아. 네가 그만 집에 돌아왔으면 좋겠다."

그러니까 맞선은 미끼였다. 마태후를 다시 집으로 불러들이기 위한 미끼. 그래서 태유는 아버지의 명령을 거절할 수 없었다. 그가 생각하기에도 이게 마지막 기회인 것 같았기 때문이다. 마태후에게 애원이 통할 리 없었다. 그리고 마씨가 사람들 중 애원에 능숙한 사람은 한 명도 없었다. 어머니가 돌아가신 뒤, 이 집에서 '부탁해' 라는 말이 나온 적은 단 한 번도 없었다.

"그러니까 내가 버틴다면 형은 지연우랑 결혼이라도 하겠다는 소리야? 수억 원하는 장미도 결국은 시들어 버린 건가 보지?"

빈정대는 태후의 말이 태유의 가슴을 후벼 팠지만 참았다. 왜냐하면 지금은 아침이었으니까. 절대로 주먹이 오가서는 안 되는 시간이었다. 아직 남아 있는 하루가 너무 길었다.

"선을 보든 결혼을 하든 상관 안 하겠는데, 이 말은 똑똑히 기억해 둬."

태후는 태유가 지금까지 한 번도 본 적이 없는 눈빛을 하고 있었다. 언제나 무언가 꿍꿍이를 꾸미기에 바빴던 눈이지만 지금은 단지 직설적일 뿐이었다. 태유에게 모든 걸 들키는 걸 감수하면서도 태후는 경고하고 있었다.

"지연우한테 손가락 하나라도 댔다가는 나하고 블랙이 형 가만 안 둬!"

그녀가 그에게 오는 시간을 기다릴 인내는 있었다. 하지만 다른

남자가 그녀에게 함부로 흔적을 남기는 건 절대로 용납할 수 없었
다. 그게 설령 아버지의 명령에 꼭두각시처럼 움직인 형이라고 해
도 말이다.

"오늘 지연우가 방송에 안 나왔어. 가서 무슨 일인지 알아보고
나한테 연락해."

태후는 태유에게 명령을 내리고는 바람이 빠져나가 듯 서재를
나가 버렸다.

"알아 모시겠습니다."

아버지에 치이고, 동생에게 치이고, 집 밖에서는 전설로 통할지
모르지만 집 안에서는 가장 만만한 게 마태유였다. 아무래도 다시
시작된 마대전의 첫 번째 피해자는 마태유가 될 듯싶다.

연우네 집 앞에 고급 세단 한 대가 주차되어 있었다. 그리고 집
안에서는 그 어느 때보다 긴장감이 흘러넘치고 있었다. 이건 불의
의 방문이 아니라 불의의 기습이었다.

"연락도 없이 찾아와서 죄송합니다."

장신의 마태유는 등장만으로 위압감을 주기에 충분했다.

"아휴! 아니에요, 잘 오셨어요. 어차피 만나기로 한 거 빨리 만
나면 더 좋죠."

어머니는 그 어느 때보다 저자세로 남자를 맞았다. 태유는 선물
로 사 온 과일 바구니를 바닥에 놓고, 공손히 물었다.

"지연우 씨가 오늘 방송에 안 나온 게 걱정이 되어서 들렀습니
다. 어디 아픈 건가요?"

지연우는 아직까지도 침대에서 자신의 위치를 고수하고 있었

다. 어머니는 낭패스런 눈으로 2층 연우의 방을 올려다보았다. 아프다고 하면 분명 만나보겠다고 할 텐데, 그럼 연우가 맞선보기 싫어서 농성 중이라는 걸 마태유가 모두 알게 될 것이었다. 어머니로서는 막아야 되는 일이었다.

"그게, 연우는 지금……."

태유는 어머니의 시선을 따라 2층 방을 올려다보았다. 문은 굳게 닫혀 있었다.

"아픈 건가요?"

가능한 연우가 집에 없다는 거짓말을 꾸며야 했다. 그래야 마태유가 만나보겠다는 소리를 안 할 것이었다. 어머니는 빛보다 빠른 속도로 뇌를 굴리기 시작했다.

"아뇨, 아픈 게 아니라…… 미국에 갔어요."

"네? 미국이요?"

꽤 믿기 힘든 거짓말이었지만, 어머니는 차근차근 연우가 미국에 간 여행담을 꾸며내기 시작했다.

"네, 미국에 연우의 오빠가 있거든요. 갑자기 오빠를 너무 보고 싶어하기에 얼굴만 보고 돌아오라고 했어요. 둘은 아주 각별한 오누이 사이거든요."

보고 싶다고 일도 때려치우고 보러 갈 정도면 각별한 게 아니라 지독한 것이었다. 태유는 부디 이 말이 거짓말이기를 바랐다.

"미국?"

태유의 전화를 받은 태후는 믿을 수 없다는 듯이 연거푸 세 번이나 물었다.

—그래, 지연우 어머니가 거짓말하는 게 아니라면, 지연우는 지금 미국에 있어.

"확인할 방법은 하나뿐이네."

—그래, 하나뿐이긴 한데, 설마 나보고 출국자 명단까지 확인해보라고 할 작정은 아니지?

"왜? 아버지 말대로 맞선은 보면서 내 말 들어주기는 그렇게 귀찮아?"

'네가 집에 돌아오기만 하면 끝날 문제야. 그럼 아버지는 선 자리에 나 대신 널 내보낼 거야.'라고 말할 수도 있었으나, 태유는 그 소리를 할 수 없었다. 태후가 집에 돌아오면 아버지가 태후에게 어떤 것들을 강요할지 잘 알기에, 그 말을 쉽게 꺼낼 수가 없었다.

아버지의 틀에 벗어나는 태후의 모든 것들을 또다시 억지로 아버지가 만족할 수 있게 짜 맞추려 할 것이었다. 자유분방한 그의 성격에 족쇄를 채우려 하실 거고, 아직도 낫지 않은 그의 폐소공포증을 아버지는 고름을 짜내듯 억지로 눌러대실 것이다.

태유와 태후의 아버지 마산은 어떤 문제든 강하게 단번에 해결하시려는 성격이셨다. 그래서 아버지가 생각하시는 모든 방법들은 과격한 타협이었다. 타협이라는 이름 아래 선택의 길을 주시기는 하지만 아들들은 언제나 아버지가 생각하는 방향으로 선택하게 되어 있었다.

마태유와 지연우의 선도 그 과격한 타협의 한 가지였다. 이 과격한 타협에도 태후에게 선택의 폭이 있기는 했다. 지연우를 포기하고 아버지의 족쇄를 피해가든지, 지연우를 얻기 위해 아버지의 그늘 밑으로 들어오든지. 태후가 선택할 수 있는 건 두 갈래의 길이었다. 이건 처음부터 선택이라는 말이 어울릴 수 없는 타협이었다. 지연우를 이용한다는 것 자체가 타협이라는 이름의 강요였던 것이다.

아버지와 태후의 사이에서 중립을 지키고 있는 태유가 말했다.

—난 아버지가 명령해서가 아니라, 지연우가 맘에 들어 선을 본다고 한 거야.

태유는 태후의 아버지에 대한 원망을 자신에게 돌리고 있었다. 이건 중립이 아니라 위대한 희생이라고 불러도 될 것 같다.

"죽고 싶어? 어따 대고 헛소리야?"

—너는 어따 대고 막 말하는 거냐? 난 네 형이야.

딩동딩동, 태후네 집 현관 벨이 울렸다. 누군가 방문객이 온 것이다. 태후는 전화기에 대고 계속 욕을 하면서 현관으로 갔다. 현관을 열 때에는 막 이런 욕을 하고 있었다.

"유서 써놓고 기다려! 내가 오늘 밤……."

찾아가서 곱게 죽여줄게, 라고 말하려던 태후는 방문객을 보고 말을 멈추었다.

"아! 저기, 생각해 보니 블랙이 건강하게 잘 지내나 궁금해서……."

지금 미국에 있는 것으로 되어 있는 지연우가 얌전한 평소의 차림과 다르게 어깨가 다 파인 핑크색 원피스를 입고, 손에는 과일 바구니를 들고 문밖에 서 있었다. 그리고 말하기를 고양이 담배

피우던 시절에 퇴원한 블랙을 문병 왔다고 한다. 거짓말 탐지기가 거짓말을 찾아내 시끄럽게 울려대듯 연우의 거짓말을 눈치 챈 태후의 심장이 뛰고 있었다.

─누구? 설마 지연우 목소리야? 그래?

전화기 속에서 궁금하다는 형의 목소리가 들려왔지만, 태후는 그대로 핸드폰의 폴더를 닫아버렸다. 태후가 전화를 끊자 연우가 조심스럽게 물었다.

"누구랑 통화하는데 그렇게 욕을 해요?"

"있어. 한물간 농구 선수."

"농구 선수 중에도 아는 사람이 있어요? 내 동생도 농구하는데."

"안 들어와?"

태후가 옆으로 비켜서서 길을 터주며 물었다. 연우는 태후가 만들어준 공간으로 조심스럽게 발을 들여놓았다. 그리고 태후는 과일 바구니에 가려져 보이지 않던 지연우의 다리를 보게 되었다.

짧다.

위험할 정도로 짧은 치마는 아니었지만, 평소 지연우가 입고 다니던 무릎까지 오는 치마에 비해서는 훨씬 짧았다. 지연우의 각선미에 대한 평가를 내리기 전에, 이건 변화였다.

여자의 옷차림이 달라졌다는 건 무얼 뜻하는 거지?

태후는 지금 너무도 절실히 네이버의 도움이 필요했다.

야아옹!

블랙은 건강한 울음소리를 내며 연우를 반겨주었다. 연우는 조심스럽게 주저앉아 블랙의 털을 손으로 쓸어주었다.

"이젠 정말 건강해졌네. 다행이다, 블랙."

그리고 애정의 표현으로 블랙을 품에 안고 일어나려던 연우는 블랙의 무게를 견디지 못하고 휘청하면서 위험스런 뒷걸음질을 치다 결국 소파에 풀썩 주저앉았다.

옆에 서 있던 태후가 그 모습을 보고 쿡쿡 웃자, 연우가 불만스런 얼굴로 돌아보았다.

"블랙이 너무 무거운 거예요. 얘는 다이어트가 필요하다고요. 그래야 오래 살아요."

"됐어. 먹는 게 유일한 낙인 애한테 살기 위해 먹지 말라고 하는 게 더 웃기지 않아?"

태후가 과일 바구니에서 과일 하나를 꺼내 내밀자, 연우가 손을 내밀었다. 하지만 돌아오는 태후의 대답이 얄미웠다.

"너 말고 블랙 주는 건데."

연우가 불만스런 눈으로 태후를 쏘아보는 사이 블랙은 태후가 내민 사과를 덥석 물어서 조금씩 갉아먹기 시작하였다. 정말 못 먹는 게 없었다. 사과를 맛있게 먹는 고양이를 보며 연우가 불만을 토해냈다.

"고양이보다 날 먼저 챙겨줘야 하는 거 아니에요?"

"이 집에서는 블랙이 왕이야. 뭐든 블랙이 먼저라고."

"그런 게 어디 있어?"

"블랙! 지금 저 아가씨가 너의 자리에 도전장을 내미는데, 어떻게 할 거야? 싸울래?"

“난 고양이하고 싸움이나 하려고 여기까지 온 게 아니에요.”

연우가 곱게 차려입고 어머니의 눈을 피해 여기까지 온 건 고양이와 싸움 따위나 하려고 했던 게 절대 아니었다.

“그럼 왜 온 건데?”

그걸 몰라서 묻는단 말이야? 나한테 키스까지 했으면서!

라고 대놓고 말할 수는 없었기에, 연우는 그저 억울함을 가득 담은 눈으로 마태후를 노려보았다. 태후는 자신을 노려보는 연우의 시선을 잠시 관찰하다 또 이렇게 물었다.

“혹시 부업으로 외판해?”

“이런 원피스 입고 물건 팔러 다니는 사람이 어디 있어, 이 바보야!”

너무 기가 막혀서 바보라는 소리가 자기도 모르게 튀어나와 버렸다.

“지금 나보고 바보라고 했어?”

마태후는 바보라는 말에 민감한 반응을 보였다.

“세상에 태어나서 바보 소리 들은 거 처음이야.”

처음이란다. 그리고 마태후의 말은 아직 끝난 게 아니었다.

“나중에 자서전에 써놔야겠네. ‘내 나이 서른에 나는 바보가 되었네’ 라고.”

“진짜 얄미워!”

연우는 옆에 있는 쿠션을 들어 태후의 머리를 향해 던져 버렸다.

“바보는 머리가 단단해서 이런 쿠션으로는 안 죽어.”

“자꾸 그런 식으로 말하면 나 갈 거예요.”

계속 깐죽이던 태후의 입이 연우의 선언에 멈추었다.

“간다고? 나만 두고?”

‘바보’ 라는 말보다 더 충격이라는 듯이 태후가 되물었다. 그 얼굴이 너무 귀여워 연우는 자기도 모르게 고개를 휙 돌려 버렸다.

홀린 거야! 나보다 두 배는 큰 남자가 귀엽다니 말이 돼? 이건 정상적인 생각이 아니라고!

갑자기 자신을 외면하는 연우의 행동을 화가 나서 그런 거라고 생각한 태후가 자리에서 일어나 연우의 옆으로 왔다.

“화났어?”

태후가 답지 않게 걱정스런 톤으로 물어보자 연우는 더욱 돌아볼 용기가 생기지 않았다. 이번에는 또 어떤 얼굴로 날 홀리려는 거야!

“연우야.”

자신의 이름을 지그시 부르는 태후의 음성에 연우는 손으로 귀까지 틀어막고 싶었다. 생소한 감정이 점점 부풀어 올라 감당하기 힘들어지고 있었다. 자신의 몸이 자신의 몸이 아닌 것처럼 제어력이 서서히 연우의 손을 떠나 버리고 있는 위태로운 느낌이었다.

“그렇게 다리 들고 있으면 속옷 보이는데…….”

“까아악!”

긴장하면 본능적으로 몸을 웅크리는 습성 때문에 자기도 모르게 짧은 치마를 입고 다리를 들어올린 것이었다. 태후의 지적에 연우는 소스라치게 놀라며 손으로 치마를 내리눌렀다.

태후가 친절히 또 지적을 해주었다.

"저기, 치마를 당기기보다 다리를 내려야지."

"여기도 없다고요?"

연우를 찾으러 춘희네 집으로 온 신우는 연우가 없다는 소리에 미치겠다는 얼굴을 하였다. 연우를 찾지 못하면 신우도 집에 들어갈 수 없는 입장이었다.

"왜? 침대랑 같이 집에서 사라졌어?"

진이가 놀라서 묻는 말에 신우는 힘없이 대꾸하였다.

"침대는 빼고요."

진이가 춘희를 보며 외쳤다.

"그 남자한테 간 거야. 확실해! 분명 그 팔랑거리는 분홍 원피스 입고 갔을 거야!"

"내가 연우한테 전화해 볼게."

춘희는 방에 핸드폰을 가지러 들어갔다. 진이는 직접 연우를 찾으러 가기 위해 신발을 챙겨 신으려고 하는데 신우가 말했다.

"저기……."

신발을 신던 진이가 왜 불렀냐는 시선을 보내자 신우가 힘없이 말했다.

"먼저 저 밥 좀 주시면 안 돼요?"

185cm의 건장한 십대 소년이 배고픔에 괴로워하고 있다는 걸 알고 진이는 놀라며 물었다.

"설마 너희 어머니가 누나 찾아오기 전에는 밥도 안 준다고 한 거야?”

신우는 억울함을 속으로 삭이며 고개를 끄덕였다.

우주는 태양을 중심으로 돌고, 지씨가는 지연우를 중심으로 움직이고 있었다. 그래서 아직은 어린 신우는 불공평하다는 말도 못하고 진이가 주는 밥을 먹으며 허기를 달랠 뿐이었다.

“배고프지 않아?”

연우는 배고프지 않았지만, 태후가 배고파 하는 것 같았기에 그냥 먹기로 하였다.

“고파요. 밖에 나가서 먹을 거예요?”

“아니, 만들어서 먹을 건데.”

직접 손으로 만든다는 말에 연우는 놀라서 눈을 크게 떴다.

“만들어요? 제가요?”

“왜? 설마 요리 못해?”

해본 적이 없으니 당연히 못했다. 연우를 공주님 모시듯 하는 어머니는 연우에게 요리를 시킨 적은 단 한 번도 없었다. 만약 태후의 질문에 ‘설마’ 라는 말만 안 들어갔어도 솔직히 못한다고 시인했을 것이다. 그 ‘설마’ 라는 말이 꼭 요리 못하는 여자는 실망이야, 라는 말로 들려 도저히 못한다는 말이 나오지 않았다.

“뭐 먹고 싶은데요?”

“밥.”

태후는 당연하다는 듯이 말했다. 한국인은 밥이라고. 문제는 그 밥을 지연우의 손으로 만들어야 한다는 것이었다.

연우는 부엌으로 가서 우선 쌀을 찾기보다는 핸드폰을 꺼내 들어서 전원을 켰다. 어머니가 전화할 게 뻔하기에 꺼놨지만, 지금은 누군가의 조언이 필요했다.

—여보세요? 연우니? 너 지금 어디 있어?

전화를 받은 춘희가 다급하게 물었지만, 연우는 거실에 있는 태후가 듣지 못하게 작은 목소리로 물었다.

"춘희야, 밥 어떻게 하는 거야?"

—뭐? 밥? 그게 무슨 소리야?

"밥을 해야 하는데, 하는 법을 몰라."

—네가 왜 밥을 해? 지금 그 남자 집에 있는 거야? 거기 어디야? 빨리 주소 대!

"그것보다는 먼저 밥하는 방법부터 알려주면 안 돼?"

—지연우! 내가 가서 밥해줄 테니까. 당장 주소 대!

뚜뚜뚜, 갑자기 전화가 꺼졌다. 뒤에서 누군가의 손이 다가와 종료 버튼을 누른 것이었다. 연우가 고개를 돌려 뒤를 보자, 역시나 태후가 서 있었다. 연우가 배시시 웃으며 변명했다.

"하는 법만 알면 바로 해요."

"그만 집에 가봐."

밥할 줄 모른다고 쫓아내려고 하자 연우가 억울하다는 얼굴을 하였다.

"가르쳐 주면 할 수 있다고요."

"진짜?"

"그럼요. 난 훌륭한 학생…… 읍!"

태후는 밥 짓는 법을 가르쳐 주는 대신 키스하는 법을 가르쳐
주었다. 태후는 뒤에서 연우의 작은 몸을 끌어안은 채, 그녀의 어
린 입술을 강하게 빨아들였다. 탐닉하듯 그녀의 입술 위를 모험했
다. 아직 키스의 맛을 알지 못하는 여자의 입술은 그저 속수무책
으로 남자의 입술을 받아들였다. 두 번째 키스인데도 떨림은 여전
하였다. 태후는 그 떨림에 더욱 흥분을 느끼며, 그녀의 입술에 자
신의 흔적을 강하게 새겨 넣었다.

키스의 여파로 다리에 힘이 풀린 듯 연우가 주저앉자 태후도 같
이 주저앉았다. 이제 그녀와 태후의 눈높이는 동일해졌다. 태후가
아직도 고픔이 다 차지 않은 눈으로 연우를 갈망하듯 쳐다보며 말
했다.

"자, 이제 네가 해봐."

방금 전에 폭풍처럼 지나간 키스의 여파로 얼굴이 빨갛게 달아
오른 연우가 무슨 소리냐는 듯이 태후를 바라만 보자, 태후가 재
촉하듯이 말했다.

"가르치면 잘한다며? 내가 방금 가르쳐 줬잖아."

"엉터리."

"뭐? 내 키스가 엉터리라고?"

"사랑은 가르쳐 준다고 배울 수 있는 게 아니에요."

"내가 가르쳐 준 건 사랑이 아니라 키스 테크닉이야."

"나한테는 키스가 사랑인데."

"아, 그럼 어설픈 키스는 어설픈 사랑이야?"

연우가 손을 들어 자신의 사랑을 모욕하는 태후의 뺨을 가볍게

때렸다. 아야, 태후가 아픔을 호소하며 눈을 찌푸리고 있을 때 연우의 두 손이 다가와 태후의 얼굴을 감싸 안았다. 그리고 그녀의 붉은 입술이 다가와 그의 입술 위로 포개어졌다. 키스라기보다는 달콤한 접촉만을 남기며 떠나는 입맞춤이었다. 그 감미로움을 음미하며 태후는 조용히 눈을 감고서 사랑스런 그녀의 이름을 불렀다.

"지연우."

"네?"

"파이팅."

연우는 이제 싸워야 했다. 프리랜서라는 이름의 백수보다는 사장님을 더 좋아하는 그녀의 어머니와 둘째 아들을 꺾기 위해 첫째 아들을 이용하는 그의 아버지와 그리고 결정적으로 바보 같은 논리의 집합체인 장다르크 학설과도. 요리조리 돌려봐도 승률이 없어 보이지만, 그래도 태후는 지연우의 승리를 응원한다.

파이팅, 토끼 아가씨!

제   15   장

"**내** 이럴 줄 알았다니까. 봐봐! 핑크 원피스 입고 있잖아."

택시에서 내리는 연우를 발견하자마자 진이가 소리친 말이었다. 신우는 기가 막힌 눈으로 춘희는 놀란 눈으로 연우를 쳐다보았다. 확실히 평소에 연우가 입고 다니던 옷 스타일이 아니었다. 데이트라도 다녀오는 듯 옷차림이 화사했다.

"저 치마 팔랑이는 거 봐! 딱 꼬리 치는 여자 아니냐?"

"어째 입술이 부은 것 같지 않아?"

예리한 신우의 지적에 춘희와 진이의 시선이 빠르게 연우의 입술로 모였다. 도톰한 입술이 부어올라 더 도톰해져 있었다. 마치…….

누군가 먼저 물어야 했다, 너 어디서 뭐 하다 왔냐고. 하지만 춘

293

희도, 진이도, 심지어 신우조차 아무것도 묻지 못하고 있었다.

"나 갈아입을 옷 빌려줘."

마치 아무 일 없었다는 듯이 새치름한 표정을 한 채 완전범죄를 꾸미려는 지연우를 보며 세 사람은 같은 생각을 하고 있었다.

지승우! 컴백 코리아!

연우는 침대 위에서 농성을 부리는 단계에서 더 발전된 단계의 쿠데타를 계획했다.

"마태유 사장님을 만나러 왔는데요. 지금 자리에 계시나요?"

맞선을 보기도 전에 먼저 기습을 한 것이다. 이건 마태후에게 배운 전법이었다. 아침 방송을 할 때 갑자기 찾아온 마태후를 보고 자신이 얼마나 놀랐던가? 그러니까 마태유도 분명 놀랄 것이다. 그리고 이 만남을 계기로 지연우가 만만한 상대가 아니라고 생각하게 될 것이었다.

"사장님은 지금 회의 중이십니다. 기다리시겠습니까?"

타이밍이 환상적이게 맞아 들어가지 않는 게 조금 걸렸지만, 연우는 당당함을 잃지 않으며 태유의 사무실에서 그가 회의를 끝내고 돌아오길 기다렸다. 적군 백 명도 단숨에 무찌를 것 같던 용기는 마태유를 기다리는 동안 서서히 조금씩 새어나가기 시작했다. 그 증거가 바로 잡생각이었다.

어떻게 생겼을까? 형제니까 닮았겠지. 혹시 마태후보다 더 감당이 안 되는 남자면 어떻게 하지? 마태후가 처음에 날 얼마나 괴롭혔어. 그런데 왜 난 그 남자를 좋아하게 된 거지? 헉! 혹시 나 사랑이 아니라 홀린 거 아냐?

마태유에 대한 생각은 어느새 마태후로 이어져 자신의 마음이 어디서부터 생겼는지 의문이 생기기 시작했다. 확실히 지연우와 마태후의 처음은 정말 쇼킹 투데이였다. 전혀 로망과는 어울리지 않는 전개를 이루어가던 두 사람이었다. 그런데 지금은 서로 키스를 나누는 사이가 되었다. 어쩌다가?

연우는 핸드폰을 꺼내 들어 태후의 번호를 눌렀다. 그러고 보니 이젠 그 남자한테 전화를 하는 일도 자연스럽게 되었다. 언제부터?

띠리리리 띠리리리, 몇 번의 신호음이 가고 태후가 전화를 받았다.

—여보세요?

"혹시 나한테 하고 싶은 말 없어요?"

—뭐?

"나한테 하고 싶은데 참고 있다거나 용기가 안 나서 하지 못하는 말 같은 거요. 없어요? 내가 오늘은 어떤 말이든 들어줄 테니까 그냥 해요. 망설이지 말고 해요."

혹시라도 그가 사랑한다고 말해준다면, 이런 의구심들이 모두 날아가 버릴 것만 같았다. 그리고 그의 형도 거뜬히 이겨낼 수 있을 것이었다.

—아, 하나 있어.

할 말이 있다는 태후의 말에 연우의 얼굴에 환한 꽃이 피었다.

"정말요? 뭔데요?"

─왜 내 녹음기 값 안 주는 거야? 잊어버렸어?

싸아아아! 그녀의 주위에 냉각기가 오면서 활짝 피었던 꽃은 시들어 버렸다. 차가운 냉각기의 여파로 연우의 목소리가 딱딱하게 굳어졌다.

"녹음기 값이요?"

─그래, 네가 부숴먹은 내 심장 값.

"정말 그 말밖에 할 말 없어요?"

사랑이 뭔지, 화가 나지만 또 물어보는 연우였다.

─쿡쿡, 응. 또 있어. 너랑 키스하고 싶어.

연우에게 키스와 사랑은 같은 것이었다. 그럼 이 남자에게도 그런 걸까?

"왜 나랑 키스하고 싶은데요?"

"오래 기다렸나요?"

"엄마야!"

뒤에서 갑자기 들린 남자의 목소리에 연우는 자기도 모르게 또 엄마를 찾고 말았다. 버릇이었다, 놀라면 엄마라고 외치는 게. 마태유일 게 분명한 남자가 사무실 문 앞에 서 있었다. 연우가 엄마야 라고 하는 말을 듣고 태후는 웃었는데, 마태유는 웃지 않았다. 그를 처음 보고 연우는 이렇게 생각했다.

……크다.

연우가 지금까지 본 그 어떤 남자보다 컸다. 그저 양복 입고 의자에 앉아 있는 사장님만 생각한 연우에게 그건 압박이었다.

태유는 자신의 자리로 가서 앉은 다음, 다시 연우를 쳐다보며 물었다.

"내가 지연우 씨보다 까마득하게 나이가 많은데 반말해도 될까?"

반말해도 되냐고 물어보면서 반말을 하는 건 존댓말 해줄 생각이 없다는 것이다. 마태후도 어느 날 갑자기 지구를 구한 영웅이 누구냐고 물어보며 반말을 하더니, 형도 마찬가지다. 나이 정말 따진다.

"절 가볍게 보실 생각이 없으시다면 짧게 말하셔도 상관없어요."

연우는 오늘 강하게 보여야 했다. 그래서 평소 사람들 앞에서 잘 쓰던 저자세를 집어치우고 고개를 뻣뻣하게 쳐들며 말했다. 하지만 태유는 겁먹지 않았다. 오히려 여자의 의도가 눈에 빤히 보인다는 듯이 웃었다.

꼭 나도 이제 다 컸어요, 라고 말하는 딸내미를 보는 기분이랄까?

"맞선은 열흘이나 남은 걸로 아는데, 생각보다 빨리 만나게 되는군."

그의 입에서 나온 맞선이라는 말에 연우는 반사적으로 소리쳤다.

"난 절대로 당신이랑 맞선 안 봐요!"

자신을 거부하는 연우의 선언에 태유는 무표정한 얼굴로 이런 질문을 했다.

"대한민국 헌법 마지막 조항에 뭐라고 적혀 있는지 알고 있나?"

갑자기 헌법 이야기를 꺼내는 남자의 말에 연우는 큰 눈을 더 동그랗게 뜨고 바보 같은 질문을 해야만 했다.

"네?"

"대한민국의 국민으로 태어났으면 절대로 마태유와의 약속을 퇴짜 놓으면 안 된다고 적혀 있어."

마태유의 말은 말도 안 되는 억지였다. 정말 딱 한 마디로 마태후의 형이 맞았다. 어찌나 뒤통수치는 말발이 뛰어난지 연우는 그대로 굳어버렸다.

태유가 돌이 되어버린 아름다운 여자에게 미소를 보이며 물었다.

"헌법을 어긴 벌로 감옥에 갈 건가, 아니면 약속대로 나와 선을 볼 건가? 선택권은 레이디에게 넘기지."

연우는 태유의 입에서 나온 선이라는 말에 퍼뜩 정신이 들어서는, 소파에서 일어나 허리를 똑바로 세우고 동그란 눈을 한껏 치켜뜨고는 마태유를 노려보며 물었다.

"마 사장님, 대한민국 헌법보다 더 무서운 법이 있어요. 그게 뭔 줄 알아요?"

마태유는 지연우의 질문보다 그 호칭이 맘에 들지 않아, 눈썹을 찌푸렸다. 마 사장! 꼭 사채업자 같은 호칭이었다. 아니면 조폭 두목에게나 어울릴 호칭이다. 언제 들어도 눈이 절로 찌푸려졌다. 가끔 이렇게 마 사장이라고 불릴 때면, 당장에 사장 자리 때려치우고 싶다는 욕구가 불끈불끈 솟곤 하였다. 마씨 성은 업무 능력까지 마비시키는 성(姓)이었다. 정말 마가 낀 성이라고 할 수 있을 것 같다.

"뭔지 아시냐고요, 마 사장님!"

마태유가 싫어하는 걸 아는 걸까? 꼬박꼬박 '마 사장님' 이라고 불러주는 센스를 보이는 지연우였다. 태유는 하루에 세 번 이상 마 사장이라고 불리기 싫었기에 물어봐 주었다.

"뭐지?"

"정조요. 안 지키면 감옥보다 더 무서운 지옥 가요!"

쿡!

태유는 자기도 모르게 웃음이 새어나오고 말았다. 틀린 말이 아니었다. 정조, 동방예의지국의 여인으로 태어났으면 목숨을 걸고 지켜내야 하는 중요한 덕목이었다.

"그래서 정조를 지켜야 하는 남자가 이 도령인가, 김 도령인가?"

당당하게 말하던 연우는 태유의 질문에 멈칫하며 놀란 모습을 드러내고 말았다. 춘향 토끼가 열심히 눈을 굴리는 모습을 구경하며 태유가 또 물었다.

"아니면 혹시 마 도령?"

정조를 지켜야 하는 것도 마 도령이요, 수청을 거절해야 하는 것도 마 사또요. 지연우 인생에 마(魔)의 기운이 뭉게뭉게 피어오르고 있었다.

마태유는 단번에 수청을 거절당했지만 변 사또처럼 연우의 목을 베라고 명령하는 대신, 블랙 세단에 연우를 태우고 집까지 바래다주었다.

"왜 갑자기 선 이야기가 나온 거예요? 저희 집은 당신네 집처럼 재벌 집도 아니라고요. 월급쟁이 집안이에요."

집으로 가는 길, 연우가 답답하다는 듯이 묻자 태유는 간단히 대답해 주었다.

"당신이 태후네 집으로 찾아간 게 문제지."

"네?"

"태후가 초대한 것도 아닐 테고, 남자 집에 왜 간 거요?"

"하지만 그건 마태후가 저 때문에 다쳐서 걱정되어 간 거라고요."

"역시 그 팔 당신 작품인가? 흔적을 아주 제대로 남겼군."

"도대체 무슨 소리예요? 그럼 제가 마태후를 걱정해서 집까지 찾아간 게 맞선의 동기라는 소리예요? 지금 그 말이에요?"

"시작은 그렇다는 거지."

"어째서요?"

지연우의 머리로는 도저히 이해가 불가능한 연결 고리였다. 그건 지연우가 마산이라는 사람을 모르기 때문이었다. 태유는 한숨을 쉬며 말했다.

"우리 아버지는 태후가 자기 멋대로 외국에 나갔다고, 출국 금지자 명단에 태후 이름을 올려놓은 사람이야."

정말 그랬다. 아직 태후가 고등학교 시절, 수없는 가출로 담력이 쌓인 마태후는 원대한 포부를 안고 집을 나가 미지의 세계를 향해 비행기를 탄 적이 있었다. 물론 일주일도 되기 전에 아버지가 보낸 사람들에 의해 끌려 들어왔지만 한번 세계의 맛을 본 마태후는 그 후 세계 여행에 대한 꿈을 차곡차곡 쌓기 시작하였다.

하지만 마태후가 두 번째 세계적 가출을 꿈꾸며 손자를 예뻐하는 조모를 구슬려 구청에 함께 여권 발행을 하러 갔을 때 구청 직원과 태후 모두 황당한 경험을 하여야 했다. 출국 금지자 명단에 마태후의 이름이 떡하니 올라와 있던 것이다. 하지만 그 사유가 참 헛웃음 나오게 하는 일이었다. 출국금지관리법 제4조 1항 6항목에 의거, 이 사람은 대한민국의 경제 질서를 해할 위험성이 있는 인물이니 절대로 출국시키면 안 된다는 것이었다. 도대체 열일곱 살 소년이 대한민국의 경제 질서에 해를 가할 일이 무엇이 있는지 짐작이 가는가?

모든 건 아버지 마산의 힘이었다. 당시 정치계로 발을 들여놓기 전, 황제그룹 총수를 맡고 있던 마산은 만약 자신의 아들에게 여권을 발행해 주거나 비행기 표를 쥐어주었을 때에는 나라에 세금을 내지 않겠다고 말도 안 되는 엄포를 해놓은 것이다. 하지만 이건 극히 사적인 일이었고 엄밀히 말하자면 협박에 가까운 일이었다. 그래서 출입국관리국에서 마태후라는 이름을 출국금지 명단에 올려놓으며, 내놓은 대책은 이 한 줄의 말뿐이었다.

〈만약 이 학생이 여권을 발행하러 왔을 때에는, 잘 타일러서 집으로 돌려보낼 것.〉

결국 죄없는 구청 직원만 끝까지 항의하는 마태후를 설득하느라 갖은 애를 썼다는 후일담이 전해져 오고 있었다.

"네? 설마 농담이죠?"

연우가 믿지 못하겠다는 얼굴을 하였지만 자신의 아버지를 잘 아는 마태유는 전혀 농담을 할 수 없었다.

"그럼 이 맞선도 농담 같아?"

씁쓸한 미소를 짓는 마태유를 보며 연우는 자신이 맞서서 싸워야 할 상대가 이 남자가 맞는지 혼돈이 오기 시작했다.

설마 맞선 안 본다고 선언하러 국회에까지 찾아가야 하는 거야?

"마태유 선수!"

연우가 앉아 있는 쪽 차 문을 태유가 손수 열어주고 있을 때, 태유의 이름을 부르며 뛰어오는 사람이 있었다. 연우의 동생 신우였다.

꽤 오랜만에 선수라는 소리를 들은 태유는 놀라서 고개를 들었다. 그리고 연우의 고함이 터진 건 동시였다.

"지신우, 선수라니! 그게 무슨 실례야! 이 사람은 제비가 아니라고."

선수에는 두 가지 의미가 있다. 여자를 잘 꼬시는 선수, 그리고 운동을 하는 선수. 그리고 연우는 첫 번째 뜻으로 알아들은 것이었다. 태유는 이제 더 놀란 눈으로 지신우를 바라보던 시선을 돌려 지연우를 바라보았다. 제비? 내가?

"누나나 헛소리 말아! 뭔 제비? 죄송합니다. 제 누나가 원래 이렇게 철이 없어요."

신우가 연우를 밀쳐 내며 태유에게 공손히 인사했다. 신우의 인사를 받으며 태유가 연우에게 물었다.

"아, 지연우 아나운서 동생인가?"

"네, 북림 남자 고등학교 농구부 소속 지신우입니다. 포지션은 선배님과 같은 슈팅가드(슛 감각이 있는 가드)입니다."

연우가 대답하기도 전에 먼저 씩씩하게 대답하는 신우의 말에 태유는 반가운 이름 하나를 듣게 되었다.

"북림 남고?"

태유의 모교였다. 그리고 태유가 미친 듯 뛰었던 농구 코트가 있는 곳이었다. 신우와 태유가 같은 고등학교 출신인 건 우연이 아니었다. 농구에 모든 걸 걸어본 젊음이라면 당연한 선택으로 전국대회 우승의 역사를 자랑하는 북림 남고를 지원했다.

"아직도 최수진 코치님이 계신가?"

'수진 양' 이라는 별명이 참 안 어울렸던 코털 선생님이었다.

"아뇨, 지금은 백두성 코치님이 저희들을 가르쳐 주시고 계십니다."

신우를 보고서 태유는 더 절감했다. 시간이 흘러서 모든 것이 바뀌었다는 걸. 그는 더 이상 농구 선수가 아니었고, 같이 뛰었던 선수들도 뿔뿔이 흩어져 자신들의 삶을 살고 있었다.

"마태유, 살고 싶으면 나를 따라와!"

하지만 시간이 아무리 흘러도 마치 지금 듣고 있는 것처럼 생생하게 들려오는 목소리가 하나 있었다.

장다르크, 영원히 시들지 않을 나의 청춘.

그때 연우가 상황을 짐작하고 태유를 손가락으로 가리키며 말했다.

"아! 당신이 한물간 농구 선수!"

퍽! 누나라서 참으려고 했지만, 그만 참지 못하고 연우의 뒤통수를 때려 버린 신우였다.

태유는 단지 지연우를 바래다주기 위해 없는 시간을 쪼개서 온 것이었지만, 신우의 시합 신청을 흔쾌히 받아주었다.

"내가 한물간 농구 선수라고 얕보면 큰코다칠 거야."

태유는 자신이 한물간 농구 선수라는 걸 스스로 인정했다. 하지만 시합을 신청한 신우는 그렇지 않았다.

"아뇨, 선배님과 시합을 하게 되어서 영광입니다."

태유는 재킷을 벗고 넥타이를 풀어서 연우에게 주며 물었다.

"그럼 승리하는 쪽에 무엇을 줄 거지?"

자신에게 대가를 요구하는 태유의 말에 연우는 당황하였다. 그녀는 단지 구경꾼일 뿐이었다.

"네? 제가 줘야 하나요?"

"물론. 난 이제 장사꾼이야. 대가없는 시합은 안 해."

"그럼 당신이 지면, 당신이 제게 대가를 주어야겠네요."

태유가 지면 신우가 대가를 얻는 게 옳았지만, 신우는 아무 말도 하지 않았다. 어차피 자신의 말은 들은 척도 안 하는 누나였으니까.

"뭘 원하지?"

태유가 자신이 졌을 경우에 대가를 물었다. 이미 돌아올 대답은 알고 있었지만.

연우는 태유의 시선을 대담하게 맞받아치며 말했다.

"맞선 취소요."

태유는 연우의 말을 받고 자신이 원하는 대가를 말했다.

"그럼 내가 이겼을 경우에는 저녁 식사로 하지. 우리 집에서 우리 식구들과 함께."

연우는 그 식구라는 범위에 태후도 들어가는지 묻고 싶었지만, 태유는 벌써 신우가 있는 중앙선으로 걸어가고 있었다.

"둘 다 시시한 대가 아닌가요?"

신우의 질문이었다. 위대한 시합에 걸린 대가치고는 시시해서 김이 샌다는 표정이었다. 태유가 와이셔츠의 소맷자락을 걷어 올리며 웃었다.

"내가 고등학교 때 무슨 힘으로 농구를 했는지 알아?"

태유의 손에 드디어 농구공이 올려졌다. 참 오랜만에 만져 보는 감촉이었다. 몸속에서 잠자고 있던 세포들이 그 감각만으로 일제히 눈을 떠 살아 움직이기 시작하였다.

"농구에 대한 열정 아닌가요?"

"아니, 어떤 여자애랑 했던 내기에서 이기려고."

"네?"

쾅! 농구공이 상공으로 치솟는 순간, 태유는 하늘을 잡을 듯 점프했다. 시작 신호도 없이 시작된 시합에 신우는 처음부터 공을 뺏겼다. 반칙이라고 항의하기 전에 신우는 공을 빼앗기 위해 태유의 뒤를 쫓아 달렸다. 1초를 잡는 사람이 승리를 잡는 것이었다.

규칙은 간단했다. 농구공이란 이름이 붙여진 공을 골대라는 곳에 넣기만 하면, 이기는 것이었다. 그러나 시합은 간단한 게 아니었다. 한 남자와 한 소년이 자신들에 모든 것을 그 작은 구속에 쏟아 부으면서 농구공은 지배력을 가지게 되었고, 그 지배력을 얻으려는 남자들의 소유욕은 더욱더 뜨겁게 달아오르게 되는 것이었다. 이건 인생이라는 말을 써도 아깝지 않은 치열함이었다.

연우의 눈으로 보기에 두 사람이 시합하는 모습은 꼭 춤을 추는 모습인 것 같았다. 격렬한 춤이었다. 아름답고도 힘이 넘치는 세상의 울림.

"지신우, 너 꼭 이겨!"

연우가 소리 높여 신우를 응원했다. 신우가 농구를 하고 처음이었다, 연우의 응원을 들은 건.

"그 남자 별거 아니야! 달려, 지신우!"

그런데 그 응원 소리에 힘을 얻은 건 태유였다. 숫을 던질 것처럼 공을 들어올려서 신우의 시야를 위로 돌린 순간 빠르게 드리블을 하여 왼쪽으로 빠지는 훼이크를 써서 지신우를 제치더니, 망설임없이 골대를 향해 농구공을 던졌다. 완벽하게 아름다운 포물선을 그리며 날아가던 농구공은 그대로 골대를 끌어안았다.

철썩!

기분 좋은 소리를 내며 골대 안으로 들어가는 공을 보며 태유가 작게 중얼거렸다.

"오늘도 저녁 값은 네 몫이야, 장수진."

그저 공기 중에 먼지처럼 버려지는 흩날림일 뿐인 말이었다.

시합을 끝내고 타는 목을 축이기 위해 편의점에서 이온음료 한 캔을 사서 나온 태유는 편의점 밖 돌계단에 주저앉아 이온음료를 벌컥벌컥 마신 뒤 태후에게 전화를 걸었다.

"어디야?"

—알 거 없어.

퉁명스런 동생의 대꾸에도 태유는 웃음을 잃지 않았다.

"이번 주 토요일 시간있어?"

—왜?

"지연우 우리 집에 초대했어. 같이 저녁 먹을 거야."

—형이 식사 초대를 했다고?

"정확히 말하면, 얻어낸 거지. 그래서 토요일 날 지연우는 우리 집으로 올 거야."

—하고 싶은 말이 뭐야?

태후의 목소리가 갈라졌다. 태유의 입에서 자꾸 지연우의 이름이 나오니까 심기가 불편한 것이었다.

"너한테 부탁할 게 하나 있어서. 토요일 날 집으로 장미 한 송이만 배달해 줘. 지연우한테 선물해 주고 싶거든."

전화기 저편에서 태후가 욕하는 소리가 들려왔지만 태유는 그저 웃었다.

"아, 그리고 담배 한 갑도 같이 사 와라."

동생을 위해 장미를 부탁한 태유는 자신을 위해 담배를 부탁했다.

　장미가 아름답던 시절이 지나고, 이제는 담배의 퇴폐적인 연기로만 숨을 쉴 수 있는 시간 안에 살고 있었다. 시간의 덧없음이란……

　전화를 끊은 뒤에도 태유는 오랫동안 그 자리에 앉은 채 움직일 줄을 몰랐다. 하지만 그가 정지했다고 해서 시간까지 정지한 것은 아니었다. 오늘이 가고, 내일이 다가오고 있었다. 언제나처럼.

제   16   장

—**통**화권 지역이 아니라서 통화가 불가능합니다.

며칠 동안 연우는 마태후와 통화를 할 수가 없었다. 전원이 꺼져 있는 것도 아니고, 통화 중인 것도 아니라, 통화권 이탈 지역이라서 전화가 안 된다는 것이었다.

연우는 답답한 마음에 핸드폰을 노려보았다.

"이거 일부러 피하는 거 아냐?"

저녁 식사 초대를 받은 토요일은 점점 다가오고 있었고, 마태후와는 연락이 안 되고, 어머니는 벌써부터 마태유와의 결혼 이야기를 꺼내고, 연우로서는 참 답답한 하루하루가 지나가고 있었다. 영화나 드라마처럼 일이 진행되려면 이쯤에서 마태후가 슈퍼맨처럼 나타나 자신의 형에게 등 떠밀려 팔려가는 연우를 구해주어야 하는데, 이건 연락도 안 되고 있으니. 하긴 마태후가 연우의 뒤통수를 친 게 어디 한두 번인가?

연우가 무용지물 핸드폰을 쏘아보며 중얼거렸다.

"이렇게 나오면 나한테 혼난다!"

키스의 달콤함이 채 가시기도 전에, 연우는 제멋대로 님을 위한 회초리를 준비하고 있었다.

"안녕하세요."

토요일 저녁, 약속 시간에 정확하게 맞추어서 마씨가의 성(城)에 도착한 연우는 머리를 곱게 올리고, 한복을 개량한 원피스를 입고 있었다. 어머니의 센스였다.

정말 춘향이가 환생한 것 같은 모습을 한 지연우를 보며, 친히 마중을 나온 태유는 작게 웃었다. 어머니가 살아 계셔서 지금 지연우를 보셨다면, 당장 자기 딸 하라고 조르셨을 게 분명하다.

"들어가기 전에 물어볼 게 있어요."

곱게 차려입은 차림과는 사뭇 대조적으로 연우의 표정은 비장했다.

"오늘 마태후도 오나요?"

"안 온다고 해도 들어와야 해. 왜냐하면 이건 내 승리에 대한 대가잖아."

"그래서 안 온다고요?"

금세 울상이 되는 지연우를 보며 태유는 순간 참 많은 감정을 느껴야 했다. 도대체 그 마귀발 같은 자식을 왜 이리 좋아하는 걸까 하는 의구심. 어째서 자신에게는 한 톨의 관심도 보이지 않을까 하는 의아심. 동생이 제대로 된 인연을 만났다는 것에 대한 대견함. 지연우와 아버지가 만났을 때 과연 무슨 일이 벌어질까라는 호기심. 그리고 마지막으로, 어머니가 이 자리에 안 계시다는 것에 대한 쓸쓸함.

"그거야 태후 마음이지. 나는 연락은 했어."

오늘 자신이 이곳에 온다는 걸 마태후가 안다는 말에 연우는 다시 화사하게 웃었다.

"이거 저희 어머니가 가져다 드리라고 준비해 주신 거예요. 변변찮은 거지만 받아주세요."

연우는 태유에게 준비해 온 선물을 내밀며 마씨가의 성(城)에 첫발을 내디뎠다.

"아버지가 아직 돌아오시지 않으셨어. 금방 돌아오신다고 하셨으니, 집 구경이나 하며 기다릴래?"

마산이 돌아올 때까지 기다리는 시간 동안 연우는 마태유의 안내를 받으며 마태후가 태어나고 자란 집을 구경하게 되었다.

"집이 굉장히 크네요."

"옛날에는 식구가 많았으니까. 비록 지금은 두 명밖에 안 살고 있지만."

"그럼 마태후가 이 집을 나간 지 오래된 건가요?"

"사 년 전 우리 아버지가 뉴스에 나오던 날 독립한다면서 나가 버렸지. 아버지 입장에서는 장기 가출이지만."

그러니까 마태유의 말은, 마태후가 자신의 입으로 아버지를 뉴스에 고발한 사건을 말하는 것이었다.

"아, 그럼 태후 씨가 아버지 고발한 뒤 혼날까 봐 겁나서 집 나간 거예요?"

"좀 더 복잡한 문제지만, 아버지가 뉴스에 나온 건 꼭 태후 혼자 벌인 일만은 아냐. 제보자는 나였으니까."

"네?"

첫째 아들이 제보하고 둘째 아들이 고발했다는 말에 연우는 눈을 크게 떴다. 도대체 이 집안 뭐야?

"아버지의 가르침을 따른 거지. 아버지는 잘못을 바로잡기 위해서는 여러 번의 훈계보다 강력한 일침에 모든 걸 끝내야 한다고 항상 말씀하셨거든."

평소 복권을 즐기는 마산의 취미를 이용한 간신배의 꼬임에 빠져 잘못된 길에 들어선 아버지를 두 아들이 손을 잡고 강력한 일침을 놓은 것이었다. 효과는 직방이었다. 마산은 그 이후 카지노 근처에는 발걸음도 하지 않았다. 오직 주말 저녁에 단 한 장의 복권뿐이었다.

태유는 대수롭지 않게 말했지만, 연우는 정말 이해가 안 된다는 얼굴을 하고 있었다.

태유가 2층 맨끝 방에서 멈추어 섰다.

"태후 방이야. 들어가 볼래?"

연우는 사 년 동안 주인이 부재중인 방의 문을 찬찬히 바라보았다. 문은 그냥 문일 뿐이었다. 굳게 닫힌 문만으로는 마태후가 이곳에서 어떻게 살았는지 알 수 없었다. 연우는 태후에 대해 더 많이 알고 싶었기에 고개를 끄덕이며 말했다.

"네, 보고 싶어요."

"놀라지 않을 자신 있어?"

겁을 주는 태유의 말에 연우는 눈을 가늘게 떴다.

"생긴 것도 닮았는데, 말하는 투도 닮은 거 아세요?"

"그래서 사람들이 우리를 형제라고 부르지."

달칵!

태유의 손에 의해 태후가 살았던 방문이 열리는 순간, 연우는 놀람을 감추기 위해 손으로 입을 틀어막았다.

"노크라는 것도 몰라?"

사 년 전 가출했다는 방의 주인이 그들을 퉁명스럽게 맞아주었다. 마태후는 어디 여행이라도 다녀왔는지 여행용 가방을 등에 메고 있었다. 그리고 거친 여행의 흔적으로 옷이 구깃구깃 구겨지고, 흙이 묻은 등산화를 신은 채였다.

"아버지 오실 거야. 옷 갈아입어."

태유는 마치 그곳에 마태후가 있는 게 당연하다는 듯이 평상시 말하는 투로 태후에게 말했다. 태후가 주머니에서 무언가를 꺼내며 퉁명스럽게 대꾸했다.

"그전에 갈 거야."

"태후야!"

부탁하듯 자신의 이름을 부르는 형에게 담배 한 갑을 던져 준 마태후는 연우의 손을 낚아채서 방 안으로 끌어당긴 뒤, 태유의 앞에서 방문을 닫아버렸다.

순식간에 태후의 방 안에 태후와 둘이 남게 된 연우가 아직 놀란 기운을 떨치지 못하고 눈만 껌벅거리며 태후를 쳐다보았다. 그리고 태후 역시 바로 말을 꺼내지 않고, 오랜만에 보는 연우의 얼굴을 찬찬히 눈에 담기 시작했다. 원래 아름다운 그녀였지만, 붉게 물든 그녀의 뺨이 말해주고 있었다. 그녀가 아름다워지고 싶은 시간은 당신 앞에 서 있는 지금이라고. 태후는 손을 들어 그를 반겨주는 그녀의 붉은 뺨을 가볍게 쓸었다. 태후의 손길을 느끼고서야 현실감을 느낀 연우가 놀라서 물었다.

"며칠 동안 어디 갔었어요?"

"산에."

"등산이 취미예요?"

"아니, 손 내밀어봐."

태후의 말에 연우는 말 잘 듣는 아이처럼 태후의 앞에 두 손을 내밀었다. 태후는 연우의 작은 손 위에 민들레 홀씨처럼 생긴 씨앗이 담긴 작은 병을 올려주었다.

"이게 뭐예요?"

"너도 바람꽃 씨앗."

연우가 그게 뭐냐는 눈으로 고개를 들어 태후의 눈을 바라보았다.

"너도 바람꽃이 뭔데요?"

"나도 바람꽃의 짝이야."

사실은 서로 전혀 상관없는 이름이었다. 들꽃들 중에 원래는 전혀 다른 분류군이지만 비슷하게 생긴 것들을 묶어서 '너도' 나 '나도’ 라는 꼬리표를 달아주는 것이었다. 하지만 마태후는 그런 식물의 사전적인 의미는 완전히 무시하고 자기 멋대로 ‘너도’ 와 ‘나도’ 는 짝이라고 결정지어 버렸다. 진실이야 어떻든 연우는 신기하다는 듯이 웃었다.

“그럼 나도 바람꽃 씨앗은요?”

“내가 가지고 있어.”

바람꽃은 강원도 깊은 산골에서밖에 안 나는 귀한 야생화였다. 태후는 강원도 깊은 산골까지 찾아가 자신의 손으로 그 씨앗을 얻어온 것이었다. 단지 형의 장미꽃을 이기고 싶다는 생각에 말이다.

“이건 뭐 하고 바꾼 거예요?”

어느새 연우의 커다란 눈에 맑은 물기가 가득 차 올랐다. 꼭 사랑해, 라는 말을 들은 것처럼 가슴이 벅차올랐다. 태후의 커다란 손이 연우의 작은 얼굴을 감싸고, 그의 얄미운 입술이 점점 가까이 다가왔다.

난 자꾸 눈물이 나는데 당신은 왜 자꾸 웃는 거야!

“꽃이 피면 말해줄게.”

달콤한 키스의 감촉만을 남기고, 태후는 그대로 그곳을 떠났다. 그리고 태후가 떠나자마자 마산 의원이 도착하였다.

연우는 너도 바람꽃 씨앗을 품에 안고 산처럼 웅대한 마산과 처음으로 만났다.

“안녕하세요. 초대해 주셔서 고맙습니다.”

연우는 손 안에 태후가 준 씨앗 병을 꽉 껴안고, 조심스럽게 마

산에게 인사를 했다. 마산은 연우의 인사를 받고도 답인사도 없이
매서운 눈으로 연우의 모습을 위에서 발끝까지 쭉 훑어보기만 할
뿐이었다. 마산이 보내는 시선의 압박을 참지 못하고 연우가 옆에
서 있는 태유에게 도움의 눈길을 보냈다.

'그만 쳐다보시라고 해주세요.'

태유는 가볍게 고개를 저을 뿐이었다.

'아무도 우리 아버지한테 명령할 수 없어.'

두 사람 사이에 오가는 작은 소리를 들은 것인지, 마산이 시선
을 거두며 태유에게 물었다.

"태후는?"

단지 아들의 행방을 묻는 말일 뿐인데, 연우의 귀에는 그 말이
꼭 '범인은 잡았나?' 로 들렸다. 자신과 맞선을 보기로 했으면서
마태후와의 만남을 방해하지 않는 마태유, 아버지가 도착하기 전
에 도망가 버린 마태후, 그리고 도착하자마자 마태후를 찾는 아버
지 마산. 연우는 슬슬 마산이 왜 자신과 마태유의 맞선을 명령했
는지 감이 잡히고 있었다. 가장 근본적인 원인은 마태유의 결혼이
아니라 가출 중인 마태후였던 것이다.

연우는 암울한 눈으로 태후가 준 바람꽃 씨앗을 내려다보았다.
집도 대궐처럼 좋은데, 왜 그 낡은 아파트를 고집하는 거예요?

"안 왔습니다."

딸꾹! 거짓말을 하는 마태유의 말에 연우는 자신도 모르게 딸꾹
질을 하고 말았다. 마산과 마태유의 시선이 자신에게 모이자 연우
가 어색하게 웃으며 변명했다.

"전 배고프면 딸꾹질이 나와요."

혹시라도 키스 자국이 남았을까 봐 연우는 입술을 살짝 손으로 가렸다.

아버지 마산이 편한 옷으로 갈아입으러 간 사이, 연우와 둘이 남게 되자 아까부터 그녀가 만지작거리고 있는 작은 병을 보며 태유가 물었다.

"태후가 준 건가?"

꽉!

태유는 단지 물어본 것뿐인데 마치 태유가 달라고 말한 것처럼 연우는 만지작거리던 병을 두 손으로 단단하게 감쌌다.

"사실은 당신도 나랑 선 같은 거 보고 싶지 않은 거죠?"

연우가 자신을 경계하면서 묻는 말에 태유는 부드럽게 웃으며 대답했다.

"설마, 지연우는 대한민국 남자들이 모두 인정하는 여자 아닌가? 나 역시 영광이지."

"그래서 선봐서 나랑 결혼할 건가요?"

결혼이라는 말에 태유는 웃기만 할 뿐 별말이 없었다. 연우가 다그치듯이 다시 물었다.

"나랑 결혼할 거예요?"

"아버지와 나, 그리고 태후, 우리 세 사람은 언제나 서로 따로 놀았어."

그의 제멋대로 가족들을 생각하며 태유는 형처럼 웃었다. 그리고 아들처럼 웃었다.

"그런 우리 세 사람이 한마음이 되어 웃고, 서로를 이해하려고 애쓰려고 했던 시간이 있어. 언제인 줄 알아?"

연우는 마태유라는 남자에 대해 잘 알지 못했다. 하지만 그 미소 하나만으로 그가 자신들의 가족들을 얼마나 사랑하는 사람인지 알 수 있었다. 그가 마태후를 사랑하고 걱정하는 마음이 느껴졌기에 연우는 더 이상 태유에게 적대적인 마음을 가질 수 없었다.

"언제인데요?"

"어머니가 깨어나는 시간."

"깨어나는 시간이요?"

"우리 어머니는 정말 잠이 많으셨거든. 하루에 반 이상을 잠만 주무셨어. 혹시 잠을 많이 자는 병인가 하고 병원에도 다녔었지. 하지만 다행히 병은 아니었어. 그저 정말 잠을 많이 잘 뿐이었어."

"나도 잠 많은데."

욕조 속 잠자는 공주인 연우가 어머니의 슬리핑 라이프를 이해한다는 듯이 고개를 끄덕였다.

어느새 연우와 태유는 가족사진이 걸려 있는 액자 앞에 서 있었다. 사진 속에는 웃고 있는 그녀와 그들의 있었다. 어머니라는 이름에 그녀를 호위하듯이 서 있는 세 명의 남자. 지금 이 상황이 믿겨지지 않게 사진 속의 그들은 모두 너무 사이좋아 보였다.

"……어머니 앞에서는 태후도, 아버지도 절대 싸우지 않았어. 절대로."

태유는 더 이상 말하지 않았지만 연우는 마태유가 자신에게 말하려고 하는 말이 무엇인지 알 수 있었다. 그에 대한 대답으로 연우는 웃으면서 가족사진 속의 마산을 가리켰다.

"실제로는 굉장히 엄하고 무섭게 생기셨는데요. 이 사진 속에는 굉장히 귀엽게 나오셨네요. 이렇게 웃고 다니라고 하세요."

그저 분위기를 밝게 하기 위해서 한 말인데, 연우는 바로 뒤에서 마산이 듣고 있는 걸 알지 못했다. 태유는 아버지가 이미 온 것을 눈치 챘지만 모르는 척 연우의 말에 수긍했다.

"그래, 우리 아버지가 웃으면 참 귀여운 인상이시지."

—눈이 삐었어? 그 오랑우탄처럼 생긴 얼굴이 어디가 귀여워?

태후는 못 들을 말을 들은 것처럼 화까지 내며 말했다.

"아버지가 오랑우탄이면 아들인 당신도 그럼 오랑우탄 아니에요?"

—내가 어딜 봐서 오랑우탄이야? 너 자존심 상할까 봐 내가 말을 안 했는데, 아침 방송에는 네 미모보다 내 미모가 통할 거라는 소리도 들었어!

하필 미모를 비교해도 자신과 비교하는 그의 센스에 연우는 눈을 가늘게 떴다.

"그래서 나보다 예쁘다는 소리 듣고 싶어요?"

—별로. 난 너의 미모를 존중해 주고 싶어.

죽어도 연우 예쁘다는 소리를 해주지 않는다. 정말 얄미운 남자. 연우는 거칠게 자판을 두드렸다.

—뭐 때려 부수는 거야?

"네이버에 물어보고 있는 중이에요!"

—뭘?

"바람꽃 어떻게 키우는지 알아야 잘 키울 거 아니에요."

—아! 나 생각해 보니 급하게 할 일이 있었네. 이만 전화 끊…….

"뭐? 삼 년?"

연우는 검색창에 뜬 바람꽃에 대한 지식을 읽고 눈을 크게 뜨며 외쳤다.

〈봄에 채종하여 화분에 뿌리고 겨울에도 건조하지 않게 관리하면 이 듬해 4월에는 발아하게 된다. 본엽이 이 년 만에 나와서 빠르면 삼 년째 에는 꽃을 볼 수가 있다.〉

그리고 끝은 거기서가 아니었다.

〈희귀 및 멸종 식물로서 보호되어야 한다.〉

"희귀종? 설마 이거 법으로 보호하는 거 몰래 훔쳐 온 거 아니 에요?"

연우가 흥분해서 전화기에 대고 외쳤으나 전화는 이미 끊겨 있 었다.

다행인 것은 바람꽃 씨앗을 가져온 건 불법이 아니라는 것이고, 불행인 것은 순간을 살아가는 바람을 닮으려는 꽃을 서울 땅 아래

에서 꽃 피우는 건 삼 년이 지나고, 삼십 년이 지난다고 해도 불가
능에 가깝다는 것이다. 뭐, 지연우의 사랑이 위대하다면 가능할까
나?

"이거 어때?"
연우의 손에 끌려 진이와 춘희는 쇼핑을 나왔다. 연우는 옷가게
를 휘저으며 옷이란 옷은 다 꺼내 보며 수다를 떨었다.
"글쎄, 강원도 산골에서만 피는 야생 꽃 씨앗을 가지고 온 거 있
지. 내가 키울 수 있으면 그냥 키우겠는데, 아무래도 무리일 거 같
아서 식물원에 가져다 줬어. 휴, 진짜 못 말린 다니까. 그냥 다음
부터는 꽃집에 파는 꽃으로 달라고 했어. 그랬더니 뭐라는 줄 알
아?"
연우는 춘희와 진이가 듣고 있든 말든 혼자 열심히 떠들었다.
손으로는 옷을 고르면서.
연우가 고른 옷을 두 팔 가득 안고 있던 진이가 춘희에게 귓속
말로 중얼거렸다.
"지연우 남자 복 터졌네. 선은 형이랑 보고, 연애는 동생이랑 하
고."
춘희가 함부로 말하지 말라는 뜻을 눈으로 전했다. 오해의 소지
가 있었기에 공공장소에서 함부로 말하면 안 좋은 말이었다.
"이 옷 어때?"
연우가 옷을 하나 들어올리자, 진이와 춘희가 동시에 대답했다.
"너무 야해!"

참 이상한 일이다. 다른 여자들은 사랑에 빠지면 어떻게 되는지 정확히 모르지만, 지연우는 사랑에 빠지면 야해지나 보다. 자신의 각선미에 자신이 있는 것인가?

"제발 네 발육 부진 몸매를 생각하며 옷을 골라라."

진이의 타박에 연우가 입을 쭉 내밀며 자신을 변호했다.

"이런 옷을 입어야 몸매가 예쁘게 나온단 말이야."

"그리고 절벽 가슴이 여실히 드러나지."

"너도 가슴 없잖아!"

다른 사람들도 많은 장소에서 연우와 진이가 또 유치한 말싸움을 하려고 하자, 춘희가 중간에 나섰다.

"내 가슴이 제일 커! 그러니까 그만 해!"

그건 사실이었기에 연우와 진이는 나란히 입을 다물었다.

"그 남자 우리 소개 안 시켜줄 거야?"

옷을 고르고 나온 뒤 춘희가 물었다. 연우는 아직 그녀의 친구들에게 마태후를 소개시켜 주지 않았다. 아직 마태후를 상대하는 것만으로도 벅차 그럴 생각을 할 여유가 없었던 것이다. 연우도 이제야 그 사실을 깨달은 듯이 눈을 크게 뜨며 물었다.

"만나고 싶어?"

친구들에게 남자를 소개시켜 준다. 한 번도 없었던 일이다. 그 사소하면서도 생소한 일에 연우는 가슴이 두근거렸다.

―네 친구?

"응, 안 만날래요?"

태후에게 전화를 건 연우는 조심스럽게 물었다. 혹시 만나기 싫다고 할까 봐 조마조마한 마음이 들기도 하였다.

—음, 내 질문에 답해주면 생각해 볼게.

하여튼 그냥 알았다고 하는 법이 없다.

"뭐요?"

—네 친구랑 나랑 물에 빠지면 누구 먼저 구할 거야?

"……."

—응? 누구?

태후는 조르듯이 물었다. 연우는 이 남자가 왜 좋아졌을까를 심각하게 생각하며 대답해 주었다.

"나 수영 못해요."

—어떻게 나이 스물이 넘어서 수영을 못할 수 있어?

"할 수 있다 그래도 당신은 안 구해요! 내 친구들이 무조건 먼저야. 그러니까 당신은 알아서 살아 나와요!"

냉정한 연우의 대답에 툴툴 거리는 태후의 말이 돌아왔다.

—쳇! 역시 우리 형한테 반한 거군.

"내가 사랑하는 건 당신이에요!"

연우는 사랑을 하게 되면 꼭 남자에게 먼저 고백을 듣고 싶었다. 아무리 오래 기다려야 된다고 해도, 그녀보다 남자가 먼저 말해주기를 바랐다. 그게 그녀가 이십육 년간 꿈꾸어온 소소한 로망이었다. 그런데 유치한 말싸움 도중 발끈하며 소리치고 말았다. 사랑한다고. 쿡쿡 찌르는 마태후의 심술에 그만 벌컥 소리 질러 버리고 말았다. 당신을 사랑한다고.

"쟤가 왜 갑자기 우는 거야?"

멀리서 연우가 통화하는 모습을 지켜보던 진이는 갑자기 울기 시작하는 연우를 보고 놀라서 벌떡 일어나 연우에게 달려갔다. 춘희는 피곤하다는 듯이 손으로 이마를 감쌌다. 길고 긴 하루가 될 것이라는 예감이 피로감을 더욱 키우고 있었다.

"으아아아아아아앙! 이건 정말 최악이야! 다시 물러줘! 무효라고!"

춘희네 집으로 오는 동안 계속해서 울던 지연우는 집에 도착하자마자 땅바닥에 쓰러지듯 무너져서 본격적으로 울었다. 지연우를 무사히 이곳까지 데리고 오느라 고생한 두 친구가 힘든 표정으로 우는 지연우를 내려다보았다.

"도대체 뭐가 무효인데?"

"내가 먼저 말해 버렸다고! 남자가 먼저 말해야 하는데, 내가 먼저 말해 버렸어!"

"춘희야, 넌 저게 무슨 뜻인 줄 알아듣겠냐?"

연우의 말뜻을 알아들은 춘희는 연우의 옆에 앉고서 차분하게 연우를 달래기 시작하였다.

"연우야, 누가 먼저 말하는 게 중요한 게 아니라 서로의 마음이 같은가 하는 게 중요한 거야."

"같아! 그러니까 나한테 키스한 거야!"

"뭐? 키스? 역시 전과가 있었군. 몇 번 했는데?"

진이가 경악을 하며 묻자 연우는 키스의 기억을 더듬으며 손가락을 하나하나 꼽기 시작하였다. 그 모습에 진이와 춘희 둘 다 놀라 버렸다.

"세상에! 저 손가락 꼽히는 수 봐라. 이 영악한 것! 그만큼 할 동안 우리한테 입도 뻥끗 안 하고 숫처녀인 척을 했단 말이야?"

"진이야, 조용히 해봐! 연우야, 그래서 네가 좋아한다고 하니까 그 남자가 뭐래?"

"난 사랑한다고 했는데."

"그래, 사랑한다고 하니까 그 남자가 뭐래?"

그런데 연우는 대답을 못하고, 닭똥 같은 눈물을 다시 흘리기 시작하였다. 이번엔 엉엉 소리 내지도 않고, 그저 눈물만 떨어뜨렸다.

마태후는…… 아무 말도 하지 않았다.

"네가 여기까지 웬일이야?"

간만에 찾아온 자신을 반갑게 맞아줄 줄 알았던 동금은 의외로 기운이 없었다.

"너 무슨 일 있냐?"

원래는 동금이 태후에게 물었어야 했던 질문이지만, 태후가 동금에게 묻고 있었다. 태후의 질문에 동금은 대놓고 깊은 한숨을 쉬었다.

"해수 씨랑 싸웠어. 좋아하는 여자랑은 절대로 안 싸울 줄 알았는데, 내가 먼저 화를 내버렸어. 물론 해수 씨의 일에 대한 욕심을 이해해. 하지만 너무 심하다고. 쓰러질 때까지 일에 매달리는 건 문제있지 않아? 과로로 쓰러져서 병원에 있는 걸 보고 나도 모르게 그만 화부터 내버렸어. 먼저 괜찮냐고 물어봐야 하는데 말이야. 그것 때문에 해수 씨도 나한테 화내고, 정말 최악이었어. 태후야, 넌 내 마음 이해하지? 어라?”

열심히 자신의 심정을 토해내던 동금은 텅 비어 있는 태후의 자리를 발견하고 말을 멈추었다.

“오빠, 거기서 혼자 뭐라고 중얼거리는 거야?”

담벼락 뒤에서 넷째 동주의 목소리가 들려왔다. 동금이 고개를 들어 자신을 내려다보고 있는 여동생들을 말없이 쳐다보았다.

아무리 내 동생들이 지연우 미모를 못 따라간다지만, 대놓고 도망치는 건 너무하잖아.

6공주에게 잡힐 위기를 간신히 모면하고 집으로 온 마태후는 죽은 시체처럼 소파 위에 뻗어 있었다. 밥도 먹지 않고 그대로 소파에 누운 뒤, 단 한 번도 일어나지 않고 있었다. 눈을 뜨고 있는 걸 보니까 자고 있는 것 같지도 않았다. 마태후는 천장에 붙어 있는 대형 세계지도를 뚫어지게 쳐다보고 있었다.

야아옹!

블랙이 느릿한 걸음으로 태후의 곁으로 걸어왔다. 이제 자신이 슬슬 마태후를 돌보아 줘야 한다고 생각했나 보다. 가까이서 들리는 블랙의 울음소리에 태후가 지도에서 눈을 떼지 않고 나지막이 블랙을 불렀다.

“블랙, 물어볼 게 있는데…….”

야아옹!

“내가 왜 아무 대꾸도 못했을까? 나의 화려한 언어 구사력이 왜 그 순간 마비된 거지?”

블랙이 느릿한 걸음으로 리모컨 위를 지나자 꺼져 있던 텔레비전이 켜졌다.

『네가 좋아! 어느새 내 눈에는 너밖에 보이지 않게 되었어.』

타이밍도 절묘하게 애정 드라마가 한창이었다. 태후가 잔뜩 찡그린 얼굴로 고개를 돌려 블랙을 보았다. 블랙은 리모컨 근처에서 배회하고 있었다. 그리고 마태후의 심기를 불편하게 한 드라마는 이제 한창 키스신이 진하게 이루어지고 있었다. 마태후는 그제야 소파에서 일어나 텔레비전으로 걸어가 전원을 껐다. 그리고 뒤돌아서는데…….

『하아! 사랑해!』

텔레비전이 다시 켜졌다. 블랙의 소행이었다. 마태후는 아예 콘센트 선을 뽑아버렸다. 미라클님께서 리모컨으로 자신의 마음을 후리지 못하게…….

탕, 탕, 탕!

농구공이 땅을 치는 소리가 천둥이 내리는 소리처럼 들리고 있었다. 한참이나 뛰었을 텐데도 남자의 숨은 흐트러지지 않아 있었다. 이미 십 년 전에 은퇴를 했지만, 마태유는 아직도 플레이의 감을 잃어버리지 않고 있었다. 상대는 없었다. 단지 혼자서 하는 농구인데도 꼭 라이벌이 있는 시합처럼 투지와 살기가 묻어나오고 있었다. 도대체 그는 누구를 상대로 시합을 하고 있는 것일까?

"연우가 날 사랑한대."

갑자기 들린 동생의 목소리에도 태유는 농구를 멈추지 않았다.

탓! 태유가 던진 공이 아름다운 포물선을 그리며 골을 끌어안았다.

"그래도 선볼 거야? 차일 게 뻔한데 그냥 집에서 잠이나 자지 그래."

"넌 뭐라고 했는데?"

태유의 손에서 여전히 농구공은 살아 있었고, 태유의 질문은 그대로 태후의 심장에 명중했다. 예리한 형님이었다. 태후가 변변찮은 대답도 못한 걸 눈치 챈 것이다. 뻔한 사실이었다. 서로 고백이 잘 이루어졌으면 당연히 지연우한테 갔을 테니까, 마태유한테 왔다는 건 한쪽이 바보같이 굴었다는 것이다. 그리고 그건 슬프게도 그의 하나뿐인 동생 마태후였다.

"머리 굴리지 마라, 마태후."

마치 충고를 하는 듯한 태유의 말에 팔짱을 끼고 여유를 가장한 태도를 취하고 있던 태후의 얼굴이 보기 좋게 구겨지고 있었다. 마태유는 태후에게 충고를 하는 지금 이 순간도 농구공에서 손을 떼지 않고 있었다. 너 같은 녀석은 농구 하다 남는 여유로 상대해도 충분하다는 태도였다.

"조건 같은 것 붙이면서 따지지도 마! 이 멍청아!"

대놓고 태후를 멍청이라고 부른다. 하지만 태후는 아무런 대꾸도 할 수 없었다. 왜냐하면 그 말을 하는 게, 아버지가 아니라 형이기 때문이었다.

태유가 농구공을 태후에게 던지며 말했다.

"그리고 지연우 고백에 네가 수줍어한 건 무덤까지 비밀로 해주마."

태후는 태유가 준 농구공을 다시 있는 힘껏 형에게 던져 버렸다.

"으허엉! 하루가 지났는데도 전화가 안 와!"

태후가 연락이 없는 시간 동안, 연우는 울고 있었다. 진이가 상자에서 티슈를 꺼내 연우에게 건네며 말했다.

"겨우 하루밖에 안 지났잖아. 울려거든 한 일 년 정도 기다려 보고 울어."

"으아앙! 난 어제 사랑을 고백했단 말이야! 사랑한다고 했다고! 그것도 내가 먼저 했다고! 진이 네가 그게 어떤 일인지 알아?"

"알아."

"거짓말! 넌 남자랑 사귀어본 경험도 없잖아! 좋아하는 남자도 없잖아!"

"연우야, 그만 해! 네가 화난다고 그걸 다른 사람에게 풀면 어떻게 해!"

옆에 있던 춘희가 연우를 나무라며 그녀의 말을 막았다. 그리고 철없는 연우의 말에 언제나 더 강하게 화를 내던 진이가 이 순간만은 아무런 말도 하지 않았다.

"으허엉! 오늘 내로 전화 안 오면 죽을 때까지 안 볼 거야! 절대로 용서 안 해!"

띠리리리 띠리리리.

연우의 목소리를 들은 건지 전화벨 소리가 들렸다. 하지만 그건

연우의 핸드폰 전화벨 소리가 아니었다. 춘희의 핸드폰 벨소리였
다.

　연우의 울음소리도 멈추고, 달래던 춘희의 목소리도 멈춘 채 잠
시 거실에는 핸드폰 벨소리만 가득했다.

　띠리리리 띠리리리.

“코미디야!”

　열심히 일을 하고 있는 태유에게 대뜸 태후가 한 말이었다. 갑
자기 들려온 동생의 목소리에 다섯 시간을 논스톱으로 일하고 있
던 태유는 잠시 손에서 서류를 놓고 고개를 들었다. 언제 왔는지,
사무실 문 앞에 태후가 삐딱하게 서서 태유를 바라보고 있었다.

　“형 손에 농구공이 아니라 그 서류철 들려 있는 거 보면 진짜 웃
기다는 거 알아?”

　“할 말은 어제 다 한 거 아니었어? 여기까지 웬일이야?”

　태유는 다시 서류를 들어올렸다. 태후의 말대로 농구로 그의 인
생에 많은 시간을 보냈기 때문에, 경영학과를 나왔어도 업무를 따
라가는 데 다른 사람의 배에 달하는 노력이 필요했다. 황제그룹에
서 일하게 될 거라는 건 농구를 하던 때에도 이미 어느 정도는 각
오하고 있던 일이었다. 농구는 마태유의 인생이라기보다는 마태
유의 청춘이었다.

　“아직도 그 여자 찾고 있어?”

　우뚝!

　태후의 질문에 태유의 모든 행동이 정지되었다. 마치 그만의 시

간이 정지한 것처럼.

"살아 있기만 하면 아무것도 상관없다고 생각하는 거야?"

태유는 아랫입술을 꽉 깨물었다. 서류철을 잡고 있던 태유의 두 손이 굵은 핏줄이 튀어나올 정도로 꽉 쥐어졌다.

"형!"

태후가 태유를 불렀지만 태유는 대답하지 않았다. 깨물고 있던 태유의 입술에서 붉은 피가 새어나왔다. 태유는 질끈 눈을 감아버렸다. 시간은 십 년이나 지났는데, 또다시 그 순간이 바로 지금인 것처럼 생생하게 생각나고 있었다. 미친 듯이 병원으로 내달렸던 그 순간, 피 터지게 불렀던 그 이름, 끝까지 돌아오지 않던 대답. 눈물 대신 흘러내렸던 그 뜨거운 땀.

어둠뿐인 태유의 의식 속으로 태후의 목소리가 침입해 들어왔다.

"미안해."

"……."

"내가 끝까지 지켜주지 못해서."

태유는 천천히 감았던 눈을 떴다. 문 앞에 서 있던 태후는 이미 가버리고 없었다. 다시 정적만이 흐르는 사무실 안, 혼자 남은 태유는 서서히 그리움 속으로 잠식되어 갔다.

탁탁탁!

세 여자는 급하게 병원 안으로 달려들어 왔다. 가장 앞에는 춘희가 달리고 있었다. 그리고 그 뒤를 진이가 달리고, 연우가 벅찬

숨을 참으며 두 사람의 뒤를 힘겹게 쫓아오고 있었다. 춘희의 핸드폰으로 온 전화는 춘희가 간호사로 일하고 있는 병원에서 온 전화였다. 지남이 일하던 도중 병원으로 실려왔다고 했다. 지남의 직업은 경찰이었다. 일하다가 다쳤다는 것은, 즉 단순한 말로는 절대 해석되지 않는 말이었다. 병원에서 전화가 온 것은 지남이 춘희의 애인인 것을 아는 동료 간호사가 그의 수술 소식을 알려주기 위해서였다. 그 뒤로 모든 게 혼비백산이었다. 춘희가 옷도 챙겨 입지 않고 그대로 밖으로 뛰쳐나갔으며, 진이가 다급하게 춘희의 지갑을 챙겨서 춘희의 뒤를 쫓았고, 울던 연우도 바로 그녀들의 뒤를 쫓아 병원까지 온 것이었다.

"강지남 환자 어디 있어요?"

"아, 수술실로 가고 있는 중일 거야. 춘희 씨, 갑자기 전화 끊어서 무슨 수술인지 말 안 했는데, 이건…… 춘희 씨! 잠깐만!"

춘희는 수술실로 가고 있다는 근무 중 간호사의 말을 듣자마자 수술실 쪽으로 달려갔다. 이제야 막 도착한 진이는 접수대에 몸을 날리고서 다급하게 물었다.

"강지남 죽는 거 아니죠?"

"네?"

대뜸 죽는 거 아니냐고 묻는 진이의 질문에 간호사가 놀란 얼굴을 했다.

"잠깐만요!"

지남이 막 수술실로 들어가기 전, 춘희가 의료진과 지남을 발견하고 소리 질렀다. 지남이 있는 곳까지 한달음에 달려온 춘희는 아파서 누워 있는 지남에게 매달렸다.

"지남아! 나야, 춘희! 알아보겠어?"

지남은 정말 많이 아픈지 얼굴을 잔뜩 찌푸리고 있었다. 반가운 춘희의 목소리를 들은 지남이 손을 가까스로 들어올리며 힘겹게 입을 열었다.

"춘희야."

춘희가 지남의 손을 꽉 움켜잡으며 말했다.

"그래, 나야! 도대체 어디가 얼마나 다친 거야?"

"……래?"

"뭐?"

"나랑 결혼해 줄래?"

수술실로 들어가기 전 환자는 누구나 느낄 것이다. 삶에 대한 애착을, 그리고 죽음에 대한 공포를. 그건 지남도 다르지 않았다. 삶과 죽음의 기로 사이에서 지남은 그 어느 때보다도 절실했다.

늦은 밤, 마산은 잠에서 깨어 복도를 걸어가고 있었다. 이곳에서 절대로 들릴 리 없는 고양이 울음소리를 들었기 때문이다. 사년 전 태후가 고양이 블랙과 같이 집을 나간 뒤 이 집에서 고양이 울음소리가 들린 적은 단 한 번도 없었다. 그런데 지금 그 소리가 들리고 있었다. 마산은 고양이 울음소리를 따라서 천천히 달빛이 스며드는 복도를 걸었다.

이 달밤을 더욱 서늘하게 하는 고양이 울음소리가 들리는 곳은 그의 서재였다. 마산은 잠시 서재의 닫힌 문을 바라보다 천천히 문을 열었다.

<u>스르르—</u>

달의 기운을 받은 문은 소리도 없이 부드럽게 열렸다. 열린 문 사이로 보이는 서재 안에는 아무도 없었다. 마산은 문밖에 서서 서재 안을 쭉 훑어보았다. 누군가 다녀간 흔적은 없었다. 하지만 자신이 알지 못하는 어떤 일이 이 서재 안에서 벌어진 게 분명했다. 반드시 찾아내겠다는 의지를 담고 계속해서 움직이던 마산의 시선이 어느 순간 뚝 멈추었다. 무언가를 발견한 듯이 그의 눈이 잠깐 꿈틀했다. 하지만 서재에 누군가 나타난 것은 아니었다. 마산은 서재에 발을 들여놓더니 장식장을 향해 천천히 다가갔다. 그의 컬렉션이 있는 곳이었다. 삼십 년 동안 당첨되었던 복권들이 진열되어 있는 그만의 소소한 기쁨이 진열되어 있는 곳. 그리고 그곳에 누군가 훔쳐 갔던 기쁨이 다시 돌아와 있었다. 몇 십 년의 복권 인생 동안 그가 딱 한 번 당첨된 적이 있는 1등 복권. 몇 억이 그냥 굴러왔다는 게 기쁜 게 아니라 팔백만이, 염원하고 바라는 행운이 바로 그에게 굴러 들어온 것이 역사에 길이 남을 영광으로 남을 증거가 돌아와야 할 자리에 다시 돌아와 있었던 것이다.

비록 둘째 아들이 백기를 들고 돌아온 건 아니지만, 그에 버금 가게 마산은 행복했다. 영원히 미완성으로 남을 줄 알았던 그의 컬렉션이 완벽해진 것이니까. 달 밝은 밤, 제멋대로 아들이 주고 간 묻지 마 선물이었다.

맞선 날, 연우는 팔려가는 가련한 신부처럼 얌전하였다. 결국 마태후에게서는 전화가 오지 않았다. 그래서 연우는 실연당한 것처럼 처연했다. 당한 것처럼도 아니다. 이건 잠정적 실연이었다. 연우는 자신이 버림받는 건 시간문제라고 생각했다. 어떻게 사랑한다는 고백에 대답 한 마디 하지 않고 이렇게 연락을 뚝 끊을 수 있단 말인가! 눈물이 날 것 같았지만, 곱게 화장을 한 상태라 울 수도 없었다.

"연우야, 잘하고 와~"

잘하고 오라는 어머니의 말에 더욱 슬퍼졌다. 분명 마태유는 마태후와의 일에 대해 물을 것이었다. 그럼 연우는 그 나쁜 놈이 자신이 준 사랑만 받고 도망갔다고 말해야 하는 입장이었다. 연우는 오늘 맞선을 나가는 게 아니라, 학부모 상담 비스름한 것을 하러 나가는 거나 마찬가지였다. 그리고 마태후는 역시나 불량학생이었다. 사랑에 있어서 그는 열등생이었다. 낙제감이다. 그래서 불행한 건, 참 억울하게도 낙제점을 준 연우 티처였다.

"절 따라오시죠."

연우가 맞선 장소인 호텔 그렌시아의 레스토랑에 들어섰을 때, 웨이터는 예약되어 있는 자리로 연우를 안내해 주었다. 연우는 웨이터의 뒤를 따라가면서 깊게 한숨을 쉬었다. 회의가 느껴졌다, 자신이 뭘 하고 있는 건가 하는. 이제는 마태후에게서 사랑한다는 말을 못 들은 게 모두 자신이 모자라기 때문이라는 자책까지 들고 있었다. 지연우는 전혀 사랑스럽지 않은 여자였다. 사랑하는 남자한테 사랑한다는 말도 못 받아내는 매력없는 여자였다. 그런데 이렇게 비싼 옷을 입고 두 시간짜리 화장을 한들 어떤 남자가 좋다고 하겠는가.

앞에 걸어가는 웨이터의 등 너머로 의자에 앉아 있는 남자의 뒷모습이 보였다. 검은색 단정한 슈트 차림을 한 키 큰 남자가 다리를 벌리고 앉아서 신문을 보고 있었다. 눈길을 끄는 남자의 실루엣을 더 자세히 보기 위해 연우가 웨이터의 몸 옆으로 길게 고개를 빼서 다시 남자를 찬찬히 살펴보았다. 큰 키, 까맣다 못해 새까만 머리카락, 우뚝 산처럼 솟은 콧날, 언뜻 깔끔한 차림은 마태유인데 어째 껄렁한 자세는 마태후였다. 연우는 설마하는 마음에 빠르게 웨이터의 등 뒤로 숨었다.

진짜 마태후야? 그럼 어떻게 하지? 이미 낙제점 줘버렸는데.

연우는 다시 웨이터의 몸 옆으로 살짝 고개를 내밀어 마태후인
것 같은 남자의 동태를 살폈다. 그런데 방금까지 의자에 앉아 있
던 남자의 모습이 사라지고 없었다.

어? 저 자리가 아닌가?

연우가 놀라서 남자의 흔적을 찾느라 바쁘게 시선을 움직이고
있을 때, 웨이터는 예약되어 있는 자리에서 멈추어 서서는 연우를
위해 의자를 빼주었다.

"앉으시죠."

연우는 웨이터가 빼주는 의자를 가만히 바라만 보고 서 있었다.
방금 자신이 본 남자가 앉아 있던 자리였다. 연우가 조심스럽게
웨이터에게 물었다.

"혹시 이 의자에 방금까지 어떤 남자가 앉아 있지 않았나요?"

웨이터는 한 치의 망설임도 없이 바로 대답했다.

"아뇨, 아무도 없었습니다."

연우는 화가 난 눈으로 웨이터를 쏘아보았다. 지연우는 매력없
는 여자일지 몰라도, 시력 하나는 겁나게 좋았다.

연우는 의자에 앉는 대신 레스토랑을 그대로 나와 버렸다. 이미
마태유와 맞선 상담을 해야 한다는 생각은 먼지처럼 그녀의 머릿
속에서 지워져 가고 있었다. 지금 그녀의 몸과 마음을 지배하고
있는 것은 마태후를 찾아야 한다는 고집뿐이었다. 비록 그에게 사
랑한다는 말을 듣지는 못했지만 그래도 찾아야 했다. 왜냐하면 그
녀가 사랑한다고 말했으니까.

복도를 빠른 걸음으로 걸어가던 연우는 그녀가 찾던 남자를 발

견하고 멈칫 걸음을 멈추었다. 마태후를 찾은 것이었다. 정말 레스토랑에서 봤던 남자는 마태후였다. 그는 지금 엘리베이터 앞에 서 있었다. 굳게 닫힌 엘리베이터의 문을 멍하니 바라보고 있던 태후는 연우의 시선을 느꼈는지 고개를 돌렸다. 그에게 사랑한다고 말했던 아름다운 연우를 발견한 태후는 옅게 웃었다. 그리고 천천히 그녀를 향해 손을 내밀었다. 연우는 잠시 태후가 내민 큰 손을 바라만 보고 서 있었다. 거부할 수 없다는 걸 깨달은 순간, 그녀를 기다리는 그의 손을 잡기 위해 연우는 다가갈 수밖에 없었다.

스르륵.

연우가 태후의 내민 손을 잡는 순간 굳게 닫혀 있던 엘리베이터 문이 열렸다. 태후는 따스한 온기를 전하는 연우의 작은 손을 꽉 잡았다. 그리고 결심한 듯 엘리베이터 안으로 한 발을 들여놓았다. 꼭 결혼식장에 신랑 신부가 입장하는 모습이지만, 이 좁디좁은 결혼식장은 연인들에게 행복이 아니라 시련을 주는 곳이었다. 태후와 연우가 엘리베이터 안으로 들어서자 열렸던 문이 스르륵 닫혔다.

다시 이 문이 열렸을 때 연인들은 웃고 있을까?

"정말 감동적인 프러포즈였다."

진이는 지남의 병문안을 왔다. 그의 수술은 아주 성공적으로 끝났다고 했다. 진이는 축하의 의미로 열심히 사과를 깎았다. 그런데 지남은 병문안 온 진이를 외면한 채 벽만 보고 누워 있었다.

"그리고 더불어 맹장 수술 성공적으로 끝난 것도 축하한다."

"난 죽을 것같이 아팠단 말이야! 급성 맹장이라고! 그냥 맹장보다 더 아픈 거야!"

놀리듯 말하는 진이의 말에 지남이 발끈해서 소리쳤다. 하필 맹장이 터진 것이 열심히 범인을 쫓을 때였다. 그래서 춘희 일행이 지남이 범인과 싸우다가 크게 다친 걸로 오해한 것이었다. 솔직히 지남은 수술실에 들어가기 전에 춘희한테 프러포즈해야겠다는 생각은 눈곱만큼도 안 했었다. 아파 죽겠는데 그런 생각을 할 틈이 어디 있겠는가? 그런데 춘희의 얼굴을 보는 순간, 자신도 모르게 튀어나오고 만 것이다. 그래서 강지남은 맹장 수술을 들어가기 전 프러포즈를 한 사나이가 되어버렸다.

"나 프러포즈 다시 할 거야! 퇴원하자마자 지연우한테 산 겁나게 비싼 그린 다이아 반지 들고, 고급 레스토랑도 예약해서 프러포즈 다시 할 거라고!"

지남의 화려한 발악에 진이는 피식피식 웃음을 터뜨렸다.

"그 말, 꼭 시험 다 끝난 다음 시험 공부한다는 소리로 들린다."

"황진이! 난 심각하다고!"

뿌웅! 지남은 자신의 심각함을 방귀로 승화시켰다. 수술이 끝난 후, 이제야 겨우 방귀가 나온 것이었다. 진이가 웃으면서 사과 한 조각을 지남에게 내밀었다.

"프러포즈도 감동이었고, 방귀도 축하해."

지남은 새빨개진 얼굴로 진이를 노려보았다. 지연우가 왜 매일 황진이와 투닥거리는지 이제야 좀 이해가 되는 기분이었다. 이 사악한 영혼! 진심으로 축하하는 거면 제발 가!

"괜찮아요?"

연우가 걱정스러운 목소리로 물었다. 하지만 침대에 누운 태후는 눈을 감은 채 말이 없다. 꼭 자고 있는 모습이지만, 연우는 그가 자지 않고 있다는 걸 알았다.

"네가 블랙 훔쳐 갔을 때……."

엘리베이터 안에서의 악몽 같은 시간을 이겨내지 못하고 심하게 구토를 하고 난 다음이라서 태후의 목소리는 많이 잠겨 있었다. 평소와 다른 그의 목소리를 듣는 순간, 연우는 다시 마음이 아려왔다.

"화가 나기 전에 겁이 났었어. 아, 또 누군가 내 약점을 알고 비웃겠구나, 하는 생각만 들었었어."

"안 비웃었어요."

"그래, 대신 동정했겠지. 그렇게 잘난 척하더니 엘리베이터도 못 타는 불쌍한 놈이라고 생각하면서."

"동정도 안 했어요."

"그래, 그럼 아무 관심 없었나 보네."

태후는 여전히 눈을 감고 있었다. 달라진 건 아무것도 없었다. 그는 여전히 엘리베이터를 타지 못했다. 옆에 지연우도 있었는데 말이다. 사랑이 위대하다는 말이 사실이라면 마태후는 사랑이 아닌 것이다.

쪽!

순간 메마른 그의 입술 위로 촉촉한 그녀의 달콤함이 전해져 왔다. 태후는 천천히 눈을 떴다. 연우의 얼굴이 바로 앞에 있었다. 태후는 손을 들어 그녀의 얼굴을 조심스럽게 쓸었다. 부드러운 피부의 감촉에 저도 모르게 웃음이 새어나왔다.

그는 변하지 않았다. 그런데 왜 그녀는 이렇게 사랑스럽게 변한 걸까? 그는 그대로인데, 왜 그녀는 이렇게 그 가까이 다가서 있는 걸까?

"내가 널 사랑하는 걸까?"

태후의 질문에 연우가 얼굴을 찌푸렸다. 그녀가 듣고 싶은 말은 사랑한다는 확신이지, 사랑하고 있는 걸까라는 불신이 아니었다.

"난 지금 당신을 동정해요."

매섭게 돌아오는 연우의 대답에 태후가 미간에 작은 주름을 만들며 연우를 바라보았다.

"왜? 내가 엘리베이터도 못 타서?"

"아뇨! 사랑한다는 말도 제대로 못하는 바보라서요!"

"……."

"눈 피하지 마요. 날 똑똑히 보면서 말해봐요. 사랑하면 하는 거고, 안 하면 안 하는 거예요! 사랑하는 걸까라는 질문 따위는 안 돼요!"

"……."

"고개도 돌리지 마요! 내 눈 똑똑히 보라니까! 나한테 할 말 있죠? 당장 말해요!"

연우의 두 손에 얼굴이 잡혀 맘대로 움직이지도 못하게 된 태후

가 곤혹스런 미소를 지었다. 솔직히 자신도 망설이는 대답을 이렇
게 다그쳐 오면 정말 난처하다. 난처한 상황에서 계속 몰아대면
도망치고 싶어지는 게 인간의 심리였다. 그건 마태후도 마찬가지
였다.

"바람꽃이 필 때 말할게."

"어느 세월에!"

로망지상주의자 지연우의 기가 압도적으로 마귀발 마태후의 기
를 꺾어가고 있었다.

"커피 한 잔 더 드릴까요?"

한 시간째 지연우를 기다리며 신문을 읽고 있는 마태유에게 웨
이터가 물었다. 태유는 고맙다는 뜻으로 가볍게 웃으며 고개를 끄
덕였다. 웨이터는 능숙한 솜씨로 빈 커피 잔에 커피를 알맞게 담
은 뒤, 옆에 쪽지를 하나 놓고는 그 자리를 떠났다. 태유는 웨이터
가 놓고 간 쪽지를 들어올렸다. 자신을 바람맞힌 지연우가 보냈거
나, 아니면 마태유가 아주 잘 아는 다른 사람이 보낸 것일 게다.
정교하게 접어진 쪽지를 펴서 읽은 태유는 작게 미소 지었다.

〈형, 여자한테 바람맞은 기분이 어때?〉

나도 묻고 싶다. 동생아, 사랑에 빠진 기분이 어떠냐?

"인사해요. 내 친구들. 황진이랑 오춘희예요."

마태유와 선을 보기로 한 날, 연우는 절친한 두 친구들에게 태후를 소개시켜 주고 있었다. 그래서 진이도, 춘희도 맞선에 대해서는 물어보지 못하고 마태후와 처음으로 어색하게 인사를 나눌 뿐이었다.

"만나게 되어 반갑습니다. 마태후입니다."

황진이가 먼저 태후에게 말을 걸었다.

"황진이입니다. 그냥 진이라고 부르세요. 황진이라고 부르면 저도 모르게 주먹이 나가거든요. 고등학교 체육교사를 하고 있어요."

"만나면 물어보고 싶었는데, 정말 남자 다섯 명하고 싸워서 이겼어요?"

페라가모 구두를 사이에 두고 연우가 태후를 겁주기 위해 했던 말을 확인하였다. 금시초문인 말에 진이가 연우를 쳐다보며 말했다.

"하하하! 절 아주 여깡패로 소개해 놨군요."

"아냐! 네가 날 구해준 이야기를 한 것뿐이야."

"그래? 그럼 네가 그때 나한테 반한 이야기도 했냐?"

진이의 말에 태후와 춘희 모두 놀라서 연우를 쳐다보았다. 연우가 당황해서 외쳤다.

"황진이, 너무하잖아! 그건 비밀 이야기였다고."

"아, 그랬어? 들었죠? 비밀이라네요. 방금 들은 이야기 그냥 잊어주세요."

태후가 작게 연우에게 물었다.

'진짜 여자 좋아했었어?'

'여자인 줄 몰랐단 말이에요. 그때는 더 남자애 같았다고. 남자 두 명을 발차기 한 방으로 보내는 애를 누가 여자애라고 생각해요?'

'다섯 명이라며?'

나만 미워해, 라고 중얼거리며 연우는 주스 잔을 들어올렸다. 이번엔 춘희가 태후에게 인사를 했다.

"오춘희입니다. 저는 진이처럼 싸움 잘하지 못하니까, 겁먹지 마세요."

"아! 아! 손과 발로 하는 싸움만 싸움인가? 넌 대신 말로 하는 싸움에서는 절대 안 지잖아. 후아, 고등학교 때요. 춘희가 학교 선생님이랑 말싸움해서 사과를 받아냈다니까요. 그 선생님, 정말 지독한 선생님이었거든요."

"맞아! 춘희라면 당신이랑 말싸움해도 절대 안 져! 춘희는 천하무적이야!"

연달아서 말하는 진이와 연우의 말을 듣고 태후가 웃으며 물었다.

"그래서 나보고 지금 당신 친구랑 말싸움하라고?"

태후는 평소답지 않게 평범하게 말하며 진이와 춘희랑 잘 어울려, 연우를 놀라게 하였다.

'내 친구들이랑 너무 잘 어울리니까 당신 같지 않아요.'

연우가 귓속말로 속삭여 오자 태후가 웃으면서 물었다.

'그래서 상이라도 주고 싶어?'

'무슨 상 받고 싶은데요?'

태후가 연우의 귀에 대고 은밀하게 속닥였다. 그러자 연우가 두 뺨을 붉히더니 태후의 팔을 가볍게 때렸다. 그 모습을 지켜보던 진이가 춘희에게 귓속말을 했다.

'도대체 귓속말로 무슨 소리를 지껄이는 거냐고, 너는 알겠냐?'

춘희는 아무런 대꾸도 못하고 주스 잔을 들어올렸다. 춘희에게는 지남이라는 애인이 있고, 연우에게도 연인이 생겨 버렸다. 이대로라면 진이가 외롭게 될 거라는 생각이 불현듯 들고 있었다.

"태후 씨, 혹시 주위에 아직 결혼하지 않은 남자 없나요?"

춘희의 질문에 태후는 대수롭지 않게 대답했다.

"우리 형이요."

춘희가 바라는 대답이 아니었다. 오늘 연우와 맞선을 보기로 했던 남자였다. 그리고 더욱이 진이와는 너무 안 어울렸다. 다른 사람을 물으려는데 진이가 끼어들었다.

"아! 그 형이 정말 농구 선수 마태유 맞아요? Y대학교 소속이었던."

갑자기 열을 내며 마구 해대는 진이의 질문에 태후는 조금 놀라며 대답했다.

"네, 맞아요."

"저 팬이었어요. 그런데 왜 갑자기 농구 그만둔 거예요? 이제는 더 이상 농구 할 생각 없으시대요?"

어느 정도 사정을 아는 연우가 진이의 말을 막기 위해 끼어들려고 했는데, 먼저 대답을 한 건 마태후였다.

“우리 형 농구 하는 모습 보고 싶으세요?”

“네!”

“그럼 5월 15일 밤 12시에 Y대학교 체육관으로 가봐요.”

“5월 15일 밤 12시요? 꼭 그 날짜, 그 시간이라야 해요?”

“네. 대신 절대로 인기척을 내지 말아요. 들키면 죽을지도 몰라요.”

“하하하! 농담이죠?”

“그거야 직접 가서 확인해 보면 알잖아요.”

웃으며 농담으로 받아들이던 진이는 진지한 태후의 표정에 웃음을 거두었다. 설마 진짜야?

이제 화창한 봄이었다. 시원한 봄바람에 길을 걸어가는 일이 행복한 계절이었다. 태후는 연우를 집에 데려다 주는 길이었다. 버스를 타고 왔기에 집까지 도착하려면 10분은 걸어야 했다. 하지만 연우는 상관없었다. 날씨도 너무 좋고, 옆에는 사랑하는 남자도 있었으니까. 태후가 먼저 연우의 손을 잡았고, 연우는 부끄러워하며 태후의 손을 잡은 뒤 그의 손을 놓아주지 않았다.

“집에 가면 뭐라고 할 거야?”

태후가 물었다. 분명 연우의 어머니는 맞선에 대해서 물을 것이었다. 연우는 대수롭지 않게 대답했다.

“가는 길에 내 인연을 만나서 맞선에 나갈 필요가 없었다고 할 거예요.”

“그리고?”

“내일은 그 남자랑 데이트하느라고 늦을 거라고 말할 거예요.”

"쿡! 어머니한테 회초리 맞는 거 아냐?"

"괜찮아요."

"왜?"

"날 사랑하셔서 화내시는 걸 테니까."

만약 태후에게 물었다면 절대로 나올 수 없던 대답이었다. 태후는 이 순간 지연우가 많은 사랑을 받고 자란 여자란 걸 알 수 있었다. 그래서 사랑을 말하는 데 그렇게 망설임이 없었던 것이다. 사람의 진정한 강함이란 어떤 것일까? 애정을 주는 데 망설임 따위는 생각하지 않는 지연우의 강함도 진정한 강함이라고 할 수 있겠지. 적어도 사랑에 있어서는 태후보다 연우가 강했다. 사랑한다는 말 한 마디도 제대로 못하는 태후보다 그녀는 훨씬 강했다.

"내가 어머니한테 혼나는 동안 당신은 뭐 할 거예요?"

연우가 물었다. 당신을 위해 어머니를 설득할 거라고 말하는 연우의 맑고 큰 눈을 보자 태후는 뒤로 물러날 수 없었다. 힘의 근원, 그녀는 이제 그의 힘이었다.

"내 아버지랑 싸우고 있겠지."

아버지를 증오하는 게 아니었다. 단지 서로가 원하는 게 너무 다른 것뿐이었다. 그래서 피했는데, 이제는 이야기라는 걸 해야 할 시간이었다. 산보다 거대한 아버지와의 대화, 그게 마태후가 지연우를 사랑한다는 증거였다.

태후는 집을 나가고 처음으로 자신의 집 정문 앞에 섰다. 몇 번 오기는 했지만 정문으로 들어간 적은 단 한 번도 없었다. 일명 개

구멍만 이용했었다. 하지만 오늘은 그곳을 이용할 수 없었다. 그러기에는 그의 임무가 너무 중대한 것이었다.

잠시 자신의 거대한 옛집을 바라보던 태후는 결심한 듯 손을 들어 초인종을 누른 후 당당히 정문으로 들어왔다.

그러나 뛰는 놈 위에 나는 놈이 있다고 했던가. 분명 아침까지 자신의 낡은 아파트에 있던 짐들이 원래 자신의 방이었던 곳에 무자비하게 옮겨져 있는 것을 보고, 태후는 경악을 했다.

야아옹!

그 널브러진 짐 가운데, 블랙이 떡 버티고 앉아서는 왜 이제 왔냐며 울었다.

"도대체 내 허락도 안 받고 이걸 왜 옮겨요? 아버지 어디 있어요?"

태후가 죄없는 가정부에게 화를 내고 있을 때, 뒤에서 조용한 남자의 목소리가 들려왔다.

"허락은 태유 도련님께 받았습니다."

아버지의 보좌관인 윤 보좌관이었다.

"내 짐이에요. 그런데 형의 허락이 무슨 소용이에요?"

버럭 화만 내는 태후에게 윤 보좌관은 침착하게 설명했다.

"태유 도련님이 오늘 맞선 약속이 있었는데, 퇴짜를 맞으셨다고 하시더군요. 그 위자료 정도로 생각하시면 된다고 하셨습니다."

"이런 제멋대로 생겨먹은 인간들 같으니라고! 위자료는 뭔 위자료? 누가 이혼했어?"

자신이 지금까지 제멋대로 저질렀던 행동들은 모두 잊어버리고, 형의 행동만을 탓하는 태후를 윤 보좌관은 나무라지 않았다. 대신 시계를 보며 저녁 식사 시간을 알려주었다.

"저녁 식사는 7시입니다."

야아옹!

블랙이 울었다. 자기는 지금 배고프다는 것이었다.

―엄마가 이미 당신에 대해서 알고 있었어요. 당신 형이 전화를 했었대요.

바쁜 아버지와 형을 기다리며 바닥에 팔자 좋게 누워 있던 태후에게 연우의 전화가 걸려왔다. 블랙은 먼저 식사 중이었다.

"우리 형이 원래 오지랖이 넓지. 내 집도 자기 맘대로 팔아치워버렸어. 그래서 난 지금 길거리야."

―네? 길거리요? 진짜? 어딘데요?

"왜? 어딘지 알면, 텐트 갖다 주려고?"

―텐트에서 어떻게 살아요? 당신 형은 왜 상의도 없이 집을 팔아서 사람 갈 곳 없게 만들어요? 진짜 자기 멋대로야!

못된 동생이라고 해도 상관없었다. 태후는 태유가 욕먹을수록 기분이 좋았다.

"응, 그래서 난 대신 형 방에 둥지를 틀었어."

―네? 그럼 집이에요?

"그래. 난 배고파 죽겠는데, 바쁜 두 인간들은 식사 시간이 지나도 오지를 않네. 이래서 내가 혼자 살고 싶다는 거야. 그럼 밥 먹고 싶을 때 먹을 수 있잖아."

─하지만 식구들이랑 같이하는 식사라는 건 중요한 건데. 난 나중에 결혼하면 꼭 식사 시간마다 온 식구가 다 모여서 먹을 거야.

"아! 밥도 못하면서."

─그런 건 금방 배워요. 이제부터 우리 엄마한테 배울 거야.

"널린 게 음식점인데 굳이 힘들여 배울 필요는 없지. 나라면 차라리 그 시간에 더 유익한 걸 배우겠다."

─더 유익한 거라니요?

"있잖아. 결혼 생활의 핵심."

─핵심? 그게 뭔데요?

태후가 연우와 통화를 하고 있을 때, 마산과 태유는 같이 집 안으로 들어서고 있었다. 마산이 먼저 현관에 들어서면서 대기하고 있던 윤 보좌관에게 물었다.

"태후는?"

"방에 있습니다."

마산은 바로 태후가 있다는 방 쪽으로 걸어갔다. 태유가 아버지의 뒤를 쫓으며 조심스럽게 충고했다.

"아버지, 오늘은 첫날이니까 하고 싶으신 말은 다음으로 미루시고 간단히 인사만 나누시는 게……."

"내가 언제부터 내가 하고 싶은 말을 하기 위해 네 허락을 받아야 했냐?"

화를 내고 고함치는 목소리는 아니지만, 힘이 느껴지는 아버지의 말씀에 태유는 말을 멈추었다. 언제나 아버지와 태후의 싸움에서 태유가 할 수 있는 일은 없었디. 그지 옆에서 지겨보기만 할 뿐이었다. 그리고 오늘도 그건 변함이 없을 것 같았다.

"뭐라고? 야, 너 지금까지 뭐 하면서 산 거야? 네가 그러고도 스물여섯 살이야? 주민등록증 다시 물러! 아니, 초등학교부터 다시 들어가! 요즘은 초등학생들도 다 아는 상식이야!"

갑자기 태유의 방 쪽에서 들려오는 태후의 고함 소리에 아버지와 태유는 걸음을 멈추었다. 이 집에서 자신 말고 큰소리 낼 수 있는 사람은 아무도 없다고 주장해 온 마산은 쩌렁쩌렁 울리는 둘째 아들의 목소리를 들으며 얼굴을 찌푸렸다.

"진짜 오긴 왔군."

마산이 태유의 방문을 열었을 때, 태후는 분한 일이 있는지 씩씩대며 전화기를 던져 버리고 있었다. 태유는 자신의 방을 차지하고 있는 태후의 물건들을 보면서 얼굴을 찌푸렸다.

"무슨 일로 언성을 높인 거냐?"

아버지의 질문에 태후는 별일 아니라는 듯이 말했다.

"Sex요."

거의 사 년하고도 육 개월 만의 부자상봉이었다.

달 밝은 밤, 진이는 또 발신자 부담 전화를 걸고 있었다.

"연우가 오늘 그 남자를 저랑 춘희한테 소개시켜 줬어요. 이 정도면 결혼도 이제 금방이라고요. 연우가 아주 푹 빠져 있다니까요."

—내가 보기 전에는 절대로 결혼 못해!

"그래요? 그럼 그 남자 보러 한국에 와야겠네요."

―방학하려면 아직 멀었는데 연우한테 조금만 늦게 연애하라고
하면 안 듣겠지?

"당연하죠. 그건 오라버니가 하느님 오라버니라고 해도 불가능
해요."

결국 지승우는 한국에 올 것이다. 지연우의 일인데, 그가 가만
히 있을 리가 없었다. 그 생각에 진이는 자신도 모르게 입이 자꾸
만 올라갔다.

―괘씸하네. 그런데 연우는 왜 나랑 전화할 때 그 남자 이야기
안 한 거야?

"그야, 오라버니가 좀 유별나게 구셨습니까? 잔소리할 게 뻔하
니까 안 했겠죠."

―잔소리라니. 난 한 번도 연우에게 잔소리한 적 없어.

"아뇨, 아주 많이 했습니다. 어머니랑 오라버니는 눈만 떴다 하
면 연우뿐이었잖아요. 지나친 사랑이 바로 잔소리예요. 그러니까
정작 중요한 문제는 숨기는 거라고요."

―억지 논리네. 근거있어?

"네, 있어요. 지연우가 스물여섯 살짜리 마리아가 된 건, 전적
으로 어머니와 오라버니 때문이에요."

―오, 마리아! 표현 죽이는데. 난 연우가 죽을 때까지 마리아였
으면 좋겠어.

"그럼 그 남자는 연우를 버릴 거예요."

―형편없는 놈이네. 실격이야. 헤어지라고 그래.

"오라버니, 이건 오라버니가 충격받을 것 같아 말하지 않으려

고 했는데요."

진이는 잔뜩 목소리를 깔고 무언가 대단한 일을 말할 것처럼 분위기를 깔았다. 지승우는 분명 전화기 저편에서 겁먹고 있을 것이다. 왜냐하면 이건 지연우의 일이었으니까.

"이미 연우는 그 남자의 키스에 중독되었어요."

―…….

"끊으면 금단증상 때문에 죽을지도 몰라요."

―……혹시 말이야.

그런데 엄청 놀랄 줄 알았던 지승우의 목소리는 차분했다. 외국 물 먹으면서 멀리 떨어져 있었더니 시스터 콤플렉스에서 좀 벗어났다는 뜻일까?

―네가 계속 이렇게 전화를 하는 것도 중독 증상이야?

진이는 별말을 못하고 그대로 전화를 끊었다. 아마 당분간은 지승우에게 전화를 걸 용기가 생기지 않을 것 같았다.

제 18 장

"아버지랑 이야기 잘했어요?"

태후의 전화를 받고 나온 연우가 그를 보자마자 걱정스럽게 물었다. 태후는 연우의 손을 잡아끌며 말했다.

"당연히 싸웠어. 우리는 싸우는 게 정상이야. 그러니까 잘 이야기한 거 맞아."

기껏 집에 가서 아버지와 싸움만 했다는 마태후의 말에 연우가 놀라며 물었다.

"네? 뭐 때문에 싸우는데요?"

"오늘 중요한 건 그게 아니라, 다른 데 있어."

"다른 거라니요?"

"혁명! 너한테 필요한 건 지금 혁명이야."

거창하게 혁명을 부르짖은 태후는 연우를 데리고 대형서점으로 갔다. 그리고 연우가 혁명을 위해 읽어야 할 책들을 손수 골라주기 시작하였다.

거친 사랑, 키스만으로 참을 수 없어, 은밀한 밤, 아침을 그대와 함께, 원 나잇 스탠드 기타 등등.

언제 어디서나 쉽게 휴대해서 읽을 수 있는 할리퀸 소설이었다. 가능한 그것에 대한 상황묘사가 잘되어 있고, 거부감없이 아름답게 묘사된 책들을 선별하여 골라낸 뒤 그것들을 연우에게 안겨주며 말했다.

"오늘부터 네 생활의 교과서가 되어줄 책들이야."

마태후가 원하는 여자는 마리아가 아니었다. 그녀의 어머니나 그녀의 가족들이 그녀를 순결하게 키우려고 얼마나 노력했는지는 모르겠지만, 그는 순결 따위 그렇게 중요하게 생각하지 않았다. 그는 이 순간부터 순결 파괴자였다. 지연우의 순결을 파괴해야 했다. 그래야 그녀와 그, 두 사람이 더 앞으로 나아갈 수 있었다. 저속하다는 건 사람들의 잣대일 뿐이었다. 태후에게 있어서는 이게 바로 서로에게 더욱 솔직해지는 길이었다. 더 더욱 솔직히 말하자면, 덮치기 전에 연우가 먼저 안아달라고 말했으면 하는 바람이 있었다. 지금 상황에서는 도저히 불가능할 것 같지만 말이다. 말로 하는 사랑에는 꽤 소극적인 마태후지만 몸으로 하는 사랑에는 아주 적극적이었다. 이대로 더 더욱 강해진다면 6공주에 대한 공포심도 이겨낼 수 있을 것이었다. 그런데 이번엔 연우가 소극적으로 나왔다. 사랑을 부끄러워하지 말라고 그렇게 자신을 다그쳤던 여자가 말이다.

"내가 이런 책 읽는 거 아시면 엄마가 싫어하실 거예요."

점점 지연우의 마마걸 증상을 절실히 느끼고 있는 마태후였다. 뭐라고 말만 꺼내면 엄마가 나오고 있었다. 이건 절대 이대로 두면 안 되는 문제였다. 마태후가 원하는 건 지연우 하나지, 그녀의 엄마까지 세트로 받고 싶은 마음은 추호도 없었다.

태후는 강하게 말했다.

"그럼 몰래 읽어."

연우는 태후가 사준 혁명서를 들고 마산을 만나러 갔다. 태후보다 먼저 연락이 왔던 약속 자리지만 연우는 태후에게 그의 아버지를 만난다는 말을 하지 않았다. 왠지 말을 하면 같이 간다고 할 것 같았기 때문이다. 하지만 연우는 싸우러 가는 게 아니라 이야기를 하러 가는 것이기 때문에 아버지와 싸우는 걸 일상으로 여기는 아들을 데리고 갈 수는 없었다. 마태후가 연우의 마마걸 증상을 걱정하듯이 연우 또한 아버지와 사이가 좋지 않는 태후의 반항아 증상을 걱정했다.

연우가 약속 장소인 한정식집에 도착했을 때 마산은 아직 오지 않았다고 했다. 종업원의 안내를 받아 예약된 방으로 들어간 연우는 혼자서 기다리는 시간 동안 태후가 사준 책을 하나 꺼내 들었다. 제목은 '원 나잇 스탠드'였다. 아, 전에 로미오가 말했던 단어라고 친숙함을 느끼며 연우는 책의 첫 장을 넘겼다. 가장 처음 시작되는 글은 여자 주인공의 대사였다. 그 말이 그러니까⋯⋯.

“날 가져요?”

연우는 잠시 책에서 눈을 떼고 고개를 들었다.

“날 가지라고?”

순진한 두 눈을 굴리며 그 뜻에 대해 잠시 생각에 빠졌다. 하지만 단 첫 줄만으로는 이 책이 전해주고자 하는 메시지를 도저히 알 수 없었다. 연우는 다시 고개를 숙이고 책을 천천히 읽어 내려가기 시작했다. 그녀는 대본을 소리 내서 읽던 습관으로 인해 이젠 모든 글을 소리 내어 읽었다.

“수잔은 천천히 자신의 옷을 하나하나 벗기 시작했다. 그녀가 가장 먼저 벗어 던진 옷은 그녀의 팬티였다. 바닥에 던져지는 그녀의 레이스 팬티를 보며 로버트는 마른침을 삼켰다. 툭툭. 블라우스의 단추가 하나하나 풀릴 때마다 그녀의 뽀얀 속살이 로버트의 눈을 아프게 자극했다. 할 수만 있다면 당장 달려가서 그녀를 침대 위에 쓰러뜨리고 옷을 갈기갈기 찢어버리고 싶었다. 와인 다섯 잔이 주는 취기와 그녀의 거부할 수 없는 섹시함에 그는 이미 함락되어 있었다. 그녀의 가슴 계곡이 아슬아슬하게 드러나는 순간 로버트는 앉아 있던 소파에서 벌떡 일어나 수잔에게 다가가 그녀의 블라우스를 한 번에 벗겨내 버렸다. 브래지어에 감추어진 그녀의 풍만한 젖가슴이 달빛 아래에서 그 아름다운 자태를 뽐내었다. 로버트는 자신의 제어심을 바닥에 던져 버리고, 거친 신음 소리를 내며 그녀의 우윳빛 가슴 위에 뜨거운 키스를 퍼부었다.”

지금껏 금지되어 온 세계가 연우의 눈앞에 여과없이 펼쳐지고 있었다.

"수잔은 느낄 수 있었다, 그가 이미 흥분했다는 것을. 배 아래에서 묵직한 그의 불기둥이 느껴졌다. 수잔은 그에게 몸을 더욱 밀착시키면서 그의 귀에 뜨거운 입김을 쏘며 말했다."

"애독서치고는 취향이 독특하군."

갑자기 문 쪽에서 들린 굵은 남자의 목소리에 연우는 천천히 고개를 들었다. 호랑이보다도 무서운 마산의 얼굴이 눈에 들어왔다.

딱 걸렸다.

연우가 인사도 못하고 멍하니 그를 쳐다만 보고 있자, 마산이 돌덩이 같은 얼굴을 한 채 물어왔다.

"그래서 수잔이 뭐라고 말했지?"

진짜로 궁금한 걸까? 연우는 어색하게 웃으며 읽고 있던 책을 덮었다.

"태후랑은 결혼까지 생각하는 건가?"

마산의 단도직입적인 질문에 연우는 밥 먹다 저세상 갈 뻔하였다.

"컥컥컥!"

목에 걸린 호박전을 겨우 넘기고서 옆에 놓은 물 잔을 한 번에 비운 뒤, 연우는 거친 숨을 고르느라 마산의 말에 대답할 틈이 없었다. 그런데 연우가 미처 대답을 하기도 전에 마산의 두 번째 폭탄이 날아왔다.

"난 그 녀석 결혼시킬 생각 없어."

연우가 벼락이라도 맞은 얼굴을 하고 마산을 쳐다보았다. 마산은 딱 두 마디 했을 뿐인데, 연우는 변변한 대답 한 번 못해보고 기력이 다한 느낌이었다. 아니, 멀쩡한 아들을 왜 장가를 안 보내요? 라고 소리치는 대신 연우는 가능한 차분하게 물었다.

"제가 맘에 안 드세요?"

"문제는 네가 아니라, 그 녀석이지."

우리 태후 씨는 아무 문제 없어요. 연우는 자신도 모르게 건방진 눈을 하고 마산을 바라보았다. 자신의 둘째 아들을 닮은 눈빛을 한 지연우를 보고 마산을 굵은 왼쪽 눈썹을 찌푸렸다.

"그 녀석은 지금 한 가정을 이끌어갈 재목이 아냐."

도대체 그런 걸 무슨 잣대로 판단하는데요? 라고 반박하는 대신 연우는 두 손을 꼭 움켜쥐었다. 마산은 반주로 올려진 술을 마시며 계속 자신의 둘째 아들을 깎아내렸다.

"책임감도 없어서 직장도 때려치우고 나오고, 자신이 스스로 만든 병을 이겨낼 정신력도 가지고 있지 않고, 그저 자기 편한 대로만 살아가려고 해. 그런 녀석이 결혼을 한다는 건 한 여자의 인생을 망치는 일이야."

"……"

"그러니까 적당히 연애하다 적당히 헤어질 생각 해."

"아뇨! 전 절대로 태후 씨랑 헤어질 생각 없어요!"

반항하듯 소리치는 연우의 우김에 마산은 들어올린 술잔을 내려놓은 뒤 연우를 매서운 눈으로 쏘아보았다.

"내 말뜻 이해 못했나? 그 녀석이랑 같이 있는 건 아가씨 인생을 망치는 길이라고. 그 녀석은 텄어. 아들만 아니었다면 진작 내다 버렸을 거라고."

"아니에요. 태후 씨는 자기 나름대로 열심히 살고 있단 말이에요! 나랑 같이 엘리베이터도 타려고 했다고요! 자기 발로 집에도 들어갔잖아요. 이제 조금만 있으면 자기 입으로 사랑한다고도 말해줄 거예요. 그런데 뭐가 텄다는 거예요? 반성이 필요한 건 아버님이세요."

연우의 일장 연설이 끝나고, 방 안에는 잠시 정적이 흘렀다. 침묵을 먼저 깨고 나온 건 마산이었다.

"내가 반성이 필요하다고?"

연우는 자신이 흥분해서 도를 넘었다는 것을 알았다. 하지만 여기서 사과할 수는 없었다. 그럼 마태후에 대한 자신의 변론 또한 무시되는 것이니까.

"내가 반성이 필요하다고?"

토시 하나 안 틀리고 똑같이 묻는 마산의 질문에 연우는 대답을 해야 한다는 걸 깨달았다. 그래서 없는 용기 있는 용기를 모두 끌어 모아 힘겹게 입을 열었다.

"네, 배가 너무 나오셨어요."

마태후에게 필요한 건 모범적인 삶이고, 마산에게 필요한 건 다이어트였다.

연우가 마산과 헤어지고 택시를 타고 집으로 오는 길에 태후에게서 전화가 왔다.

─내가 사준 교과서는 잘 읽고 있어?

"그거 물어보려고 전화한 거예요?"

─당연하지. 내 돈 내고 사준 거잖아. 요즘 책값이 얼마나 비싼지 알아?

“지금도 읽고 있어요.”

라고 말하면서 연우는 가방 속에서 책 한 권을 꺼냈다. 아까 음식점에서 읽다가 마산에게 들켰던 ‘원 나잇 스탠드’였다. 이제 수잔이 로버트의 귀에 대고 뭐라고 속삭였는지 읽을 차례였다.

─그래? 그럼 지금까지 읽은 내용 중 가장 인상적인 말은?

“음.”

─없어?

“아! 하나 있어요.”

─뭔데?

“날 가져요.”

그리고 마태후는 더 이상 아무것도 물을 수 없었다.

집으로 들어오던 태유는 정원에서 골프를 치고 있는 아버지를 보고 걸음을 멈추었다. 농구 선수였던 아들을 둔 아버지치고 마산은 지독히도 운동신경이 없는 편이었다. 골프채 휘두르는 폼이 영 어색했다.

“갑자기 웬 골프 연습이세요? 약속있으세요?”

“태후는?”

태후가 집에 돌아온 뒤, 아버지의 입버릇이 된 말이었다. 태후는? 그 말은 아직 마태후가 안 들어왔다는 뜻이었다. 태유는 시계를 보았다. 늦은 시간이었다. 이 녀석 들어오면 한마디 해야지 하고 생각하며 태유는 아무 일 아니라는 듯이 말했다.

"금방 들어올 거예요."

몇 번의 스윙으로 지치셨는지, 마산은 골프채를 짚고 서서 수건으로 이마를 타고 흐르는 땀을 닦았다. 마태유는 그 자리를 떠나지 않고, 나이 드신 아버지가 땀 닦은 수건을 받아 들었다. 마산은 다시 골프채를 다잡으며 마태유에게 말했다.

"너한테 맡길 일이 있다."

"네."

횡! 가능한 몸을 크게 휘두르며 마산은 골프채를 휘둘렀다. 골프채에 얻어맞은 푸른 잔디 조각들이 허공을 가로질러 날아올랐다.

"지연우 주위 관리해. 결혼 전까지 스캔들이나 괴소문 따위 절대 나지 않도록 해."

태유는 웃음을 숨기며 가볍게 고개를 숙이고 간결하게 대답했다.

"네."

마산이 지독하게 자기 아들들의 일에 하나에서 열까지 간섭하는 참견쟁이인지는 몰라도, 딱 하나 칭찬받을 게 있었다. 그건 바로 사랑, 그 고결한 단어의 신비로움을 믿고 있는 사람 중의 한 명이라는 것이다. 마산은 마태후에게 기대하고 있는 게 아니었다. 이제 마태후를 변화시킬 힘을 지연우에게 걸고 있었다.

자신이 보아도 잘난 첫째 아들을 뻥 차버리고 문제점 투성이의 둘째 아들을 선택한 당돌한 아가씨, 가능성이 너무도 무한하여 마산은 나름대로 기분이 좋았다.

　남자의 다정함은 퇴근길에 자주 연우를 감동시켰다. 온다는 말도 없이 방송국 앞에서 자신을 기다리고 있는 태후를 발견하고 연우는 웃으면서 그에게 뛰어갔다.
　"전화했으면 더 빨리 나왔을 텐데."
　"아니, 전화했으면 더 늦게 나왔을 걸."
　"왜요?"
　"예쁘게 보이려고 화장 고쳤을 거잖아."
　찰싹! 연우가 가볍게 태후의 왼쪽 팔을 때렸다. 태후는 연우에게 맞은 팔을 오른손으로 쓱쓱 문지른 뒤, 손을 내밀었다. 마태후는 답지않게 손수건을 꼭꼭 챙기고 다니는 것 말고도, 손잡는 것도 좋아했다.
　처음 태후가 손을 내밀었을 때, 연우는 왠지 모르게 부끄러워 태후의 손을 쉽게 잡을 수 없었었다. 그리고 그건 지금도 변함이 없었다. 연우는 잠시 망설이다가 태후의 손을 잡았다. 어색함을 지우기 위해 태후를 보고 배시시 한번 웃어주었다.
　연우는 모르고 있었다. 연우가 자꾸 이렇게 어색해하니까, 마태후가 손을 내미는 거라는 걸. 연인의 붉게 핀 뺨을 사랑하는 남자는 자꾸 여자가 수줍어할 행동들만 골라 하는 것이었다. 사랑에 빠진 그들은 순간순간 그렇게 설렘을 나눠 가지고 있었다.
　"엄마가 집에 밥 먹으러 오래요."
　연우의 말에 태후가 웃으며 물었다.

"언제?"

"이번 주말에."

프리랜서라서 스케줄도 자유로울 텐데, 마치 자신의 바쁜 스케줄을 생각하듯 태후는 잠시 말이 없었다. 당연히 간다고 할 줄 알았는데, 뜸을 들이자 연우가 시무룩한 얼굴을 하였다.

"우리 가족 만나기 싫어요?"

그 말은 아직 연우와의 관계를 의심하고 있는 것과 같은 말이었다. 시무룩한 연우의 질문과 달리 돌아온 태후의 대답은 명쾌하고 정확했다.

"아니, 만나고 싶어. 가자."

태후의 손에 갑자기 끌려가며 연우가 놀라서 물었다.

"정말요? 그럼 이번 주말에 우리 집에 올 거예요?"

"아니, 지금 갈 거야."

"네? 지금요? 하지만 엄마는 주말에 데려오라고 했는데."

"내가 언제 약속대로 가는 사람이었어."

"정말 심술맞아! 다른 사람 놀라게 하는 게 그렇게 재미있어요?"

"그래서 내 별명이 '귀여운 마귀발' 이지."

자기 멋대로 '귀여운'을 붙이는 뻔뻔함에 연우는 점점 불안해지기 시작했다.

설마 엄마 앞에서도 이러는 건 아니겠지?

"그냥 상냥하게 인사해요. 안녕하세요. 반갑습니다. 그 외에는 아무런 말도 하지 말아요. 알았죠?"

불안함에 연우가 외쳤다. 원만한 첫 만남에서는 가벼운 '가' 단계가 적당하다.

"내가 그렇게 인사했을 때 넌 다시는 나타나지 말라고 했었지 않아?"

"당신 때문에 내 방송을 망칠 뻔했잖아요!"

"쿠쿡! 너희 어머니가 날 싫어할 것 같아, 좋아할 것 같아?"

연우는 대답할 수 없었다. 첫 대면에 마태후를 좋아할 수 있는 인간은 이 세상에 없을 테니까. 그저 사랑하는 딸이 좋아하는 남자이니까, 고운 마음으로 봐주었으면 하는 바람뿐이었다.

"제발 평범하게 인사만 해요! 알았죠?"

당부에 당부를 하지만 사악한 마태후의 웃음소리가 더욱더 불안감을 부추기고 있었다.

이 남자를 어떻게 해! 그냥 평생 내 옷장 속에 숨기고 살아야 하는 거 아냐?

"어머니랑 아버지 외출하셨는데."

갑작스런 방문은 언제나 예외의 상황을 돌출시키기 마련이다. 신우의 말에 의하면 부모님은 오랜만에 연락이 온 아버지 친구 분의 전화를 받고 같이 나가셨다고 한다. 태후가 놀랍다는 눈으로 연우를 바라보았다.

"이건 내가 한 방 먹었는데, 대단한 부모님이야."

연우가 가볍게 태후를 흘겨본 뒤, 신우에게 말했다.

"인사해, 태후 씨야."

신우는 가볍게 고개를 까닥인 후, 더 이상 할 말 없다는 태도를 보이며 뒤로 돌아 자신의 방으로 올라갔다. 마태유가 왔을 때는 백 리 밖에서부터 달려왔으면서, 태후에게는 고개만 까닥이고 돌아서는 동생의 태도가 못마땅해 연우가 외쳤다.

"지신우! 똑바로 인사해!"

신우가 귀찮다는 표정으로 뒤로 돌아 좀 더 길게 인사를 했다.

"우리 누나랑 결혼할 거예요?"

단도직입적인 신우의 질문에 태후도, 연우도 대답할 수 없었다. 그저 서로를 바라보며 상대방이 먼저 말해주기를 바랄 뿐이었다. 그들의 소극적인 대답에 신우는 기다리기도 귀찮다는 듯이 먼저 입을 열었다.

"만약 그런 거라면, 삼가 고인의 명복을 빕니다."

"야! 그건 초상집에서 하는 인사잖아."

연우가 버럭 화를 내었지만 신우는 들은 척도 안 하고 자신의 방으로 들어가 버렸다. 신우가 건방진 인사만을 남기고 사라진 후 태후가 연우의 머리를 쓰다듬으며 위로했다.

"신데렐라처럼 구박받으면서 살았군. 불쌍해라."

"아니에요. 신데렐라는 저 녀석이라고!"

하지만 마태후는 믿어주지 않았다. 계속 머리를 쓰다듬으며 쯧쯧 안타까운 한숨 소리만 계속 내었다.

"여기가 내 방."

연우는 태후를 자신의 방으로 안내했다. 외간 남자로서는 처음으로 연우의 방에 들어오는 마태후는 아기자기하고 깨끗하게 꾸며진 연우의 침실을 잠시 아무 말 없이 둘러보았다. 온통 핑크 계통이었다. 솔직히 그 발랄한 색을 그리 좋아하지 않는 태후는 이상한 세계에 빠진 듯한 느낌이었다.

침대 위에 가지런히 놓여 있는 인형을 보니 웃음이 나왔다.

"설마 저 인형들 껴안고 자는 건 아니……."

뒤로 돌아 연우에게 말하던 태후는 아무도 없는 공간을 보고 말을 멈추었다. 연우는 없었다. 어느새 방 안에는 태후 혼자였다. 태후는 빠르게 주위를 둘러보기 시작했다. 이제는 감상이 아니라 연우가 숨었을 공간을 찾기 위한 다급함이었다. 하지만 낯선 공간이라 어디가 어디인지 감이 잡히지 않았다. 태후는 연우의 방에 연결된 욕실의 문을 벌컥 열었다. 하지만 그곳은 비어 있었다. 있는 것이라고는 거울이 비춰진 당황한 마태후의 모습뿐이었다. 태후는 거울 속의 낯선 자신의 모습을 발견하고 멈칫하였다. 거울 속의 남자는 호흡이 흐트러져 있었다. 눈은 여유로움을 잃고 당황함으로 가득 차 있었다.

너는 누구야?

바보 같게도 그렇게 묻고 만 태후였다. 거울 속의 자신이 너무도 낯설어 태후는 혼란스러웠다.

"지연우 고백에 네가 수줍어한 건 무덤까지 비밀로 해주마."

태후는 두 손으로 얼굴을 감쌌다.

"구경 다 했어요?"

다른 방에서 옷을 갈아입고 온 연우가 밝게 말하며 자신의 방으로 들어섰다. 아나운서표 단정한 정장 차림을 벗고 일부러 하늘거리는 원피스 차림으로 갈아입고 왔는데 태후는 방 안에 없었다. 연우는 의아한 눈으로 방 안을 둘러보았다. 욕실 문이 살짝 열려 있는 게 눈에 띄었다. 설마 화장실 쓰고 있는 건 아니겠지? 연우는 욕실 문으로 다가가 살짝 노크를 하였다. 하지만 안에서는 아무런 답변도 들려오지 않았다. 연우는 열려 있는 문틈으로 조심스럽게 욕실 안을 들여다보았다.

"거기서 뭐 해요?"

태후를 발견한 연우는 놀라서 욕실 문을 벌컥 열고 들어왔다. 태후는 욕조 안에 들어가 있었다. 물론 옷은 입은 채였고 물도 없었지만, 휴식을 취하기에는 무리가 있는 장소였기에 연우는 욕조 옆으로 달려가 태후의 옷깃을 잡아당겼다.

"빨리 일어나요! 거긴 내가 목욕하는 데란 말이에요."

"옷 갈아입으러 갔다 온 거야?"

억양없는 건조한 목소리로 태후가 물었다.

"네, 난 옷 갈아입고 왔어요. 그런데 당신은 그 욕조 안에서 뭘 하고 있었던 거예요?"

핫! 연우는 더 이상 물을 수가 없었다. 태후의 손이 다리를 타고 치마 속을 헤집고 들어와 점점 위로 올라오고 있었다. 아무도 닿아본 적이 없는 곳을 만지는 태후의 손길에 연우는 놀람과 당황스러움에 그대로 굳어버렸다.

"내가 사준 책은 많이 읽었어?"

계속 자신의 맨다리를 쓰다듬으면서 묻는 태후의 말에 연우는 대답을 할 수가 없었다. 후들후들, 태후의 손가락이 간질이듯 가녀린 피부를 쓰다듬으며 위로 올라올수록 다리에 힘이 빠져서 더 이상 서 있을 수가 없었다.

털썩.

결국 얼마 버티지 못하고 연우는 그대로 욕조 앞에 주저앉고 말았다. 연우는 큰 눈에 눈물을 가득 담고 태후를 바라보았다. 무슨 짓이냐고 묻기 전에 태후가 먼저 설명을 해주었으면 했다. 태후는 차가운 욕조의 타일에 얼굴을 대고 연우의 얼굴 가까이 다가왔다.

"내가 여기서 나가면 넌 큰일나. 그래도 나갈까?"

그의 말보다 피부에 닿는 그의 뜨거운 온기가 아찔하게 다가왔다. 연우는 작게 고개를 저었다. 아직은 용기가 없었다. 지연우의 성에 대한 지식은 단지 할리퀸 로맨스 두 권 분량일 뿐이었다. 아직은 너무 일렀다. 연우의 겁먹은 거절에 태후는 실망하기보다 웃음을 지었다.

"그럼 내려가서 시원한 오렌지 주스나 한 잔 가져다 줘. 난 괴물 같은 자식을 이 욕조 안에 단단히 잡아두고 있을 테니까."

연우는 잠시 태후의 얼굴을 바라보다 자리에서 일어났다. 터벅터벅, 아까의 충격에서 벗어나지 못해 힘겨운 걸음을 걸어서 욕실 문의 손잡이를 겨우 잡은 연우는 용기를 내서 뒤로 돌아 태후를 바라보았다. 그는 차가운 벽에 머리를 대고 눈을 감고 있었다. 태후에게 무언가 말을 하려고 입을 열었던 연우는 아무런 소리도 내지 못하고 그대로 욕실을 나갔다. 언제나 사용하던 그녀의 욕실이 단지 태후가 있다는 것만으로 위태로운 공간으로 변해 버렸다.

"태후 씨는 어쩌고, 혼자 내려와?"

거실에서 텔레비전을 보고 있던 신우가 놀리듯이 물었다. 연우는 대꾸도 안 하고 부엌으로 들어가서 냉장고 문을 열었다. 신우는 달라진 연우의 옷차림을 힐끗 쳐다보다가 관심없다는 듯이 다시 텔레비전으로 고개를 돌렸다.

"그런데 신우야……."

"크억!"

갑자기 옆에서 들린 연우의 목소리에 신우는 놀라서 비명을 지르고 말았다.

"뭐 하는 짓이야? 놀랐잖아."

신우는 투덜거리며 옆으로 다가온 연우에게서 멀찍이 떨어져 앉았다. 연우는 쟁반에 오렌지 주스 한 잔을 들고 서서 자신을 피해 도망가는 동생에게 물었다.

"남자의 성욕과 사랑은 같은 거니?"

남자를 집에 데리고 온 날, 하고많은 질문 중 성욕에 대해 묻는 누나의 말에 신우는 그대로 굳어버렸다. 그리고 지금 이 사태를 빠르게 판단하자마자 현관으로 달려갔다.

"나 오늘 집에 없었어. 누나가 저 남자 데리고 왔을 때 나 없었던 거야! 난 마태후라는 남자가 어떻게 생겼는지도 몰라, 그러니까 나중에 혹시나 문제 생겼을 때 나 끌어들이지 마!"

꽁지 빠지게 도망 나갔던 신우는 다시 벌컥 현관문을 열며 외마디 말을 외치고 그대로 집을 나가 버렸다.

"남자는 모두 짐승이야!"

연우는 잠시 동생이 도망치듯 나가 버린 현관문을 바라보다 고개를 들어 자신의 방문을 바라보았다. 물어볼 사람이 없었기에 연우는 자기 자신에게 질문을 해보았다.

마태후가 짐승이라서 사랑하지 않을 거니?

연우는 오렌지 주스를 든 쟁판을 들고 계단을 오르기 시작했다.

"오렌지 주스 가지고……."

가능한 밝게 말하며 욕실 문을 열던 연우는 말을 멈추었다. 욕조에 앉아 있던 태후는 없었다. 텅 빈 욕조 안에는 작은 녹음기 하나만 남겨져 있을 뿐이었다. 아마도 태후가 모르는 새 주머니에서 떨어진 것 같았다.

"녹음기는 기자의 심장이야."

연우는 태후의 심장을 조심스럽게 손에 잡고 들어올렸다. 연우가 녹음기를 망가뜨린 뒤 새로 산 것인가 보다. 연우는 녹음기에서 눈을 떼 태후를 찾기 위해 주위를 살폈다. 하지만 태후의 모습은 더 이상 연우의 방에 없었다. 모든 게 그대로이고, 손님으로 왔던 태후만이 모습을 감춰 버렸다. 단지 지금 연우의 손에 있는 녹음기만이 태후가 이곳에 다녀갔다는 흔적이었다.

자기 심장을 버리고 도망갈 정도로 갑자기 급한 일이라도 생긴 거야?

딸칵, 연우는 녹음기의 재생 버튼을 눌렀다.

『사랑해.』

그건 1초도 안 되는 순간이었다.

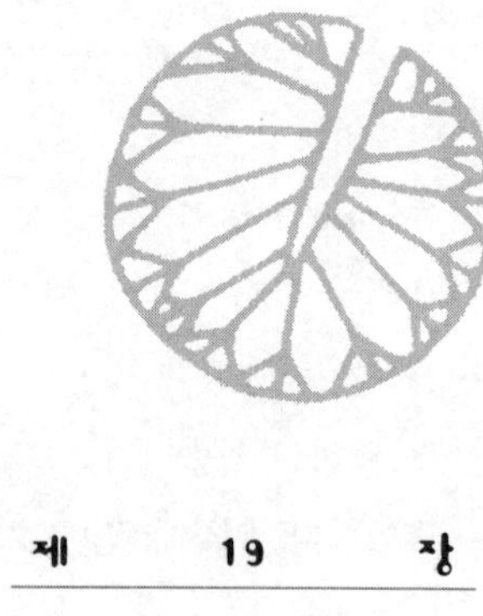

제　　19　　장

"**오**랜만에 보는군요. 잘 지냈어요?"

말 그대로 정말 오랜만에 보는 여의사는 마지막 만났을 때와 똑같은 폴라 티를 입고, 똑같은 만년필을 쓰고, 똑같은 레드 안경을 끼고 있었다. 그래서 태후는 자신이 진료를 받다가 너무 지루해서 잠시 졸다가 일어난 게 아닌가 하는 의구심마저 들었다.

"지금이 2006년이 맞는다면, 잘 지냈어요."

"네, 2006년 맞습니다. 그래서 폐소공포증은 어느 정도 극복하셨나요?"

"했으면 여기 안 왔겠죠."

"그렇겠죠. 그럼 어떻게 잘 지냈다는 거죠?"

"선생님을 안 만나면서 잘 지냈죠."

짓궂은 태후의 대답을 여의사는 오랜 경력의 힘으로 이겨내며 웃어주었다.

"아직도 엘리베이터를 못 타나요?"

태후는 잠시 창밖의 해를 바라보다가 그가 할 수 있는 한 가장 성실하게 대답했다.

"노력하고 있습니다."

주말이다. 연우네 집에 초대받은 날이었다.

토요일이라서 진이는 학교를 빨리 끝내고 집으로 가는 길이었다. 지하철을 기다리는 동안 진이는 벽에 기대서서 점심으로 뭘 먹을까를 고민하였다. 춘희는 지남이랑 데이트가 있어서 늦는다고 하였다. 아직 춘희가 프러포즈에 대한 답을 한 건 아니지만, 맹장 수술 직전의 극적인 프러포즈로 둘의 사이는 그 어느 때보다도 좋아져 있었다.

사 먹는 것도 지겨운데, 만들어 먹을까?

진이가 자신이 할 수 있는 요리 종류를 골똘히 헤아리고 있을 때 저 멀리서 소란스러운 소동이 벌어졌다.

"꺄악! 소매치기야!"

아줌마의 우렁찬 고함을 시작으로 사람들은 부산스럽게 소란스러워지기 시작했고, 소매치기인 남자가 발 빠르게 도망을 치며 지하철을 벗어나려고 하였다. 그리고 그 뒤를 용감한 시민 몇 명이 열심히 쫓고 있었다. 피곤한 목을 풀고 있던 진이는 옆에 쓰레기통에서 빈 깡통 하나를 꺼냈다.

펵!

강속구로 던져진 깡통은 소매치기의 이마를 강타하여, 그를 멈추게 하였다.

사람들의 시선이 소매치기에서 깡통을 던진 진이에게 몰렸지만, 진이는 가볍게 손을 털며 지하철 계단을 다시 올랐다. 깡통을 던지는 순간 밖에서 사먹고 가기로 결정한 것이다. 쓰러진 소매치기의 위로 쫓아오던 남자들이 겹겹이 달려들고 있었다.

"라면이랑 김밥 나왔습니다."

주문한 라면이 나오자마자 진이는 한 젓가락에 면을 왕창 들어올렸다. 성격이 급해서 먹는 속도도 빠른 편이었다. 그래서 연우랑 춘희랑 먹으면 언제나 자신의 몫을 다 먹고 뺏어먹는 일이 습관이 되었다.

막 한 젓가락을 먹으려고 하는데, 진이의 핸드폰이 울렸다. 진이는 조금 짜증을 내며 핸드폰의 폴더를 열었다. 전화는 받았지만, 먹는 것도 포기하지 않고 들어올린 면을 입 안에 넣으며 말을 했다.

"여보세요?"

—황진이, 남의 식습관을 타박하고 싶은 마음은 없지만, 넌 어떻게 매일 라면만 먹냐?

진이는 너무 놀라서 대꾸도 할 수 없었다. 그녀를 황진이라고 부르는 간땡이 부은 남자, 지승우였다. 그가 진이의 전화로 먼저 전화를 한 건, 유학 가기 전 연우 찾는 전화를 하던 것 빼고 처음이었다.

그런데 라면? 미국에 있는 사람이 내가 라면 먹고 있는 걸 어떻게 알았…….

설마하는 마음에 고개를 들던 진이는 두 번째로 놀랐다. 진짜 지승우였다. 이 년하고도 몇 개월 전 공항에서 보고 처음으로 보는 지승우가 분식점 윈도우 밖에 서 있었다.

"어떻게……."

—오늘 연우 남자 친구가 집으로 온다고 해서, 나도 가족의 일원으로 그 남자랑 같이 밥 먹으려고 온 거야.

"밥만 먹고 다시 미국 간다고요?"

—응.

"그런데 여기는 왜 있는 거예요?"

—네가 전화를 안 하기에 혹시 금단증상에 시달리는 거 아닌가 걱정이 되어서 왔지.

"……."

지승우는 처음 보았을 때 보여주었던 그 눈을 하고, 그 미소를 지으며 진이를 쳐다보고 있었다. 아름답지만 너무도 먼 느낌의 미소. 다정하지만 좋아하면 안 되는 미소. 거의 천 일 만에 보는 못된 미소였다.

—그런데 괜찮아 보이네. 다행이다. 그럼 난 간다.

지승우는 그대로 전화를 끊고, 몸을 돌려 걸어갔다. 윈도우에서 지승우가 사라진 건 순간이었다. 그리고 그가 신기루처럼 사라진 그 순간부터 진이는 더 이상 아무것도 먹을 수 없었다. 아무런 생각을 할 수도 없었다. 뚜뚜뚜, 전화기에서 울리는 일정한 리듬의 신호음이 시간이 흐르고 있다는 걸 알려주고 있었다.

　연우는 곱게 단장 중이었다. 어머니는 요리를 하시느라 바쁘시기 때문에 혼자서 옷을 고르고 화장을 하고 머리를 말아 올려야 했다. 어제 춘희, 진이와 같이 쇼핑을 하면서 사 온 하얀 원피스를 어깨에 대고 전신 거울 앞에 서보았다. 순백의 느낌이 꼭 결혼하는 새 신부 같았다. 연우는 만족스럽게 웃으면서 화장대 위에 놓아두었던 녹음기를 들어올려 몰래 또 들어보았다. 요즘은 틈만 나면 녹음기에 귀를 대고 몰래 듣는 일이 습관이 되었다. 혹시 누가 들을세라 두 손으로 녹음기를 감싸고 조심스럽게 혼자만 들었다. 소라껍데기 속에 담긴 거대한 바다의 진실을 몰래 듣는 바닷가 소녀처럼 연우는 매일 마태후의 심장에서 나오는 진실의 소리를 몰래몰래 들었다.

　녹음기를 내려놓고 연우는 눈을 들어 벽시계를 보았다. 이제 마태후가 올 시간이 한 시간밖에 남지 않았다. 그리고 오빠 승우도 곧 도착할 것이었다. 마중 나오지 못하게 비행기 시간도 안 가르쳐 준 게 괘씸하기는 하지만, 연우의 남자를 만나기 위해 없는 시간을 쪼개서 한국까지 와주는 것이었기에, 오늘 태후가 연우네 집에 오는 일에 더 깊은 의미가 더해지고 있었다. 기쁨이 두 배가 되는 날이었다.

　태후는 꽃 가게와 과일 가게가 나란히 이웃으로 있는 거리 앞에 서서 고민 중이었다.

꽃으로 할까? 과일로 할까?

평소 잘 입지 않는 슈트를 완벽하게 차려입은 마태후는 정말 어울리지 않게도 심각히 꽃과 과일 중 자신이 사갈 선물을 고르는 중이었다. 하지만 두 물건의 장단점을 비교하기에 그의 지식은 너무도 얄팍해서 결정을 쉽게 못 내리고 있었다. 꾹, 저도 모르는 새미간에 주름이 생겨 버렸다. 한계였다.

그런데 이제 막 가게 앞에 도착한 어떤 남자가 꽃 가게에 들어가서 장미꽃을 손수 고르기 시작하였다. 그 자리에서 5분이나 서 있었는데도 아직 결정을 못 한 태후는 아무것도 못 샀는데, 이제 막 도착한 남자가 활짝 핀 장미를 골라내는 모습을 지켜보고 있자니 눈이 가늘어졌다. 싱싱한 꽃을 고르는 것과 싱싱한 과일을 고르는 게 뭐가 다르지?

곱게 핀 장미꽃을 다 고른 남자는 허리를 펴고 서서 태후를 똑바로 바라보았다. 어쩐지 낯설지 않은 외모에 태후는 눈을 더욱 가늘게 떴다.

어디서 본 적이 있던가?

"마태후 씨 맞으신가요?"

이 남자는 태후의 이름을 알고 있었다. 기자 생활을 하는 동안 본 얼굴일 수도 있다. 그렇다면 그건 거의 경찰 아니면 범죄자들이었다. 태후는 조심스럽게 물었다.

"내가 혹시 당신을 고발한 적이 있나요?"

태후의 질문에 남자는 재미있다는 듯이 웃었다. 꼭 여시 같은 미소였다. 태후의 입장에서는 그랬다. 사람의 시선을 잡아끌어 홀리게 하는 미소랄까. 그제야 태후는 그가 누군지 알 수 있었다. 알 수 없는 남자의 미소에 마태후가 설렌 건 그의 미소가 누군가의 미소를 닮았기 때문이다. 태후가 아는 척을 하기 전에 남자가 먼저 손을 내밀었다.

"지승우입니다. 연우 오빠 되는 사람이죠."

"네, 신원 확인 할 필요도 없겠군요. 정말 많이 닮았네요."

정중하게 태후와 첫 인사를 나눈 지승우는 장미꽃 다발을 품에 안은 채 팔짱을 끼고, 이렇게 물어왔다.

"자! 그럼 내가 왜 당신을 환영해야 하는지 날 설득해 봐요."

꼭 체크하고 넘어가야 하는 포인트다. 마태후를 알기 위해 필요한 단어는 '극복' 이었고, 지승우를 알기 위해 필요한 단어는 '설득' 이었다.

띠리리리 띠리리리.

한창 화장하느라고 바쁜 연우에게 전화가 왔다. 열심히 립스틱을 바르고 있던 연우는 윗입술만 바른 상태에서 립스틱을 내려놓고 핸드폰을 들어올려 발신자를 확인했다.

〈마씨 성을 가진 님.〉

발신자를 확인한 연우는 활짝 웃으면서 통화 버튼을 눌렀다.

"여보세요? 지금 어디예요?"

―음, 그렇게 물으면 나랑 같이 있어.

전화번호는 태후인데 목소리는 오빠 승우였다.

"오빠?"

─그래.

"오빠가 왜 태후 씨 전화로 전화를 해?"

─약간 문제가 생겼어.

"문제라니? 무슨 문제?"

─집으로 가는 길에 우연히 네 남자 친구인 것 같은 남자를 만나서 인사를 했거든.

이야기는 평범했다. 연우가 듣기에 문제가 될 건 없어 보였다.

─그런데 네 남자 친구가 날 때렸어. 그래서 난 지금 아주 기분이 안 좋아.

"뭐? 태후 씨가 오빠를 때렸다고? 왜?"

─내가 묻고 싶은 말이야. 너랑 결혼할지도 모른 남자인데 내가 좋은 맘으로만 대할 수는 없잖아. 너도 알지? 내가 널 얼마나 사랑하니. 그래서 나도 모르게 조금 실례되는 말을 했을 수도 있지만, 어떻게 사람을 때릴 수 있어? 아무래도 네 남자 친구한테 성격의 문제가 있는 것 같아. 이런 남자를 우리 가족에게 소개시키는 건 심각하게 무리가 있는 거 같지 않니? 네 생각은 어때?

"……."

─연우야! 그 남자가 날 때렸어. 정말 이상한 남자야.

"내가 생각하기엔 오빠도 같이 이상해."

─뭐?

"오빠는 절대로 이런 일을 고자질할 사람이 아냐. 그리고 내가 아는 태후 씨는 약간 자기 멋대로이고, 예측할 수 없는 행동을 자주 하기는 하지만 절대로 이유도 없이 사람을 때릴 사람이 아니고, 그러니까 만약 그 말이 거짓말이 아니라면 난 두 사람 다 한여름도 아닌데 길거리에서 더위를 먹었다고 생각할 수밖에 없어. 그래서 오빠는 답지 않게 사람 기분 상하는 소리를 한 걸 테고, 태후 씨도 답지 않게 손을 들었겠지. 그리고 이건 정말 생각하기도 싫은 가정인데, 만약 오빠가 거짓말을 하고 있는 거라면 난 앞으로 오빠가 유학 생활 마칠 때까지 절대로 전화하지 않을 거야.”

뚝!

전화를 끊고 연우는 다시 화장을 계속했다. 정말 못 말려라고 작게 투덜거리며.

그리고 봄날의 길거리에서는 또 다른 음모가 꾸며지고 있었다. 승우는 태후에게 장미꽃 다발을 내밀며 부탁했다.

“이 꽃으로 나 좀 때려주실래요?”

이 모든 계획을 제안한 태후는 웃으면서 정중히 거절했다.

“이미 증명된 나의 신용에 흠집을 내고 싶은 마음은 없는데.”

결국 승우는 근처 약국에서 반창고를 사서 얼굴에 붙이는 걸로 위기를 모면하고자 하였다. 자신의 손으로 멀쩡한 피부 위에 반창고를 붙이면서 승우는 태후에게 말했다.

“좋아요. 당신이 연우에게 절대적인 신용과 사랑을 받고 있다는 걸 인정하죠.”

태후는 무한한 사랑을 받고 있는 사람의 여유를 가지고 가볍게 고개를 끄덕였다. 그러나 승우의 말은 아직 끝난 게 아니었다.

"하지만 난 당신이 싫어요."

모든 이의 사랑을 받고 싶은 욕심은 없었기에 태후는 실망하지 않았다.

"어머, 승우랑 같이 왔네! 오다가 만난 거예요? 반가워요. 내가 연우 엄마 되는 사람이에요. 세상에! 뉴스에서 보던 것보다 더 잘생겼네."

어머니는 아들과 사위가 될지도 모르는 남자를 반갑게 맞아주었다. 크나큰 반가움에 아들 얼굴에 붙여진 반창고를 미처 눈치채지 못하고 있었다.

"연우는요?"

승우가 물었다. 그리고 옆에서 태후는 생각했다. 내가 묻고 싶었던 말이야.

어머니가 고개를 돌려 2층 연우가 있는 방과 이어져 있는 계단을 바라보았다. 두 남자도 같이 고개를 돌려 계단을 쳐다보았다. 동화 속 공주님이 모두의 시선을 받으며 등장하듯이 사뿐히 그녀가 내려오고 있었다. 하얀 드레스는 연우의 순수한 아름다움에 더욱 날개를 달아주고 있었다. 새 신부가 아니었다. 그녀는 지금 막 하늘에서 내려온 천사였다.

승우는 오랜만에 보는 자신의 아름다운 누이를 보며 반가움의 미소를 지었다. 그리고 태후는 이 순간 처음 지연우를 보았을 때를 생각하고 있었다. 지연우가 처음 방송을 하던 날이었다. 세상에 지연우라는 이름이 처음 알려지는 날이기도 했다. 그녀는 어색한 미소를 계속 지으며 말실수를 거의 열 번이나 했었다. 그리고 태후는 텔레비전 앞에 앉아서 실수투성이 아나운서가 실수를 한 번 할 때마다 블랙에게 간식을 하나씩 던져 주었었다. 그래서 그 날부터 지연우의 팬이 된 건 블랙이었다.

"둘이 화해했어?"

두 사람의 앞에까지 걸어온 연우가 어머니 듣지 못하게 작게 물었다. 힐끗 승우의 뺨이 붙여진 반창고를 보았지만, 그냥 못 본 척 두 손을 내밀었다.

"화해한 거면 둘 다 나한테 악수해 줘."

승우는 연우의 왼쪽 손을 잡았다. 그리고 태후는 연우의 오른쪽 손을 잡았다. 두 남자의 큰 손을 잡고 환하게 웃으면서 연우가 물었다.

"나 어때? 예뻐?"

"그래, 예뻐."

승우가 한 말이 아니었다. 태후가 한 말이었다. 막 예쁘다고 말하려던 승우도, 당연히 자신의 오빠가 말해줄 거라고만 생각하던 연우도 놀라서 태후를 쳐다보았다. 태후는 씨익 웃으며 승우를 쳐다보았다.

"당신도 그렇게 생각하죠?"

정말 별말 아닌데, 누구나 할 수 있는 말인데, 당연히 그렇게 생각하고 있었는데. 승우는 이 순간 마태후라는 남자가 정말 얄미웠다. 그런 오빠의 마음을 모르는지 사랑하는 여동생은 좋아라 하며 얼굴을 붉힌 채 웃고 있었다. 태후를 향한 연우의 수줍은 미소를 보고 지승우가 가슴 사무치게 절감하는 말이 하나 있었다.

인생무상이다.

"처음에는 자네 형과의 맞선 이야기가 나왔던 걸로 아는데, 그건 어떻게 된 일이지?"

"여보, 그건 다 지난 일이잖아요. 그런데 굳이 물을 필요가……."

혹시라도 안 좋은 말이 오갈까 봐 어머니는 아버지의 질문을 성급히 거두려고 하셨지만, 아버지는 오히려 어머니를 제지하셨다.

"난 확실히 넘어가고 싶소. 자네, 내가 물어선 안 될 질문을 한 건가? 우린 국회의원 아들이면 어느 쪽이든 군말없이 환영하고 받아주어야 하는 거라고 생각하나?"

연우의 아버지 지성택 교수는 평소 말이 없고 온화한 성격이었다. 왜냐하면 그의 아내가 말이 많고, 불같은 성격이었기 때문이다. 하지만 딸이 처음으로 남자를 데려온 이 순간만은 아내에게 맞추어주고만 있을 수는 없었다. 형과 맞선을 보았는데, 데려온 남자는 동생이라는 건 절대로 정상적인 상황이 아니었다. 그러니까 지 교수는 이 상황에 대한 정당성을 본인들의 입을 통해서 들어야만 했다.

이제 마태후가 지 교수의 말에 대답을 해야 할 차례였다. 태후는 잠시 연우를 쳐다보다 다시 고개를 돌려 연우의 아버지를 바라보며 평소와 다르게 차분한 목소리로 말을 시작했다.

“저희 어머니 장례식은 제가 수능시험을 치는 날이었습니다.”

지 교수는 맞선의 이야기를 물었는데, 태후가 꺼낸 이야기는 어머니의 장례식이었다.

“그날 아버지는 저한테 수능을 끝까지 치르고 와야 어머니의 영정 사진 앞에 절을 할 수 있는 자격을 주겠다고 하셨습니다. 그래서 저는 수능을 치러 가야 했습니다. 대학 같은 거 가고 싶다는 생각도 없었지만 어머니 영정 사진 앞에서 절을 올리기 위해 수능을 봐야 했습니다. 전 시험 응시도 하지 않았었는데, 아버지가 다 준비해 놓으셨더군요. 저는 그날 아버지의 뜻대로 하루 종일 치러지는 시험을 모두 다 쳤습니다. 그리고 병원 영안실로 달려와 보니 아무도 없고 아버지와 형만 남아서 어머니의 영정을 지키고 있더군요. 제가 두 사람의 옆으로 가서 서니까, 앉아 있던 아버지와 형이 일어났습니다. 아버지가 저한테 물으시더군요.”

저녁 식사 자리였지만, 밥을 먹는 사람은 아무도 없었다.

“학교도 제대로 안 나갔으면서 시험을 어떻게 봤냐고.”

마태후는 자신의 철없는 십대 때의 행동들에 대해서 한 마디도 하지 않았지만, 그의 아버지에 한 마디로 모든 걸 알 수 있었다.

“정말 비정한 아버지라고 욕을 하면서 하루 종일 시험을 봤는데, 그제야 제 화려한 가출의 역사가 생각이 나더군요. 인간이란 간사해요. 자신이 생각하고 싶은 것만 생각하거든요. 저는 대답을 할 수 없었습니다. 할 말이 없었죠. 대신 대답을 해준 건 형이었습니다.”

아버지에서 이제 형 마태유의 이야기로 넘어가고 있었다.

"모르는 문제는 어머니에게 물어가며 시험문제를 풀었을 거라고."

서른 살의 태후는 웃고 있었지만 아마도 열아홉 살 태후는 울었을 것이다. 그랬을 거다. 분명 울었을 것이다.

"그제야 전 어머니한테 절을 올릴 수 있었습니다. 부모님 말 안 듣고 자기 맘대로 살던 문제아 아들이 아니라, 어머니를 위해 정말 중요한 임무를 마치고 온 아들로서 말이죠."

태후는 한번 크게 웃고는 다시 말을 이었다.

"저희 아버지가 하는 일은 항상 이렇습니다. 어머니 장례식 날 시험 치고 오라고 명령하고, 둘째 아들이랑 사귀는 여자한테 첫째 아들 보고 선보라고 하고. 정말 대책 안 서는 아버지죠. 그런데 이상하게도 아버지가 벌이신 일의 끝은 항상 저를 위한 일로 마무리된다는 겁니다. 아버지가 그런 자리를 억지로 마련하지 않았다면, 아마도 지금 제가 이 집에 앉아 있는 일은 없었을지도 모르죠. 아니, 있었겠지만 정말 시간이 많이 흐른 뒤였을 겁니다. 그러니까 나쁜 건…… 제 형입니다. 아버지가 나가란다고 선에 나가다니, 나잇살 먹어가지고 정말 줏대가 없죠."

"무슨 소리예요? 마태유 선수는 훌륭한 선수입니다. 지금까지 절 압도하는 플레이어는 그가 처음이었어요. 그는 천재라고요. 그래서 전 진 게 부끄럽지 않았다고요."

있는 듯 없는 듯 앉아 있던 신우가 강렬하게 마태유를 옹호하고 나섰다.

"아, 난 형의 인간성에 대해서 말한 거지, 농구 실력에 대해서 말한 게 아냐. 그런데 졌다고? 우리 형이랑 시합했었어?"

"내 생각에 나쁜 건 당신 같은데요. 당신이 남자로서 확실하게 자신의 의사를 표시하지 않았으니까, 형이 선 자리를 받아들인 거 아닌가요?"

응어리가 있던 승우가 치고 나왔다.

"그런가? 연우야, 내가 나쁜 거야?"

태후는 모든 비판을 받아들이겠다는 자세를 취하며 연우에게 짐을 떠넘겼다. 태후의 옆에 앉아 있던 연우는 난처한 목소리로 말했다.

"아니, 사실 말이지, 나쁜 건 나야."

그녀가 태후의 집에 맘대로 찾아갔기 때문에 맞선이 마련되었다고 말한 태유의 말에 가책을 느끼며 연우가 한 말이었다. 그런데 그녀의 말이 끝나자마자, 모두가 동시에 말했다.

"연우, 네가 나쁜 일을 했을 리가 없어!"

참! 지신우만 빼고 말이다. 연우를 옹호하는 사람들과 멀찍이 떨어져 구석에 앉아 있는 지신우는 혼자서 외롭게 구시렁거렸다.

지연우는 팥쥐라고! 원래 나빴어.

"연우 오빠 오늘 한국에 왔다고 하는데, 인사나 하러 갈까?"

늦은 저녁에 돌아온 춘희는 벙어리처럼 입을 꾹 다문 채 텔레비전만 보고 있는 진이의 상태를 살피며 조심스럽게 물었다. 하지만 진이는 아무런 대답도 하지 않았다.

"진이야, 넌 연우 오빠한테 전화 자주 했잖아. 만나보고 싶지 않아?”

“이제 전화 안 해!”

“정말?”

“그래, 안 해! 내 피 같은 돈을 전화하는 데 모두 쓰고 싶지 않아.”

“핸드폰으로 거는 거니까, 별로 안 비싸지 않아?”

“비싸고 안 비싸고의 문제가 아냐! 항상 내가 거니까, 내 돈만 나가는 거라고! 항상 전화비는 나만 낸다고! 그런 건 아무 의미도 없어! 그저 시간 낭비일 뿐이야!”

목상처럼 앉아 있다고 갑자기 흥분하며 말하는 진이의 말에 춘희는 놀라서 조금 뒤로 물러나 조심스럽게 진이의 이름을 불렀다.

“저기, 진이야.”

“왜에?”

무서운 기세였다. 잘못 말하면 한 대 맞을지도 모르는 험악한 분위기였다. 하지만 춘희는 진이의 친구답게 용기를 내서 말했다.

“미국에서 핸드폰 요금은 수신자랑 발신자가 같이 부담해.”

씩씩 화를 내던 진이는 춘희의 말에 더 이상 아무런 말도 못하고 거친 숨만 내쉬었다. 한국의 전화요금 제도에 대해서만 알고 있었던 황진이로서는 처음 안 사실이었다.

“그런 게 어디 있어? 먼저 전화 거는 사람이 더 보고 싶어하는 거잖아.”

별로 논리적이지 않은 말로 미국의 핸드폰 요금 제도를 비난하는 진이의 말에 춘희는 참지 못하고 웃고 말았다.

"아마도 미국인들은 받는 사람도 똑같이 보고 싶어한다고 생각
하나 보지."
서로가 부담하는 핸드폰 요금으로 사랑의 깊이를 재는 게 가능
할까?

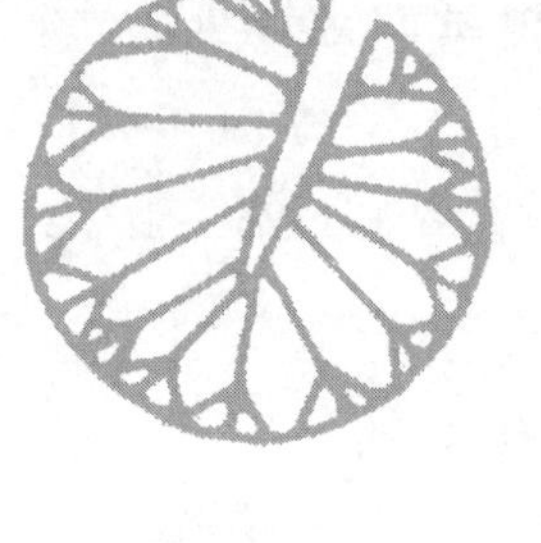

제   20   장

연우가 태후의 여자 친구 자격으로 처음 태후의 집을 찾아갔을 때 그녀를 처음으로 반겨준 건 블랙이었다. 정원에서 일광욕을 즐기던 블랙은 오랜만에 보는 연우를 향해 그 귀여운 울음소리를 내며 반겨주었다.

야아옹!

"블랙, 그이는 어디 있어?"

연우의 질문에 블랙은 무거운 몸을 일으켰다. 언제나 생각하는 거지만, 생긴 것과 다르게 참 영특한 고양이다. 연우는 블랙의 뒤를 따라 집 안으로 들어섰다. 팔랑팔랑, 두 갈래로 땋아 내린 댕기머리가 기분 좋게 춤을 추며 연우의 뒤를 따랐다.

"블랙, 아무래도 여기는 아닌 것 같아."

연우는 블랙의 선택을 의심했지만, 블랙은 열심히 냉장고 문만 긁어댈 뿐이었다. 블랙이 연우를 데리고 간 곳은 부엌이었다. 큰 냉장고가 있는 곳. 음식들의 보고. 언제나 블랙에게 기쁨을 주는 곳이다. 연우는 먹이를 구하는 블랙에게 사료를 찾아서 조금 주고 는 언젠가 한 번 가본 적 있는 태후의 방으로 향했다.

똑똑. 태후의 방문을 두드렸으나, 안에서는 아무런 대답도 들리지 않았다. 그가 있을 곳은 자신의 방뿐일 거라고 생각한 연우가 의아해하면서 살짝 방문을 열었을 때, 그곳은 전에 연우가 보았던 태후의 방이 아니었다. 물건들이 태후의 것이 아니었다. 장식장에 가지런히 놓여 있는 트로피들이 어쩐지 태유의 방이라는 느낌이 들었다. 연우는 다시 문을 닫고 방의 위치를 확인하였다. 복도의 맨 끝 방, 분명 태후의 방이었다. 연우는 이 아리송한 상황에 고개를 갸웃하며 걸음을 떼었다.

그럼 태후의 방은 어디지?

미로에 빠진 느낌이었다. 그때 밥을 다 먹은 블랙의 울음소리가 들렸다.

아! 블랙!

거동이 자유롭지 않은 블랙을 데리고 살면서 계단을 올라야 하는 2층의 방을 쓸 수는 없을 것이었다. 연우는 다시 1층으로 달려 내려갔다. 블랙은 부엌에서 나와 한 방의 문을 발로 긁고 있었다. 연우는 블랙이 알려준 방으로 달려와 살짝 문을 열어보았다.

태후였다. 아직 잠에 곯아떨어져 있는 태후가 침대에 누워 자고 있었다. 그러나 태후를 찾았다는 반가움도 잠시, 태후가 벗고서 자고 있는 걸 안 연우는 바로 문을 닫아버렸다.

쾅!

너무 성급하게 닫느라 문 닫는 소리가 좀 크게 울렸다. 자신이 닫은 문소리에 자신이 놀라 연우는 어깨를 들썩했다.

"블랙, 저 남자 항상 저렇게 벗고 자니?"

연우보다 태후를 더 잘 알고 있는 블랙에게 물었다. 그런데 블랙은 대답도 안 해주고, 혀로 자기 다리만 핥았다. 이건 대답 회피였다.

연우는 문에 기대서서 고민을 하기 시작했다. 약속 시간보다 조금 일찍 오기는 했지만, 태후가 일어날 때까지 기다리고만 있을 수는 없었다. 그렇다고 들어가서 깨우자니, 지금 방 안은 넘어서는 안 될 성역이었다. 그렇게 연우가 골똘히 생각에 잠겨 있을 때 예고도 없이 문이 열렸다.

"까아악!"

문에 완전히 몸을 기대고 있던 연우는 그대로 뒤로 넘어갔다. 다행히 넘어지지는 않았지만 그보다 더 위험한 감촉이 등 뒤에서 연우를 받쳐 주고 있었다. 연우는 설마하는 마음으로 고개를 들었다. 역시나 다 벗은 태후가 연우의 몸을 지탱해 주며 그녀를 내려다보고 있었다. 아직 잠이 덜 깼는지 눈에 총기가 없었다.

"난 아직 잘 시간이야."

"오늘 나 초대했잖아요."

"그래, 하지만 그건 3시부터야. 지금은 1시라고."

"그래요. 낮 1시라고요! 잠자면 안 되는 시간이라고요!"

"사람의 수면 시간이 8시간이라면 난 아직 5시간이나 더 자야 해!"

"히잉! 그럼 난 뭐 해?"

앙탈이라는 말이 있다. 오늘 그 말의 뜻을 확실히 몸으로 확인하는 태후였다. 연우의 몸에서 미워! 라는 오로라가 퍼져 오는 순간 잠이 확 깨는 느낌이었다. 이건 레이저 빔을 맞은 충격과 맞먹었다.

"난 씻을 거야."

정신을 차려야 토끼한테 잡혀가도 살 수 있다는 생각에 태후는 바로 샤워실로 들어가 버렸다.

방에 오도카니 앉아서 태후를 기다리던 연우는 불현듯 지금 이 상황이 굉장히 낯익게 느껴졌다. 침실, 샤워를 하러 들어간 남자, 그를 기다리는 여자. 다른 것이라고는 비만 고양이도 같이 있다는 것뿐이었다. 연우는 빠른 동작으로 가지고 온 가방에서 책 하나를 꺼냈다. 제목은 '은밀한 밤'이었다. 세 번째로 읽는 할리퀸 소설이었다.

책을 손에 든 연우는 휘리릭 페이지를 넘기다가 찾는 내용을 발견하고는 쭉 읽어 내려가기 시작하였다.

"로빈이 샤워를 하는 동안, 마리아는 침대 위에서 그를 기다렸다. 쏴아아, 차가운 물줄기 소리에 소름이 돋아났다."

잠시 읽는 걸 멈추고 연우는 물줄기 소리에 귀를 기울였다. 쏴아아아, 물줄기 소리는 그냥 물줄기 소리일 뿐이었다. 왜 소름이 돋아나지, 라고 의문을 가지며 연우는 다시 소설책으로 눈을 돌렸다. 그녀가 책 읽는 소리가 좋았는지 어느새 블랙이 발아래에 와서 자리를 잡고 연우를 올려다보고 있었다.

"마리아는 도망치고 싶었다. 그가 싫은 건 아니었다. 그를 사랑했다. 하지만 이대로 그와 잠을 잔다는 생각은 그녀를 겁쟁이로 만들고 있었다. 나는 도망가라고 말하고 싶지만, 아마 안 도망갈 거야. 도망가면 이 소설에 더 이상 쓸 게 없어지잖아. 블랙, 넌 싫다는 여자 억지로 안은 적 없지? 부디 그러길 바라. 그건 정말 중요한 문제야."

야아옹!

나는 여자야, 라고 말하는 울음소리였으나 아직 블랙과 원만한 의사소통이 되지 않는 연우는 알지 못했다. 덩치가 크다고 남자로 오인하는 건 너무나 단순한 논리였다.

"샤워를 끝낸 로빈이 젖은 머리를 수건으로 말리며 나왔다. 당신도 씻지? 로빈이 물었을 때 마리아는 본능적으로 고개를 가로저었다. 안 씻고 그냥 하겠다고? 아뇨, 전 그냥 돌아갈 거예요. 마리아의 말에 로빈의 잘생긴 눈썹이 일그러졌다. 여자의 투정은 질색이었다. 호텔 방까지 들어온 이상 로빈은 절대 이대로 마리아를 돌려보낼 수 없었다. 그녀가 거부한다면 힘으로라도 그녀를 안을 생각이었다."

책을 읽던 연우는 가방에서 초콜릿 하나를 까서 먹은 뒤, 쓰레기통을 찾았다. 꽤 큼지막한 쓰레기통이 침대 머리맡에 있었다. 초콜릿 봉지를 버리기 위해 쓰레기통 뚜껑을 연 연우는 그 안에 있는 쓰레기들을 보고 놀라서 눈을 크게 떴다.

“쓰레기통 안에 돈을 버려요?”

막 샤워를 마치고 나온 태후에게 연우가 소리쳤다. 태후의 방 쓰레기통에는 쓰레기 대신 만 원짜리들이 수두룩 쌓여 있었다. 사과 상자에 사과 대신 돈이 들어 있던 것처럼 말이다.

“버린 게 아니라, 보관해 둔 거야. 도둑이 금고는 훔쳐 가도 쓰레기통은 안 훔쳐 가잖아.”

“쓰레기통에 돈을 보관한다고요? 은행은요?”

“은행보다 내 쓰레기통이 더 안전해.”

쓰레기통 속에 넣어두었던 돈은 모두 태후가 기자 생활을 하면서 모은 돈이었다. 버스만 타고 다니더니, 돈을 별로 쓰지 않은 것 같았다. 거기서 한 다발 훔쳐 간다고 해도 모를 정도로 많이 있었다.

“웬 돈을 이렇게 많이 모아뒀어요?”

보물 상자를 발견한 것처럼 돈으로 가득 찬 쓰레기통을 끌어안고 연우가 물었다.

“여행 갈 때 쓰려고.”

“여행이요? 혼자?”

“음, 원래는 혼자 갈 생각이었는데.”

태후의 말에 연우의 얼굴이 불만스럽게 변했다.

“같이 갈래?”

바로 환하게 웃는 연우였다.

“한 일 년 정도.”

또 바로 얼굴이 굳어졌다.

"그럼 나 아나운서 잘려요."

"아, 그렇군! 그럼 나 혼자 가야겠네."

"당신도 가지 말아요. 일 년은 너무 길어요."

"십 년 전부터 계획한 여행이었어."

태후의 표정은 그 어느 때보다 진지하였다. 그는 농담을 하는 게 아니었다.

"그 사고만 없었다면 십 년 전에 떠났을 여행이라고. 그런데 또 포기하라고?"

그가 진지하다는 걸 느꼈기에 가지 말라고 떼를 쓸 수는 없었다. 하지만 그렇다고 웃으면서 보내줄 수도 없는 노릇이었다. 연우가 울상을 지으며 물었다.

"일 년 동안이나 나 안 보고 살려고요?"

태후는 말없이 연우를 쳐다보다가, 젖은 머리를 털던 수건을 침대 위로 던져 버리고 고개를 돌려 옷장에서 옷을 골라내고는 연우에게 말했다.

"나 옷 갈아입을 건데, 구경할 거야?"

"원래 조금만 먹는 건가, 아니면 음식이 맛이 없나?"

태후와 함께 그의 가족들과 처음으로 식사를 하는 자리인데, 연우는 제대로 먹지 못하고 있었다. 마산의 지적에 깨작거리던 연우는 밥그릇을 손에 들며 환하게 웃었다.

"아뇨, 정말 맛있어요."

손에 밥그릇을 들고 맛있다고 말하는 연우를 보고 태후가 태유에게 말했다.

"꼭 밥 CF의 한 장면 같지 않아?"

태후의 말에 연우가 눈을 가늘게 뜨는 걸 보고 태유가 웃으면서 말했다.

"연우 씨가 광고 모델처럼 예쁘다는 소리지?"

"아니, 광고에서는 무조건 맛있다고 하잖아. 밥이 너무 맛있어서 꼭 반찬도 필요없다는 듯이 먹어대는데, 솔직히 맨밥을 무슨 맛으로 먹어?"

라고 말하며 태후는 연우의 밥그릇 위에 고기 한 점을 올려주었다. 밥 CF 모델 같다는 말에 화내려고 했던 연우는 하얀 쌀밥 위에 올려진 노릇노릇한 고기를 보고 작게 웃었다.

"그런데 넌 언제까지 백수로 있을 거냐?"

아버지의 말에 밥을 먹던 태후는 얼굴을 찌푸렸다.

"4대 보험 안 되고, 승진 안 되고, 퇴직금 안 나오는 프리랜서라고 몇 번을 말씀드려야 그 백수 소리 그만두실 건데요?"

"하여튼 요즘 것들은 좋은 말로 포장은 잘해놓지. 퇴직금 안 나오는 일은 다 백수야."

슬슬 아버지와 아들의 다툼이 시작되려는 순간이라는 걸 태유는 감을 잡았다. 하지만 두 사람이 싸우는 걸 본 적이 없는 연우는 멀뚱히 두 사람이 하는 말을 듣고 있을 뿐이었다.

"그럼 제가 이 집 파출부로 취직할 테니까, 아버지가 봉급도 주시고 나중에 퇴직금도 주세요. 저 청소하고 밥 잘해요. 사 년 동안 열심히 수련했거든요."

파출부로 취직하겠다는 아들의 말에 눈을 부릅뜨던 아버지는 시선을 돌려 연우를 보았다.

"파출부를 직업으로 가진다는 남자랑 결혼까지 생각할 수 있나?"

연우는 마산과 태후의 눈치를 보다가 작게 고개를 저었다. 갑자기 연우를 방패로 삼는 아버지의 공격에 태후는 얼굴을 찌푸리며 한 발짝 뒤로 물러났다.

"누가 진짜 파출부 한대? 그냥 농담이었다고. 쳇!"

태유는 웃으면서 연우의 밥그릇에 고기 한 점을 올려주었다. 방금 전 태후가 했던 것처럼. 태후의 젓가락이 사랑이었다면 태유의 젓가락은 연우에 대한 고마움이었다. 연우가 같이함으로 인해 오랜만에 식탁에 균형이 잡히고 있었다. 오래전 어머니가 계셨을 때처럼. 하지만 그런 태유의 뜻을 헤아리지 못한 동생은 형의 행동을 따지고 나왔다.

"뭐야? 형이 왜 연우 밥그릇에 신경 쓰는데?"

"원래 예쁜 사람한테는 뭐라도 하나 더 주고 싶잖아."

"그걸 바로 집적이라고 하는 거야. 그 나이에 여자한테 집적거리는 거 안 부끄러워?"

톡. 이때 마산도 고기 하나를 집어서 연우의 밥그릇에 올려주었다. 그리고 태후를 바라보며 물었다.

"너 방금 뭐라고 했냐?"

아버지한테 집적이지 말라고 말을 할 수 없었던 태후는 얼굴을 찌푸릴 뿐이었다. 톡. 님의 찝찝한 마음을 읽은 연우가 태후의 밥

그릇 위에 생선 한 조각을 올려주었다. 그리고 태유와 마산의 밥 그릇 위에도 똑같이 생선을 올려주며 환하게 웃었다.

"많이 드세요."

오가는 젓가락 속에 정이 오가고 있었다.

"태유가 차로 집까지 바래다줘라."

연우가 집에 가야 하는 시간, 마산은 연우의 에스코트를 태유에게 맡겼다. 당연히 태후가 같이 가줄 거라고 생각했던 연우가 놀라서 태후를 바라보았으나, 태후는 아버지의 말에 반대하지 않았다. 그저 연우에게 이 말만을 했을 뿐이었다.

"잘 가."

태유가 방에서 차 키를 가지고 나와서 연우에게 말했다.

"가죠."

태유의 뒤를 따라가면서 연우는 계속해서 뒤돌아 태후를 보았다. 혹시 지금이라도 붙잡아주지 않을까 해서 돌아보고 또 돌아보았는데, 태후는 끝까지 연우의 이름을 부르지 않았다.

연우가 태유의 차를 타고 떠난 뒤에야 태후는 자신의 방으로 들어가기 위해 걸음을 떼었다. 하지만 아버지의 훈계가 그를 쉽게 놓아주지 않았다.

"언제까지 도망만 치는 거냐? 너한테 십 년이 짧은 세월이더냐? 죽을 때까지 그런 한심한 꼴로 살 거냐?"

"절 한심하게 만든 건 아버지세요."

"자신이 한심한 줄은 아는 거냐?"

"저도 노력하고 있어요. 악을 쓰고 있다고요. 그러니까 연우 앞에서 그런 식으로 말씀하시지 말란 말이에요."

연우가 이 집을 떠나자마자 또다시 아버지와 아들의 목소리는 날카로워지고, 커져 버렸다. 태후는 원망이 담긴 눈으로 아버지를 바라보았다.

"제발 아버지가 싫어지게 만들지 말아주세요."

아버지는 아들의 부서진 인생을 원래대로 만들기 위해 계속해서 찌를 수밖에 없었고, 아들은 그걸 알면서도 계속해서 화를 낼 수밖에 없었다. 정(情)이라는 건 때론 이렇게 날카로운 칼로 변해 서로를 찔러댈 수도 있는 것인가 보다.

"난 버스 타고 가도 상관없는데……."

태유의 차를 타고 집으로 가는 길, 연우가 시무룩한 얼굴로 중얼거렸다. 태유도 씁쓸한 마음인 건 마찬가지였다. 혹시라도 태후가 붙잡을 줄 알았는데, 허망하게도 그러지 않았다. 아직은 아닌가, 라는 생각에 깊은 한숨이 나왔다.

"내 차에 여자 태운 거 처음이야. 좀 영광으로 알아줘."

분위기를 바꾸기 위해 농담처럼 말을 거는 태유의 말을 연우는 믿지 않았다.

"거짓말하지 마세요. 태후 씨라면 몰라도."

"어? 태후의 여자 관계가 깨끗하다고 생각하는 거야? 그 녀석이 얼마나 파란만장한 여자 관계를 가지고 있는데. 이런, 속아서 사귀게 되었군."

태후가 복잡한 여자 관계를 가지고 있다는 말에 연우는 충격먹은 얼굴을 하였다. 태후의 성격을 극복할 수 있는 여자는 자신뿐이라고 생각하고 있던 믿음이 흔들리는 순간이었다.

"태후 씨한테 여자가 있었다고요? 진짜예요?"

떨리는 연우의 목소리를 들으며 태유는 창가로 고개를 돌렸다. 웃는 걸 들키고 싶지 않았기 때문이다.

"듣고 싶어?"

"아뇨, 하지만 들어야 할 것 같아요."

연우의 표정은 비장하였다. 태유는 슬슬 왜 마태후가 연우에게 관심을 가지게 되었는지 알 수 있을 것 같았다. 아나운서 지연우가 아닌 그저 지연우는 하는 행동, 표정 하나하나가 완전 퍼포먼스다.

"음! 그러니까 첫 번째가 중학교 3학년 때였지."

"그렇게 일찍이요?"

"그러니까 파란만장이지. 그때는 여자애가 먼저 사귀자고 했어. 하지만 태후 쪽에서 거절했지. 왜 거절했는지 알아?"

"왜요?"

"여자애가 태후보다 10㎝나 더 컸거든. 그 녀석이 중학교 3학년 때까지는 작은 키였어. 귀여웠는데 말이야. 고등학교 가서 괴물처럼 크더라고. 음! 그리고 두 번째가 고등학교 때였어. 한꺼번에 세 명의 여자한테 고백을 받았었어."

"네에?"

"정확하게 말하면, 자신에게 편지를 보낸 여자애들을 태후가 한자리에 모이게 한 거야, 그리고 세 명의 여자애들 앞에 서서 그

렇게 말했다더군, 날 얻고 싶으면 각자의 능력을 보여보라고. 어
떻게 됐는지 알아?”

“어떻게 됐는데요?”

“따귀 세 대.”

“여자애들한테 맞은 거예요?”

“그래, 그런데 여자애들이 아니라, 한 여자애한테만 맞았대. 그
게 그 여자애의 능력이었던 거지. 여자애가 태후를 때리는 걸 보
고 다른 여자애 두 명은 도망가고, 태후는 또 거절했지. 왜 거절했
는지 알아?”

“맞은 게 억울해서요?”

“아니, 그 애가 중학교 때 키 차이 때문에 거절했던 그 여자애거
든.”

“에? 거절당하고 또 고백했다고요?”

“음! 완벽한 거절은 아니었어. 자신의 키가 그 여자애보다 더 커
지면 그때 다시 생각해 보겠다고 변명을 댔었거든. 자신보다 10㎝
나 큰 여자애가 무서워서 단도직입적으로 싫다고 말을 못한 거지.
그리고 고등학교 때 태후가 그 여자애보다 커졌을 때, 그 여자애
가 다시 고백을 한 거지. 따귀 세 대와 함께 말이지.”

태후를 그렇게 오랫동안 좋아한 여자가 있었다는 사실이 연우
의 기분을 이상하게 만들었다. 화가 나는 것 같기도 하고, 서운한
것 같기도 했다. 단지 어릴 적 이야기일 뿐인데 말이다. 태후는 계
속 거절만 했다고 해도 자꾸 신경이 쓰였다.

“혹시 지금도 그 여자랑 연락하고 지내요?”

“설마, 학교 다닐 때도 열심히 피해 다니느라 바빴는데. 일부러 연락하지는 않을걸.”

“진짜예요?”

날카로워진 연우의 눈매를 읽어내고 태유는 슬그머니 말꼬리를 돌렸다.

“집에 다 왔는데, 태후한테 잘 도착했다고 전화해.”

“그 여자 지금 뭐 하고 사는데요? 이름은 뭐예요?”

“아, 누가 집 밖에 나와 있네. 신우 군 같은데.”

“내가 묻잖아요. 대답해요!”

자신이 재미있게 들었던 이야기라고 남도 재미있게 들을 거라는 생각은 버려야 한다.

—난 블랙이랑 같이 트럼프를 하고 있어.

집에 돌아와서 연우가 먼저 태후에게 전화를 걸었다. 뭐 하냐는 질문에 태후는 블랙과 같이 카드놀이를 하고 있다고 말했다.

“블랙이 트럼프도 할 줄 알아요?”

—응, 내가 카드를 뿌려놓으면 블랙이 킹을 찾는 거야. 블랙이 킹을 찾으면 내가 이기는 거고, 블랙이 못 찾으면 블랙이 이기는 거야.

그들만의 이상한 룰에 작게 웃던 연우는 전화기 속에서 들리는 전철 소리에 이상함을 느끼고 귀를 기울였다.

“어째서 전철 소리가 들리는 거예요? 당신 집에서 전철 소리가 들릴 리가 없잖아요. 지금 어디예요?”

—오호! 예리한데.

"설마 우리 나오고 당신도 집 나온 거예요?"

—오케이! 마태후는 지금 어디 있을까요?

달칵! 그리고 자기 맘대로 끊어버렸다. 연우는 끊긴 전화를 어이없다는 눈으로 바라보았다. 뭐야? 지금 나보고 찾으러 오라는 거야? 연우는 시계를 보았다. 벌써 밤 10시였다. 이 밤에 집 나간 애인을 찾아 헤맬 생각을 하니, 식은땀이 났다.

그가 있을 장소는 어렵게 생각할 필요는 없었다. 아무도 몰래 집을 나간 연우는 택시를 타고 태후가 하숙생으로 살았던 블랙의 성으로 향했다.

으리으리한 마산의 궁궐을 다녀온 후여서 그런지, 태후가 살았던 아파트가 더욱 초라하게 느껴졌다. 연우는 태후가 있을 게 분명한 아파트를 물끄러미 바라보았다.

이곳에 당신의 무엇을 숨겨놓은 건가요?

야아옹!

마중을 나온 걸까? 아파트 입구에서 블랙이 걸어나오고 있었다. 블랙의 입에는 트럼프가 한 장 물려 있었다. 연우는 무릎을 꿇고 앉아 블랙의 입에 물린 트럼프를 빼내었다. 킹이었다. 아마도 트럼프는 태후가 이긴 것 같았다.

"블랙, 그런데 이긴 쪽은 뭘 얻는 거니?"

연우가 블랙을 껴안고 태후의 아파트로 왔을 때, 그는 텅텅 빈 거실 바닥에 누워 천장에 붙여진 세계지도를 보고 있었다. 연우도 태후의 시선을 따라 천장에 붙어 있는 세계지도를 보았다. 아무것도 없는 공간에서 보니, 큰 세계지도가 더욱 거대하게 느껴졌다.

"저 지도를 가지러 왔어. 바보 같은 형이 가장 중요한 걸 빼놓고 왔더라고."

연우는 자신을 보지 않고 세계지도만 쳐다보고 있는 태후를 바라보다 힘겹게 질문을 했다.

"정말 여행갈 거예요?"

"응."

"내가 같이 안 가도?"

"응."

"왜요?"

"잃어버린 나를 찾고 싶으니까."

세계 여행을 꿈꾸던 열아홉 살의 태후에게는 겁나는 것도 없었다. 불가능이라는 것도 없었다. 태후는 그때의 자신을 찾고 싶었다. 자신을 위해서, 그리고 그를 사랑하는 사람들을 위해.

태후는 막차를 타고 연우를 집까지 데려다 주었다. 연우의 집으로 오는 버스 안, 두 사람은 오랫동안 말이 없었다. 막차라서 그런지 손님은 두 사람 빼고 술 취해서 졸고 있는 아저씨 한 분이 전부였다. 버스 정류장에서 내리고 연우의 집까지는 꽤 걸어야 했다. 태후가 잠든 블랙을 품에 안고 앞장서서 걷고 연우가 뒤를 따랐다. 딱 한 발자국 차이였다.

"다음부터는 내가 찾아내라고 해서 찾지 마, 그냥 투정이야."

"다음부터는 당신 형이 데려다 준다고 해도, 꼭 당신이 바래다

쥐요.”

“밤늦게 다닌다고 엄마한테 혼나겠네.”

“버스 끊겼는데, 집에 어떻게 가요?”

“그럼 네 방에서 재워주든지.”

“그럴래요?”

우뚝! 태후의 발걸음이 멈추면서 뒤에 따라오던 연우가 그의 딱딱한 등에 코를 박았다. 연우가 아픈 코를 손으로 감싸고 아픔을 참는 동안, 태후는 빠르게 그녀로부터 세 발자국 떨어져서 뒤돌아섰다. 손으로는 자고 있는 블랙의 귀를 막고 있었다.

“네가 방금 날 유혹했어.”

“네?”

코를 손으로 막고 있는 연우는 눈을 동그랗게 떴다.

“내 몸을 그렇게 갖고 싶었어?”

“네?”

이제야 태후가 하는 말의 뜻을 이해한 연우가 어이없음에 내쉬던 숨을 다시 들이마셔 버렸다.

“하지만 네 방은 싫어! 그 핑크 천지는 내 성욕을 저하시켜! 거긴 야한 놀이보다는 소꿉놀이가 어울리는 방이라고.”

“내 말은 그런 뜻이 아니에요.”

“내가 당장 가서 준비물을 사 올 테니까, 넌 너희 집 욕실에서 날 기다려. 난 욕실이 좋더라.”

“뭐라고요? 잠깐만! 어디 가요? 무슨 준비물이요?”

하지만 태후는 멈추지 않고 저 멀리 불빛을 발하고 있는 편의점으로 달려갔다. 순식간에 달려가는 태후를 멍하니 보고 있던 연우는 퍼뜩 정신을 차리고는 바로 앞에 있는 자신의 집으로 달려들어가 대문에 걸린 모든 열쇠를 잠가 버렸다. 그리고 자신의 방까지 한숨에 달려들어 가 방문을 잠그고 창문까지 잠가 버렸다.

모든 안전장치를 채운 뒤에야 연우는 놀라서 거칠게 뛰는 숨을 진정시켰다.

"마가 끼었어."

마태후, 절대 만만하게 볼 남자가 아니었다.

편의점으로 달려온 태후는 열심히 준비물을 찾아 편의점 안을 헤매었다. 늦은 밤이라서 편의점에는 아르바이트생만이 계산대를 지키며 꾸벅꾸벅 졸고 있었다. 편의점 안을 모험하듯 휘젓고 다니던 태후는 마침내 자신이 원하는 준비물을 발견하고는 은밀한 미소를 지으며 그것들이 놓여 있는 진열대 앞에 주저앉았다.

"블랙, 무슨 색깔이 맘에 들어?"

태후가 품에 안겨서 잠이 든 블랙을 흔들어 깨우며 물었다. 하지만 블랙은 평소와 달리 쉽게 눈을 뜨지 않았다.

"블랙! 너의 섬세한 감성으로 좀 골라줘. 일어나 봐!"

태후는 블랙을 깨우기 위해 손으로 가볍게 블랙의 귀를 쓸었다. 블랙은 누가 귀를 만지면 예민하게 굴었다. 깊게 자고 있다가도 살짝이라도 귀를 건드리면 벌떡 일어나곤 했다. 의식을 잃고 병원에 누워 있을 때 빼고는 항상 그러했다.

"블랙?"

하지만 블랙은 일어나지 않았다. 귀를 쓸어주어도 계속 잠만 자는 블랙, 태후는 서서히 설명할 수 없는 불안에 휩싸여 갔다.

"블랙!"

태후는 눈을 뜨지 않는 블랙의 얼굴을 손으로 잡아 자신 쪽으로 돌리고서 블랙의 이름을 불렀다. 하지만 블랙은 감은 눈을 뜨지 않았다. 태후는 블랙의 얼굴을 손으로 쓸며 다시 블랙의 이름을 불렀다.

"블랙! 제발, 블랙!"

태후가 계속해서 블랙의 이름을 불렀지만, 블랙은 눈을 뜨지 않았다. 그 귀여운 목소리를 들려주지 않았다. 블랙의 몸이 점점 식어가고 있다는 걸 태후는 느낄 수 있었다. 기적의 빛이 사그라지고 있다는 걸 바보처럼 이제야 눈치 챌 수 있었다.

왜 하필 지금인 걸까? 왜 하필 오늘 밤인가!

"블랙, 안 돼! 블랙! 블랙!"

태후는 자신이 울고 있다는 것도 모른 채, 계속해서 블랙의 이름을 불렀다. 이건 너무 갑작스러운 이별이었다. 인정할 수 없었다. 그의 사랑에 취해 웃기만 하던 밤 블랙을 보낼 수는 없었다. 그래서 태후는 계속 블랙을 불렀다.

"블랙! 블랙!"

죽음의 순간에서 같이 살아났다. 길고 긴 시간을 같이하는 동안 블랙만이 그의 동지였다. 영원히 같이 있을 줄 알았다. 자신의 장례식에서 블랙이 울어줄 줄 알았다. 하지만 그 반대였다. 태후는 죽은 블랙을 껴안고 흐느꼈다.

"흐흐흑! 블랙!"

블랙의 죽음은 태후의 눈물이었다. 어머니의 영정 앞에서 그랬던 것처럼 태후는 블랙을 껴안고 짐승처럼 울었다. 울고, 울고, 또 울어야 했다. 블랙이 그의 위로가 되어준 만큼 태후는 그렇게 밤새 울어야 했다.

블랙을 보낼 시간이었다. 태후는 어머니가 잠들어 있는 달에 그의 기적을 묻었다.

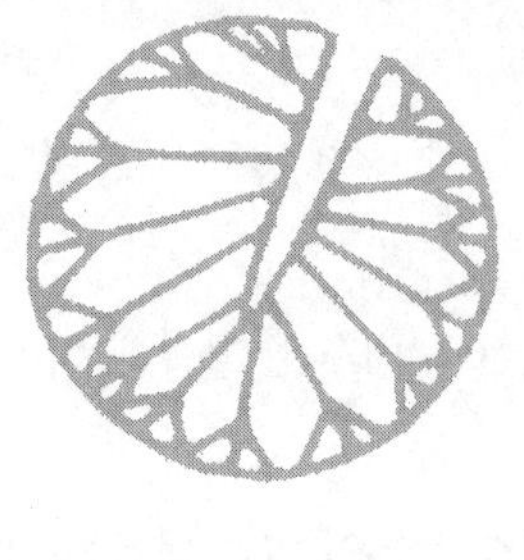

제 21 장

“**함**부로 건드리지 마세요!”

찢어지는 여자의 목소리에 구내식당 안의 시선이 한순간에 한 곳으로 모였다. 시선이 모인 곳에는 MBS의 꽃 지연우와 집적의 대마왕 방 PD가 있었다.

연우는 함부로 자신의 어깨를 건드는 방 PD의 팔을 거칠게 내치곤 그녀에게 몰린 사람들의 시선을 무시한 채 먹던 식판도 버려 두고 그대로 식당을 나가 버렸다. 평소 웃기만 하고 얌전한 지연우에 익숙한 사람들은 날카롭게 남자를 쳐내고 사라지는 그녀의 낯선 독기에 놀라 잠시 서로 수군거렸다. 하지만 MBS 안의 그 누구도 연우가 왜 평소와 다른 모습을 보이는지 아는 사람은 없었다.

띠리리리 띠리리리, 식당을 나온 연우는 옥상에서 전화를 걸고 있었다.

—지금은 전화를 받을 수 없사오니…….

하지만 상대방은 끝내 전화를 받지 않았다. 화가 난 연우는 핸드폰을 그대로 옥상 밑으로 던져 버렸다.

"어디 있는 거야! 이 바보!"

태후는 벌써 일주일째 연락이 되지 않고 있었다. 아버지와 형이 살고 있는 집에도, 블랙과 같이 살던 아파트에도 태후는 없었다.

"연우야, 적당히 사! 쇼핑몰 차릴 거냐?"

닥치는 대로 옷을 사는 연우를 붙잡으며 진이가 말렸다.

탁!

연우가 거칠게 진이의 손을 쳐내며 앙칼진 목소리로 말했다.

"내 돈 가지고 내가 사는 거야! 네가 무슨 상관이야?"

"야, 지연우! 너 지연우 맞아?"

연우의 말과 행동에 놀라 진이는 더 이상 말리지도 못했다. 연우는 결국 옷가게에서 열 벌의 옷을 사고서야 밖으로 나왔다. 무거운 열 개의 쇼핑백을 낑낑 들고 가다가 그게 버거웠는지 방금 산 옷가방을 길바닥에 내팽개쳤다. 뒤에서 그 모습을 지켜보던 진이는 손으로 이마를 쓸며 춘희에게 전화를 했다.

"춘희야, 나 혼자서는 도저히 통제 불능이야. 어떡하냐?"

춘희가 병원에서 조퇴까지 하고 달려온 곳은 이젠 아무도 살지 않는 블랙의 성이었다. 춘희가 그곳에 도착했을 때 진이는 가지 않겠다고 버티는 연우를 달래고 있었다.

"연우야, 여기 있어봤자 그 남자 안 와. 집에 가자."

하지만 연우는 들은 척도 안 한 채 차가운 거실 바닥에 무릎을 세우고 쭈그려 앉아 열린 현관문만 쏘아보고 있었다. 춘희가 연우의 앞에 앉아서 그녀의 얼굴을 두 손으로 감쌌다.

"연우야, 누군가를 사랑하는 건 그 사람을 믿는 거야. 그 남자 믿는다면 이렇게 불안해하지 마."

"전화 한 통 없었단 말이야."

고함과 함께 눈물도 같이 터져 나왔다.

"나한테 아무런 말도 없이 사라졌다고! 난 그 사람한테 아무 잘못도 하지 않았는데 날 이렇게 화나게 하고, 아프게 하잖아. 그런데 어떻게 내가 집에 가서 편하게 잠을 자! 화가 나서 미치겠고, 걱정되어서 미치겠단 말이야. 으허엉! 이대로 영원히 못 보는 게 아닌가, 겁이 난단 말이야."

춘희는 우는 연우를 끌어안고는 다독였다. 괜찮아. 괜찮아, 연우야. 그렇게 말을 하지만 솔직히 춘희는 확신할 수 없었다. 그녀는 마태후가 아니었으니까. 지금 연우를 달랠 수 있는 사람은 그뿐인데, 사라진 채 나타나지를 않고 있었다. 진이도, 춘희도 자신의 친구를 울리는 마태후에게 화가 났다.

"진이야, 난 연우 어머니께 연우 우리 집에서 잔다고 전화할 테니까, 넌 옆집에 가서 이불 좀 빌려와."

"이불?"

"그래, 오늘은 여기서 자자."

주인이 떠나고 텅 빈 집에 세 여자는 하룻밤 묵기로 하였다. 부

디 아침에 일어났을 때는 웃으며 아침 인사를 할 수 있기를 바라
며.

“나 술 마시고 싶어.”

더 이상 눈물이 나오지 않았을 때, 연우가 꺼낸 말이었다. 춘희
와 진이는 서로를 쳐다보았다. 연우의 술주정을 알기에 절대로 쉽
게 결정할 수 없는 일이었다. 그런데 연우는 쉽게 자신의 고집을
꺾지 않았다.

“술!”

퍽! 벌써 술 다섯 병은 마신 사람처럼 술 내놓으라고, 진이에게
베개를 던져 버렸다.

“연우가 눈치 채지 못하게 적당히 섞어.”

결국 두 친구는 꾀를 내기로 하였다. 소주에다 물을 반쯤 섞어
서 내놓는 것이다. 진이가 안주로 살 땅콩을 하나 까서 입 안에 넣
으며 신세타령을 하였다.

“이게 뭔 고생이냐? 도대체 그놈은 어디로 튄 거야?”

“뭔가 사정이 있겠지.”

“지연우 같은 꽃녀를 얻고서 딴눈을 팔 리는 없고, 남자가 도망
갈 다른 이유가 또 뭐가 있지? 점쟁이한테 물어봐야 되는 거 아
냐?”

“도망갔다고 하지 마! 말이 씨가 돼.”

진이와 춘희가 편의점에서 술과 안주를 사고 아파트에 왔을 때,
연우는 없었다. 대신 있는 건, 마시다 만 맥주 캔 여러 병뿐이었
다. 그녀들이 나갈 땐 없던 것들이었다.

"세상에! 이 술 어디 있던 거야?"

"낸들 알아. 이거 설마 지연우가 마신 건 아니겠지?"

연우가 앉아 있던 곳에 연우 대신 널브러져 있는 맥주 캔들. 다른 생각을 할 수가 없었다. 진이와 춘희는 누가 먼저랄 것도 없이 현관문으로 달려가 힘껏 문을 열었다. 하지만 진이와 춘희는 사라진 연우를 찾아 바로 집 밖으로 달려나갈 수 없었다.

"왜 남의 집에 허락도 없이 있어?"

거짓말처럼 마태후가 문밖에 서 있었던 것이다. 아니, 지금 중요한 건 사라졌던 마태후 따위가 나타난 게 아니었다. 진이와 춘희는 동시에 태후에게 외쳤다.

"옥상!"

태후는 고개를 들어 꽉 막힌 아파트 천장을 올려다보았다. 옥상?

차가운 밤바람이 연우의 뺨을 계속해서 때렸지만, 취기가 오른 연우는 오히려 시원한 감각에 기분이 좋았다. 그녀가 지금 서 있는 곳은 높다란 아파트의 옥상 난간이었다. 참 이상한 술주정이었다. 술에 취하면 그녀는 자꾸 높은 곳으로 올라가고 싶었다. 거기서 더욱더 취기가 오르면 자신이 날 수 있다는 망상까지 하였다. 가장 높은 곳에 올라서 내려다보는 서울 시내의 야경을 보며 연우는 배시시 웃었다.

"예쁘다."

시내를 수놓는 불빛을 손에 넣기라고 하려는 듯이 연우는 길게 손을 뻗었다. 위험천만한 자세였다. 까딱하다가는 8층 아래로 추락할지도 모르는 일이었다. 하지만 술에 취한 연우는 현실 감각이 둔해져 그런 걸 느끼지 못하고 있었다.

"연우야!"

자신의 이름을 부르는 목소리에 연우는 멍한 눈을 하고 뒤로 돌았다. 급하게 뛰어왔는지 거친 숨을 내쉬며 태후가 그녀를 쳐다보고 있었다.

"움직이지 말고 가만히 있어. 내가 갈 테니까, 절대 움직이지 마!"

태후는 연우를 향해 손을 뻗으며 천천히 그녀의 곁으로 다가갔다. 지금 그녀를 스물여섯 살의 지성인이라고 생각하면 안 되었다. 그저 자신의 행동도 제대로 제어 못하는 여덟 살 꼬마라고 생각해야 했다. 태후를 보고 놀란 연우는 난간 위에서 위험하게 몸을 틀었다. 8층 난간 위에서 연우가 자신의 말을 듣지 않고 움직이는 것에 놀라 태후가 소리쳤다.

"움직이지 말라고 했잖아! 이 바보야!"

"누가 바보야! 왜 나한테 욕해! 욕먹어야 할 사람은 당신이야!"

"하! 오밤중에 8층 난간에 서 있으면서 날 야단치겠다고?"

"말도 없이 사라졌잖아! 날 버리고 사라졌잖아."

"그리고 이렇게 돌아왔잖아. 이야기는 언제나 마지막이 중요해!"

"당신 나빠! 정말 나쁜 사람이야!"

"그래서 또 떠날까?"

"안 돼!"

난간 위에 서 있던 연우가 그대로 태후를 향해 몸을 날렸다. 달려드는 연우의 힘을 이기지 못하고 태후는 그대로 뒤로 넘어져 딱딱한 콘크리트 바닥에 큰 소리를 내며 넘어지고 말았다. 싸한 통증이 등줄기를 타고 전해지면서 절로 얼굴이 찌푸려졌다.

"으아아아앙! 내가 얼마나 걱정했는데. 연락도 안 하고!"

부서지게 자신의 목을 끌어안고 귀가 아파라 울어대는 연인의 눈물이 멈출 때까지 태후는 그대로 움직이지 않았다. 자신의 눈물을 모두 쏟아내고 오자마자 연우의 눈물에 빠져 죽게 될 줄은 몰랐다. 태후는 달래듯이 연우에게 말했다.

"나한테 일주일은 사라진 게 아니라, 그냥 외출이야."

"으아앙! 안 돼! 하루를 떠나도 나한테 허락 맡고 가!"

"아나운서 지침서에는 교양있게 우는 법 같은 건 안 나와?"

"으아아아아아앙!"

칠 일, 태후가 블랙을 위해 눈물을 흘린 시간이었다.

"오늘만이에요."

연우가 태후에게서 떨어지지 않으려고 했기에, 춘희와 진이는 두 사람이 같이 자는 걸 어렵게 허락했다.

"우리가 거실에 있다는 거 잊지 말아요."

태후와 연우에게 방을 내주고 춘희와 진이는 거실에서 자기로 한 것이다.

"혹시나 이상한 소리가 나오는 순간 바로 문 열 테니까 알아서 잘하세요."

계속 이어지는 날카로운 진이의 지적에 태후는 힘없이 웃으며 두 손을 들어올렸다.

"불안하면 묶으실래요?"

"도대체 일주일 동안 어디 있었던 거죠?"

춘희가 물었다. 면도하지 않아 듬성듬성 난 턱수염이며, 피곤에 지친 눈 하며, 그리고 꾸깃꾸깃한 옷이 꼭 멀리 갔다 온 사람 같았기 때문이다.

태후는 대답하지 않고, 가볍게 잘 자라는 인사를 하고 방문을 닫았다.

달칵, 연우와 태후가 있는 방문이 닫히자마자, 진이가 춘희에게 말했다.

"연우 어머니가 아시면 우릴 죽이려 하실 거야."

달빛이 쏟아지는 밤이라서 불을 켜지 않아도 방 안은 은은하게 밝았다. 하나만 펴진 요 위에 태후와 연우는 나란히 누워 있었다. 태후는 잠을 자는지 눈을 감고 있고, 연우는 태후의 팔베개를 하고 그를 향해 돌아누워 까칠한 그의 턱을 손으로 만지작거리고 있었다. 따가운 털들의 느낌이 너무 생소했다. 연우는 손을 뻗어 태후의 얼굴이 자신을 향하게 돌렸다.

"자요?"

"응."

"근데 준비물은 샀어요?"

"준비물?"

"준비물 사러 간다고 뛰어가고는 안 나타났잖아."

"아, 샀어."

"지금 어디 있는데?"

태후는 주머니를 뒤적거리더니 무언가를 하나 꺼내 자신의 배 위에 올려놓았다.

"아, 초네."

태후가 꺼낸 건 빨간색 초였다. 준비물이란 방 안을 은은하게 밝혀줄 촛불이었던 것이다.

"라이터 있어요?"

연우의 질문에 태후는 다른 쪽 주머니를 뒤져 라이터를 꺼냈다. 하지만 여전히 눈을 감고 있었다. 태후에게 라이터를 받은 연우는 초에 불을 켰다. 촛불의 은은한 빛이 방 안을 감싸면서 달빛을 몰아냈다.

입술에서 느껴지는 누군가의 달콤한 감촉에 태후는 천천히 눈을 떴다. 고운 연우의 얼굴이 바로 앞에 있었다. 그녀는 웃고 있었다. 자신이 말도 없이 일주일 동안이나 사라졌다 나타났는데, 촛불 하나에 연우는 웃고 있었다. 태후는 화도 제대로 낼 줄 모르는 연인의 작은 얼굴을 두 손으로 감싸 안았다. 일주일 동안 두고 떠났던 그리운 감촉이 말라 있던 그의 안을 촉촉이 적셔주었다. 태후는 그녀의 입술에 깊게 키스를 했다. 키스가 사랑이라 믿는 그녀에게 맘껏 사랑을 나누어주었다. 깊게, 더욱 깊게. 그의 더듬거림에 열려진 작은 입술 사이로 말캉한 혀를 집어넣었다. 움찔거리며 도망가는 그녀의 혀를 붙잡고 또 깊게 키스를 했다. 아니, 사랑을 주었다. 부드럽게, 그녀의 안을 쓰다듬었다. 그녀가 그의 사랑에 놀라지 않게.

"하아."

잠시 떨어진 순간, 연우가 참고 있던 숨을 터뜨렸다. 깊은 키스에 그녀의 얼굴이 빨갛게 익어 있었다. 태후는 그 붉은 뺨에 입을 맞추고 다시 그녀의 입술에 키스했다. 그녀의 달콤한 사랑을 그의 가장 깊숙한 곳으로 빨아들이며, 피로한 그의 몸에 불을 지폈다. 따스한 온기가 온몸을 감싸면서 태후는 서서히 잠이 들었다. 키스하다 잠이 든 태후를 바라보며 연우는 작게 눈썹을 찌푸렸다.

"할리퀸 소설에서 키스하다 잠드는 남자는 한 명도 없었다고."

왠지 오늘은 그에게 강하게 안기고 싶은 날이었다. 하지만 님은 피곤하신지 잠이 든 채 일어나시지를 않았다. 연우는 촛불을 머리맡에 놔두고 태후의 품에 깊이 파고들어 그의 팔을 자신의 어깨 위로 올리고 잠을 청했다. 잠이 잘 안 오자, 태후의 체취를 맡기 위해 그의 옷에 코를 묻었다가 바로 떼어내었다.

"으! 땀 냄새."

새벽 4시, 진이와 춘희는 세상모르고 자고 있는 시간, 연우는 깨어 있었다. 방송에 나가려면 지금부터 준비해야 하기 때문이었다. 연우는 어제 홧김에 산 열 벌의 옷을 쭉 늘어놓았다. 옷은 열 벌이나 있는데 맘에 드는 옷은 하나도 없었다.

"도대체 무슨 생각으로 고른 거야?"

언제 일어났는지 태후가 연우의 뒤에 다가와 물었다. 태후의 질문에 연우는 가볍게 그를 째려보았다. 누구 때문인데. 그가 듣지 못하게 혼자 속으로 투덜거렸다.

"아무래도 집에 들렀다 가야 할 것 같아. 맘에 드는……."

투덜거리던 연우는 목덜미에서 느껴지는 뜨거운 감촉에 말을 멈추었다. 태후의 입술이 그녀의 여린 목을 강렬하게 빨아들이고 있었다.

"하아!"

연우는 자기도 모르게 신음을 뱉어내 버렸다. 안 된다고 밀어내야 하는데 말이다.

그런데 뒤에서 그녀의 목에 키스를 하며 그녀를 끌어안던 태후가 놀라서 고개를 번쩍 들었다.

"헉! 가슴을 안으려고 했는데, 가슴이 없어."

퍽!

화가 난 연우는 그대로 태후를 밀어내며 자신의 가슴을 두 손으로 가렸다. 연우의 매서운 손길에 밀려 넘어진 태후가 놀랍다는 눈으로 연우를 보며 물었다.

"혹시 집에다 두고 다녀?"

토끼가 제 집에 간을 빼두고 다니듯이 말이다.

쏴아아아아아—

샤워를 마친 태후는 일주일 동안 깎지 않았던 턱수염을 면도하기 위해 세면대 앞에 섰다. 듬성듬성 난 수염이 꽤 야생적으로 보였다. 일주일 만에 거울을 처음 보는 태후는 그 모습이 맘에 들어 웃었다.

"그냥 기를까?"

하지만 이내 생각을 고쳤다. 하얀 거품을 바르고, 일회용 면도기를 들어올렸다.

사삭!

그의 눈물 흔적을 깨끗하게 잘라냈다.

딩동 딩동.

연우와 태후가 방송국에 가기 위해 나간 뒤, 태후의 아파트 초인종이 울렸다. 자고 있던 진이와 춘희 중 먼저 일어난 건 진이였다. 짧은 머리가 폭탄이라도 맞은 듯 뒤죽박죽이었지만, 금방 일어난 진이는 미처 그런 걸 신경 쓸 틈이 없었다. 이렇게 아침 일찍 찾아온 사람을 욕하며 늘어지게 하품을 하면서 현관으로 걸어갔다. 진이가 현관으로 가는 중에도 초인종은 계속 울리고 있었다.

"아 씨! 한 번만 눌러요! 누가 귀머거리인 줄 알아!"

신경질을 내며 문을 연 진이는 당연히 있어야 할 사람 머리가 보이지 않자 순간 놀랐다. 잠이 덜 깨서 자신의 눈앞에 있는 게 남자의 가슴 부분이라는 걸 뒤늦게 알아차린 것이다. 진이는 천천히 고개를 들었다. 정체불명의 방문객의 얼굴을 찾아서.

진이가 드디어 남자의 얼굴을 찾았을 때, 죽은 줄 알았던 남자의 얼굴이 보였다. 놀라움과 반가움에 진이는 손가락으로 마태유를 가리키며 말했다.

"진짜 안 죽었네."

태유는 잠시 여자의 까치집 머리와 방금 깨서 부은 눈을 바라보다가 친절하게 입을 열었다. 그런데 입은 말하는데, 소리는 들리지 않았다. 스피커가 고장난 텔레비전처럼.

"……아! 진아! 일어나! 지각이야!"

자신을 흔들어 깨우는 춘희의 손길에 진이가 힘겹게 눈을 떴다. 진이는 현관에 서 있지 않았다. 여전히 누워 있었다. 더 이상 마태유의 모습은 보이지 않고 자신을 흔들어 깨우는 춘희의 달 같은 얼굴만이 보였다. 현관 앞에 서 있던 마태유의 모습은 꿈이었던 것이다.

눈을 1/3정도 뜬 진이가 씨익 웃으며 춘희에게 말했다

"나 꿈에 마태유 선수 봤다. 개꿈인가?"

진이의 말에 춘희가 놀라서 고개를 돌렸다. 진이도 춘희의 시선을 따라 현관 앞을 보았다. 꿈속에서 보았던 모습 그대로의 마태유가 팔짱을 끼고 진이를 쳐다보고 있었다. 이제 막 잠에서 깬 엉성한 그녀를. 그 시선에 놀라 진이는 벌떡 일어났다.

마태유는 예의 바르게 웃으면서 두 여자에게 말했다.

"차에서 기다리고 있을 테니까, 천천히 챙기고 나와요."

태유가 사라지고 진이가 춘희를 쳐다보았다. 왜 꿈속에서 보았던 남자가 진짜 현실 속에서도 나타난 건지 해명이 필요했다.

"태후 씨가 불렀대. 우리 일하는 곳까지 태워다 주라고."

말하면서 춘희는 손수 진이의 머리를 쓸어주었다. 아침만 되면 삐죽삐죽 사자 머리가 되는 진이의 모습이 오늘만큼 안타까운 적은 없었다.

태후는 일주일 동안 사라졌던 것을 보상하기라도 하려는 듯 매

일 연우의 퇴근 시간에 그녀를 배웅 나왔다. 그래서 연우는 더욱더 퇴근 시간을 좋아하게 되어버렸다. 퇴근 시간 한 시간 전부터 시계에 눈을 붙이고 살아서 아나운서 왕언니에게 잔소리를 듣기도 하였다.

"나 영화 보고 싶어요."

돌아가는 길, 연우는 영화관에 가고 싶다고 했다. 그래서 두 사람은 바로 집으로 가지 않고 사람들이 북적이는 코엑스몰로 갔다.

"나 여기 오는 거 처음이야."

태후의 말에 연우가 놀란 표정을 지었다.

"거짓말! 어떻게 서울 살면서 여기를 안 와요? 영화도 안 보고 살았어요?"

"음, 마지막으로 영화관에서 영화를 본 게 열여덟 살 때였던 거 같은데, 그것도 내가 보고 싶어서 본 게 아니라 어머니가 보고 싶다고 하셔서 눈물콧물 질질 짜는 신파영화를 봤지."

"영화 제목이 뭔데요?"

"기억도 안 나, 여자랑 남자랑 눈 파먹는 거 보고 웃었던 기억밖에는. 그리고 나중에는 아예 드러눕고 허우적대던데, 그 부분에서 다음은 정신병원 나오겠네 하며 막 웃다가 어머니한테 얻어맞았지."

라이언 오닐이 들었다면 눈 대신 돌 던질 이야기였다. 정신병원과 러브스토리를 연결시키다니, 이건 로망에 대한 반항이었다. 연우는 화를 내며 말했다.

"러브스토리잖아요. 그게 얼마나 감동적인 영화인데. 난 울면서 봤단 말이야.”

“Whatever! 무슨 영화를 보든 상관없는데 나한테까지 감동받으라고 강요하지는 마라. 난 쿨한 인간이거든. 비현실적인 이야기에 마음이 움직이지는 않아.”

“흥! 어련하시겠어요. 그러니까 화장실 앞에서 키스하려고 했지.”

연우는 쿨함과 무신경을 같은 선에 놓았다.

“뭐? 야! 다시 말하지만, 그건 네가 거기서 튀어나온 거잖아.”

“블랙을 보고 배워요. 블랙은 고양이인데도, 슬픈 드라마를 보면서 나랑 같이 울었다고요.”

태후의 감성을 타박하며 걸어가던 연우는 따라오는 기척이 느껴지지 않자 뒤를 돌아보았다. 태후가 멈춰 서 있었다.

“왜 안 와요?”

잠시 연우를 바라보던 태후는 다시 걸어서 연우의 옆으로 와 그녀의 손을 잡았다.

“우리 슬픈 영화는 보지 말자. 나 잘지도 몰라.”

태후의 말에 연우는 불만이라는 듯이 입술을 내밀었다.

“난 액션은 안 봐요. 너무 산만해.”

“그럼 웃기는 코미디 볼까?”

당분간은 블랙에 대한 일을 말하지 않을 생각이었다. 연우는 분명 울 테니까.

영화를 보고 나와서 돌아가는 길 태후는 연우에게 선물을 하나 사주었다. 머리핀이었다. 태후는 선물을 사주면 꼭 머리핀을 사주었다. 태후가 내민 머리핀을 받으며 연우가 이해할 수 없다는 듯이 물었다.

"왜 항상 머리핀이에요?"

"네 긴 머리를 보면 나도 모르게 사주고 싶어져."

태후의 말을 자신의 머리에 대한 칭찬으로 받아들이고 연우는 길게 늘어뜨린 머리를 한 손으로 잡아 어깨 앞으로 쓸어 내렸다. 찰랑거리는 머리카락에 지나가던 남자들의 시선이 몰리는 건 섭리와도 같은 일이었다. 비록 그녀에게 섹시한 가슴은 없어도, 비단결 같은 머릿결이 있었던 것이다.

"내 긴 머리가 예쁘다는 소리죠?"

"아니, 내가 몇 개나 사줘야 묶고 다니나 시험해 보는 거야. 부디 스무 개는 넘기지 말아줘."

"그게 뭐예요? 좀 더 예쁜 말하면서 선물해 주면 안 돼요?"

"어떻게? 오! 부디 그대의 아름다운 머릿결에 이 하찮은 머리핀을 올릴 수 있는 영광을 달라고 말할까? 도대체 왜 안 묶고 다녀?"

"집에선 묶는단 말이에요."

"집에서 묶는 게 뭔 상관이야. 밖에서 묶어."

긴 생머리는 묶는 것보다 풀어서 다니는 게 더 예쁘다. 그래서 일부러 그러는 건데, 그걸 묶으라고만 하는 태후의 말을 연우는 이해할 수가 없었다.

"왜요?"

"꼬리 치는 것처럼 자꾸 찰랑이잖아."

그래서 옛날 여인들이 정인이 생기면 머리를 위로 올렸나 보다.

찰랑거리는 머릿결이 혹시나 다른 남자의 마음을 설레게 하지 않기 위해서 말이다.

결국 코엑스몰을 나온 연우의 머리는 엉성하게 위로 말려져 올라가 방금 산 머리핀이 꽂혀져 있었다. 태후의 솜씨였다. 윈도우에 비친 자신의 머리 모양을 보며 연우가 불만을 토했다.

"이게 뭐야? 삐치고, 삐뚤어지고. 다시 묶어줘요."

"풀지 마."

머리핀을 다시 풀려고 하는 연우의 손을 태후가 막았다.

"내가 돌아올 때까지 그 머리 내리지 마."

태후의 말에 연우는 아무런 말도 못하고서 그 큰 눈을 감지도 못하고 굳은 채 태후를 바라보았다. 파르르 떨리는 그녀의 눈썹을 보며 태후는 그녀의 손을 더욱 꽉 잡았다. 연우가 가늘게 떨리는 목소리로 물었다.

"진짜 여행 간다고요?"

"그래, 배낭 메고 갈 거야."

"진짜 일 년 동안 안 돌아온다고요?"

"설마 일 년씩이나 걸리겠어? 금방 돌아올게."

"금방이 얼마나인데? 일주일?"

태후는 웃으면서 눈썹을 찌푸렸다. 일주일은 태후에게 여행이 아니라 외출이었다. 분명 그보다는 길어질 것이었다.

"금방 돌아올게."

누군가를 사랑한다는 건 그 사람의 모든 것을 사랑하게 되는 것인가 보다. 욕심 같아서는 같이 가고 싶지만, 매일 아침 그녀를 기

다리는 사람들이 걸렸다. 매일 그녀를 보며 삶의 기쁨을 찾는 그
녀의 부모님이 걸렸다. 그리고 그가 떠나게 될 여행의 고됨을 생
각하니 더욱 그녀를 데리고 갈 수 없었다. 그래서 같이 가지는 말
은 못하고, 그냥…….

"내가 돌아올 때까지 절대 머리 내리지 마."

기다려 달라고 말한다. 그리고 그녀가 자신을 기다려 줄 것을
태후는 의심하지 않았다.

태후는 연우에게 한 발짝 더 다가서서 그녀를 강하게 끌어안았
다. 그녀의 눈물을 다른 사람이 보지 못하게 그녀를 그의 안에 가
두었다.

돌아오면 너의 정원에 문을 두드릴게.

담 넘어 훔쳐만 보던 나를 위해 문을 열어줄래?

제　22　장

"**택**배 왔습니다."

연우의 집 현관에 택배 아저씨가 서 있었다. 택배를 받으러 나
간 건 거실에 있던 신우였다. 택배 아저씨는 우편물의 수취인과
받으러 나온 사람이 다른 걸 금방 알 수 있었다.

"지연우 씨 계신가요?"

"제 누나예요. 주세요."

택배 아저씨는 신우의 등 뒤로 집 안을 둘러보며 말했다.

"그게, 택배 물은 본인이 직접 받아야 하는데."

아마도 모닝레이디를 한 번 직접 보고 싶으신 욕심이셨나 보다.

"가족은 상관없다는 거 알거든요."

아저씨가 들고 있는 종이의 사인 칸에 자신의 이름을 휘갈겨 쓴

후 택배 물을 빼앗다시피 가지고는 문을 닫아버렸다. 아저씨의 소박한 욕심을 신우는 가차없이 잘라내 버렸다.

지익! 주인도 허락하지 않은 택배의 봉인을 신우는 멋대로 풀었다. 내용물은 의료 도구 같은 물건이었다. 신우는 정체불명의 물건을 손으로 들어올린 다음 설명서를 꺼내 보았다. 첫 문장부터가 참 임펙트했다.

〈당신의 가슴도 이제 사랑받을 수 있습니다.〉

신우는 얼굴을 찌푸리며 쭉 설명서를 읽어 내려갔다. 설명서의 내용에 따르면, 연우의 이름으로 온 택배의 내용은 가슴확대 의료기기였다.

"그냥 과거의 일이야. 태후는 기억도 못할 거라고."

"하지만 난 만나야겠어요. 그 여자 이름이랑 주소 가르쳐 주세요."

"내가 그런 걸 알 리가 없잖아."

연우의 추궁에 태유는 난감한 표정을 지었다. 연우는 전에 한번 집으로 바래다주는 차 안에서 이야기했던 따귀 세 대의 그 여자를 꼭 만나야겠다고 우기고 있었다.

"태후 씨 학교 앨범 있잖아요. 거기서 가르쳐 주시면 되잖아요."

"그냥 그 여자 짝사랑이었어. 정말 전혀 아무 사이 아니었어."

"그래도 만나야겠어요."

"도대체 왜?"

설마 자기 남자 친구 뺨을 멋대로 세 대나 때렸다고 십 년도 훨씬 넘은 이제야 와서 복수를 하겠다는 건 아니겠지?

"그 여자는 내가 모르는 태후 씨를 알잖아요. 만나서 그냥 이야기하고 싶어요."

태후가 없는 한국에서 연우는 태후의 흔적을 찾아 헤매고 있었다. 그리움이 넘쳐 나는 시간, 연우가 그리움을 이겨내는 방법이었다. 그래서 태유는 할 수 없이 태후의 학교 앨범을 꺼내와야만 했다.

연우가 그녀를 찾는 일은 어렵지 않았다. 장사를 하는 집이라서 그런지 아직도 학교 앨범에 나와 있던 주소에서 살고 있었다. 태후의 뺨을 세 대나 때린 그녀의 이름은 성이진이라고 했다. 공무원으로 동사무소에서 일을 하고 있었다.

"뭘 도와드릴까요?"

친절하게 웃으며 자신을 보는 여자의 손을 연우는 잠시 말없이 바라보았다.

저 손으로 마태후를 세 대나 때렸단 말이야?

"저기, 무슨 볼일이시죠?"

"혹시 성문중학교 다닐 때 동급생이었던 마태후 기억하세요?"

"네?"

연우의 갑작스런 질문에 여자는 놀란 눈을 하였다.

"네, 기억해요. 제가 처음이자 마지막으로 만난 마씨였거든요."

"그럼 당신이 마태후를 좋아한 건 태후 씨가 마씨여서라는 말
인가요?"

"네?"

마씨(氏), 언제 어디서나 인상적인 악센트를 남기는 성(姓)이다.

성이진은 연우를 위해 시간을 내주었다. 잊고 지내던 옛 추억을
들추어낸 방문객을 그냥 돌려보낼 수 없었기 때문이다. 커피숍에
들어가 마주 보고 앉은 뒤, 이진은 연우를 위해 태후의 과거 이야
기를 해주었다.

"마태후는 학교에서 유명인이었어요. 우선은 그 형이 알아주는
농구 선수였거든요. 하지만 마태후가 운동장에서 애들과 공을 가
지고 노는 건 한 번도 본 적이 없었어요. 제가 처음에 마태후를 만
난 건 학교 도서관이었어요. 그때만 해도 작은 키였는데, 책을 꺼
내지 못해서 까치발을 서서 가장 높은 책장을 향해 손을 뻗고 있
더라고요."

연우는 까치발을 선 마태후를 상상해 보려고 애썼다. 하지만 전
혀 상상이 되지 않았다. 연우가 아는 태후는 그녀보다 훨씬 커서,
안기면 완벽하게 그녀를 그의 품에 가두었다.

"제가 태후보다 컸는데, 대신 꺼내줄까 하다가 그럼 남자애의
자존심이 상할 것 같아 그냥 지켜만 보고 있었어요. 그런데……
쿡!"

그때의 기억을 떠올리며 성이진은 웃음을 지었다. 하지만 연우
는 같이 웃을 수 없었다. 그녀는 모르는 이야기였기 때문이다. 연
우는 참을성을 가지고 성이진이 마저 이야기를 해주길 기다렸다.

"그런데 결국 꺼내지 못하고 그냥 나가려고 하더라고요. 솔직히 좀 많이 모자랐거든요. 제 앞을 지나가기에 제가 슬쩍 말했죠. 내가 대신 꺼내줄까? 그랬더니 고개를 휙 돌려 절 쏘아보더라고요. 그 눈이 인상적이었어요. 그리고 그때 한 말 아직도 기억해요. '됐어 때가 되면 볼 거야', 라고 하더라고요. 자신의 키가 커서 자신의 손으로 꺼낼 수 있을 때 그 책을 꺼내서 보겠단 말이죠. 하하하, 그런데 우스운 게 뭔지 아세요? 마태후는 졸업할 때까지 서고 맨 위 책장에 손이 닿지 않았어요. 아마도 그 책 안 봤을 거예요. 분명해요."

"그 책 제목 기억하세요?"

"유명한 외국 소설이었어요. 제목이 아마도……."

"괴도신사 아르센 뤼팽 아니에요?"

"아, 맞아요. 근데 어떻게 아세요?"

이진이 연우가 모르는 태후에 대해 아는 게 있듯이 연우도 이진이 모르는 태후를 알고 있었다. 태후의 방 책장 서랍에 꽂혀 있는 괴도 루팡 책을 본 적이 있었다. 책 밑에 도서관에서 순서를 지정하는 일련번호 종이가 붙어서 기억하고 있는 책이었다. 도서관에서 빌려온 책인 줄 알았는데, 아마도 아닌 것 같은 예감이 들었다.

정말 못 말려!

성이진에게 학창 시절의 마태후에 대한 이야기를 많이 들은 연우는 고맙다는 인사를 했다.

"그런데 왜 갑자기 마태후의 이야기를 물으러 찾아오신 거죠? 요즘 뉴스에도 안 나오던데 혹시 마태후한테 무슨 일이 있는 건가요?”

이진의 질문에 연우는 손수건을 꺼내, 물기가 맺힌 눈가를 닦았다. 태후의 이야기에 연우가 우는 것을 본 이진이 놀라며 물었다.

“설마…… 마태후가 죽었나요?”

연우는 긍정도, 부정도 하지 않았다. 어차피 그녀가 더 이상 마태후의 일을 알 필요는 없었으니까.

“뭐라고? 그럼 그 남자랑 관련된 과거의 여자 찾아가서 네 애인 죽었다고 했단 말이냐?”

진이는 기가 막힌다는 듯이 헛웃음을 지었다. 이 얼마나 주도면밀한 여인내인가? 혹시나 중간에 나타날지 모를 과거의 여인들을 그가 없는 사이, 하나하나 처리한다는 것이었다. 분명 이번 한 번으로 끝내지 않을 것이다. 또 숨어 있는 여자를 찾아내서 만나러 간 다음, 그녀의 청순과 눈물을 이용하여 그가 죽었다는 걸 상대방이 감쪽같이 믿게 할 것이다.

“과거의 여자 아니었어. 사귄 것도 아니란 말이야.”

“그런데 왜 찾아가?”

“그냥 이야기를 하고 싶었다고. 진이 너랑 이야기하는 건 재미없단 말이야.”

“그래, 난 그 남자에 대해 하나도 모른다. 넌 남자 생겼다고 이제 친구도 없냐? 매일 태후 씨, 태후 씨. 정말 짜증나!”

열심히 불만을 터뜨리던 진은 다시 눈물을 보이는 연우를 보고 입을 닫았다. 화를 내던 진이는 바로 화를 접고 연우의 옆으로 와 다정하게 말했다. 우는 연우를 달래는 일은 진이에게는 의무와도 같은 일이 되어버렸다.

"연우야, 울지 마! 그 남자가 너 버리고 떠난 것도 아니잖아."

"슬퍼서 우는 거 아냐."

"그럼 왜 울어?"

"보고 싶어서 우는 거야."

"연우야, 그 영화 생각나?"

연우는 눈물 가득한 눈을 들어 진이를 보았다. 진이가 티슈를 한 장 내밀며 말했다.

"지금 만나러 갑니다. 누가 알아? 그 남자가 너의 간절한 마음을 알고 지금 널 만나러 오고 있을지."

진이의 말에 연우는 울면서 웃었다. 그가 지금 자신을 만나러 오고 있다는 상상을 하는 것만으로 연우는 웃음이 났다. 그리고 눈물이 났다. 그게 그저 상상임을 아니까.

태유는 아버지와 연우의 표정을 보고 혼자 웃었다. 삼십 년 베테랑과 초보 복권쟁이의 표정이 차이가 나고 있었기 때문이다. 아버지는 묵묵히 방송에서 나오는 숫자와 복권의 숫자를 맞추시는 반면 연우는 숫자가 맞을 때마다 놀라서 입을 쩍 벌렸다. 하지만 마지막 숫자가 다른 순간, 그대로 억울하다는 표정을 지었다. 토요일 저녁 아버지의 복권 시간에 연우가 같이한 것이다.

"한 자리만 맞으면 되는데."

연우는 당첨복권에 대한 미련을 버리지 못한 듯 툴툴거렸다.

"운이란 완벽하지 않으면 오지 않는 것이야."

마산의 말에 연우가 고개를 들었다. 마산은 자신의 복권을 찢어 버리고 있었다. 그도 꽝이었던 것이다.

"행운은 아무한테나 오는 게 아니야. 노력하는 인간이 행운을 잡아채는 거지."

그가 복권을 계속하는 이유도 그런 것이었다. 돈을 바라는 게 아니었다. 누구나가 원하는 행운을 그의 노력으로 거머쥐는 성취감을 얻고 싶었기 때문이다. 마산은 다른 사람이 거저 얻으려고 하는 행운에 대해서도 노력을 아끼지 않는 사람이었다.

마산은 작게 찢은 복권 조각을 쓰레기통에 버리며 연우에게 태후에 대해 물었다.

"녀석한테 전화는 오나?"

"가끔이요."

"흥! 집에는 전화 한 통 안 하는 녀석이……."

하지만 서운해하는 건 아니었다. 전화 안 한다고 서운할 정도로 감성이 풍부한 남자는 마씨가에 아무도 없었다.

"저기, 저 말이죠. 오늘 여기서 자고 가도 돼요?"

연우의 부탁에 태유가 웃으며 허락해 주었다.

"태후 방 비었으니까 거기서 자고 가."

"차라리 그냥 눌러 살지 그래?"

태유의 말에 작게 웃던 연우는 갑작스런 마산의 말에 놀라서 눈을 크게 떴다. 태후가 알면 길길이 화를 낼 일이었다. 자신이 프러포즈를 하기도 전에 아버지가 가로챈 것이니까 말이다.

"음. 하지만 그 녀석이 제대로 사람 구실 할 때까지 결혼식은 절대 안 돼."

연우에게는 묻지도 않고 자기 멋대로 모든 것을 정하는 마산의 말에 연우가 놀라서 아무 말도 못하자, 태유가 연우의 팔을 잡아끌며 말했다.

"무시해도 상관없는 말이니까 방으로 가."

연우가 태유의 뒤를 따라 그 자리를 뜬 뒤에도 마산은 혼자서 열심히 마태후와 지연우의 미래를 설계하고 있었다.

달칵.

방문을 열자 아무것도 변한 게 없는 태후의 방이 드러났다. 연우는 천천히 태후의 체취가 고스란히 묻어 있는 방 안으로 들어갔다.

"아침에 일찍 일어나야 하지? 깨워줄까?"

친절한 태유의 말에 연우는 작게 고개를 저었다. 혼자 일어날 수 있었다. 연우는 태후의 침대로 가서 살짝 앉았다.

"혹시 누구 보고 싶어한 적 있으세요?"

연우의 질문에 태유는 말로 대답하지 않고 작게 고개를 끄덕였다.

"그럼 오랫동안 누굴 기다려 본 적도 있으세요?"

이번에도 태유는 말로 대답하지 않고 고개를 작게 끄덕였다.

"그럼 나랑 동지네요."

자신의 마음을 이해한다는 태유의 대답에 연우는 환하게 웃었다. 태유는 천천히 태후의 방문을 닫았다. 그녀의 웃음이 밖으로 날아가지 않게.

"잘 자."

태유가 나가고 연우는 태후의 방에 딸려 있는 샤워실로 들어가서 샤워를 하고 나왔다. 젖은 머리의 물기를 수건으로 닦으며 태후의 옷장으로 걸어가 옷장 문을 열었다. 가지고 가지 않은 옷은 대부분 정장이었다. 연우는 그중에서 태후의 흰 와이셔츠 한 장을 꺼내고는 입고 있던 샤워 가운을 벗었다. 실오라기 하나 걸치지 않은 몸에 태후의 흰 와이셔츠만을 입었다. 너무 커서 그녀의 허벅지를 거의 가릴 정도로 길었다. 연우는 긴 팔소매를 몇 번이나 접은 다음 전신 거울 앞에 섰다. 태후의 옷에 감싸인 연우가 거울 안에 서 있었다. 가슴은 없어도 꽤 섹시해 보이는 것 같았다. 지금 연우의 아슬아슬한 모습을 태후가 봤으면 또 욕실에서 기다리라며 연우를 놀렸을 것이다. 아니, 정말 안아주었을지도 모른다. 엉큼해. 태후에게 안기는 상상을 하는 자신에게 면박을 주었다. 금단증상이 심해지면서 지연우는 점점 야해지고 있었다.

띠리리리 띠리리리, 핸드폰이 울렸다. 거울을 보고 있던 연우는 빠르게 가방으로 달려가 핸드폰을 꺼내서 폴더를 열었다.

"여보세요?"

—나야. 잘 지냈어?

태후였다. 지금쯤 세계 어딘가에서 잃어버린 자신을 찾아 헤매고 있을 그녀의 연인.

"지금 어디예요?"

태후가 전화를 하면 버릇이 되어 나오는 첫인사였다. 저번에 전화를 할 때는 캄보디아의 앙코르라는 도시라고 했고, 그전에 전화를 했을 때에는 베트남의 호치민 시라고 했다. 태후가 전화를 걸어오는 곳은 모두 연우가 한 번도 들어본 적도 없는 곳들이었다. 단지 알 수 있는 건 한국에서 더 멀어졌느냐, 가까워졌느냐였다. 아직까지는 계속 멀어지고만 있었다. 부디 이번엔 돌아오는 길목에 있기를 바라며 연우는 물었다. 어디예요?

—바라나시야.

연우는 그곳이 어딘지 확인하기 위해 눈을 들었다가 낭패라는 얼굴을 하였다. 여기는 태후의 방이었다. 태후가 가지고 있던 세계지도는 여행 떠나기 전에 연우한테 주어서 지금 연우의 방 한쪽 벽을 모두 차지하고 있었다.

"그게 어딘데요?"

—지도 있잖아?

"없어. 내 방 아니에요."

—뭐? 설마 아직도 밖에서 싸돌아다니고 있어?

"아니, 당신 방이야."

—내 방? 거기서 뭐 하는데?

"자고 가려고."

—숙박이잖아. 그럼 숙박비는 알아서 쓰레기통에 넣어줘.

"나보고 숙박비 내라고? 그럼 나도 당신 절대 내 방에서 안 재워줘."

—전에도 말했지만, 그 핑크 천지는 솔직히 나에게 인내를 필요하게 해.

“그럼 바꿀까? 무슨 색으로?”

—연두색.

“왜요?”

—널 닮은 색이잖아.

자신이 연두색을 닮았다는 말에 연우는 저도 모르게 미소를 지었다. 지금 이 순간부터 연우는 핑크보다 연두색이 더 좋아졌다. 아니, 다른 색과 비교할 것 없이 그냥 연두가 좋았다.

—아! 가능한 내 물건들은 만지지 마. 이상한 게 튀어나올지도 몰라.

“벌써 건드렸는데.”

—뭐? 어떤 거?

“당신 와이셔츠. 잠옷 대신 입었어.”

—음! 나보고 당장 오라고 유혹하는 것 같은데? 안에 속옷도 안 입고 있으면 생각해 볼게.

“안 입고 있어. 나 지금 엄청 섹시해요.”

—쿡! 자기 입으로 그런 말을 한다는 게 전혀 안 섹시해.

“당신 형한테 물어볼까?”

—아! 그 모습으로 내 방에서 한 발자국도 나가지 마! 문도 잠그고, 커튼도 다 쳐! 그리고 셔츠 단추는 두 개 정도 더 풀러줘.

연우는 셔츠 단추를 푸는 대신 오는 길에 사 온 초에 불을 켰다. 태후의 방에서 자게 되면 켜려고 일부러 사 온 것이다. 쓸쓸함을 줄이기 위해 사 온 것인데, 태후가 전화를 주어서 즐거움을 주는 불빛이 되었다.

"그런데 바라나시가 어디예요?"

—갠지스강이 있는 곳.

"인도요?"

—그래. 인도를 다녀온 사람들이 모두 말하더라고. 인도에 오면 인생을 배우게 된다고. 그래서 꼭 오고 싶었어.

"지금 뭐 하고 있어요?"

—시신을 태우는 걸 보고 있어.

"네?"

—영국 남자인데, 죽도록 일만 하다가 자신이 죽을병에 걸린 걸 알게 된 순간 미쳐 버렸대. 억울해서 말이야. 당장 치료가 필요한 건, 몸이 아니라 마음이라고 생각한 그의 아내가 병들고 미친 남편을 데리고 여행을 다니기 시작했는데, 그 마지막이 이곳이야. 웃으면서 죽었다고 하더라고. 그래서 생각하고 있었어. 그 남자가 갠지스강에서 본 행복은 무엇인지. 여기는 온 천지가 화장실이고, 길거리에서 담요 하나 덮고 죽음을 기다리는 부랑아들이 넘쳐 나고, 공중전화도 없어서 전화를 한 통 하려면 발에 땀나게 전화 가게를 찾아 헤매야 하고, 술도 맘대로 못 마시고, 기차는 거북이보다 느린데 미쳐 버릴 정도로 불행한 남자는 이곳에 와서야 비로소 웃을 수 있게 되었다고 하더라고. 열심히 생각하는 중이야, 그게 무엇인지.

그녀를 떠나 낯선 곳에서의 생활을 하는 동안 태후는 참 많은 생각을 하고 있었다. 여행이란 인생에 내리는 단비와도 같다. 마음을 적시는 비를 맞으며 태후는 생각하고 또 생각하며 모자란 자신을 채워 나갔다.

언제 돌아올 건데요? 라는 질문이 목까지 차 올라왔지만, 연우는 물을 수가 없었다. 시체를 태운 가루가 녹아 있는 갠지스의 강물을 마시고 있을 태후에게 차마 언제야 잃어버린 자신을 찾을 거냐고 다그칠 수가 없었다.

"그런데 쓰레기통에 보니까, 돈 별로 안 갖고 갔던데. 왜 다 놔두고 갔어요? 돈 없지 않아요?"

혹시나 돈이 모자라 더 고생하고 있지 않을까 해서 물었다.

—그 돈은 나중에 쓸 거야.

"나중에 언제요?"

—음, 또 여행 가게 되면.

"또 간다고요? 이번 한 번으로는 부족해요?"

—바보! 혼자 말고 꼭 둘이 가야 하는 여행…….

뚜뚜뚜뚜뚜, 태후의 말이 끝나기도 전에 전화는 끊겼다.

"여보세요? 여보세요? 태후 씨?"

인도는 시도 때도 없이 전력공급이 끊기는 나라였다. 그걸 알 리 없는 연우는 잘 자라는 인사도 못한 전화가 다시 걸려오기를 기다렸다.

태후의 방에서 머무는 밤, 연우는 태후의 전화를 기다리며 잠이 들어갔다.

한국보다 3시간 30분의 과거에 시간을 살고 있는 인도의 밤하늘 아래 태후가 누워 있었다.

"별은 누가 다 팔아먹은 거야?"

별도 없는 깜깜한 밤하늘을 보며 태후가 중얼거렸다. 고개를 들면 있는 밤하늘을 바라보는 게 십 년 만이었다. 조금의 여유를 가지면 언제나 볼 수 있는 아름다움을 그렇게 오랜 시간 놓치고 살았다는 걸 새삼 느꼈다.

"연우야."

그녀의 이름을 불러보았다.

"사랑해."

별을 모두 도둑맞은 깜깜한 밤하늘에 그의 사랑을 띄워 보냈다. 그 사랑이 흘러 흘러 그녀가 자고 있는 한국의 밤하늘 위까지 흘러가 영롱한 별로 반짝이기를 바라며.

"**아**줌마! 황 선생님 전화야!"

자신을 부르는 신우의 목소리에 연우는 얼굴을 찌푸렸다. 요즘 신우는 연우를 부를 때 꼭 아줌마라고 불렀다. 머리를 위로 올린 모습이 아줌마 같다는 것이다.

"지신우! 누나한테 아줌마가 뭐야!"

그런 신우를 어머니가 따끔하게 혼내시지만 신우는 들은 척 만 척 그냥 자기 방으로 올라가 버린다. 전화를 받으려고 방에서 내려오던 연우는 자신을 아줌마라고 부른 신우의 등을 때려 버렸다. 하지만 오늘도 신우는 참는다, 막내라는 이름 때문에. 아마도 지신우에게 소원이 있다면 다음 생에 태어날 때는 꼭 첫째로 태어나게 해달라는 것일 게다.

—아! 너와 너희 어머니가 신우 구박하는 소리가 여기까지 들리더라. 제발 그 불쌍한 것 좀 예뻐해 주지?

지씨 집안 돌아가는 사정을 다 안다는 듯이 전화기 속에서 진이가 말했다.

"그럼 네가 데려가서 키우든지."

—신우가 애완동물이냐, 데려가서 키우게?

"왜 전화했어?"

—연우야, 넌 내 친구지?

연우는 알고 있었다. 황진이가 친구냐고 물어볼 때는 언제나 곤란한 부탁을 한다는 걸.

"싫어!"

—이 가시나! 듣지도 않고 싫다고 하네. 내가 너 첫사랑이라며!

"그 이야기 또 꺼내지 마! 아냐! 그딴 거 아냐! 내 첫사랑은 태후 씨야!"

—스물여섯 살에 첫사랑 한 게 자랑이다. 그냥 내가 첫사랑이라고 그래. 그럼 십대의 아름다운 추억이라는 말은 들을 거야.

"필요없어! 뭐야? 무슨 부탁하려고 전화한 거야?"

—그래, 연우야! 내가 화끈하게 말할게.

진이는 진짜 화끈하게 말하였다.

—우리 떠나자!

"어디? 태후 씨 있는 데로?"

—미쳤냐? 그런 오지에 뭐 하러 가? 제주도! 환상과 꿈의 섬!

"안 가! 태후 씨 혼자 고생하고 있는데 내가 어떻게 놀러가!"

─야! 네가 내 친구라면 가야 해! 안 그럼 나 진짜 선봐야 한단 말이야!

"선봐! 너도 결혼해야 하잖아."

─젠장! 나 돌아갈래!

"돌아가다니? 어딜?"

─십대로 말이야! 난 이십대 안 해!

"진아! 우리 가자!"

─정말? 제주도 같이 가주는 거야?

"아니, 춘희가 일하는 종합병원. 친구니까 싸게 해줄 거야."

─가시나! 넌 지연우가 아냐! 마연우야! 왜 자꾸 그 남자 닮아가는 거야!

"그게 사랑이야, 서로 닮아가는 거."

─하! 그럼 그 남자는 지금 울고 있겠네. 어휴! 손수건 사서 소포로 붙여라!

"황진이 바보! 끊어! 선봐서 결혼이나 해!"

─야! 그러지 말고…….

뚝! 연우는 일방적으로 전화를 끊어버렸다. 전화를 끊은 연우의 시선이 저절로 달력으로 옮겨졌다. 벌써 석 달이 다 되어가고 있었다. 태후가 떠난 지, 그의 품에 안겨본 지, 그와 마지막 키스를 나눈 지…… 벌써 석 달이나 되었다.

연우는 혼자 영화를 보러 왔다. 마지막으로 태후와 영화를 본 뒤, 이상하게 그 뒤로 연우는 항상 혼자 영화를 보았다. 외로움이 싫어서 혼자 다니는 걸 제일 꺼려하는데, 요즘 그녀는 혼자서 하는 일이 많다. 혼자 영화를 보고, 혼자 차를 마시고, 혼자 서점에 가서 책을 읽는다. 누군가의 자리를 만들어둔 채 혼자서 하는 외로움을 견디고 있었다. 혹시라도 그가 돌아왔을 때, 작아진 빈자리에 섭섭해하지 않게. 그 크기를 유지하고 있는 것이다.

오늘 보는 영화는 러브스토리였다. 예술극장에서 오랜만에 상영하는 걸 알고 시간을 내서 보러 온 것이었다. 현재 유명세를 떨치며 상영하는 영화가 아니라서 그런지 영화를 보러 온 사람들은 정말 적었다. 그래서 연우는 더 좋았다.

어린 시절 엄마와 손잡고 가서 봤던 영화를 또 보며 연우는 웃고 말았다. 어린 시절에는 울면서 보았는데 말이다.

"기억도 안 나, 여자랑 남자랑 눈 파먹는 거 보고 웃었던 기억밖에는. 그리고 나중에는 아예 드러눕고 허우적대던데, 그 부분에서 다음은 정신병원 나오겠네 하며 막 웃다가 어머니한테 얻어맞았지."

태후의 말이 생각나 하얀 눈 속에서 사랑을 나누는 낭만적인 주인공들을 보며 연우는 웃고 말았다. 그리고 곧 눈물이 흘렀다. 또 엉엉 울어버리고 말았다.

사랑은 이제 연우에게 영화 속 이야기가 아니었다. 현실이었다.

"떠나자!"

연우의 말에 진이가 놀라서 연우의 두 손을 꼭 잡았다.

"정말? 나랑 같이 제주도 가는 거야?"

"아니, 넌 제주도에 가! 난 파키스탄에 갈 거야."

"뭐? 거길 하루 만에 어떻게 다녀와?"

"하루나 이틀 무단결근한다고, 설마 자르진 않겠지?"

지연우의 말에 진이는 놀란 듯 눈을 크게 떴다. 한순간 연우가 너무 대단하게 보였다. 그런 결심을 하다니, 이건 정말 대단한 변화였다.

"정말 갈 거야?"

진이의 질문에 연우는 힘있게 고개를 끄덕였다. 쭉 같이 있지는 못할 테지만 얼굴이라도 보고 돌아올 수는 있을 것이었다. 그것만으로 족했다. 지금은 그게 삶의 목표였다.

"너한테 핸드폰 맡기고 갈게. 분명 내가 떠나고 태후 씨한테 전화 올 거야. 그럼 내가 파키스탄 공항에서 기다리고 있다고 해. 알았지?"

태후가 지금 정확하게 어디 있는지 연우도 알지 못했다. 그저 저번에 전화했을 때 다음엔 파키스탄에 갈까 생각 중이라는 말을 들은 것뿐이었다. 지금 파키스탄으로 가는 길일 수도 있고, 아직 인도에 있을 수도 있고, 아니면 전혀 다른 나라로 가는 길일 수도 있다.

"그 남자가 너무 늦게 전화하면 어떻게 해? 무모하잖아."

"꼭 제시간에 전화할 거야."

진이는 그걸 어떻게 장담해? 라고 물으려다가 그만두었다. 연우의 길을 막고 싶지 않았다. 칼을 들고 싸움터로 나가는 용사들만 용감한 것이 아니었다. 지금 연우도 그에 만만치 않게 용감했다. 그래서 진이는 연우의 무모한 행동에 토를 달지 않았다.

부디 마태후가 사랑의 기를 받아 제시간에 전화를 해주길 바랄 뿐이었다.

"푸하하하! 걱정 마세요! 연우랑 아주 재미있게 놀다 올게요."

"네, 저희랑 같이 가는 거니까, 걱정 마세요."

진이와 춘희는 연우의 어머니 앞에서 즐거운 여행을 가는 사람의 티를 팍팍 내주었다. 어머니는 계속해서 우울한 연우의 기분을 풀어주기 위해 제주도 여행을 허락해 주셨다.

"엄마, 나 올 때는 웃으면서 올게."

연우의 말을 그저 제주도에서 즐겁게 놀다 올 거라는 말로 받아들인 어머니는 연우를 안아주며 말씀하셨다.

"그래, 우리 딸. 재미있게 놀고 늦지 말고 돌아와."

"응."

어머니에게 거짓말을 하는 거지만, 연우는 미안해하지 않기로 했다. 이건 연우가 행복해지기 위해 하는 거짓말이니까.

어머니가 돌아가자마자 출국장에 들어갔던 연우는 다시 나와 인천공항으로 갈 택시를 잡았다. 따라나온 춘희와 진이가 응원의 말을 해주었다.

"연우야, 올 때는 꼭 웃으면서 돌아와!"

"그래, 그리고 꼭 처녀로 돌아와야 해! 속도위반 절대 안 돼!"

너무 강한 충고를 하는 진이의 옆구리를 춘희가 쿡 찔렀다. 연우는 웃으면서 두 친구들에게 마지막 인사를 했다. 이제 떠날 시간이다. 그가 있는 낯선 세계로. 연우가 파키스탄행을 준비하고 떠나는 오늘까지, 아직 태후에게서는 전화가 오지 않았다. 그러니까 태후는 아직 연우가 자신을 만나러 가는 길이라는 걸 몰랐다. 연우가 파키스탄 공항에서 마태후를 기다릴 수 있는 시간은 24시간이었다. 만나든 만나지 못하든 그 뒤에는 다시 비행기를 타고 돌아와야 했다. 친구들과 약속을 했다. 그 이상의 행동은 위험할 수도 있고, 더 큰 문제를 일으킬 수도 있으니까. 24시간만 무모하게 행동하고 돌아오기로.

[쌀라 쌀라 쌀라.]
여섯 번째로 파키스탄인인 것 같은 사람이 가까이 다가와 자꾸 치근덕거린 후, 연우는 참지 못하고 화장실에 가서 보자기를 둘러쓰고, 선글라스를 써서 대충 얼굴 전체를 가렸다. 태후를 기다리는 시간이라 예쁘게 하고 있고 싶었는데, 파키스탄 남자들은 정말 여자를 밝히는 종족인가 보다. 예쁜 척하고 앉아 있으면 태후를 만나기도 전에 모르는 남자한테 잡혀갈 분위기였다. 그래서 연우는 가능한 수상하게 변장하고 다시 공항 로비로 나왔다.
아! 여기까지 와서 점순이 변장을 하고 있어야 하다니.
수상한 차림으로 태후를 기다리는 동안, 연우는 점순이 복장을 했던 카페 어딘가에 앉아 있었을 태후를 기억해 내기 위해 기억을 더듬어보았다. 이렇게 사랑하게 될 사이였다면 분명 그녀의 기억

어딘가에 박혀 있을 것이었다. 문가에 앉아 있던 뚱뚱한 여자는 기억이 났다. 그리고 화장실 근처에 앉아 있었던 폭탄머리 남자애와 못생긴 여자애도 얼핏 기억이 났다. 하지만 태후가 어디에 앉아 있었을지는 아무리 생각을 해보아도 생각이 나지 않았다. 지남이 앉아 있던 자리 근처에 앉아 있었나? 아니, 아닌데. 어디 앉아 있었지?

하지만 이 순간 연우가 태후의 모습을 기억해 내는 건 아무리 사랑이 깊어도 불가능했다. 등 뒤에 눈이 달려 있지 않은 이상은 말이다. 태후는 연우와 바로 등을 맞대고 앉아 있었다. 어쩌면 전혀 인연이 없을 수도 있었던 그 순간, 태후를 연우의 인연 속으로 이끈 건 연우의 이름이었다. 지연우, 연우. 그가 사랑하는 그녀의 이름.

"연우야!"

이국의 땅에서 소리 높여 불린 자신의 이름을 듣고 생각에 잠겨 있던 연우는 고개를 번쩍 들었다. 하지만 사람들이 너무 많아 태후의 모습이 쉽게 보이지 않았다. 연우는 앉아 있던 의자 위에 올라서서 태후를 찾았다.

"태후 씨, 나 여기 있어!"

연우도 소리 높여 태후를 불렀다. 연우의 눈이 태후를 발견한 건 그리 오래 걸리지 않았다. 태후는 그 많은 사람들 중에 가장 빛나고 있었다. 그녀를 발견하고 뛰어오는 그의 모습이 연우의 눈에는 모세의 바닷길보다도 더 경이로웠다. 그녀가 변한 만큼 그도 변했다. 사랑이 연우를 강하게 했다면 사랑은 태후를 순수하게 만

들었다. 아이처럼 웃으며 달려온다.

"연우야!"

처음으로 사랑하게 된 부름. 그가 외치는 연우라는 이름에 심장이 울려왔다. 연우는 손을 올려 몇 달 동안 올리고 있던 머리를 풀어 내렸다. 지금은 태후에게 뛰어갈 시간이었으니까.

제가 열심히 자판을 두드리며 글을 쓰고 있으면 동생이 절 이상한 눈으로 쳐다봅니다. 왜?라고 물으면 제가 혼자 웃으면서 글을 쓰고 있다고 비난합니다(음! 얼핏 비웃었던 것도 같네요). 다른 작가들은 글을 쓸 때 어떠실지 모르지만, 전 글을 쓸 때 절대 다른 사람이 훔쳐보아서는 안 됩니다. 혼자 실실대다가 어느 순간 소리를 내서 웃고, 혼자 얼굴 찡그리며 주먹을 움켜쥐기도 하고, 그리고 혼자 감정이 복받쳐 방 안을 배회합니다. 제가 방 안을 서성이고 있으면 동생과 친구는 알아서 모른 척해줍니다. 저는 우선 걸어야 생각이 나거든요. 마녀에 나오는 대부분의 에피소드들은 길을 걸으면서 생각한 것입니다. 서울에서 길 가다가 실없이 웃는 키 168센치의 여자를 보게 되면 저라고 생각해 주세요. 분명 저일 테니까요.

소설을 쓸 때 가장 여운이 남는 순간은 마지막 줄에 'The end'를 쓰는 시간입니다. 하지만 『마녀의 정원을 훔쳐보다』의 엔드는 다른 소설과 다른 특별함이 있었습니다. 저의 첫 번째 연작이거든요. 다음 작품 '백만 번의 키스'는 태후의 형과 연우의 친구, 연우의 오빠, 그리고 장다르크의 이

야기입니다. 그래서 마녀를 끝내고 다시 쓰는 소설에도 간간이 태후와 연우의 이름이 나온답니다. 아직 완벽하게 헤어질 시간이 아니라서 덜 섭섭하다고 할까요?

작년 12월에 시작해서 정말 오랫동안 제 손에 있었던 소설이네요. 아르바이트하고 남는 시간에 거의 대부분을 마녀와 함께했던 것 같네요. 아르바이트 끝나고 집에 갈 때 실장님이 '집에 가서 뭐 하니? 라고 물으면 항상 마음속으로만 대답했었죠. 마녀랑 놀아요.

아마도 마녀의 원동력은 주인공인 지연우와 마태후에게 있을 것 같네요. 제 소설 역사에 두 번은 나올 수 없는 캐릭터들입니다. 서로가 서로에게 영향을 끼치며 성장시키는 캐릭터를 만들 수 있을까? 그게 백조사기토끼와 마귀발의 만남이었습니다. 이것들 언제 진도 나가나 걱정하며 쓰다 보니 어느새 완결입니다.

이제 저는 올해의 마지막 목표인 취직을 향해 달려야 할 시간이 되었습니다. 작년 5월 31에 제주도에서 서울로 올라왔습니다. 그리고 이번 추석

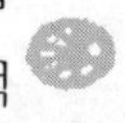

에 처음으로 제주도에 내려갑니다. 그때까지 취직이 되었을지는 모르지만 이 책을 품에 안고 갈 수 있다는 게 지금은 큰 위안입니다.

제주도에 내려가기 전에 먼저 작가후기로 오랫동안 보지 못한 엄마에게 말을 전해야겠네요. 엄마! 나 열심히 살고 있으니까, 걱정 마세요. 아! 그리고 나 살쪘어. 그러니까 추석 때 보고 놀라지 마(서울에 올라오기 전에 다이어트를 해서 17킬로를 뺐었거든요. 뭐든 하면 됩니다)! 헉! 친척들이 너 정말 책 냈냐고 물어오실 걸 생각하니 벌써부터 등에 식은땀이 흐르네요(아마 살쪘네, 라는 말이 먼저 나오겠지만…… 전 버틸 수 있습니다).

이제 땡큐 소우 머치를 날릴 타임이군요. 첫 번째로 네이버를 배놓을 수 없네요. 한글과 함께 언제나 네이버 창을 띄워두고 글을 썼습니다. 땡큐! 네이버! 또 제 팬 카페 만들어주어서 제게 영광에 길이 남을 두 번째 생일을 안겨주신 베라님! 언제나 감사하고 있어요. 그리고 잊지 않고 '오리지날쑥 style' 카페를 찾아주시는 모든 분들께도 감사드려요. 조만간 '백만 번의 키스'로 찾아뵐게요. 아! 또 잊지 않고 쪽지 날려주신 천일야화

님! 소설 수정 잘하고 계신가요? 책 나오면 꼭 볼게요. 그리고 마지막으로 이 글이 책으로 나올 때까지 수고해 주신 청어람 편집부 여러분, 특히 열심히 전화로 충고해 주신 지윤 씨 정말 감사합니다. 처음 리뷰 전화할 때 했던 말들 아직도 하나하나 기억하고 있습니다. 특히 그 부분이요. '이런 말 하기 괴로워…….' 안쓰러움과 채찍의 절묘한 조화라서 가슴 뭉클하게 어찔했습니다. 그런 생각을 하면서 수정을 했습니다, 지윤 씨 괴롭게 해 드리지 말아야지 라고요. 지윤 씨의 충고들 때문에 더 좋은 글이 나올 수 있었던 것 같아 머리 숙여 감사드립니다.

부디 제가 『마녀의 정원을 훔쳐보다』를 쓰면서 느낀 행복이 더 멀리 더 넓게 퍼져 나가길 바랍니다.

지금까지 오리지날 쑥이었습니다.

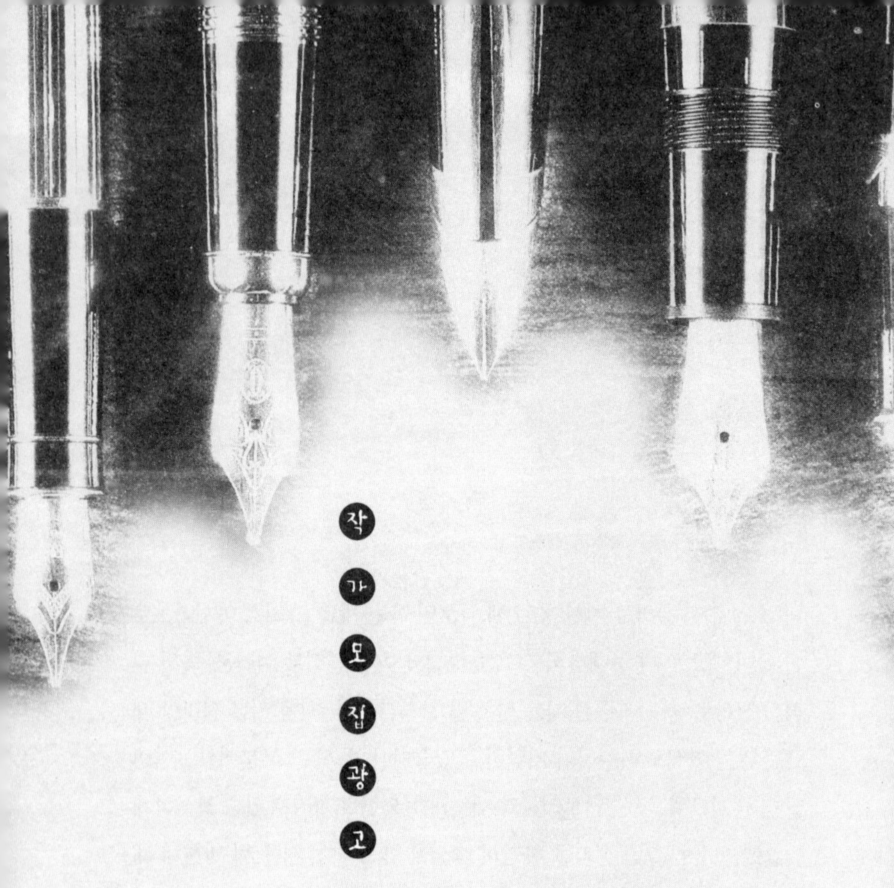